北のヴィーナス

イギリス中世・ルネサンス文学管見

玉泉八州男
Tamaizumi Yasuo

研究社

いつもすべてのものに対してニイチェのいう「遠隔の感じ《パトス・デル・ディスタンツ》」を
失いたくないのだ。

堀 辰雄『大和路』

目次

第一章　さんざしの枝に寄せて

――宮廷愛とルネサンス――

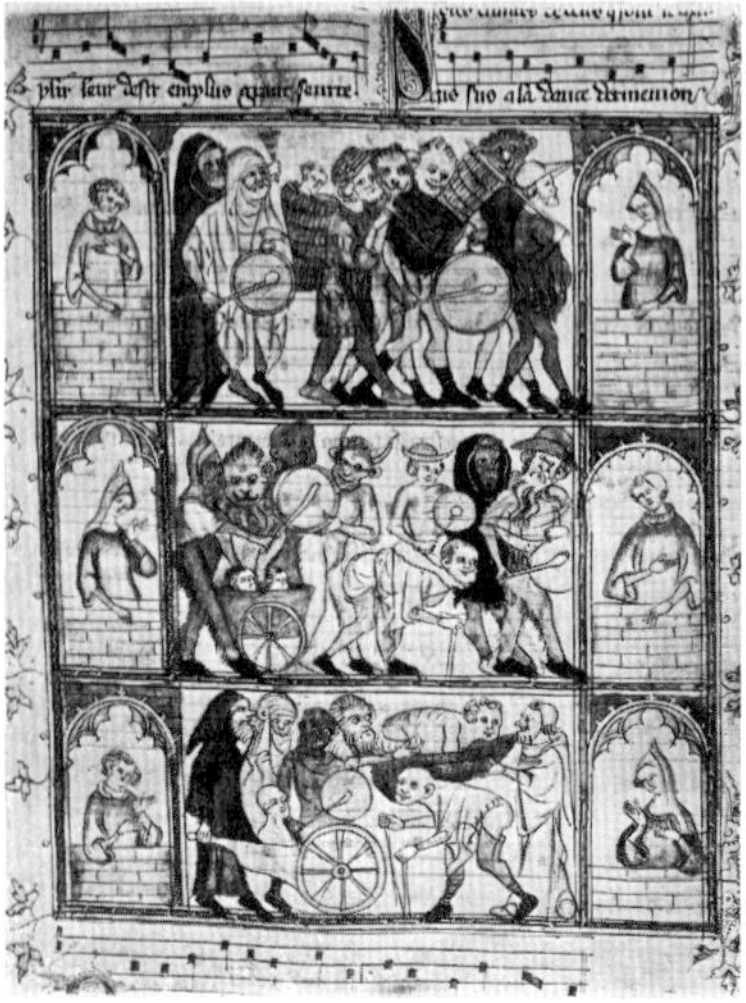

中世の芸人たち（14 世紀）
12 世紀においても、彼らのありよう
に大して変わりはなかっただろう。

フォントヴロー修道院に眠るアリエノール
（右は息子のリチャード）

第一章　さんざしの枝に寄せて

（一）

いったいどうしたというのだろう。

やがて孫娘アリエノールの代に、彼女とえにしだの枝《プランタジネット》家のヘンリーとの結婚によりイギリス領となる、フランスはポワチエ伯ギョーム九世の所領アキテーヌ地方で、十二世紀初めのある早春のこと、さんざしの枝が季節に先がけて花をつけてしまったというのだ。

たとえれば、われらの恋は
あのさんざしの細い枝
樹の上で震えおののく、
夜の間雨にうたれ、露にぬれて、
朝となり、日の光
緑の葉、小枝の間に拡がりゆくまで。[1]

さんざし――この春の訪れを告げる花の下では、毎春きまって愛もまたその花をつける。だが、その年そこで繰り広げられる愛は、前年までとは、すっかり趣きを変えている。昨春までは、貴婦人が美男の恋人の愛をえようと積極的に燃えていたのに。

果樹園のさんざしの葉蔭で
貴婦人は傍らの恋人をしっかり抱きしめる、
夜廻りが暁をみたと叫ぶまで。
神よ、もう暁！　こんなにも早く！(2)

それが、今春は違う。恋いこがれ、哀れげな溜息を漏らしているのは、男の方なのである。中でも一際恭順の態度をみせているのが、つい先頃まで一週間に牝馬を「百と八十と八回」(3)（！）も乗り廻したと自慢していたギョーム九世その人だとは。ここに「見いだ《トロバ》される」のは、男性が崇拝の念をもって女性を眺めるという、ヨーロッパがこれまで知らなかった新しい感性の構造ではないか。これはまたどうしたというのだ。ロマンティックな愛は、十二世紀の「発明」である。いや、より慎重に言葉を選べば、「発見」ということになろう。(4)

だが、それがなぜ、肯定辞に「オイル（ウイ）」を使う、パリを中心とする北仏のオイル語圏にではなく、「オック」を使う南仏のオック語圏——やがてカタリ派征伐のアルビジョワ十字軍によって滅ぼされる文化圏——に現われたのか、今までのところよくわからない。もっとも、さまざまな学説がロマンス語学界を賑してきたことは事実だが、(5)そのいずれも、女性の院長への「臣従」が実修されていたフォントヴロー修道院に、夫ヘンリーや息子のリチャードとともに八百年の眠りを眠るアリエノールの口許を綻ばせるには到っていない、というのが実情なのだ。「歴史の説明は常に残滓を残す」(6)。だから、新文明は必ず旧文明の辺境地に誕生するという歴史の法則がこの場合にも当嵌まること、つまり、南フランスは古代ローマ文化の——広義の意味での——辺境《プロヴァンス》であるばかりか、イスパニア・アラブ文化圏からみても辺境に位する地域だ、という指摘だけに留めておこう。

地理的説明に比べると、時期的説明の方はさほど困難ではない。十二世紀は、まことにこの愛の発見者の栄誉を担うにふさわしい世紀だったと思われる。それは、いかなる世紀だったのであろうか。

「革新の十二世紀」(7)は、何よりもまず十字軍の世紀としてその雄姿を現わす。地中海以南を新月形にとり囲んだアラブ世界に対して、ヨーロッパが最初の本格的戦いを挑んだのが十二世紀なのである。

この挑戦には、おそらくさまざまな動機や原因が絡んでいたことが考えられる。中でも見逃しえないのは、この時期までにヨーロッパが外に向けうるだけの力を蓄えていたという事実と、その力を外に向けざるをえない事情を抱えてもいたという二点であろう。前者が農業革命の成功による生産力の増加とそれに伴う農耕社会の定着＝封建制度の確立を意味し、後者は現世支配を巡る皇帝権と教皇権の確執――カノッサの屈辱はすでに前世紀の事件である――を指すのは、いうまでもない。要するに、十二世紀とは古典文化とキリスト教とゲルマン文化からなるヨーロッパ世界が一応の完成を迎えるとともに、独自の文化形成を目指して再び新たな胎動を開始せんとしていた世紀だったのである。

C・H・ハスキンズの説く「十二世紀ルネサンス」とは、その結果誕生してきたさまざまな文化現象――大学の簇生、教会法の整備、翻訳運動、ラテン文学やローマ法の再興――を指している(8)。これら後のヨーロッパ的伝統の核を形成する現象の中で、一際注目をひくのは、女性の相続を認めたローマ法の再興であろう。封建騎士階級にとっての「わが君《ミドン》」を生みだす契機が、ここに与えられたわけなのである。

このルネサンス現象ないし「古典的要素に刺戟された一つの中世のラテン的キリスト教文化(9)」について語るなら、二つの対立する精神、知と情の人アベラールと霊の人ベルナールにも触れずにはすまされないであろう。「教師仲間の吟遊詩人」アベラールは、魂の情念の雄叫びとでもいったものに形式を与える。その影響の及んだのが、フランソワ・ヴィヨンの先輩格の「放浪学生《ゴリアール》」だけだと、誰が断言できようか。同様に、ベルナールの陶酔的にして人格的な愛が屹立した存在だった、とどうしていえようか。たとえその創造は彼の手になるものだとはしても、それを促し育成したのはやはり時代の風潮だったのではあるまいか。

ところで、もしかかる情念の真摯な吐露や絶対者との合一の希求が他ならぬ時代の風潮であったとすれば、それが騎士階級の生活技術にまで波及したとしても、何の不思議もあるまい。しかも、当時の彼らが、力への信仰をすでに昔日のものとなし、日々の無聊を華やかだが空疎な騎士道精神の構築に紛らわすしか術をなくしているとしたら……。十一世紀中頃の『ローランの歌』の誕生で闘争本能の封じこめに成功したヨーロッパ中世は、性衝動の制度化という第二段階にすでに突入している。彼らが突如として繊細で洗練された雅びな生活理想に憧れたとしても、怪しむにはたりないだろう。なるほど、見方によっては、この突然変異は常規を逸した行為に映るかもしれない。だが、現実において、人間とはとかくこの種の行動に走るものであり、野獣こそ美女を恋うるものなのである。

ルネサンスとは、「唯一回の大きな激変ではなく、岸にうちよせる波の長いつらなり」だった、とホイジンガはいう。[10] 男性が女性を崇める宮廷風恋愛——ロマンティックな愛の原型——とその文学的形式たるトゥルバドゥール詩は、この長いつらなりの第一波に当たる十二世紀の精神風土が、ヨーロッパの岸に運んでくれた贈物だったのである。

（二）

結婚式の翌朝、花嫁が国王に手を引かれて教会のミサから帰ってくると、さっそく大宴会の始まりだ。招かれているのは三千人以上の騎士、同数の貴婦人をはじめ、その他家の子郎党たち。それに千五百人以上のジョングルールも加わっている。一同がテーブルについたところで、山海の珍味が次々と運ばれてくる。御馳走が一通りすむと、今度は葡萄酒。そこでやっとテーブルクロスが取り払われるわけだが、客が退席する気配は一向にみえない。坐り直して、かえって腰を落着けた感じだ。それを待ちかねたように、次々とジョングルールたちが立上がり、われ先に演奏し始める。ヴィオラありリュートありハープありといった調子で彼らの奏でる楽器がさまざまなら、語る物語もトロイ戦争から円卓物語、ギリシア・ローマ神話とまちまちだ。おまけに、ナイフの曲芸や輪廻しもある。こちらがむしろ宴会の本番といった感じである。感嘆の溜息が広間全体にもれる。それが鎮まったところで、今度はうち揃って舞踏会へと場面は移ってゆく(11)。

オック語で書かれたロマンスの最高傑作『フラメンカ』の一節、ブルボン＝アルシャンボー伯とフラメンカの祝婚大宴会の場面である。もちろん、主人公ギヨーム・ド・ヌヴェールの登場——とフラメンカとの秘められた恋の展開——は、まだ先の話だ。

『フラメンカ』は、十三世紀末に書かれた架空の物語である。だが、先の場面だけとりあげていえば、そこでみられた光景は、アキテーヌ侯の「木蔭の館」で先に実際に繰り広げられた光景とさほど違ったものではなかろう。最初のトゥルバドゥールの名を恣にしているギヨーム九世が詩作に手を染めたのは、こういう宴会の席の座興がきっかけであろうし(12)、稀代の大悪党として『神曲』に登場するベルトラン・ド・ボルンが、ヘンリー二世と息子リチャードの間に不和を醸すのに成功したのも、かかる席で巧みにものした「臣下の歌」のゆえだったであろう(13)。夏の訪れとともに「巨匠」ギロー・ド・ボルネイユが巡ってきていささかの稼ぎをあげたのも、かかる席であったたろうし(14)、ベルナール・ド・ヴァンタドゥールが城館のパン焼きかまど番の小倅からアリエノールの愛人にして最大のトゥルバドゥールにまで出世したのも、かかる席で「充分な教育」をうけたからであっただろう(15)。

トゥルバドゥールとジョングルール——作詩者と演奏者。だが、あまり片苦しく考えるのはよそう。後になれば、両者は截然と分かれる場合が多いが、双方の役割をかねた者もいる。ともにプロの職人、テスピス以来の河原乞食の芸人と思えばよい。もっとも、王侯・貴族の場合は、話がちょっと別だろう。彼らは、詩作に生計のすべてを賭けているわけではないのだから。だが、出身の如何を問わず、彼らに等しく共通するものは、「わが君」に対する臣従の姿勢である。

すべてはあの方のみ心のままに

わが身はあの方の手中にありせば。(16)

彼らの歌は、通常自然描写から始まる。時は春、川辺のさんざしが花をつけ、小鳥が楽しげに囀っているというのに、わが身は、というわけである。

悲しみにうちひしがれて、
歌もなく、さんざしの花もなく、
心淋しく冬の寒さの訪れを待つ。(17)

一連の長さはまちまちだが、七行以上からなり、それが六〜八連続いて、最後を二、三行からなる反歌《トルナーダ》が締め括る。詩中では主題にさほどの展開はない。全篇これ掻きくどきの連続といったところだ。音楽の方もそれに合わせて、連ごとに同じ旋律が繰り返される。芸がないといえば、こんなに芸のない話はない。
だが、それは内容面のことで、しかも一見した感じだけである。実際は、意外と技巧にかった詩であることがわかっている。まず形式だが、彼らの詩には、押韻が平明な「平明体《トロバ・プラン》」ばかりでなく、それが連単位でなされたり、錬金術的な言葉遊びさえみられる「密閉体《トロバ・クリュ》」や「母国語の優れた匠（miglior fabbro del parlar materno）」(18)アルノー・ダニエルや、ラルボー・ドランジュの詩のような「或いは珍しく或いは暗く或いは色鮮かな言葉をない混ぜ」(19)てつくられた「芸術体《トロバ・リク》」の詩もある。彼らの詩は、細部装飾に大いに依存した詩なのである。(20)
内容面についても、多少の補足説明が必要となる。主題に発展がみられないと先に述べたが、これは連が「並列」的に置かれていて結論めいたものがないということで、とりも直さず、それはゴシック芸術の特徴ともいうべきものである。形式面の細部装飾というのも、局所リアリズムといえるもので、これまたその特徴の一つに数えてよかろう。(21)

しかし、よくみると、このリアリズムは内容面にも及び、「並列」と補足的関係をなしていることがわかる。つまり、部分的には、恋人の感情がリアルかつ微妙な揺れをもって表現されているにもかかわらず、全体としては、きわめて単調で並列的印象しか与えない、ということだ。空間芸術の場合なら、かかる特徴は雄大さの欠如に結びつくであろうが、時間芸術の場合には、必ずしもそうとばかりはいえまい。聴衆の心理操作上、時としてかえって有効に働くともいえるだろう。何よりも歌われるものとしての彼らの詩は、まさにこの特徴を巧みに利用したものなのである。

一例をあげよう。ベルナール・ド・ヴァンタドゥールの『落葉の詩』[22]は、落葉にも似た恋人の落魄の心境を歌ったものである。全篇を貫いているのは彼の絶望感だが、その繰り返され方には揺れがある。第一連では、自然現象に照らして自らの状況を納得せんとする姿勢が窺われるのに反し、第二連になると「歓びなくば死」という激しい調子が現われ、第三連では再び、絶望にもかかわらず歌い続けようという決意が顔を覗かせる。それが第四連に入ると、嘆きが一気に自嘲にまで変わり、その揺れの大きさをうけて、第五連では極端な臣従の意志へと戻る。第六連になると、三度目の自虐へと移り、永劫に変わらぬ恋心を第七連で表明して、詩は終っている。

心のドラマの赤裸な披瀝は、このように、恋慕の深さを確認させ、きりもみ状に抒情を聴衆の心につきさす。といってしまえば、何のことはない。抒情詩の常套手段ではないか、ということにもなろう。ただこの場合特に注目すべきは、後世の抒情詩とは異なり、そのドラマが単なる創作時の机上の計算ではなく、聴衆との間に実際に展開する弁証法的関係の反映である、ということである。第一連の「信ずるなかれ (No crezatz)」や第二連の「聞けよう (podetz . . . auzir)」が二人称形である点に留意すべきだろう。これらの連は、この恋に同情的な聴衆に語りかけられたものなのである。こうなると、第三連から第四連にかけての転調も、容易に説明がつく。ジョングルールはここで、女性を肉欲の対象としてしかみられない大人の聴衆に向きをかえ、その視点から慕情を捉え直し、それを相対化する、というわけなのだ。この相対化が招き入れるもの――それが虚構性であるのは、論を俟たない。[23]

トゥルバドゥールの愛とは、偽らざる体験であると同時に、一つの虚構なのである。彼らは、切実な恋の冒険に辛酸をなめつつも、「毎日恋のために死ぬ悲しみを味わうなんていうのに飽き（enoja-m tot jorn a dire Qu'eu plang per amor e sospire）」（ギィ・デュセル）ることも知っている。[24] そもそも、「記号」（senhal）で呼びかけられたにせよ、自らの奥方に対する慕情が己れの面前で語られる際に、中世のパトロン——「嫉妬深い夫（gelos）」——たちがそれをいつまでもただ自らへの謝辞とだけ解し得たと考えるなら、それは近代人の迷妄というものだろう。また、そういう詩の背後に一つずつ誠実な愛があったとしたら、トゥルバドゥールとはよほどの色情狂ということになってしまう。なるほど、ブライユの領主ジョフレ・リュデルの「遙かな愛（amor de terra lonhdana）」の物語は美しい。噂だけで見もせぬトリポリ伯夫人に恋してしまい、尋ねゆく途中で病をえて、瀕死の状態でトリポリに辿りつく。夫人の腕に抱かれた時、彼は一瞬視覚、聴覚、嗅覚をとり戻す。夫人は彼の死後悲しみのあまり修道院に入る……。[25] だが、拡大解釈は慎しもう。これらのロマネスクな物語は、シャルル・ダンジュー——地中海帝国実現を夢想した野心家——が十三世紀に編ませた『王の歌曲本《シャンソニエ・デュ・ロワ》』をはじめとする写本に、後世のジョングルールがつけた「伝記《ヴィダ》」や「解説《ラソス》」の中で語られるものしかないとしたら、われわれは次の言葉を吐いたダンテの炯眼に改めて脱帽する他はあるまい。トゥルバドゥール詩とは、「修辞的技巧のかった虚構に曲をつけたもの（nihil aliud est quam fictio rethorica musicaque posita）」のことである。[26]

「真実の愛（fin'amor）」こそが、トゥルバドゥールの愛の極北であるのも確かだろう。彼らの詩が虚構であるのと、これは何ら矛盾するものではない。女性を崇拝の対象としてのみ眺め、ただひたすら奉仕する愛——真実の愛とはそういうものだ。そこでは「報酬」はすべて「恩恵《メルシ》」でしかなく、愛は絶対的秘密の対象とされる（それが破られる時、美しくも哀しい『ヴェルジー城主の奥方（*La Chastelaine de Vergi*）』の悲劇が訪れる）。「プロヴァンス語で愛《アモール》は女性名詞だった」（ルージュモン）のである。

だが、真実の愛は、『誠実な愛し方の技術』の中でアンドレが説く「純愛（amor purus）」と完全に同一ではない。さりとて、「混合愛（amor mixtus）」こそそれに当たるといえば、これまた極言というものだろう。[27] むしろここで想起すべきは、トゥルバドゥールの愛は欲求不満の産物ではない、ということである。アンドレ自身が勧め、円卓の騎士が実践しているごとく、身分の低い処女に対しては、騎士が己れの欲望を力ずくで満足させることは、罪悪視されていなかったからだ。[28] 問題は、彼らが既婚の貴婦人にしか愛を覚えない、つまり、マーヴェル流にいえば「絶望を父に不可能を母にした」愛だという事実、「悲しみこそが楽しみ (l'afans m'es deportz)」(アルノー・ダニエル)、「健康こそがわたしの苦しみ (ma douleur est ma santé)」(クレティアン・ド・トロワ) という精神構造の方なのである。

　見方を変えれば、これは、彼らにとっての真実の愛そのものもまたゲーム——「愛から純潔をつくる (E d'amor mou castitaz)[29]」ゲーム——だったことを意味する。生身の彼らは、決して「悪しきヴィーナス」の使徒ではない。彼らもまた「苦しい恋人の立場より幸せな夫の立場の方を好 (Esser maritz gauzens que drutz marritz)[30]」いている。彼らが真実の愛に憧れるのは、上りのない双六遊びそのものへの愛のためなのである。彼らの説く「歓び《ジョワ》」とは、この過程のもたらす「神秘的昂揚状態」に他ならない。となれば、「〈存在〉の充実が完全を実現する〈生〉のための愛[31]」が「ヴィーナスの最高行為」——トゥルバドゥールの言葉をかりれば「その先 (*del sorplus*)[32]」——まで進んだ愛とあながち相容れないものではないとしても、[33] トリスタンを死へ駆りたてる「夜の能動的情熱」とははっきり一線を画すことが、自ずと理解されるはずである。

　中世人は「物質の精神化」を意図した人間だった、とホイジンガはいう。[34] 彼らは、エロスという最も切実な「物質」の精神化を目論んだ。だが、この時彼らは、自らの本性の一部である獣性を切りすてたり、それを天使性と同一視する愚かな道はとらなかった。そうすれば、いつか自らが報復されるのを、聡明な彼らは知っていた。「天使を演じようとする者は獣を演ずる」(パスカル)。だから、彼らはもっと狡猾な本性の慰撫法、誠実さを虚構と化し、マジック・サークルの中だけでC・S・ルイスのいう「隠れ遊び」を楽しみ、越知保夫流にいえば、常にいざないである「花」に憧れる「好色心[35]」を満足させる道を選んだ。宮廷風恋愛とは、その結果誕生した一つの強力なエロスの処理法なのであった。

宮廷風恋愛とは、一見いかに女性的な概念にみえようとも、本質的には男性中心社会における、彼らのナルシズムの産物であり、そこにおける女性は、床の間をつくった以上どうしても必要となる置物の価値しか、遂に認められることはなかったのである。

（三）

――三人の求愛者の間に坐った一貴婦人が、一人に秋波を与え、第二の者にその手を握ってやり、第三の者には足で踏んでやる。誰が一番優遇されたのか？[36]

有名な問答歌《ジュ・パルティ》の問の一つである。十二、三世紀頃「愛の法廷《クール・ダムール》」が、アリエノールの娘マリの嫁いだシャンパーニュ伯のトロワの宮廷で実際に開かれていたとみるのは、今日ではどうやら予言者ノストラダムの弟ジャンの逞しい想像力の産物とみられている。[37]だが、そこで書かれたと思われるアンドレの『誠実な愛し方の技術』に彼女らの「判決」と覚しき意見が述べられていたり、かかる問答歌が流行した事実から察すれば、十二世紀の後半には宮廷風恋愛は東漸を開始し、法典をつくるほどに定着していた、と判断しても差支えなかろう。

　地理的・言語的に近い北イタリアへはいつ頃、直接にあるいはシチリアを通して、この新しい愛のかたちが伝わっていったかは、正確にはわからない。最も早い段階を想定しても、おそらく間違いではなかろう。北フランス――とそこの宮廷を通して南ドイツ――へは、アリエノールとカペー家のルイ（七世）の結婚が道を拓いた、とみるのが順当だろう。イギリスへは、冒頭に述べたアリエノールとヘンリーとの結婚――ここにプランタジネット家の骨肉の争いが始まる――が契機になったらしい。ヴァンタドゥールも、「ノルマンの地を越え、深く荒き海の彼方で」[38]詩作した、と歌っているからだ。こうして、それがヨーロッパ中を席捲した時、トゥルーヴェールが誕生し、清新体詩やミンネ・ザンク、「ブルターニュもの」が生まれるばかりでなく、オイル語に発する近代フランス語は、「愛《アムール》」をオック語から借用することとなったのである。(39)

しかし、「流行」が「変質」に通ずるというのがあらゆる文化現象の宿命ならば、宮廷風恋愛も、当然のことながら、その宿命を免れることはできない。南仏の宮廷を離れて汎ヨーロッパ的愛の原型になった時、それは同時にそのかたちを次第に変えてゆく時なのであった。

D・W・ロバートソンは、かつてこの愛を「シーソー」のようなものと呼んだことがある。(40)たえず何かと釣合いをとらねば独立では存在しえないもの、という意味である。それがつねにファブリオーのような、中世の「女嫌い」の伝統に棹さした哄笑文学に伴われていた事実や、トゥルバドゥール詩が「敵方」の視点をも抱えこんでいた事実に鑑みる時、これはまさに至言というべきであろう。

「流行」に際して最も活用（？）されるのも、この性格である。例えば、ジャン・ド・マンの筆になる『薔薇物語』後篇は、この愛の「ラディカルな問い直し」(41)を性愛の大胆な肯定のかたちで行っているし、『オーカッサンとニコレット』は、積極的に田夫野人の視点をとり入れ、ニコレットを徹頭徹尾いじらしく描くことで、宮廷風ロマンスとしてのリアリティを確保しようとする。アンドレの例の書物——それが偽書か否かは別として——にしても、どこかふざけた調子があってはじめて法典としての威厳が保たれている、といえなくはない。叶わぬ想いを水に映る恋人の姿に指輪をはめることで慰める男の哀れさを歌った『水鏡（*Le Lai de l'Ombre*）』のような作品を除いたら、この「シーソー」性によらないその後の宮廷風の作品は、ほとんどないといっても過言ではあるまい。宮廷風恋愛は、パロディのかたちで流行してゆくのである。

パロディ化は、この愛の存立基盤の脆弱さに改めて眼を向けさせる。この愛には、つねに閉鎖性とか「不自然さ」がつき纏う。例えば、アンドレの「あらゆる善の源泉」という有名な愛の定義。(42)これには、「貴族階級にとっての」という暗黙の前提が控えているはずである。トゥルバドゥール詩が内包する「弁証法的」構造についても似たことがいえる。あれはもちろん、聴衆をも「参加者」に予め措定する、口誦文学に元来備わった叙事詩的性格を、この「口誦文学最後の所産[43]」としての抒情詩が受け継いだところから現われたものではあろうが、知的スノビズムと親密な人間関係をもつ閉鎖的な宮廷サークルを前提にせねば、それはやはり存在しえなかったというべきだろう。

この愛が決ったパターンでしか扱われえないというのも、大きな弱みであろう。これまで眺めてきたのは主として男性の叶わぬ想いを歌った「小唄《カンソー》」というジャンルの詩だが、恋人同士のいわば「縦の関係」を扱ったものの他に、「横の関係」を扱った「後朝の歌《アルバ》」というのもある。小論の冒頭に掲げた二つの詩は、これに属する。だが、そこにおいても、展開するパターンはすべて同一である。登場人物も一定――恋人同士と見張り番――なら、使われている「内」と「外」のイメージも、中世都市に密着したものに限られている[44]。「静的」な性格は、いずれにおいても不変なのである。

最大の弱点は、しかしながら、「後朝の歌」のようないわば庶子は別として、嫡出子のジャンルで扱われる愛が相思相愛ではない、という不自然さに尽きよう。「流行」に際して最も「変質」を迫られるのも、この点である。トゥルバドゥールの後裔たちは、やがて異口同音に「彼女はわたしの歓びだが、身体（füdenol）は彼のもの[45]」という状況に不満を漏らし、叫ぶ。

愛《ミンネ》は二つの魂の歓び
分かち合われてこそ　愛がある……[46]。

似たことは、フランスでもおこった。アンドレの示す第二十六条「愛する女性には何事も拒まず」にまず叛旗を翻したのがクレティアン。「最悪に（振舞え）（au noauz）」、「最上をなせ（au mielz face qu'il porta）」と勝手な命を下すグニエーヴル王妃に騎士ランスロは耐えても、作者は我慢できなくなり、マリ・ド・シャンパーニュの命で書き始めた『ランスロ、あるいは荷車の騎士』を中断してしまう。『ライオンの騎士』では、イヴァンに夫を

亡くした女性という「自由地に宿をとる（Logiee s'est an franc alué）」ようにさせる。(47)

C・S・ルイスは、宮廷風恋愛の変遷を「キャメロット（宮廷）」と「カーボネック（教会）」の融合の過程として捉える。これは、結論的にいえば、さしたる誤ちを含む見方ではない。従順ならざる肉体を「文明化」し、一夫一婦制の道筋をつけたのは、第四回ラテラノ公会議（一二一五年）だった。だが、実地検証は、この道が決して赤々とした一本道ではなかったと告げている。もしそうなら、『ボヴァリー夫人』は存在しなかった。トリスタンとイズーの末裔たちも、いつまでも抜身の剣を間において眠ることができない。やがて、「古き調べ（Die alte Weise）」に誘われて「死に憧れる（Im Sterben mich zu sehnen）」日が訪れる。(48) 愛の成就が死に繋がるエロスという物質には、不死（a-mors）、あるいは精神化を阻む何かがあるということだ。「愛　死《リーベス・トード》」の系譜は、かくて誕生する。

だが、その後のヨーロッパ的愛の伝統において、ロマン派全盛期を除けば、カタリ派の衣鉢をつぐ情熱恋愛が主流を占めることは決してなかった。生殖の社会的批准が相続人資格の保証に繋がった事実がもつ意味は大きい。(49) 同時に、反社会的・静的性格をもった中世貴族の自己実現法がもつ遊びの精神に、後世の詩人や聴衆が価値を見いだせなくなった点も見逃すべきではない。歴史はつねに水平化の方向に動き、勤勉かつ禁欲的な階級が社会の中核を担うようになった、ということだ。ルネサンスの訪れは近い。扱うべきは、新しい価値観や自我のあり方だが、まずはイギリスにおける宮廷愛の扱われ方から見てゆくとしよう。

（四）

良い妻は、密通よりも
結婚生活でもっと

夫を愛しうるもの。
生娘は、体面を考えて
恋人を選び
夫と呼びうる人に
真心を捧げるもの。(50)

南フランスで新しい愛のかたちが発見されてから一世紀を経ずしてイギリスで書かれた、ユニークな論争詩『梟とナイチンゲール』の終末近くで、ナイチンゲールが愛について吐く長広舌の一節である。少し後には、「乞い求め、哀れっぽく溜息をつく」宮廷風恋愛作法そのものを批判するような科白すら瞥見される。ところで、宮廷風恋愛の擁護者とばかり思いこんでいたナイチンゲールの口から語られるこれらの科白に接した時、大方の読者はどんな反応を示すであろうか。意外さのあまりこれらを誤って紛れこんだ梟の科白と一瞬錯覚すらおこすのではあるまいか。

無理もない話だが、実は誤りではない。これらは紛れもなくナイチンゲールの科白であり、論争を通じて彼女は次第に変貌をとげ、遂に地金を曝けだしたということなのだ。この詩全体の価値も、偏えにこの変節ぶりにかかっている、といっても過言ではない。いかにも、「硬派」イギリスの文化風土を如実に示している、というべきか。事実、イギリスにおける宮廷風恋愛は、その後この詩により敷かれた軌道を外れることなく進むこととなるのである。

この作品が書かれてからチョーサーが現われるまでのほぼ一世紀というもの、英詩は愛の女神にこれといった供犠を捧げてはいない。この間は、主として宗教的主題を扱った頭韻詩の時代だ。ノルマン人による征服からわずか数世紀、英語が公用語としてまだ定着していないことを考えれば、それに頼るイギリスの俗語文学が、他のヨーロッパ諸国に比して、全体として遅れをとるのも、やむをえなかったというべきだろう。おまけに恋愛詩の場合には、英仏百年戦争や十三世紀における教会支配の強化――いわゆる「十三世紀革命」――や、「『公爵夫人の書』のモデル、白夫人（Blanche of Lancaster）」の生命を奪った十四世紀の黒死病の流行といった悪条件――ワット・タイラーの乱の勃発も間近なのだ――が重なったのだから、その不毛ぶりも当然といえるかもしれない。イギリスにおける新しい愛のかたちは、アルシーテが「五月の月にお勤めを果た」すべく、さんざしの葉や忍冬の小枝で花輪をつくりに森にでかける辺りから、[51] 本格的に芽ばえ始めるのである。

一三七二年の十二月、チョーサーはアルプスを越えて、はじめて憧れのイタリアの土地を踏む。時すでに遅く、ダンテはもうこの世の人ではなかった。ペトラルカに実際にまみえたか否かも、定かではない。そもそも、イタリアで何をみ、何を学んだかすら、彼が黙して語らぬ以上、想像の域をでるものではない。確かなのは、この旅行を契機に彼がダンテやペトラルカ、ボッカチオといったイタリアの大詩人たちの作品に本格的に親しみだし、その結果「愛の探究から人間の探究へ[52]」と次第に本領を発揮しだすということなのである。

チョーサーにおける変化は、まず「愛の知らせ」（『名声の館』第二巻）の扱われ方に現われる。彼はもはや『薔薇物語』翻訳当時のような、宮廷愛の敬虔な信徒ではない。『鳥の議会』で三羽の雄鷲による雌鷲への求愛に触れて、鷲鳥は、愛に報いて貰えない雄は報いてくれる（下位の）雌を探せばよい（五六七行）、と述べるが、これはヴァルター・フォン・デル・フォーゲルヴァイデの「低い愛《ニーダー・ミンネ》」の概念と同列の意見で、宮廷愛に対するいわば正統的批判である。もっとも、ここではそれが、つれない貴婦人に対する恋人の心変わりを戒めたシャンパーニュ伯夫人の判決さながらのきじ鳩の意見（五八五行）と並置されている。だから、これをもって直ちに詩人の意見とみるのは危険である。むしろ詩人の姿は、問答歌さながらの「奉仕」の誓いを前にして、自然の女神に回答の延期を願いでる雌鷲（六四八行）にこそ認めるべきだろう。だが、少なくとも、宮廷風恋愛がひきおこす議場の騒音は、詩人の心の中に行きかう、愛についてのさまざまな想念の反響であるのは確かなのだ。チョーサーにおける人間の探究は、宮廷愛の捉え直しから出発するのである。

「無常」に憑かれだすというのも、チョーサーのイタリア旅行後の際立った変化である。「運の偶然」を扱ったボエティウスの『哲学の慰め』の散文訳と、それにひき続く『トロイルスとクリセイデ』(以下、『トロイルス』と略)という、前書の哲学の応用篇ともいうべき物語の存在が、その間の経緯を物語る。『トロイルス』におけるクリセイデの描写は、さしずめ彼の無常への異常な執着ぶりを示す典型例といえようか。彼女の「心の移ろい易さ(slydynge of corage)[53]」も、ここでは「無常」に結びつけられてしまうのである。例えば、ダイオメーデに靡く女心を、詩人は次のように表現する。

今までみたこともないものをみる時には、
今までしたこともないことをするでしょう。[54]

クリセイデという流されて留まるところを知らない女性の愛の受諾の表現として、これは憎いほどに見事だといわねばなるまい。彼女は決して、自分から積極的に新しい愛を受けいれる、とはいわない。もしそうなったら、ことのなりゆきにすぎない、といっているだけである。にもかかわらず、彼女がトロイの滅亡といった世の終りすら「無常」支配の当然のなりゆきとみなしていることは、その言葉が仮定法ではなく直説法で語られている事実からも明瞭であろう。何のことはない。遠廻しのいい方をしていても、その故にかえって、これは最も直接的な愛の受諾なのである。

さらに、この表現で見逃しえないのは、万物流転の文脈におかれることにより、新しい愛の受諾＝心変わりという本来個人の道徳感覚に属すべき事柄までが、いつしか「無常」の支配下にいれられてしまうということである。この点においても、これは見事な表現という他はあるまい。チョーサーは、かかるさりげないが巧みなやり方で、「無常」の支配を強調し、クリセイデを赦そうと努めるのである。

だが、裏切られるトロイルスの運命を「涙ながらに」語る約束で書き始められたこの物語においては、主人公自身による赦しがなければ、クリセイデに最終的な赦しは訪れない。そこで、詩人は主人公に「高貴な心《コール・ジェンティル》[55]」に宿る憐憫の情——これもイタリア旅行から学んだものの一つだ——を与えることを考える。

彼女自身が悔いているのだから
憐れみの心から、彼女を赦してやろう。[56]

物語は、クリセイデには最終的な赦しを、トロイルスには「宇宙的な笑い」を笑う資格を与えるこの科白により、実質的な終りを告げるのである。

　クリセイデ赦しは、このように、詩人を捉えていた強い無常感の産物である。だが、直接には、性の深淵を描いたボッカチオの『恋の虜』を「中世化[57]」し、テーマを「愛における誠実」に据えた結果ともいえなくはない。なぜなら、「中世化」——トロイルスという「恋人《アマン》」に、生娘ならぬ寡婦のクリセイデ、「後朝の歌」の番人さながらのパンダルスを配するやり方——とは、自分の眼で物語を捉え直すために詩人が施した操作であり、赦しはその捉え直しの過程で現われたものだから。つまり、憎むべきは「心の移ろい易さ」ではなく万物を支配する無常なのだということを詩人に改めて教えたのは、己れの眼でものをみようとする姿勢、経験主義的態度だったということだ。となれば、経験主義の彼方に近代が控えている以上、「中世化」とは詩人に己れの近代性を確認させる儀式だったことにもなってくる。おまけに、その操作が「無常」に対する憎悪を一層募らせたとなれば、無常感こそ中世に芽ばえた最初の近代意識ということにもなるではないか。ホイジンガもいっている。「無常感以外の観点から死を見ることが不可能であった[58]」のが、中世の秋の精神であった、と。

　だが、論理の先走りは慎しもう。なるほど、経験主義はチョーサーに近代を望見させたのは事実だろう。『カンタベリー物語』の大伽藍がみえてくるのも、そう先の話ではない。だが、それはあくまでも望見にすぎないところが肝腎なのである。『トロイルス』においても、彼は最後にはやはり、神の永遠の愛へ向けて「帰途」につくように、聴衆を促すからだ。そして、このパリノードが物語の解説ではなく、その要約みたいなものだとしたら、[59]

それは詩人がこれに籠めた敬虔な意図を、一層引立てずにはおかない。おまけに、人間的愛の儚さを告げる物語の「終り」は、見方によっては、すでに「始め」にあったともいえなくはない。発端部にも、すでに微かながら明らかに主旋律は鳴り響いていたのである。

ああ盲目なる世界、ああ盲目なる意図よ！(60)

チョーサーは、近代の曙光を垣間みたかもしれない。だが、その真の輝きは知らない。その間の事情を伝えてくれるのが、『トロイルス』における、ペトラルカの「百三十二番ソネット」の誤訳なのである。(61)

これが恋でないのなら、わたしの感じているのは何でしょうか（S'amor non è, che . . . è quel . . .）?
もし恋ならば（S'egli è amor）、神よ、わたしの恋とはどんなものなのでしょう?
よいものとしたら、この苦しみはどこから現われ、
悪いものなら、苦しみがかくも甘いのは、何故でしょう?
それに焼かれるのを喜んでいるのなら、この哀しみや嘆きはどうして?
不本意なのなら、逃げようとしないのは、何故なのでしょう?
ああ、死にして生なるもの、甘美な苦悩よ、
わたしの同意がなければ、こんなに長居ができようはずもないが、
同意を与えたにしては、苦しすぎる。
ぶつかり合う風にもまれるか弱き舟の中に
舵ももたずに、わたしはいる、
叡智は棄てさり、誤ちに閉じこめられて、

だから、自分か何を望んでいるかもわからず、
真夏でも凍てつき、冬でも焼かれている。(62)

チョーサーやワトソンに訳されることにより、イギリス・ルネサンスの抒情の規範になってゆくこの作品において、ペトラルカが描こうとしているのは、彼を捉えた愛のようにみえて、実は愛を感じている心、彼自身だ。彼は、己れを捉えた愛がいかなるものかを（愛の）神に尋ねるふりをして、己れを分析し、客体化せんとしているのである。愛が反省的自我を生む契機になっている限りにおいて、ここにあるのは紛れもなく近代抒情詩の典型といえよう。

この詩に接した時には、残念ながら、チョーサーはまだかかる読み方を可能にする文法を知らなかった。つまり、彼には本物の近代精神が備わっていない、ということである。だから、彼はこの詩を、キューピッドの矢に打たれた男の心の痛手を正直に歌ったものとしか、解釈することができない。当然彼は、一―二行を「恋というものが存在しないのなら (If no love is)」、「もし恋が存在したら、どのようなものをいうのでしょうか (if love is, what thing and which is he)」と訳さざるをえない。三―四行も、従って、「恋がよいものなら」、「悪いものなら」となる。でき上ったものは、恋の体験を通して己れを語るとは程遠い、恋の一般的な讃歌になってしまう。もっとも、この翻訳は、「恋の虜」になったトロイルスが歌うものではある。だから、見方によっては、意図的な誤訳ととれなくもない。それもあろう。だが、それだけなら、十二行目を抜かしたのは、何故だろう。ペトラルカは己れの愛を、理性という「舵」もなく、叡知という「底荷」ないし「錘」もなく、ただ誤ちという「荷」しか積んでいない、と見抜いているのに。チョーサーは、トロイルスの「誠実」な愛に、最初から不吉な雲のかかるのを避けたかったのかもしれない。だが、この讃歌が規定する彼の「誠実」が、結局愛から批判的視点を失わせ、物語全体に中世固有の「奥行きのなさ」を与える原因だったのではあるまいか。中世の秋は、シェイクスピアの『トロイラス』のもつ、ルネサンスの遠近法をまだ知らない。だから、「誠実」に潜む肉欲やエゴイズムまでを立

体的に描くことができない。ここにチョーサーの限界があったのである。

だが、その限界にもかかわらず、チョーサーはやがてルネサンスに最大の貢献をなすこととなる。ペトラルカという「トゥルバドゥール詩人の最後の華にしてその詩の完成者」（コールリッジ）から流れでる清流は、彼の水門をくぐることにより、ルネサンスの大河へと注がれるのである。

（五）

わたしの女の眼の輝きは太陽にはほど遠く
その唇の赤さも珊瑚とは比ぶべくもない
雪をもって白いというなら、その胸はむしろ焦茶色
髪の毛が針金なら、その頭に生えているのは黒い針金だ。(63)

恋人がペトラルカの説く美人の条件を備えていないと嘆く、シェイクスピアの「百三十番ソネット」の冒頭の一節である。イギリス・ルネサンスの抒情をそれほどまでに規定してしまったペトラルカの詩の魅力とは、いったいどこにあったのだろうか。

その詩の最大特色は、恋愛という病の臨床報告ではなく、病理学講義録だということに尽きるのではあるまいか。そこでは、恋人の肉体を実感させる描写は、めったに現われない。無理もなかろう。一三二六年四月、父の訃報で留学中のボローニャからアヴィニョンに戻って約一年後、聖クレール寺院でラウラという彼の地の一市民の娘にあったのは事実としても、四八年黒死病で彼女が死ぬまで二人の間には大した交渉があったとは思われない。(64) 彼女は、彼の詩の中で、いや詩のためにのみ生きた、といえるのだ。ラウラの名が詩に現われる時、それが

「微風（l'aura）」や「曙（l'aurora）」、そして圧倒的にしばしば「月桂樹（lauro）」と地口をなしているのは、このためであろう。詩人にとってのラウラとは、桂冠詩人への欲望を掻きたててくれるものでしかないのである。たとえ、その名声欲に金縛りの状態が、時として彼を苦しめ、近代人好みの「告白」——『考えながら、われは行く』や『わが心の秘めたる戦いについて』の第三巻がその適例だ——に彼を導いたとしても。恋愛体験より恋愛感情が、その感情より名声欲につき動かされた創作意欲がつねに優先するという意味で、彼は紛れもなくルネサンス人なのだ。彼の詩の魅力の第一は、そこから発散してくる「芸術家」的体臭にあったはずである。

もう一つの魅力は、彼の詩の表現的特色に関係すると思われる。彼の詩には、さんざしの枝に恋唄をぶらさげて歩くオーランドーにロザリンドが講釈する恋愛の徴候とか、前に引用した美人の条件といった、今日恋愛の常套的表現とされているもののほとんどが、実際にみいだされる。しかも、そのありように大変特徴がある。それらは、誇張したイメージを借り、対照法や撞着語法に則っている、ということだ。この特色は、元をただせば、彼の独創というよりは、トゥルバドゥールから彼が継承したものではあろう。だが、彼の誇張表現を、例えば「あられは花で、雪は緑[65]」といったベルナール・ド・ヴァンタドゥールの表現と比べた時にすぐわかるのは、エロスが具体的対象を失った分だけ、知的抑制を獲得している、という点である。もちろんこの場合、その表現的特色をイタリア風十四行詩《ソネット》に固有な問題として捉える配慮も、必要ではあろう。なぜなら、八行—三行—三行の組み合わせは、寸鉄詩同様、「びっくり箱的[66]」結論——一種の奇想《コンチェット》——を宿命的に導きがちだからである。だが、この配慮も、この時期に何故かかる詩体が一世を風靡したかを同時に問うのでなければ、空しい努力というべきだろう。問題は詩型にあるのではなく、それを生みだした時代の体質にある。ペトラルカの魅力とは、トゥルバドゥールの恋愛理論の知的要約とそれに心理学的側面を加味したこと、要するに、彼の陳腐さと斬新さの奇妙なとり合わせにあったのである。

ワイアットがペトラルカを学ぶのは、「イギリスのホメロス」の眼を通してであった、としばしばいわれている。例えば、「作品二十八番」の有名な小舟のイメージ。この詩はペトラルカの「百八十九番ソネット」——これ自体ヴァンタドゥールの「わが心かくも大きな喜びに充ちれば」を踏まえるか？——の翻訳だから、小舟はともに人生の象徴なのだが、両者の間には微妙な相違がある。まずワイアットの詩を掲げてみよう。

わたしのガレー船は放心状態を積荷として
冬の夜に荒れた海を渡る
岩の間を縫いながら　ああ敵なのだ
残酷に舵を操るわたしの愛の神は
櫓をこぐ度によぎるは
このつらさに比べれば死さえ軽しの想い
船の進むごと帆をひきさくは吹きまくる風
眼もろくに開けられず、希望と恐怖を共に送る風。
涙の雨と黒い侮りの雲は
くたびれた索具を大いに悩ます
過誤と無知が捩りあげた索具を。
この苦悩にわたしを導いた二つの星は隠れ
慰めを与えるべき理性も溺れ
今や港に帰るすべもない。(67)

この翻訳が原作と違うところは、大きく分けて二つ、荒海を示す具体的イメージの減少と撞着語法の登場である。つまり、原作では航海場所がシルラとカリブディスの間、難所として名高いメッシーナ海峡となっていたのに反し、翻訳ではそれがたんに「岩の間」になり、おまけに、「嵐」「濡れた」「漬った」「航海術」といった言葉が消えている。また、風の描写のところでは、「溜息と希みと憧れに濡れた風」が、「眼もろくに開けられず、希望と恐怖を共に送る風」に変わっている。

これらの変化は、翻訳の苦労を偲ばせるだけで、さしたる問題も含まないように思われるかもしれない。だが、少なくとも、海の具体的イメージの減少により、小舟の象徴性は一段と高まり、撞着語法によって、ぶつかり合う風にもまれて波間に漂う感じが強化されるのは確かであろう。

ところで、風にもまれて漂う小舟とは何か。ワイアットは、この詩を「百三十二番」の眼で、もっと正確にいえば、その翻訳が現われる『トロイルス』の眼でみているのではないだろうか。

ワイアットがペトラルカをチョーサーの眼でみていたことは、「作品七番」と「百九十番ソネット」、「作品二十九番」と「百七十八番ソネット」を比べてみた時に、疑いをいれないものとなる。「風を網で捕獲する」イメージ(ティリー、W・四一六)をはじめとして、そこには少なくとも四箇所『トロイルス』から借りたと覚しきイメージが瞥見される。(68) ワイアットは、ペトラルカにより喚起された詩的感興に、チョーサーの眼を通して形を与えるのである。(69)

だが、それほどの密着ぶりにもかかわらず、ワイアットの詩にはチョーサーに絶対にみられなかったものがみられるのも、確かだ。一言でいえば、それは典型的な叙事詩人と根っからの抒情詩人の相違だろうが、もう少し具体的にいえば、「牝鹿」(「作品七番」)や「希望と恐怖を共に送る風」のイメージに込められた奥行きと拡がりの感覚とでもいったものである。

「喘ぎつつ追い縋っても」、「余に触るるなかれ、余はカエサルなりせば」と首にダイアモンドで彫られているがゆえに、所詮は詩人に徒労しか残さない牝鹿——このイメージに何がこめられているかはあまりにも明瞭だろう。彼はこのアンという名の「牝鹿」と「二つに分けても意味の変らない単語はなあに」(「作品五十番」)のなぞなぞをやったがために、二度まで生命の危険に曝されることとなるのである。牝鹿には、チョーサーにみられなかった、実感としての雅びさと危険がこめられていたのである。

この二つの性質は、この詩の牝鹿にだけではなく、ワイアットの他の詩に現われるウィンザーの森やハンプトン宮殿周辺に出没する牝鹿にも等しく当嵌まる。

かつては優しく素直で大人しかったのに
今は放縦で恩知らず
かつてはすっかり服従して（in daunger）
わたしの手からパンを食べていたのに……

（「作品三十七番」）

デインジャー、ミュア＝トムソン版の「語解」に従ってここで「服従」と訳したこの言葉こそ、ワイアットの世界を解く鍵なのだ。『薔薇物語』からヘンリー八世の宮廷余興「つれなさの砦（*la Fortresse daungerus*）」[70]に及ぶ「女性の警戒心」の意味を一方においてもつと同時に、その典雅な宮廷に遊ぶ牝鹿を追いかける宮廷人の、文字通りの「危険」に結びつくのが、この言葉なのだから。となれば、「希望と恐怖を共に送る風」がもつ奥行き＝切迫感も、そもそもワイアットにおける対照的表現や撞着語法、形而上詩人に似た破格の韻律法のもつ意味も、自ずと理解されるはずである。つまり、それらはすべて彼の実生活の切実さの反映でもあった、ということである。なるほど、「作品二十九番」には、「まじめさと遊びの間で」といった表現は存在する。だが、それがあくまで理想でしかなかったことは、「作品百六十五番」の次の一行がはっきりと伝えてくれているのである。

愛と生は恐怖であって、遊びではない。

しかし、この遊びの精神の喪失に関しては、ヘンリーの宮廷にだけ責を負わせるのは、片手落ちというものだろう。聖俗両界の最高権威者となった国王に仕える人々の周辺に身の危険が存在するのは、ある意味で当然といえようし、見方によっては、彼の宮廷はむしろ積極的に遊びの精神の保護に努めたともみられるからだ。[71] となれば、その喪失現象は、宗教改革をもすでに経験した北方ルネサンス人の体質とも結びついていたことになる。つまり、彼らの心のどこかに、遊びを拒否する動きがあった、ということだ。ワイアットに関していえば、ペトラルカの「百八十九番ソネット」の翻訳に際して、「航海に関する知識（ragion）と技術」[72]を「慰めとなるべき理性（reason）」に変えてしまうきまじめさがそれに当たる。『懺悔詩篇』や書翰類に瞥見される「誠実」をあげてもよかろう。遊びの精神の喪失は、北方ルネサンス人の体質と不可分なのであった。

さらに、もっと大きくいえば、それはルネサンス現象そのものとも無関係ではない。L・フォースターは、中世の遊びの精神を象徴するが如き「後朝の歌」の流行――A・T・ハットー編『曙《エーオス》』は、その精神がたんに西欧中世の独占物ではなく、万国共有のものだったことを証明している[73]――が十五世紀を境に結婚祝歌にとって代わられる現象に触れて、それは新興市民階級が結婚を己れの威信を誇示する手段に使いだしたことと無関係ではないと述べているが、[74] この言葉を裏返せば、彼らにより支えられたルネサンスがどんな時代だったか、の凡その見当はつこう。ルネサンスとは、その自己主張の激しさや威信の誇示が遊びの精神を圧殺した時代、その独創性や壮大さ、宗教的熱誠が権威の否定や不寛容に通じていた時代だった、と。

これは、「世界と人間の発見」（ブルクハルト）の時代の定義としては、耳障りな響きを伝えるかもしれない。だが、ルネサンス現象が人間精神の一面化・狭隘化の上になりたっていた事実は、さまざまな事象を具体的に検討してみれば、おそらく首肯されるところであろう。「はずみがつけば、向う側へ落っこちる」（『マクベス』）。人間性の一面化は、「総合的思索」や象徴性・反自然性を特色とする中世的権威への反撥が、ルネサンス人を必要以上に個性的かつ自然主義的人間に変えてしまった結果なのである。「ルネサンスの決定的特徴とされる自然主義と個人主義は大規模な退化過程の中の病的現象に過ぎない」（ホイジンガ）。

だが、退化が人間の済度しがたい「猛き狂い《アテー》」により齎されたものであるとしても、その「狂い」が人間の尊厳さを逆に浮かび上らせることは、ギリシア悲劇が教えてくれているところだ。精神の一面化＝近代的知性の誕生の場合にも、この「幸福なる不幸《フェリックス・クルパ》」の公式は当嵌まる。近代的知性は、中世の叡智とは異なり、「天使のセックスを決定するために、星澄める夜に果てしなく議論[75]」することには、何の興味も示さない。それは、観念操作に注がれていた情熱を実証に向けるのだ。しかし、実証が感覚的判断に基づくとなれば、その情熱が感覚の解放にまで及ぶのは当然だろう。そして、感覚が解放され、人間がその判断に信頼を寄せ始めれば、個別的イメージで心の自然を歌うルネサンス詩の世界の出現は、もう時間の問題なのだ。ルネサンスの「幸福なる不幸」は、人間の感覚の解放にあったのである。

　話をワイアットに戻せば、そこにみられる遊びの精神の喪失は、これまで辿ってきたように、彼が「文化果つる[76]」国のルネサンスの入口に控えていた事実とも、おそらく深いところで繋っていたはずである。だが、ルネサンス詩人としてのワイアットを論ずる場合には、この入口という点があくまで肝腎である。彼の詩から遊びの精神は感ぜられなくなっていても、それが自己主張の強さとはまだ素直に結びついていないように思われるからだ。溢れんばかりの情感をペトラルカやチョーサーの権威を離れて自己流になぞるすべをまだ充分に知らず、詩形の実験だけに狂奔していた点からも、それはいえるだろう。彼の小舟のイメージも、別の証拠を提供する。あそこからは、「悲しみと嘆きの大海」に木の葉のように揺れるスペンサーのブリトマートの小舟に似て、悲痛な叫びは読みとれても、全体としてそれが伝えるのは、四大のなすがままに漂うチョーサーのコンスタンスを流す小舟との親近性の方であって[77]、「風を網で捕獲」（『悪魔の訴訟』）せんとしたもう一人の劇作家ウェブスターのヴィットーリアを運ぶ凄絶な自我地獄のような小舟とではない。ワイアットが偉大な先駆者に留まり、ルネサンス詩人の真の栄光を「イギリスのペトラルカ」シドニーやシェイクスピア、ダンといった反ペトラルカ的詩人に譲らざるをえなかった事情は、ここに潜んでいたのである。

　ワイアットとともに始まったイギリスのルネサンスが、小休止の後エリザベス朝に入って最盛期を迎える時、南仏から移植された反自然の愛の花さんざしは、どうなってゆくのか。この国でも、それは「自慢そうに芽をふいて、やわらかな頭をもちあげている」(78)。だが、その木蔭で愛を囁き、その小枝を摘んでいくのは、今やジュリエットやヴァイオラのような若者だ。どうやら五月柱《メイ・ポール》を飾っているそのつぼみも、自然な愛の花という変種のものらしい。反自然な愛の花の元木の方は、すでに枯れかかっている。正義の女神《アストリーア》にまで祭りあげられた処女王が君臨するこの国の寒冷な精神風土も、さんざしより薔薇の生育に適していたようだ。「さんざしの棘のあいだを風が吹く」(『リア王』)。もちろん、彼女の宮廷は、元木の保護に多少尽力したのは、事実だろう。だが、その保護の仕方は、カスティリオーネが活躍したフェデリゴ・モンテフェルトロのウルビーノの宮廷の保護の仕方と大筋では変わりがあるまい。宮廷人に雅びの道を教える礼節の花たるべく、温室植物として保護したというにすぎない(79)。だから、その花はすでに、かつてアリエノールを垣間みた一学僧に次のように歌うのを許した野育ちの生気を失っている。

大海からラインの岸辺まで
世界がぜんぶおれのものなら、
くれてやろうぞ何もかも、
イングランドの女王を
もしもこの腕に抱けるなら(80)。

反自然の愛の花さんざしは、特定の環境でしか成育できない高等植物の常として、ミルトンの『快活な人』での開花を最後に、自然に憑かれた時代、精神の物質化をはかる近代の到来とともに、やがて萎れてゆくのである。

第二章　聖体劇の精神史

——宗教改革の嵐の中で——

木の根から花を咲かせる反キリスト

一　はじめに
――ペイターとC・S・ルイス――

中世の旅人は、風景に感動することがなかったのだろうか。レマン湖の辺りを驢馬に揺られてゆく「光輝の谷《クレルヴォー》」の聖ベルナールは、「水の碧」に染まず、「陽光と白雪の衣を纏った峰々の輝き」にも心奪われることなく、十字を切る時眼を脇に外らす以外は、人の心と外界とを遮る頭巾に顔を埋めたままで、ひたすら道を急いだのだろうか。J・A・シモンズがその名著『イタリア・ルネサンス』で述べているように。(1)

聖レオナール教会経由の道に沿ってサンチャゴへ旅立つべくヴェズレーは聖マドレーヌ寺院に集まった巡礼たちは、そこでベルナールの命を受けて聖地奪還のためエルサレムへ赴かんとした十字軍騎士たちは、どうだっただろう。中世の秋の佇まいを今に残す寺院裏手のテラスから、四方に広がるブルゴーニュの山麓の見事な景観に見蕩れることがなかったのだろうか。十二世紀末ロンドン郊外からパリに遊学したネッカム一行が、モンマルトルの丘から「立派な城壁に囲まれた小塔づきの町」の景観を楽しんだように。(2)

そんなことはあるまい。知の人アベラールを糾弾し続けた神秘と瞑想の人ベルナールは別として、十二世紀ルネサンスを生きた人なら、自然美に醒めつつあったとみるのが、それこそ自然なのではなかろうか。

例えば、同名ながら森《シルヴァ》＝質料にしばしば言及するが故に「森　の《シルウェストリス》ベルナール」の異名をもつトゥールの大学者。彼は、『世界形状誌（*Cosmographia*）』の中で、自身が住むロワール河畔の町を以下のように語る。

泉は苔、岸辺は芝で覆われ、
大地は羊、森は葉で装う。
平地ではプラタナス、峡谷には榛の木が茂り
岸壁に堅い柘植　岸にはしなやかな柳が繁る。

Texuntur musco fontes, et cespite ripe,
Vestitur tellus gramine, fronde nemus.
Fronduit in plano platanus, convallibus alnus,
Rupe vigens buxus, litore lenta salix.

（一巻三章二六五―八行）(3)

クルティウスは理想郷（locus amoenus）の「最小限の道具立て」として「一本（ないし数本）の木、牧羊地、泉または小川」を挙げ、「小鳥の囀りと花々も加わるかも」というが、それらの半分ほどがここには揃っていて、風景がそのまま象徴的自然になっている。(4)

描写はさらに糸杉、葡萄、オリーヴ、ポプラ、蓮と、六十行以上に亘って続く。己の庭を知る強みだが、列挙はここだけではない。混沌たる質料《シルヴァ》が形相を纏うところから始まったこの地誌は、天空の高みから地上へ降り、オリエントからギリシアを経てこのガリアの聖マルタンの町に及ぶのだが、その直前にティグリス、ユーフラテスをはじめとする川の名の羅列がくる（二三五―六四行）。

地誌故当然ともいえるし、スペンサーの川の名（『妖精女王』四巻十一篇八―五三連）や『イリアッド』の軍艦の列挙（二巻四八四―八七七行）といった大叙事詩カタログに比べたら、高が知れているのも事実だ。とはいえ、一つ一つの説明が地誌的なものでなく、古典的言及からなっているのが気になる。例えば、ユーフラテス川なら、「偉大なる女傑が……高い煉瓦の城壁を建てた地域（magna virago . . . sua coctile duxit opus）」（二三七―八行）とセミラ

ミス（とピュラムスとティスベ）の神話に触れ、ティグリス川だと「ローマがクラッススの故に知られるようになった地域一帯（Telluris loca Tigris obit, qua . . . in Crasso cognita Roma fuit）」（二三九―四〇行）と、パルティア遠征中のクラッススのカラエでの敗北と死を語るというように。

ロワール川の辺りの描写にしても、すでに引いた箇所を過ぎれば、「ケクロプスの蜂の獰猛な殺戮者たる楝」「葡萄の花嫁楡」「ヴィーナスに親しい天人花」「アポロンに捧げられた月桂樹」と瞬く間に神話や故事の織物が一面を覆い、野生の木々の自然な呼吸を妨げる（二七五―三〇二行）。森のベルナールの理想的景観にあっては、象徴的自然が生の自然を圧している。

だが、この地誌が引用のパスティーシュからなるとはいえ、中世全般でみればそれはむしろ例外で、纏う古典的衣裳よりリストそのものが重要とわかってくる。

古代から中世にかけての樹木のリストは、手っとり早いところで『変身譚』の第十巻九〇行以下に十七行に亘って二十六種が現われる。チョーサーにおける「騎士の話」（二九二一―三行）四行二十一種、『鳥の議会』（一七六―八二行）の七行十三種などは、オウィディウスを意識したものだろう。『世界形状誌』（二六五―三〇二行）の三十八行四十種程度とは異なり、こうしたところでは古典的衣裳は元より修飾語すら使われていない場合が多い。何故か。

第一に、古代から中世にかけてのシンボリズムにおいては、時として樹木のリストすら不用で、都市／文明／形相と森／未開／質料といった対立項そのものが重要だったことが挙げられる。いかにも、森（hyle, silva）との不断の戦いの下に生まれたヨーロッパ文明らしい二分法だ。

ギリシア語の「ヒュレ」とラテン語の「シルヴァ」が同一で、ともに万物の創造母胎を意味するのは、四世紀ローマの文法家セルヴィウス（M. H. Servius）のウェルギリウス注解が教えてくれる。『アイネーイス』第一巻三一四行の項で、彼は「ギリシア人が『ヒュレ』と……呼ぶものを、詩人たちは『シルヴァ』と名づける。それはすべてがそこから創造される混沌とした元素の固まりである（quam Graeci *hylen* . . . vocant, poetae nominant silvam, id est, elementorum congeriem, unde cuncta procreantur)」と注解する。(5) しかも、その「森」が心《スピリット》という一角獣や魂《ソウル》という白い牡鹿の住処としての肉体に留まらず、「獰猛な情念や原始的衝動の住まうところ(in quibus feritus et libida dominantur)」をも意味したことは、彼の他の箇所(第四巻一三一行)の注解に明らかだろう。ダンテの「小昏き迷妄の森(selva oscura)」は、ここより現われる。

繰り返せば、樹木のリストなどなくても、森は森と書かれるだけで、プラトンに始まり、アリストテレスやウェルギリウスを経て、ダンテまで連綿と続く森＝質料(ananke, hyle, silva, selva)の系譜をすべて抱えこんでいる、ということだ。ブロセリアンドの森(アーサー王)、モロワの森(トリスタン)、シャーウッドの森、アーデンの森と名前こそ違え、森そのものが果たす機能に変わりはない。そして中世人にとっては、森の個別性よりその方が遙かに大事だったのは、いうまでもなかろう。

園についても、似たことがいえる。中世の園、ルネサンスの園の背後には、等しくエデンの園に発する「快適な場所」の伝統が控えている。森や園について語ろうとする時、詩人はつねにそれらの系譜や伝統の中で考える。あるいは、己れのヴィジョンを伝統的イメージに添ったかたちでしか表現しない。黄金時代以後人類は退化の過程を生きていると信ずる彼らの、過去の規範への絶対的信頼のなせるわざだろう。彼らはまだ己れ独自の森や園を形象化する必要を感じていない。

朝を告げる使者、忙しげな雲雀
歌で灰色の朝に挨拶をおくり
燃える太陽《フィーバス》天高くきらめけば、
東雲の空その光を浴びて笑いだし、
陽の光流れて繁みを射せば
葉の上の銀の雫も干上がりぬ。

The bisy larke, messager of day,
Salueth in hir song the morwe gray,
And firy Phebus riseth up so bright
That al the orient laugheth of the light,
And with his stremes dryeth in the greves
The silver dropes hangynge on the leves.

（『カンタベリー物語』一巻一四九一―六行[6]）

ダンテの「煉獄篇」第一歌二〇行の「すべての東を笑わせた（faceva tutto rider l'oriente）」を踏まえた四行目を除けば、一見陳腐なイメージの連なりからなり、雲雀は囀っていても声は聞かれず、露も干上がったのを知らされるだけ。だが、個性的なイメージを欠き、形象化が不充分だからこそ、かえって朝のすがすがしさが伝わり、「経験」される。[7]そして中世の詩人にとって、それで満足だっただろう。

さらなる例としては、『サー・ガウェインと緑の騎士』の有名な首斬りゲームの場面が挙げられよう。

輝く刃先地面を噛めば、
美しき首肩より大地に落ちぬ
数多の者ども足蹴にすれば、首は転がり
血潮迸りいで、緑の衣に輝きぬ
……………………
なれど、しっかりした足どりで大胆に進み出で
……………………
手伸ばして形よきおのが首をすばやく持ち上げたり……

Þat þe bit of þe brou*n* stel bot on þe grou*n*de.
Þe fayre hede fro þe halce hit to þe erþe,
Þat fele hit foyned wyth her fete, þere hit forth roled;
Þe blod brayd fro þe body, þ*at* blykked on þe grene;
. . . . . .
Bot styþly he start forth vpon styf schonkes,
. . . . . .
Laȝt to his lufly hed, & lyft hit vp sone

（四二六―三三行）(8)

ギュスターヴ・ドレの版画で有名な、ダンテの「地獄篇」第二十八歌のベルトラン・ド・ボルン、己れの首をつかんで逃げるあの男を想わせる光景だが、閉鎖音や摩擦音、時に側音からなる比較的短い音節の連なりが小気味よいリズムでその謎めいた物語を運んでゆく。修飾語を極力排し、細部に意用いず、心理描写に頼らずして話の裸形のみを鮮やかに示す能力、これもまた中世文学の魅力だろう。だが、そこには表現の「精妙さ（finesse）」は望めない。実在への興味が、まだ現象としてのリアルさを上廻っているということだろう。

精妙さをもった自然ないし風景への希求は、中世を一時忘却の彼方におき、規範としての古典への関心を復活させるところから訪れた。ルネサンス人が古代人の世界に歴史感覚を働かせて分け入った時、己れを発見してしまったということだ。これが、ペイターのいう、風景に対する近代の感情誕生のパラドックスだろう。

中世においては、いや、ルネサンスになってもピコまでは、世界は「現実に存在する透明な壁と物質からなる天空を境界とする限りある場所」、「彩色された玩具」のようなものだった、とペイターはいう。だから、それは万物の原動力としての創造のロゴスが手で支える大きな的か楯のごときものであって、星の輝く夜空を眺めても、パスカルのように「永遠の沈黙で脅かされる（Le silence éternel . . . m'effraie）」ことはなかった。(9)

原動力を表わす天使が抱く天球
（マンテーニャ画）

似たことを『棄てられたイメージ』で、中世的世界観を理解するには「星月夜の下での散歩」が効果的だと三度も勧めながら、C・S・ルイスは次のようにいう。

古い天文学においては、宇宙はマンテーニャ描く天球図、あの原動力を表わす天使《インテリゲンス》が抱く天球そっくりで、地球はその中心にして最低部、周囲の宇宙はさながら暗闇から覗きこんだ明るく巨大な建物、音楽と生気にみちた場所にみえたに違いない。だから、宇宙空間に眼をやっても、心安らぎこそすれ、誰もパスカルのようにその「沈黙で脅かされる」こともなかっただろう、と。[10]

星月夜といい、建物としての宇宙、世界創造の「原動力」が支える天球、あるいは三度繰り返されるパスカルへの言及といい、ルイスの発言はそっくりペイターを踏まえたものになっている。

ただ一つそこになかったのは、中世人は宇宙をみる時、外の暗闇に眼をやる (look *out*) のではなく、暗闇から逆に屋内を覗きこむ (looking *in*) 思いがした、と書くところだ。

だが、風景に対する感情が近代的なものだとペイターがいうのも、結局はこの思いと同根なのではあるまいか。自らを取巻く環境が闇なら、人は誰もそんな見えざる世界に興味を示さない。古代への歴史感覚を働かせることでルネサンス人がシモンズのいう「心と外界を遮る」あの修道僧の頭巾を取り外し、周囲が眩く輝くのをみた時に、初めて風景への愛しさが湧いてくると思われるからだ。勿論ペイターとは逆で、ルネサンス嫌いのルイスは中世こそが輝く場所と主張しているのだけれども。そうした相違にもかかわらず、両者の思考パターンは驚くほど似ている。いや、似せることで、ルイスはペイターに、ルネサンスに、喧嘩を売っている。

ここまでくると、森について語る時詩人たちがなぜ樹木のリストに拘ったかについても、別の見方が可能になる。大胆ないい方をすれば、中世の秋ともなれば、まず画家の眼からヴェールが取除かれ、自然がみえてくる。彼らの観察は自ずと細部にまで及ぶ。ファン・アイクの「ロランの聖母」などは、その好例だ。衣裳の生地、柱頭装飾から遠景としての町の眺望、川面に浮かぶ小舟まで、画家の関心を捉えた一切が細密に描かれる。

だが、当時の文学はまだ、ものを細密描写するすべを知らない。画家と異なり詩人は主題で制約を受けることが少なくとも、表現形式で伝統による制約を受けるからだ、とホイジンガはいう。だから詩人は細密描写を、「質的にではなく量的に」「対象物の特性を詳しく叙述するよりも、むしろ出来るだけ多くの対象物をくどくどと数え上げ」るのだ、と。[1]

とはいえ、イングランドの中世の秋を生きた詩人たちも、細密描写の必要をどこかで感じ始めている。『公爵夫人の書』で黒衣の騎士が婦人の恣態の美しさを愛でるに際して、「英語も知恵もこれを述べるに足りぬ（Me lakketh both Englyssh and wit For to undo hyt at the fulle）」（八九八―九行）と語り、『名声の館』へ鷲により導かれた詩人が「この場所の美しさ、技巧を……わたしに語る力はない（the grete craft, beaute, . . . Ne kan I not to yow devyse）」（三巻一一七七―七九行）というのも、逃げを打つ常套句にして一種の己れへのいらだちの表現でもなかったか。

少なくとも、数十数行に及ぶ『名声の館』の楽人たちの羅列などからは、そんな印象を受ける。「そこでわたしがみたすべての人々について語ろうとしたら、それこそ最後の審判の日まで語っても足りない長話になってしまう。」（一二八二―四行）チョーサーは、表現不能のレトリックを量的補填とうまく絡ませることで、質的な細密描写に近づこうと試みている。その好例が、「騎士の話」の最後近くで展開するアルシーテ火葬の場。

すでに触れた樫、樅、樺、アスペンと積み上げた二十一をこす木々のリストから入り、「それらが伐り倒された次第を語るのは無理（How they weren feld, shal nat be told for me）」（二九二四行）と断りつつ、伐採時にいかに水の精や木の精、森の神たちが住処を追われ、獣や鳥が逃げまどったかを告げ、終いには太陽を見慣れていなかった大地が光に脅えたさままでを巧みに語り始める。こうして、「これも語らず（Ne . . . ）」「あれも語らず（Ne . . . ）」と否定辞を重ね、全体で四十六行に亘って語らない事柄を列挙することで、結局は火葬の仔細を伝え、最後を「簡潔に要点にかえり、長い物語の終りと致しましょう」（二九六五―六行）ととぼけて締め括る。

「ない」ものの「量」を重ねることで、アルシーテの火葬という「対象物の特性」あるいは「質」に裏口から迫ろうと、チョーサーは腐心している。その限りで彼は、細密描写やリアリズムの必要性にすでに気付いている。だが、その実現には今少しの時間と新たな環境を要するだろう。

二　聖ベルナールに倣いて
――中世的リアリズムへの道――

中世人にあっては、「模倣の根本原理は自然を超えて、神を指向している」。芸（アルス）が祭祀という尻尾を残し、即自目的ならぬ表現手段に留まる限り、それは自然の子であっても、「神の孫（vostr' arte a Dio quasi è nipote)」を抜けでることができない。ホイジンガのいう通りだろう(1)。

同時に、十三世紀から十五世紀にかけて彼らは、「克明な細部の復原」を試み始めた、ともいう。だが、最も細密描写が相応しいと思われるキリストの磔刑描写においては、十四世紀の初めになってもそれが現われない。例えば、『世界を駆ける者（*Cursor Mundi*）』。三万行を費して、天地創造から最後の審判までが語られても、要となる十字架上のイエスの苦悩は、例の描写不能の口実の下僅か二行で片付けられる。

彼らが王に与えし恥辱を
充分に語るはかたし

Þe scam þai on þair lauerd soght,
ful tor it was to tell!

（一六六二九―三〇行(2)）

『北の受難』でも、事情は変わらない。受難を扱いながら、肝腎の箇所は四行で済ませてしまう。

イエスは善意から耐え給いぬ
彼らが与えしあらゆる苦痛に、
それ故彼らはその夜主を苦しめたり
夜が明けそむるまで。

Ihesus sufferd with gud will
All payns þat þai wald putt him tyll,
And so þai fore with him þat nyght,
Vn-to þat it was day full lyght.

（一〇二九—三二行）[3]

彼らが「あらゆる苦痛」の詳細を語らないのは、経験がなく不得手なだけではない。贖罪の神学の力点が未だ神と悪魔の闘いにおかれていて、人間の魂を賭けた壮大な全宇宙抗争でありながら、当の人間は無力な傍観者として片隅に取り残されているという事情が絡む。

「荒く深い海を越えた」イングランドへの到達には暫く時間がかかったとしても、実は十一世紀の中頃から、そうした状況に変化が訪れ始めていた。ヨーロッパ中世が行為と叙事詩の第一期を過ぎ、心とロマンス、そして宮廷風恋愛の第二期を迎えるのを機に、贖罪の神学自体が救世主の十字架上の苦悩と無力さを想像力豊かに追体験する方向に舵を切った結果だった。[4] ここで初めて、かつて王だったキリストは「愛しき者」に変わる（Ante rex, modo dilectus）[5]。『何故神は人に（*Cur Deus Homo*）』の聖アンセルムスや、[6]「歌と涙の川に浸りつつ」共感神学（affective theology）を完成させていった聖ベルナールの登場、いや、ひたすら己れの内面を見つめ、自然美に眼を塞いでいたベルナールに関しては、「吟遊詩人の神学者」(a theologian-troubadour)、「蜜流れる博士」(Doctor Melifluus)に姿を変えての再登場だ。[7]

しかも、ベルナールの知寓をえたソールズベリーのジョンが『為政者論(*Policraticus*)』の中で、「ペトロニウスによれば、ほぼ全世界が役者を演じている(quod fere totus mundus iuxta Petronium exerceat histrionem)」と記したせいもあって、否定的な文脈ながら人間の生の営みを劇メタファーで捉える見方が浸透し始める。やがてそこから、「キリストの生涯をさまざまに想像する(*cf.*, 'dyverse ymaginacions of Crystes Lif')」行為が、[8] 文学、就中演劇から緒についてゆく。「十字架劇をつくり、具体的場面を……詳述」する聖体劇の誕生であり、「苦痛が大きすぎて示せないふりをすることはない」事態の出現だ。[9]

「万感の思い」は語りえずと逃げを打たず、具体的に縷々語り始めたについては、聖体劇の性格も関係する。聖体劇とは聖体節(Corpus Christi)の祝賀行事の一環だが、その聖体節とは、神の人間的側面を強調し、聖別されたパンと葡萄酒のキリストの肉と血への実質変化を定めた化肉の教義の祝日をいう。暦の上では、三位一体の主日後の木曜日に当たる移動祝日だ。提唱は一二六四年ウルバヌス四世により、励行の義務づけは一三一一年ウィーン会議におけるクレメンス五世の尽力による。

イングランドで同業者組合の山車行列により祝われているのが知られるのは一三七六年頃のヨークから。[10] それから約二百年、北の幾つかの町を中心に、構成員同士の意地と誇りを賭けて、片や町の団結のために(*cf.*, the expression of that tension between social wholeness and social differentiation)、イエスの受難をはじめ聖書物語が分担で演じられることとなってゆく。[11]

聖体節が初夏という教会暦のいわば辺土に、屋外中心の祝日として設定されたについては、さまざまな理由があろう。[12] わかり易いものから挙げれば、夏の日がな一日老若男女とりまぜて、人の子となられた神を祝福するかたちで劇世界に没頭し、新たなエネルギーを蓄めこんで長く厳しい冬に備える、といったところだろうか。

勿論、教育的意図もあった。キリスト教はグレゴリウス七世の昔から、民衆教化に意を用いてきた。平信徒の聖書（libri laicorum）ないし「眼に一丁字もない者が読む絵（pictura . . . in ipsa legunt qui litteras nesciunt）」としてのステンドグラスは代表的手段だったが、(13) 中にはそんなものや「十字架に吊るされた裸の傷ついたキリスト像（the likenes of crist hanging on a cros nakid and wounded）」といった死んだ（dead）ものでは満足できず、生きた（quick）「芝居の助けを藉りねば改宗できない輩（ther been othere men that wilent be converted to God but by gamen and pley）」もいたらしい。(14) そういう人々に、ヨークなら、朝の光が鞣革業者の一番山車に射しこんだ瞬間に、純白の衣に金色の顔、長い鬚を蓄えた神が、厳そかに語り始める。

われはアルファにしてオウ（オメガ）、生命にして道、
真理、はじめにして終りなり。

Ego sum Alpha et O. vita, via
Veritas, primus et nouissimus. (15)

そして最後の十二番目の上演場所、敷石広場《ペイヴメント》まで市の中心部をほぼ四分の三周して最終の絹物商《マーサーズ》の最後の審判劇の山車が戻ってくる頃には、すでに暮れ泥んでいる。昼の長いこの時期が適していた所以だ。
直接時期とは絡まぬが、聖体劇が盛んになったについては、町興しの側面も無視できない。これについては後程チェスター劇を論ずる際に改めて触れるとして、経済効果を高めるため劇が際どく猥雑なものになりがちだという点だけ指摘しておこう。素朴な民衆は卑俗なものを好む。いや、それによってしか崇高なものに到達できない。サン・ドニのシュジェの炯眼が喝破した通りだ。

弱き心は物質的なものを通して真理まで引き上げられる

Mens hebes ad verum per materialia surgit.[16]

しかし、娯楽に乏しい中世とはいえ、聖体劇があれほど人気を集めた隠された理由は、教化目的と重なるが、キリスト教の教義のわかりにくさに潜んでいたのではあるまいか。

神の人間的側面を寿ぐだけなら、最初のチェスター劇のように、イエスの受難の経緯に絞って演ずれば、所期の目的は達するはずだ。聖書物語全体にまで拡大する必要はない。それをあえて行ったのは何故か。

イエスが本当に人の子として磔刑にあったのなら、問題はない。生命を賭して信じもしよう。だが、聖ヴィクトルのフーゴ（一〇九六―一一四一年）が『秘蹟について（*De Sacramentis*）』で懸命に論駁につとめるように、キリスト仮現説（docetism）が跡を絶たない。[17]天上の霊的実在者という正体不明なものの幻影が人間の苦悩の幻象（dokein）を味わったふりをしているだけなら、そんな身替りを教義の中心に据えた教えは、信ずるに足らない。[18]「肉を纏った者の名でなくして、人の息子とは何ぞや？（Quid est filius hominis, nisi nomen assumptae carnis?）」そう人々は考える。全聖書物語の劇化を企てた背景には、こうした疑念に答える「文脈的完全さ」を関係者が求めた結果だったと思われてならない。[19]

いわゆる「遊び（play, game）」の類が増えたのも、これと無関係ではなかろう。中世人は類推的思考や寓意的解釈に長けている。冗談と真実が截然と分かちえないばかりか、冗談は時として真実の代わりになりうることも知っている。だからチョーサーは、修道僧を窘めようとする宿の主人に、次のようにいわせるのだろう。

旦那、怒ってはいけませんぜ、ワシが冗談をいったとしても、
しばしばワシは冗談めかした真実を聞いておりますでナ。

But be nat wrooth, my lord, though that I pleye.

Ful ofte in game a sooth I have herd seye!

（「修道僧の話・序」（第七断片一九六三―四行）[20]）

遊びも教義の伝達に大きく貢献したのは、疑いを容れない。

こうしたわかりにくい教義の中でも、最たるものは無原罪のお宿りであり、遊びの要素を最も活用し易かったのは一連のイエスの受難の場面だったと思われる。

「さあ処女よ、答を急いで（Mary, come of and haste the）」と、聖ベルナールの「処女よ、急いで返答を（Da, Virgo, responsum festinanter）」を直かに踏まえてマリアにキリスト懐胎を承諾するよう大天使ガブリエルが急かすところから、N町第十一番山車「受胎告知（Salutation and Conception）」は始まりとなる。[21] ちなみにN町劇とは、上演地の名前（Nomen）をその都度入れ替えて複数の町で使われた台本を指す。時は十五世紀、抽象的・超自然的神秘に対して人々が経験主義的態度で臨みだした世紀だ。この教義が信じがたいと決めこんだ作者は、念入りに餌を撒きだす。

例えば、「マリアとヨゼフの裁判の場」。マリア懐妊の噂を聞きつけた召喚吏は、呼びだしたヨゼフに向かって、「司教さまの許へ、毎晩お前の家で／不義の弓がピンと張られているという訴えが寄せられておる。／矢を射る者は処罰されねばなるまいが」と切りだし、次いでマリアに話かける。

別嬪のお嬢はん、その話はお前はんが一等よく知っとるはずや。
包まず話してみい、
どこぞの弓の名人がお前はんの的に命中させてええ気持にさせたんとちゃうか？

Fayre mayde, þat tale ȝe kan best telle.
Now be ȝoure trowth, telle ȝoure entent:

Dede not þe archere plese ȝow ryght well?　（一六七―九行）

率直すぎる。だが、第十二番「ヨゼフの疑念」で、彼の口から「近頃フランス式の弓の張り方をされた（間男された？）（þi bowe is bent / Newly now after þe Frensche gyse）」（五五―六行）と聞かされていた観客からすると、是非質して欲しかった問いだ。作者はそれに応えるかたちで、こうした露骨な言葉を口にさせたのだろう。

裁判の場での疑念は、さらに続く。弓の名人云々から百三十行位進むと、今度は第一の中傷者が雪の子の話をもちだす。長旅から帰った商人が赤子を抱いた妻に驚き、尋ねる。雪降る晩に何も掛けずに寝ていて、雪片が口に舞いおりて、お腹が大きくなった、という答。ファブリオーで馴染の話だ。

これは、「神罰の水（þe botel of Goddys vengeauns）」（二三四行）を飲み、祭壇を三度廻る神明裁判の後で展開する話だが、商人と同じ運命を第十二番山車でヨゼフ自身が味わっていた。旅から帰り腹の大きな妻をみて、「男と寝ずに子供はできん」（一〇六―七行）とばかり家を飛びだす。この時は、神が彼の許へ天使を遣わして事情を説明して事なきをえたが、ここへきてそれが蒸し返された感じだ。しかも今回はヨゼフたちが飲んだ水の残りを「中傷者一」が飲み、頭が焼けんばかりに痛くなり、虚偽の申立てを悔いる（I do me repent / Of my cursyd and fals langage!）（三六六―七行）おまけまでついている。

これだけで充分くどいが、さらに「生誕」の場のさくらんぼの挿話までが加わる。場の冒頭で高い木に生っているさくらんぼを採ってほしいとマリアが所望し、ヨゼフが「孕ませた男に頼みナ（lete hym pluk ȝow cheryes begatt ȝow with childe!）」（三九行）とそっけなく答えるところだ。『マタイ偽典』第二十章に発する「桜の木の聖歌（*The Cherry-Tree Carol*）」としてバラッド集で馴染の話だが、「さくらんぼを採る」からヨゼフはおそらく「処女を奪う」卑猥な連想をして、孕ませた男に頼めと応じたのだろう。[22] いずれにせよ、枝が独りでに下りてきて、驚いたヨゼフが信仰を深めて一件落着となるものの、観客の代弁者としての彼の疑念は未だ完全には解消されていない。

いよいよ場面は、出産へと移る。産気づいたマリアに気付き、ヨゼフが産婆探しに出かけ、ゼロミーとサロメの二人を連れてくる。だが、その時にはすでに、何の苦もなく汚れもなく済んでいる。そこでえげつないアクションが展開する運びとなるのだが、キリストとともに処刑された二人の泥棒が彼の神性に対して対照的な立場をとったように、彼女たちの処女懐胎への見方も対照的だ。ゼロミーは信じ、サロメは信じない。疑い深いサロメがマリアに触れるところで、ト書が入る。「ココデサロメマリアニフレル。シカシテ、ソノテヲヒキダセシトキサケビゴエヲアゲ、ナカンバカリニテイイケル（Hic tangit Salomee Mari［am］et, cum arescerit manus eius, vlulando et quasi flendo dicit.）。」（二五三行＋SD）

まあ、どうしよう、大変だヮ
信心に欠けて疑ったばかりに
手が死んで土くれみたいにパサパサになっちまった——
信じなかったバチで、こんなひどいことになるなんて。
（二五四—七行）

似た挿話は、チェスター劇にもみられる。きわどい場面故、ヨーク劇はマリアに妊婦服を着せ、下から赤ん坊の縫いぐるみをとりだたせて終るだけ。[23] タウンリー劇では、マリアの威厳を損ねないよう、降誕パジェントそのものを扱わない。チェスターには、凌辱の訴えや嬰児殺しの疑いを巡って、産婆が判定のため召喚された記録が残っているというが、[24]「太陽がガラスを通るごとく」行われる出産を、「出産した処女（virginitas in partu）」という矛盾した存在をその儘信ぜよというのが、そもそも無理な注文というものなのだ。二十世紀のプルーストを含めて「弱き心」の説得には、インパクトのある演出が要請されるところだろう。

このショック療法を正面から与えておいて、指のひからびの治ったサロメに今度は搦手から、次のように叫ばせる。

到るところで、この奇蹟を語ろう、
清浄な処女から神がお生まれになったと、
堕落した人類の救済のために
……………………
この偉大な奇蹟をもっと多くの人に知って貰うため、
方々へ行って語るとしよう、絶対に。

（二九八―三〇九行）

中世の秋は、細部に極端に拘るグロテスクなリアリズムを、どうやら獲得したらしい。聖体劇の処女懐胎を巡る一連の挿話が教えてくれるのは、そのことだ。ゴシック大聖堂の建築に携わった人々が伽藍全体の見えざる調和を信じえたがために細部装飾に没頭できたように、これは聖体劇関係者が「遊び（play, game）」と「まじめ（earnest）」の堅い絆を確信しえたからに他なるまい。それはキリストの裁きから磔刑に到る一連の場を覗くことで、一層明らかになるだろう。

これらの場の眼目は、人の子として肉を纏うつらさを極限まで追うにある。例えば、N町第二十九番山車、アンナスとカヤパの前での裁判の場。ここの遊びの中心は「廻って毟れ（Whele and pylle）」（一九〇行）だが、これは創作ではない。目隠ししたキリストを叩き、下手人を当てさせる話は、「ルカ伝」二十二章六三―五節その他に記されている。磔刑の後、キリストの衣服を籤引きする兵士たちの描写と同様だ。

この遊びはまた、このサイクルのみに限られたものでもない。タウンリー劇の「クリスマスの新しい遊び（a new play of Yoyll）」、ヨークの「パップス（pops）」、チェスターの「誰が撲ったか、当ててみな（whoe smote thee crye）」と同一のものだろう。*OED* が語源不明として載せる「熱いザル貝（Hot Cockles）」とか「叩いたのは誰（Qui fery?）」、「盲鬼（Blindman's Bubb）」とも同じ、叩いた相手を当てるまで鬼をやらされる、残酷な遊びだ。[25]

バラッド「マリアの嘆き節」や説教にまで登場する[26]このギリシア起源の有名な当時の「叩き遊び（bobbid game）」

を夫々のサイクルは巧みな変奏により取り入れ、聖書の記述を脹らませる。N町の場合は、「仲間に入りたい人、この指とまれ（Comyth to hall hoso wylle）」（一九一行）の囃し言葉はあるものの、遊びとしては単発に留まるが、ヨークならそこから酒宴へと進む。中でも手のこんでいるのがタウンリー第二十二番で、これを囲むかたちでさまざまな遊びが展開する。[27]

枠の働きをしているのが、「どーど、ほら歩め（Do io furth, io! and trot on a pase!）」（一行）と「急いでひきたてていくぞ。足を上げぬのか、こら（We shall lede the a trott / Lyft thy feete, may thou not?）」（四二九—三〇行）という拷問者＝博労の二つの科白。キリスト＝使役馬はそこで一方的に働かされ、殴られる損な役廻りだ。[28] ナショナル・ギャラリー蔵、ボッスの「荊の冠を戴くキリスト」では拷問者は首輪までつけた姿で描かれ、ピーターバラ写本のようにライオンの顔も多く見受けられたという。[29] 観客はここの博労にも似た獣の姿を投影していたことだろう。

目、耳、口、足などの不自由な者を治し、死んだラザロを甦らせた魔術めいた布教の実態、王や神の子の僭称等を、聖書の記述における偽証者を兼ねた拷問者による告発により一通り聞いた後で、カヤパは沈黙を守るイエスに怒りを募らせ、王とは片腹痛い、「われらが祭りの道化の王（Kyng Copyn in our game）」にしかすぎない、と決めつける。[30] 一方アンナスは「法により得られしものを我らは望む（Et hoc nos volumus / Quod de iure possemus）」（二一四—五行）とばかり、終始冷静な態度を貫く。

二人の高位聖職者の性格の対比を際立たせる取調べがすみ、改めて拷問者の手にイエスが委ねられてからが遊びの本番だ。

「新しいクリスマス遊び」（何たる時代錯誤！）の開始に先立ち、拷問者一は小僧の「屁理屈屋（Froward）[31]」に撲る（buffet）ための「椅子（buffit）」をもってこさせる。手の込んだ洒落だが、「納屋の雄鶏みたいにホップしたりダンスしたり」というところをみると、背の高いイエスを坐らせて四旬節に行う「棒投げ鶏いじめ」でも始めようというのだろうか。[32]

椅子が運ばれて暫くすると、拷問者たちは「さぁ、声望高き君主に相応しい玉座は調ったり（arayde）」（三六二行）というが、これは椅子を玉座か玉座兼十字架に見立てたことを示唆するかもしれない。[33]「お言葉通りのものを、オツムで試して進ぜよう（We shall preue on his crowne: the wordys he has sayde）」（三六四行）からみると、荊の冠を載せたらしいが、道化の王云々との絡みでいえば、服装も道化のものに着替えさせている（arayde）とも考えられる。ヨーク劇では似た文脈で、「道化の王に相応しい衣装を着せ、荊の冠を被せる」（三三八行）とある。[34]

それからまた、生意気な小僧を使い走りさせての、イエスの目隠し。そういう恰好で十字架という名の玉座に坐ることで、イエスは贖罪の予表として、撲る者たちの精神的盲目さの身替りをつとめているのだろうか。いずれにせよ、ルネサンス以前の絵画における正義の女神の目隠しは公平さの寓意ではなく、正義不履行の意味だったらしい。[35] そこで、いよいよ殴打ないし鞭打ちの開始。高見の見物を決めこんでいた小僧は、拷問者二の撲り方をみながら、

下手っぴい、それじゃ面の皮一枚
むけんわい　　　　　　　　　　（四〇〇―一行）

というが、それを合図に殴打は一段と手荒さをます。

タウンリー劇のこの辺りはト書きが少ないから詳細は不明ながら、よく似たN町第三十一番山車「ピラトの二度目の審判」の最後では、頭に荊の冠がフォークで刺された姿（a kroune of pornys in here hed with forkys）（二一二行＋SD）で椅子に坐ったイエスが最後に紫の衣から自分の粗末な服に着替えさせられ、首で十字架を支えた姿で綱で曳きずりだされる、という長いト書きで終っている。[36]

この「荊が頭蓋骨を突きさす（to the brayne thay（thai wirme）ficchit we[r]）」イメージは、タウンリー、N町だけでなくヨーク劇（「第三十二番」四〇〇―二行）にも、いや『北の受難』やチェスター劇の出典の一つである『連

形式キリスト伝（*A Stanzaic Life of Christ*）』にも現われる。すべて聖ベルナールの「その神々しい頭が沢山の鋭い棘で脳まで突き通された（Capud illud diuinum multiplici spinarum densitate vsque ad cerbrum confixum est）」にヒントを得たものという。[37] それに基づく説教も知られているところをみると、[38] 中世の秋の文芸全般に浸透する聖ベルナールの影響力の大きさに、今更ながら驚かされる。

話をタウンリーの目隠しゲームに戻すとしよう。

博労と使役馬といった枠内で展開する殴打ゲームは、別の見方をすれば、悪魔にとり憑かれて神（の子）や王を僭称する法の侵害者の体内から悪魔を叩きだす悪魔払いの様相をも帯びている。「叩いて醒めさせる（with knokys make hym wake）」（三二二行）とか「奴の中からあの嘘っ話を追いだしてやろう（Thus shall we hym refe all his fonde talys）」（四〇六行）といった科白が示唆するところだ。

この無邪気にみえる儀式のもつ残酷さは、関係者のいずれも片時たりともゲームの外側に立たないところにある。小僧すら体制内批判者に留まり、口数の少なさの故にイエスさえ時には加担者にみえる。結果として、もっぱらゲームの規則に則って悪夢さながらのアクションが進行するのみ、『マクベス』とは違ってどこからもいつになってもノックの音が聞こえず、日常の光も射しこまない。「彼らは何をしているのか、わからずに」（「ルカ伝」二十三章三四節）、ひたすらゲームに専念する。たまさかイエスの存在に気付く時があっても、それは彼の「大ぼら吹き」の側面を再認識させ、さらなる暴力への口実を与えるだけ。ここにあるのは、まことに「出口なし（Le Huis Clos）」の恐ろしい世界なのだ。

タウンリー劇におけるイエスの受難は、その後予め開けた釘穴に合わせるため、プロクロステスの寝台さながらに、彼の手足をひき伸ばして十字架に釘づけし、それをほぞに立てる行為へと進んでゆく。そこに登場するのが、騎士キリストのイメージ。

カルバリ山丘まで遂に来たから、彼を相手に「何か楽しいこと（lake）」をやろうぜという拷問者三の提案に拷問者一が乗り、「王を僭称してるんだろう、馬上槍試合くらいさせにゃ、しっかり坐ってないと、後悔することになっても知らねぇよ」（八三―四行）と応ずる。そこからが「楽しみ」の始まりで、拷問者全員が殿様の身仕度や馬の世話をする供の者よろしく、かいがいしくその実乱暴に、イエスを十字架という名の馬に乗せ、落ちないようしっかり釘づけする。

『じゃじゃ馬馴らし』で殿様扱いされるいかけ屋のスライは上等な衣服を着せられるが、ここのイエスはなりがひどいだけでなく、第二十五番山車「魂の救出（Extraccio *Animarum*）」の冒頭で「余は、これより地獄へ赴く／余のものを堂々と要求するために」（九―一〇行）と宣う際の凛々しい姿とは正反対で、身動き一つ儘ならない。にもかかわらず、拷問者一が馬上槍試合云々といいだすのはおそらく、地獄の征服が人間の魂を巡る神とセイタンとの馬上槍試合のイメージで長い間捉えられてきたせいだろう。例えば、『農夫ピアズの夢』の次の一文。

これが馬上槍試合に臨むキリストか、と私は問うた、ユダヤ人どもが死に追いやったという

Is this Iesus the Iusta? quod I 'that Iuwes did to deth'?[39]

その凛とした姿を換骨奪胎して、槍で突かれて果てる直前の瀕死の姿に重ねたところに、作者の卓抜な手腕がある。[40]

いいかえれば、この作者は長い間描かれてきた勝利者としての十字架上のキリスト像には嘘がある。勝利者の顔は地獄の征服を完了した時のもので、十字架上の彼はあくまで死を前にした悲惨な姿でしかありえない。そうでなければ観客の納得はえられない、と思っているに違いない。[41] この男がウェイクフィールドの巨匠であれ他の誰であれ、彼は確実に十五世紀を支配する懐疑論的人間中心主義の空気を呼吸している。

証拠ともいえるのが、受難の話の終り近く、槍で突かれたイエスの心臓から滴りおちた血ならぬ水で、ロンギウスの眼が快癒する挿話（五九七―六〇六行）。神に代わって奇蹟を行うイエスの姿が語られているとはいえ、いか

にもあっさりとしたものでしかない。六十行、三十行と長科白を二度も吐き、「わが神、わが神よ、何故にどうしてあなたは私を見捨てられるのですか」と問い、「わたしの肉は、この苦痛にこれ以上耐えられません」といって息をひきとってゆく人の子イエスの扱いに比べたら、差は歴然としている。タウンリー劇の作者もまた、奇蹟を行う全能の超越神より哀れな人の子に関心を寄せた聖ベルナールの末裔であったらしい。

とはいえ、時代は刻々と過ぎてゆく。馬上槍試合のイメージが人間の魂を賭けた、神とセイタンとの宇宙抗争を改めて想起させるように、いつしか時代の潮目も変わり、肉を纏った神の魅力も失せてゆく。「冗談をまじめにとらなくなる（And eek men shal nat make ernest of game）[42]」宗教改革は間近に迫っている。

三　反キリスト劇の系譜
――異端論争の間で――

（一）

歴史や文明は、疲労を免れない。世界は老い（mundus senescit）、今の時代は終りに近づいている。人は昔からそう信じ、崩壊感覚を終末思想にまで高め、宗教や哲学の核に据えてきた。人間には生起するだけの無目的で物理的な時間（クロノス）では満足できず、生を確認しつつドラマを生きたい本能がある。始めと終りを持つ虚構の時間（カイロス）を必要とするのは、そのためと思われる。(1)

古代ユダヤ民族がそうした思考傾向の持主としてつとに知られるが、モダニズムの詩人たちも終末思想と無縁ではなかった。人間という鷹はすでに鷹匠＝神の声を聞かない。ために中心は力を失い、無秩序が世界に放たれた。「猛き獣（rough beast）」あるいは「荒ぶる神（the Savage God）」の出現は近い。そうみたイエイツが、代表格だろう。(2)

「空を紫に染め、罅《ひび》われ、かたちを変え、炸裂する山向こうの都市」「燃え落ちる塔」がトロイ滅亡を幻視させるエリオットも、そうした一人だ。(3)だが、違いもある。

イエイツの野獣が、「二千年に及ぶ石のような眠り」から醒め、ベツレヘムへ這い寄ってくるのは、咬合する円錐ないし環同士の運動の規則的交代の一過程にすぎない。荒ぶる神の登場も、「曖昧模糊たる色合いやいらだちのリズム」を抜け出す契機となるだろう。新しい鷹匠がいかなる暴力的神にしても、イエイツはその再臨（second coming）に一縷の望みを托している。

ところが、エリオットの場合は、そうではない。エルサレム、アテネ、アレクサンドリアといった古代都市から第一次大戦後のロンドンに到るまで、その灰燼の跡から聞こえるのはカサンドラやヘキュバの嘆き、いやピエタ像のマリアが漏らす「母親の悲しみの呟き」だけ。雨も降らず、「黙示録」でいう「新たな天と地」の息吹きはどこにも感じられない。そんな気がする。

反キリストとは、再臨したキリストと人間の運命を賭けて最後の戦いを臨む悪の権化、再臨や新たな天地は元より、至福千年や最後の審判などと並んでキリスト教終末思想を彩る一方の雄をいう。エリオットの神はもし荒地に再臨したら、反キリストとの勝負を有利に進められるだろうか。彼がインド思想に助勢を求めたのは、不安を打ち消すためだったと思われてならない。

反キリストの祖型は古く、バビロニアやアッシリアの二元論的創造神話における、悪と暗黒の力の象徴としての龍に遡る。この龍の変容（a later anthropomorphic transformation of the Dragon myth）としての反キリスト像は、[4]例えば、「黙示録」（十三章一八節）でいう「六六六という人間を指す数字」をもつ獣に残っている。

古代ユダヤ民族はバビロン幽閉を解かれてエルサレムに帰国した際に、メシア信仰の一環としてこの擬人化された龍を持ちこんだ。ローマ帝国やヘレニズム世界に囲まれて希望のもてない彼らの生活の中で、それが永世を阻止する憎き存在として次第に膨らんでゆき、大群を率いてユダヤに攻めこむゴグやマゴグ（「エゼキエル書」三十八—九章）、十本の角もつ第四の獣（「ダニエル書」七章七節—八章二五節）として定着をみる。それらは終末の日の侵略者（二十章八節）、十本の角と七つの頭をもつ獣（十三章一節）に姿を変えて、「黙示録」まで生き延びるだろう。

紀元一世紀になり、ナザレのイエスをメシア＝キリストとみなす集団が誕生すると、さらに新たな局面が加わる。

原始キリスト教団は、帰国後の第二神殿時代（前三世紀—後七〇年）のユダヤ民族とは違って、たんに悪からイスラエルを救ってくれるメシアでは満足しなかった。彼らはもっと貪欲で、終末の日に再臨し、歴史を終結させる存在、即ち、歴史の支配者としてのメシアを待望した。しかも、そのメシアとは、神が遣わした人の子であり、神の言葉でもあるイエス以外にありえないというのが、彼らの主張であり信仰だった。[5]

こうしたイエス・キリスト像が確立するにつれて、イエスの反措定にして函数としての反キリスト像も自ずと定まる。イエスに代わり、イエスと対立する、偽キリスト、それがキリスト教社会における反キリストの新たな原像だった。

とはいえ、新約聖書を繙いても、その姿はみえてこない。彼の名は「ヨハネの第一の手紙」(二章一八、二二節、四章三節)と「第二の手紙」(七節)の四箇所で言及されるものの、正体はさっぱり把めないのだ。

むしろ手懸りは、反キリストの名が現われない「テサロニケ人への第二の手紙」(二章三―一一節)や「黙示録」(とくに十一、十三、二十、二十一章)が与えてくれる。それによれば、「滅びの子」はキリストにより千年もの間地底に閉じこめられ、その間地上では千年王国が栄える。だが、千年が過ぎ、世界が終末に近づくと、彼は再び勢いをとり戻し、三年半もの間地上に君臨する。そして神の二人の証人をも打ち倒し、完全制覇をなし遂げたと思った矢先、神により天からの火で焼き滅ぼされる。人間ならいかなる存在をも打ち負かす力があっても、やはり神には敵わなかったのだ。次いで最後の審判。それが済むと、天地が消え去り、新たなエルサレム、新しい世界(アイオーン)が選民にだけ与えられる。

これが、反キリストを中心に眺めた終末の光景だ。だから、救済史全体から眺めた時、反キリストとは、歴史が悪の盲目的暴力下にあったという実感を、歴史は合目的的な神の支配下にあるべきという信念へと止揚する際に、原始キリスト教団が味わった無限の躊躇を仮託された人物といえるかもしれない。

つまり、自らの信条を絶対的正義とみなすばかりか強い選民意識の持主でもあった排他的一神教信者にとって、歴史への敗北感を振り払い、永世への展望を切り拓くには、その直前に最大の難関を設定し、神の力を藉りて絶対的帰依と引替えにそれを突破するしかすべはない。彼らはそう考えたに違いない、ということだ。キリストと見紛う力を備えた信仰の敵にして、人間悪の総括者が登場する所以はここにある。

終末論全体に話を戻せば、その骨組にその後大きな変化は現われない。加わったものといえば、三一三年のキリスト教公認の結果として、ローマ帝国がバビロンやユダヤ教徒とともに占めていた反キリスト陣営の一角を抜け、信仰の擁護者の側に回わったこと。それにより、平和裡に世界を治め、時到れば神の手に支配を委ねる最後の皇帝像——信仰の危機に出現するとユダヤ民族が信じた戦士キリストのいわば帝国版——が『ティブルティナ（*Tiburtina*）』（四世紀）、『偽メトディウス（*Pseudo-Methodius*）』（七世紀）といった中世の神託集から誕生するくらいだろう。(6)

とはいえ、反キリスト像を考える際に、ローマ帝国という原始キリスト教団最大の敵が消滅した意味は、決して小さくない。これにより、終末論の枠組における反キリストの比重が相対的に低下するばかりか、「宗教の名の下での政治的圧迫の代名詞」が外部の異教から内部の異端へと大きく重点移動する。すべての「敵」をこの呼称に統一する傾向の始まりでもある。そしてイングランドでいえば、信仰の危機の度に教皇から国内の政治権力、ひいては分立宗派（schism）へと、政教分離が確立する十七世紀後半まで反キリスト像は内向し、遂には「これほどまでの悪を宗教に生む力があった（Tantum religio potuit suadere malorum）」（ルクレティウス）と後世が慨嘆する革命を導くこととなるだろう。(7)

キリスト教世界における終末論は、千年紀を迎える頃から、本格化するが、その理由はキリスト教独自の年代測定法にあった。

『お気に召すまま』（四幕一場）でロザリンドは、「この哀れな世界は殆んど六千年経っているけど、恋の病で自ら生命を絶った人なんていませんよ」と、有名な科白を吐く。そこに明らかなように、キリスト教世界では古来人類の歴史を六千年と定め、各千年を神の創造の一日と重ねる考え方が採られてきた。しかもそこでは、安息日（メシア栄光の王国）直前の六日目がキリスト誕生で始まり、最後の審判で終るとみる見方が、一般的だったという。(8)千年紀を間近に控えた人々の不安は、そこに胚胎する。

だが、時間の数え方は融通無碍だから、それ以前からも終末論は皆無だったわけではない。森のベルナールが過ごしたであろうトゥール近郊で死んだ聖マルタンは三八〇年に、まだ子供の姿ながら反キリストはすでに生きていると主張したらしい。(9) 終末は近いというわけだが、その彼を祀った教会の第十九代司教グレゴリウスもまた、五九四年の死の直前まで執筆に勤んだ『歴史十書（*Historiarum Libri X*）』の第一書を、「世界の終末がますます近づきつつあるため希望を失いつつある人々のために」と書き始めている。(10)

グレゴリウスは同書の第九書第二十四章に、親交があり五八七年にはその葬儀にも列席した聖女ラドグンド（Radegund）の手紙を引用するが、そこにも「世界が終末にと急ぎ」、享楽的生活に向かう人々があるという嘆きが記されている。(11) 千年紀を待たずして、人々の間にかなりの程度終末の不安が浸透していたのがわかる。

紀元千年頃に千年王国的終末論が盛んになった理由は、漠とした不安以外にも存在した。貧しい農民や都市の失業者の間に広がった至福千年の待望だ。(12) しかも、この終末論はこれまでのものと多少趣きを異にしていた。

至福千年説は、千年がまず来て、その後に三年半に及ぶ反キリストの支配がくる。それからキリストの再臨、最後の審判へと進むのが本来の順序だろう（千年王国後登場説）。ところが、凶作や失業に苦しむ底辺の民衆にとっては、その順序が認めがたい。今が反キリストの時、キリストの再臨によりそれが打倒されて平和で豊かな社会が到来する。そう考えない限り、彼らには納得がいかないのだ。いつしか、反キリストの至福千年前登場説が勢いをます。

この説は、清教徒革命の理論的支柱だったところからもわかるように、急進的、現状変革的な側面が強い。中世も後期にさしかかり、教会の堕落が目立つようになると、この説はフィオーレのヨアキム（Joachim）をはじめ改革者の間で次第に目立つようになってゆくだろう。(13)

しかし、当然のことながら、至福千年待望論がすべてではない。千年紀終末論の底辺をなすのは、やはり不安だったただろう。

先に引いた聖女ラドグンドはフランクの王クロタール（Chlotar）一世の妃だったが、時代が下った十世紀、西ローマ再興者オットー一世（九一二―七三年）の妹にして、西フランクのルイ四世に嫁したゲルベルガ（Gerberga）も、終末の不安を拭いきれない女性の一人だった。

彼女は、後にモンティエ・アン・デール修道院長になるアゾ（Adso）に教えを乞う。それに対して、彼は長い書簡を書き送って慰める。ローマの正統な後継者たるフランク王国の王が、最後の皇帝さながら繁栄のうちに君臨し、最後にエルサレムに赴き、橄欖山に王笏と王冠をおく（ad ultimum Ierosolimam veniet et in monte Oliveti sceptrum et coronam suam deponet）までは、反キリストが出現する終末の到来はない、と。反キリストについての中世の標準版『反キリスト訴状（*Libellus de Antichristo*）』（九五四年）の誕生だ。[14]

この書簡が後世に与えた影響は、計り知れない。反キリストはユダヤ人で、ダン族（the tribe of Dan）の出身。悪魔が母親の胎内に入り受胎。生れはバビロン。悪霊や魔術師に教育され、長じてはエルサレムに赴き、王侯や人民の改宗に励む。成功した暁には相手の額に印をつけ、籠絡に失敗した折には暴力を行使した、云々。こういう来歴もここでほぼ定まったといってよいだろう。

（二）

『反キリスト訴状』において、アゾは、「フランク族の王の一人が……ローマ帝国全体を所有する」ともいっている。[15] ゲルベルガの依頼もさることながら、愛国的フランス人らしい見方だろう。だが、新ローマ帝国の皇帝こそ「ローマ王の威厳（Romani regi dignitas）」の順当な後継者とみる考えがあっても、おかしくない。かつて全世界はローマの元首金庫（fiscus）だったのに、怠慢な後継者がそれを消尽してしまい、帝国の影響力（potestas）も衰えた。「それをわれらが権勢が誇る威厳をもって取り戻したい（Quam nostræ repetit potentiæ maiestas）」。カール大帝時の威光を取り戻すべく帝国にあえて「神聖」を冠した赤髭公《バルバロッサ》フリードリヒ一世（在位一一五二―九〇年）は、そう願った。[16]

六世紀にユスティニアヌスの下で編まれた市民法典（Corpus Juris Civilis）が一〇七五年発見されたのも、幸いした。[17] かつて帝国全土に効力をもったこの大法典に、彼は帝国全土に及ぶ絶対的主権のヒントをえた。「王侯の怒りは死（Indignatio principis mors est）」なら、「王侯を悦ばすもの一切が法の厳格さを有す（Quod principi placuit legis habet vigorem）」が彼の理屈だった。そして、彼の絶対的皇帝権への夢を乗せた『反キリスト劇（*Ludus de Antichristo*）』が、ドイツ、ババリア地方のテーゲルンゼー（Tegerunsee）修道院で書かれることとなる。赤髭公が権力の絶頂期にいた一一六〇年頃のことであった。

この劇にはそれ故、キリスト教世界の宗主権を巡る独仏の争いを扱う政治パンフレット（Tendenzschrift）の趣きがある。[18] それはフランク王に恭順を求める際に、ローマ法を発見した「歴史家の著作」を持ちだし、「それこそ汝が従わねばならぬもの（Quod Romano iuri tu debeas subesse）」と使節にいわせているところに明らかだろう。だが、それは全体の三分の一強の話、全キリスト教世界はおろか非キリスト教世界までもが皇帝の威風に靡き、それをうけて彼が「主の御社」に王冠と王笏を置き、「王中の王」に支配を委ねたところでケリがついてしまう。そこからが、反キリスト劇の本格的な幕開けとなる。

この反キリスト劇の眼目は、退位した皇帝を取巻く俗界派の僧侶たち（seculares prelatos）を擁護し、教会の庇護者だった皇帝の退位後のローマ教会の腐敗を弾劾するところにある。となると、「偽善」と「異端」を従えて登場する反キリスト自体がローマ教会、その先導役をつとめる「偽善者たち」がライヒェルスベルグのゲルホーフ（Gerhoh）といったドイツ国内の教皇派と重なってくる。この劇が書かれた翌年、そのゲルホーフが『反キリスト劇考（*De Investigatione Antichristi*）』を著わし、「教会を劇場に変える輩は、反キリストの行為を自らが演じているに等しい」と攻撃するのは、この劇を念頭においてのことかもしれない。[19] いずれにせよ、これまで反キリストの筆頭と目されてきたユダヤ人までがエリアやエノクとともに殉教するばかりか（四〇〇行＋SD）、偶像毀棄まで瞥見される（二八九—九〇行）この劇を通して、十二世紀の段階で早くも教皇中心主義が崩れつつある気運が窺えて興味深い。以後次第に反キリスト像は、宗派間抗争と不可分のものとなってゆくだろう。

ところで、テルトゥリアヌスの『見世物考（*De spectaculis*）』からプリンの『反役者考（*Histriomastix*）』まで続く「反劇場主義（Anti-theatricality）」の流れ、即ち一切の変身、変装を偽善、虚偽、悪とみなす考えは、ゲルホーフから十四世紀末ないし十五世紀の初めに中部イングランドで書かれた『反宗教劇考（*A Tretise of Miraclis Pleyinge*）』に引継がれる。

ゲルホーフは、若い頃に必要に迫られて「嬰児殺し」を演じた経験がある、と告白している。[20] 彼の演劇批判の厳しさは、エリザベス朝におけるゴッソンやマンディに似て、転向者の後めたさに発していたかもしれない。一二〇七年、インノケンティウス三世が教会内での演劇上演禁止を宣しているところをみると、奇蹟劇という名の典礼の戯画化はいぜん続いていたのがわかる。[21] さらに二世紀位経過すると、擁護する動きすら現われる。ロラード派の手になるとされる『反宗教劇考』の二つの批判は、それに答えるべくなされたものであった。

第一の批判者は、劇は神の名誉を高め、イエスの生涯への同情と敬神の念を助長し、人を善行に誘うといった六項目に擁護論を分類し、夫々に反論を試みる。それに対して第二の批判者は、ロラード・シンパながら劇の効用を否定しきれない「半友人（An half frynde）」を念頭に、彼を説得するかたちで論を進める。

だが、その反論は、第二批判者の場合はとくに、冗漫かつ晦渋、しかも重複の連続で、お世辞にも明解とはいいがたい。明解といえるのはただ一つ、すべてを霊肉、行為（deed）と記号（sign）のいずれかに分類し、一方を是、他方を非とする二分法だけだろう。この原理主義の実態を主として冒頭近くの数行（二四―九行）に拠り眺めたら、以下のようになる。

キリストが人間のためを思って真摯になされた（ernystfully）奇蹟や行為を劇のかたちで上演すること（use in bourde and pleye）は、御心を逆撫でし（reversith）、御名を空しうする（takith his name in idil）行為に他ならず、それこそ偶像崇拝（maumatize）に他ならない。

彼はまた、次のようにもいう。「キリストが範を垂れ賜うたものに、何一つ加減してはならない（hadden or lassen over that Crist exsaumplide us to don）」（四一四―五行）。要するに、変身、変装の禁止だ。そしてキリストがなされたことはすべて行為であり、その御心の実践が信仰、「演ずることはそれに当たらない（not he that pleyith the wille of God worschipith him）」（二二四―六行）。「嘘の混じった奇蹟劇を演ずるのなら、下卑た劇を演じた方がまだましだ（lasse yvele it were to pleyin rebaudye than to pleyin siche miriclis）」（三六二―三行）。

奇蹟劇上演は演じ手の情欲の満足にすぎず、崇敬心とは程遠いと最初の反論を展開するに当たって、第一の批判者は奇蹟劇の否定的定義から入る。記号にすぎず、行為なき愛であり、崇敬心の対極にくるものと挙げた後で、「悪魔が人を捕まえて反キリストを信じさせる罠（ginnys of the devvel to cacchen men to byleve of Anticrist）」（二〇三―四行）と締め括る。これがこの論考における反キリストへの言及の最初。以下怠惰と虚偽こそが反キリスト信仰へと導く最大の罠であり、観劇もそうしたものの一つ、と続く。

反キリストや最後の審判劇を上演するのは不心得者の改宗のためと屁理屈をこねる輩は、善のための悪を是認するに等しいと説く箇所（二九五行以下）を含めて、この論考では反キリストの正体は問題にされていない。偶像崇拝（mammetry）（二九五行以下）に似て、真の信仰を妨げるものの集合概念ないし「不道徳の曖昧な同義語」に留まっている。[22] 奇妙な帽子を被った男をみたら反キリスト（Antichrist in the lewd hat）と決めつけるアナナイアス（『錬金術師』四幕七場）の論法だ。

だが、これら二人の批判者は措くとして、十四世紀後半を全体として眺め渡した時、ローマを反キリストと同一視するウィクリフのような異端が次第に抑えずらくなる一方で、教会改革に絶望した儘で、世の終りの近きを感じて最後の第七夢幻を反キリストの到来から始めるラングランドのような内省的な人も他方にはいぜん残っている。

それから反キリスト登場……真理の上枝《クロップ》
その天地を逆にして、根を上に伸ばす
そして虚偽を芽ぶかせ、葉を茂らせ、人々の需要をみたす。[23]

木の根に花を咲かせる反キリスト像は、アゾや中世の「黙示録」の写本で馴染の光景だが、[24] チェスター劇の「反キリストの到来」で実際演じられる場面でもある。現存する四つのサイクル劇のうち唯一反キリストが登場するチェスター劇を、そろそろ覗く時がきたようだ。

（三）

反キリストの有無を除いても、チェスター劇には他のサイクル群と著しく違うところがある。前節の最後で問題にしたロンギウスの扱いを手懸りに、その違いからまずはみてゆくとしよう。

イエスが十字架に掛けられると、身内も拷問者も等しく彼が多くの人々を治癒したことに触れ、自助の努力を促す（「受難」二八一―二、二九三―四、三〇一―四行、その他）。だが、神に対しては「エロイ、エロイ、ラマ、サバクタニ」（わが神、わが神よ、何故にどうしてあなたは私を見捨てられるのですか）と恨み言を一通り吐くものの、自らの救済については沈黙を貫く。そして槍に突かれた傷口から迸る血ならぬ水で、ロンギウスの盲いた眼を治す。ロンギウスは感謝しつつも、自ら治った喜びより「病人や盲人が癒された」事実の方を二度まで強調し（三九七、四〇一行）、「三日したら、あなたは自力で元気に……復活されるでしょう（ryse full in postee）」（四〇五―六行）とつけ加える。

この「力」への言及は、劇の終りでもアリマテアのヨゼフとニコデモスにより繰り返される。ニコデモスは二度イエスを「全能の神の子（God(d)es Sonne almight(ie)）」（四一七、四七〇行）と呼び、H写本に拠ったマシューズ版には「自らの力で甦られる（ryse he will of his posty）」（八五七行）というヨゼフの言葉もみられる。人の子の側面に重きがおかれていた他のサイクル劇に比べて、イエスの神としての「力」が強調されているのは、明らかだろう。[25]

「力」が目立つのは、イエスだけではない。父の神からして、それがはっきり見受けられた。例えば、すでにみた降誕の場。

産気づいたマリアを気遣い、二人の産婆を連れて戻ったヨゼフに、マリアは有難たいが「神は御力を今すぐ(full sonne)……最良の仕方でお使い下さる」(「誕生」四九八—五〇〇行)と、遠廻しに産婆不用を告げる。そこで一瞬沈黙があって(*cf*., Tunc paululum acquiescunt)、イエスが誕生する(I have a sonne)(「すぐに」「息子」ができるとは、ヨーク方式だろうか?)。ヨゼフに赤子を差出しつつ、マリアは「力ある主よ、称えられてあれ、御力は証されました(preeved is thy postee)」(五〇三—四行)と神に感謝する。大天使ガブリエルのいった言葉(nothing to Godes might and mayne impossible is)(三九—四〇行)が験されたのだ。

興味深いことに、この「証す」行為は、十五行ほど進むと、今度は「悪魔の力を奪う(to preeve the divell of his postee)」(五一九行)かたちで現われる(それにしても、立て続けに地口(sonne と poste(e))を使うとは、マリアはよほど弾んでいるに違いない!)。しかも、その同じ言葉が、「最後の審判」にゆくと、今度はイエスの口から発せられる(「審判」三八三行)。人の罪を贖う存在を誕生させる力が世界征服を賭けた悪魔との戦いを勝利させる力と同じものであることを、観客に再認識させるかに。H写本だけの最後のト書きがいうように、まさに「神の全能に最大の賞賛を(Laus maxima Omnipotenti)」というわけだろう。(26)

「愛しき者」から「かつての王」へ逆戻りしたチェスターの神はまさに旧約の神の厳しさだが、これは自ずと母なる存在の軽視を招いている。チェスター劇でマリアが登場する山車は僅か六つ、科白も十八回、二百行に満たない。十字架下の二十四行の「嘆き《プランクトウス》」を除けば、印象に残るものは少ない。

彼女のこうした影の薄さは、次節で述べるように、聖体劇廃止後の検閲との絡みがあって一概にはいえぬが、十字架下の嘆き(十九章二五—七節)と二章五節の僅か二箇所しかマリアが登場しない「ヨハネ福音書」(以下、「ヨハネ」と略)の影響かもしれない。(27)

一緒に扱われるのが稀な「盲に生まれたる者(Man Born Blind)」とラザロの復活が同一山車(第十三番)に纏められているのも、二つの挿話が「ヨハネ」においてのみ近くに置かれている(八—十一章)のと、無関係ではあるまい。

　というのは、チェスター劇全体の要ともいうべきこの演しものの冒頭三十五行が「ヨハネ」の焼き直しの感を呈していることによる。

　まず、枠をなすのが「ヨハネ」八章一二節と三一―二節のラテン語。冒頭のラテン語を英語に置換えて始まるイエスの言葉の半分以上は、「ヨハネ」を直接、間接に踏まえたもの。しかも、王たる父と一体（Ego et Pater unum sumus）（八行）のせいか、王の韻律《ライム・ロイヤル》で語る。「わが父の命令と戒を行う……が余の心にして意志（my Fathers hestes and commandmentes to fulfill）」（一七行）云々。これで王の代理人というイエスの基本姿勢は定まり、揺らぐことはない。

　盲人治療とか死者の復活といった奇蹟を行う「奉仕劇（ministry play）」の多さも、「ヨハネ」の影響に含めてよいかもしれない。(28) 共観福音書に比して信仰や霊性、神の言葉を殊更強調する「ヨハネ」は、チェスター劇の成立を巡って重要な役割を果たしたと思われる。

　しかし、チェスター劇の神が「かつての王」に先祖返りした事情は、この「遅れてきた」聖体劇を一旦広い文脈に戻して考えた方がさらにはっきりするかもしれない。

　思えば、「まじめを捨てよ（Τὴν σπουδὴν μεταθεὶς）」と、(29)「〈真似〉はひとつの遊び、まじめな仕事ではない」の対立以来(30)ヨーロッパ思想史におけるロゴスとイメージ、霊と肉といった対立概念の交替劇は、連綿と続いてきた。思想や情念も、イエイツの咬合する円錐さながらに、遊びとまじめの両極の間の往復運動を繰り返してきたということだ。

　早い話が聖体劇の誕生。あれは十二世紀最大の異端というべきカタリ派の存在抜きには語れない。クリニュー修道院のような質素を旨とする托鉢集団が富と権力の所有者とならなければ、反動として「浄化《カタルシス》」を求める余り、肉食や性交を絶つ極端な禁欲集団が歴史の悪戯として出現することもなかったろうということだ。一二一五年第四回ラテラノ公会議で提唱された化肉の教義は、霊に大きく偏った人々の信仰傾向是正を旨として、公会議主導でなされた一大キャンペーンであり、聖体劇はその直接の産物なのであった。[31]

だが、そうして復権したかにみえた肉も、三百年で宗教改革という名のしっぺ返しを改めてうけることとなる。イエイツの円環はたえ間なく回り、月の第十五相（一四五〇―一五五〇年）に割り当てられた「キリスト教による統合の崩壊（the breaking of the Christian synthesis）」は、すでに始まっている。[32] チェスター劇の神の「愛しき者」から「力ある王」への逆戻りは、宗教改革の結果、劇の担い手が新教徒になりつつある事実と呼応した現象なのであった。

キリスト教世界の崩壊ないし分裂には、文化の中心と周縁、優越感と劣等感が複雑に絡んだ。アルプスの「山向こう《トラモンティーン》」の住民にとっては、文化の中心イタリアへの羨望と憧憬、劣等感が拭えない。その一方で、宗教改革を体験した後は、彼らの間に倫理的優越感が急速に芽生え、文明の揺籃地から距離をおこうとする情熱《パトス》にとってかわりつつある。だが、それは地理的、時間的隔絶感が生む悲哀《ペイソス》に支えられた「距離のパトス（das Pathos des Distanz）」であって、[33] ニーチェのいう「自己超克の熱望」とは趣きを異にし、決して同列に扱えない何かだろう。アルプスの向うに中心を移すヨーロッパの近代は、このペイソスとパトスの微妙なバランスの上を進んでゆくこととなるのである。

中でもその傾向が著しかったのがイングランド。「日を摘め（carpe diem）」の変奏に、それははっきり辿られる。

この主題は本来「万物を喰い尽す時（tempus edax rerum）への怨みと、人生、とりわけ青春と美の儚さ（vitae summa brevis）への嘆き」を通底音としてきた。タッソの『エルサレム解放（*Gerusalemme Liberata*）』の第十六エピソードで、人間の声で歌う鳥の歌（一五行）、「愛の薔薇を摘め、今を盛りと愛せよ、愛し愛されうる間に（Cogliam d'Amor la rosa; amiamo hor, quando Esser si puote riamato amando）」にしても同様だ。青春讃歌、大らかな性愛の肯定で終っている。

ところが、それをほぼ忠実になぞりながら、スペンサーの「至福の園」の歌声（『妖精女王』二巻十二篇七五節）に

「痩せた女は猥褻」（ボードレール）を地で行くか、クラナッハのヴィーナス

は、相思相愛の勧めの後に「同じ罪もて（with equall crime）」が加わってしまう。

同じアルプスの北でも、フランスのロンサールの「恋びとよ、見に行かん、花薔薇」ではそうはならない。「摘め、摘め、きみの若さを。その花のごと、老いはきみの若さを褪せしめん（Cueillez, cueillez votre jeunesse: / Comme à cette fleur, la vieillesse / Fera ternir votre beauté）」で終ってしまう。

他方、イギリスでこの主題の下で書かれた詩の「終結部（Ausklang）[34]」といわれるヘリックの「五月祭へゆくコリンナ」では、「閉じ籠る罪つくり（sin）」は止めて……花摘みにゆこう」となる。花摘みにゆくとかゆかないをあえて罪の文脈におく点で、スペンサーとの資質の近さを感じさせる。こうした心のありようは政治的・宗教的信条を超えた北の島国の国民性ともいうべきもので、姦通愛に対する『梟とナイチンゲール』の反応やワイアットにみられたペトラルカ詩の誤訳に連なる何かだ。この国は裸体画の傑作に恵まれなかったが、恵まれたとしても、それはクラナッハのヴィーナスより痩せて官能的でありながら、どこか厳しい倫理性を秘めたものになっていたに違いない。

再度話をチェスター劇に戻すとしよう。

チェスター劇は全体として他のサイクルより「力」を現わす語が多いとすでに指摘したが、反キリスト劇へゆくとそれがさらに増えて、‘poste’や‘myght’といった言葉が異常に目立つようになる。二十二番山車「預言者たち（Antichrist’s Prophets）」はまだそれぞれ九回、四回とそれほどでないとしても、二十三番山車「到来（The Coming of Antichrist）」にいくと、十二回、二十五回と突出する。七百行余りの劇だから、二十行に一回はどちらかが現われる勘定だ。「最後の審判（The Last Judgement）」では五回、三回と落ちるが、これは劇の性質上当然だろう。

しかも、「到来」でいえば、これまでと違って、「力」を口にするのが主として神の側、ここでいえばエノクやエリアだけではない。最も多いのは、力の誇示により四人の王たちの改宗を目論む反キリストだ。

勿論どちらの陣営も、正義、叡智、理性の重要性を訴える。反キリストは「徹底した正義による支配（ruled throughout the right）」（一〇行）を口にし、王たちは「然るべき理由（skyll and reason）」（三一九、三二一行）があれば再改宗も辞せずといい、エノクは「正義と理性に則り（by right and reason）」（三二七行）反キリストを倒すと宣する。いずれも正義は我にありと信ずる、あるいはふりをするからで、相手を盗人呼ばわりするのはそのせいだろう（二七四、二七八、三七九、三九四、四一七、四五四、四九八行）。

だが、結局頼れるのは力しかないのを、彼らは熟知している。だからエノクは登場するなり、「主よ、われらに力（might and mayne）を与えたまえ、さもないと、この悪の権化（shrewe）に殺されてしまいます」（二六五—六行）と神に祈るのだろう。（彼は「征服（Harrowing of Hell）」でエリアが語る、反キリストに殺され、三日半後に甦る彼らの運命（二四七—五二行）を聞き逃していたのだろうか？）

他方、王たちの改宗に当たって、反キリストは三十行弱に五回も「力」を口にする（七九、八一、九一、九四、九九行）。彼がそれだけ力を強調するのは、木の根に実を生らせ、死者を甦らせるといった印（signe）により人心を収攬し、玉座を簒奪せんがためだ。チェスター劇は、神の不在をよいことに命に背いてルーシフェルが玉座を占める第一番劇に始まって、一貫して権力の座を巡る争い（「お前の席に戻れ。その椅子からどけ」［二〇六行］）だったのであり、中でもイエスの奇蹟の模倣により玉座をえようとする反キリストを描くこの劇は、ルーシフェルに始まる「悪の系譜」の椅子取り合戦の最終局面なのであった。[35]

この「壮大かつ危険な試み（a parlous playe）」（第一番劇、二〇七行）は、結局神の介入で水泡に帰してしまう。聖書物語としては当然の帰結だろう。だが、それがどういうかたちをとるかは、途中まで観客には知らされていない。

　勿論終末全体のありようは、アダムが楽園でみた夢として、早くから知らされてはいた（第二番劇、四四九―七二行）。だが、間違いなく生起するとされるその光景の中に、何故か反キリストの登場は含まれていなかった。

　反キリストについて初めて知らされるのは、チェスターでは三分の二の段階ながら、他のサイクルなら終りの始まりともいえる「地獄の征服」、そこでエリアがアダムに似て、これから訪れる終末について改めて語る。反キリストが配下（hise）を伴い現われるまで、地上に留まるよう命ぜられた、と。そしてすでに触れたように、以下のように語る。

　　われらに戦いを挑むため彼は来るが、
　　この聖なる町でわれらの殺害に及ぶだろう。
（第十七番劇、二四九―五〇行）

　本格的に触れられるのは、直前の二十二番山車、十五の印の語られるところ。ダニエルと福音書記者ヨハネによって。ただ反キリストにせよエノクやエリアにせよ、言及されるのみで登場するわけではない。だが、H写本のタイトルには、予言者の他に、最後の審判や反キリスト、エノクやエリアの名も現われる（Pagina Vicesima Secunda . . . de Die Novissimo; de Antechristo; de Enock et Helia）。また、B写本では、二十三番山車「反キリスト劇」を演じた染色商（The Diars Playe）と二十四番山車「最後の審判」を演じた織物商（The Webstars Playe）双方の名が見当らない。[36] どうして、こうした事態が現われたか、これについては、多少の検討を要する。

　今日、チェスター市裁文書には、織物商《ウィーヴァーズ》、毛布商《チャロナーズ》、縮絨業者《ウォーカーズ》三者と剪毛商《シャーメン》との間で交わされた、山車の費用分担を巡る、羅、英、仏語いり交じった一四二九―三〇年度の記録が残っているが、[37] この山車は最後の審判劇を指すとみなされている。

　ところが、六七―八年度の市の収入役帳簿には、剪毛商が独自で山車の保管料四ペンスを支払った記録が登場する。[38] 前三者と剪毛商は、改めて別山車を曳くこととなったと思われる。

他方、一五〇〇年と記されたハーレイ写本二一〇四文書に残る協賛組合一覧には、剪毛商と織物商の間に染色商（Heusters）の名がみられる。[39] どうやら、ペルージァや北西フランスの審判劇、キュンツェルザウ（Künzelsau）の聖体劇のように、元来は一つの劇で預言者から反キリスト、最後の審判までを扱っていたのが、十五世紀の後半に三つの劇に分かれだしたらしい。何故か。

憶測の域をでないものの、考えられる一つの理由は、近くのコヴェントリーでの聖体劇の賑わいだ。消失を免れ、僅かに残る昔日の活気を偲ばせるそこにおける上演記録には、最後の審判への序曲として彩色された世界を焼く仕掛けへの言及がある。[40] こうした派手な演出をやられたら、チェスターに勝ち目はない。十六世紀になると上演日をそれまでの十一日前の聖霊降臨節に移したのは、客筋を奪われないための苦肉の策だったと思われる。

それ以前に、さらに深刻な理由がチェスターには存在した。次節で改めて触れるが、十五世紀を通じてこの王権州を襲った不測の事態、町の生命線ともいえる港湾活動が困難となる状況だ。ために、町全体に一種の終末の気配が訪れてしまう。それを前にして、「称えられるべき年中行事」に町のもう一つの生命線をみていた関係者は、他のどのサイクルにもみられない反キリスト劇、即ちその死が世界の更新に繋がる劇の上演に町の再生を託そうと思いたったのではあるまいか。幸い、外国での反キリスト関係のパンフレットの出版に倣って、ウィンキン・ド・ウォードが一五〇五年頃に『反キリストの誕生と生涯』を出版する。[41] こうした時機をえた出版も、十五世紀後半に始まった終末劇の拡大に一役買ったに違いない。

勿論、証拠はない。だが、現存の「預言者たち」が終末の光景を扱うといっても、エゼキエルによる骨の答の予言とゼカリヤの四つの戦車の話が合わせて八十行、最後の十五の印についての解説者の語りも八十行に抑えられているのに、反キリストとエノクとエリアに関する箇所は逆に百八十行と倍以上に脹れ上っているのは、偏えに呼びものの反キリスト劇を観客に大いに宣伝しておきたかったからと思われてならない。

そこでいよいよ、「反キリストの印についてわれらとわれらの劇がいったことをしかと確めてみて下され。ほら、そこまで来ています（As mych as here wee and our playe, / of Antechristes signes you shall assaye. / Hee comes! Soone you shall see!）」（三三八―四〇行）と、キリストの再臨を思わせる科白（*Ecce venio cito*）（「黙示録」二十二章七節）を残して山車が去ったところで、反キリストの登場となる。(42)

（四）

太陽より眩い、光り輝く天の玉座から、
そう、わしは汝らに証し、汝らを裁かんがため［降りてきた］。

De celso throno poli, pollens clarior sole,
age vos monstrare [descendi], vos judicare.

とラテン語で己れこそメシア、イエスはそれを僭称し、人心を惑わしてきただけ、そう語るところから、この劇は始まる。

そして悪魔が扮する二人の死者の甦り、逆木の根からの開花、反キリスト自らの死と甦りと手のこんだ「印」をみせることで、四人の王（万人の代表）の改宗にまんまと成功する。その間僅か百行弱。その見事さは、第三の王から「この素敵な方（this sweete）」（一四三行）といった言葉を抽きだしたところに、はっきり窺える。

そして遂に甦った反キリストは、玉座に登る（anscendit . . . ad cathedram）（一八〇行＋SD）。彼の野望は早々とほぼ満たされた恰好だ。彼は王たちに国土を分割して授け、忠誠を誓わせたところで退場、代わってエノクとエリアが登場してくる。まだ全体の約三分の一（二百五十二行）が過ぎたばかりだが、ここまでがいわば前半に当たる。

交替の一瞬に、三年半が経過。[43] ここから反キリストの権勢の斜陽化が始まる。

後半の一つの特徴は、眼にみえない登場人物の増加にある。この劇の登場人物は兼役なしで十三名、兼役があれば十一名、チェスター劇全体の平均（十二・三名）に当たる。だが、他の反キリスト劇に比べたら、少ない。すでに触れたドイツ劇の半分以下、フランス北西部で十四世紀半ばに書かれたとされる『審判の日（*Jour du Jugement*）』の七、八分の一しかない。[44] 但し、この劇は反キリスト誕生前から書き始めていて成人後に絞ったチェスター劇の場合と異なるばかりか、チェスターで最初書かれたであろう終末劇のように、少なくとも最後の審判劇と重なるつくりになっている（後半三割、七百五十行近くは審判劇）。人数が多いのは当然だろう。[45] それに反して、エノクとエリアと反キリストの対決という、聖書に根拠のある反キリスト伝説だけに絞ったこの劇のつくりからみて、人物はこれで充分だろう。

にもかかわらず、「皆の衆」（二九三行）とか「老いも若きも」（二八九行）といった呼びかけが、エリアやエノクの自己紹介に混じり始める。観客と作中人物、現実と虚構の垣根を取り外して観客を劇中にみえない味方としてとりこみ、反キリストに心理的ゆさぶりをかけ、傾きかけた形勢を数で逆転しようという魂胆だ。案の定、反キリストは前半の自信たっぷりの態度とは裏腹に次第に追いつめられてゆく。「俺の信徒たち（my folke）」（三六二行、その他）に拘りだし、証人ともども相手を盗人呼ばわりする事態がやがて訪れる（二七四、二七八、三七九、三八七、三九四、四一七、四五四、四九八行、その他）。

この盗人云々とは主として悪口合戦で使われる言葉だが、反キリストの場合形勢が不利になるとそこにさらに頭韻を駆使した嚇しが加わる。原語で引けば、

A, false faytures, from me ye flee（三四九行）

Loselles, lardans! Lowdlye you lyne!（三五八行）

エリア側も負けじと応戦するものの、毒づき方が単調すぎて、この場合は反キリスト側に分がある感じだ。

Fye one thee, fayture, fye on thee . . .（三五三行）

Fye on thee, fellonne, fye on thee . . .（五二一行）

ただ、罵り合いを除けば、証人側の反論は冷静で抑制がきいている。そもそも早い段階から、エリアは「奇蹟」とたんなる「驚異（marvellous）」をきちんと区別している（四一〇行）のに比べて、反キリストは神の子を僭称しながらも、三位一体の教義すら知らない（四九八—五〇二行）。これでは勝目はない。

最終的結着は、甦った死者たちの食事が決め手となる。聖体節を祝う劇らしく、舞台で聖餐式を執り行い、聖体と化したパンを神聖裁判の小道具に使って、甦った者たちの正体を見極めようという寸法だ。案の定、悪魔が扮した者たちは、恐怖心（feere; deare）（五八〇、五八四行）からパンを口に運べない。劇はここで急転回。王とも観客ともつかぬ「誤りを犯した諸君（you men that have donne amys）」（五八五行）へのエノクの呼びかけに応じて、王たちは「異端に惑わされていた（binne brought in heresye）」（五九〇行）のを率直に認め、初めてイエスの名を十七行の間に四回も呼び、再改宗。王の離反でパニックに陥った反キリストは、二人の証人と王たちを殺す。すかさず、大天使ミカエル登場。「反キリストよ、遂にその日は来た（nowe ys common this daye）」（六二五行）と叫びつつ、右手にもった剣で、彼を刺殺する。

反キリスト劇の系譜との絡みで注目すべきは、二人の証人が殺されても、「マタイ伝」（二十七章五一節）や『審判の日』のように、地震がおこるわけでもなければ（Par foy, compains, ainssin me samble Que la terre a trop fort tramblé)(一二〇〇―一行)、ドイツ劇のように、反キリストの頭上に雷が落ちる(Statim fit sonitus super caput Antichristi)(四一四行+SD)(が、逃げのびる)こともない点だろう。しかも、証人たちは一語も発せず、死んでゆく。宇宙的照応を含む一切の感傷を排し、愚直に神意の実現のみを重視するこの態度は、おそらく「ヨハネ福音書」に拠ったせいであろうし、新教徒好みの力ある王としての神とも無縁ではなかろう。

とはいえ、この劇にもイエスのために死ぬなら本望と漏らす国王がいるし(六一〇―一一、六一四―五行)、他方『審判の日』にも、万事は聖書通りに進むと、己れの死ぬべき運命を当の殺し屋に伝える人物がいる。

お前がわれらを殺すこととなる。
われらは死を免れず、と決まっているのだ。

Tu nous feras ainçois tuer,
La mort ne pouons eschever.

(一一四七―八行)

その意味では、チェスターの反キリスト劇だけが予め人間のドラマが奪われているわけではないし、剝奪が人間にのみ限られたわけでもない。『審判の日』では例外的に反キリストは、神の息や天使ミカエルの剣ならぬ、第四の天使が傾けた「神の激しい怒りの鉢」(「黙示録」十六章一節)で死んでゆく(Et je regiteray la moie Seur Antrecrist . . .)(一五五六―七行)が、一言も発しない。他方、チェスター劇では「えらく気分が悪い」と「さよなら」を兼ねたような'fare wonder eyll'といいつつ、悪魔の名を列ね、自らの力の衰えを嘆きつつ地獄へ運ばれてゆく。見方によっては、こちらの方にむしろドラマが残っているといえなくはない。

ドラマの剝奪とは、思うに、個々の反キリスト劇におけるリアリティの欠如の程度の問題ではない。全事象を神意の展開として世界史上に位置づける聖書の「独裁権の要求(der Herrschaftsanspruch)」の結果として[46]、すべてのキリスト教演劇の免れざる宿命なのだ。

なるほど、降誕劇や受難劇でみたように、中世は卑俗さの表現において長足の進歩を遂げたかにみえる。反キリスト関係の文献にしても、十四世紀前半ですでに、神秘思想家ゾイゼ（Seuse）が嘆くように、人が一生涯かけても読みきれない域に達している。[47]だが、聖書における言及の乏しさもあって、リアリズムの進歩に直接結びつかない。真にリアルになるには、一切の事物のキリスト教的解釈の枠（der Geist dieses Rahmens）[48]、比喩形象のしがらみからの独立が不可避の前提となる。しかも、そうして誕生した自然がたとえ貧しくとも、尊厳さを備えたものとして愛で、真摯な考察の対象とする器量と覚悟がなければならない。中世はまだそれを知らない。

いや、中世だけでなく、反キリスト劇でみる限り、宗教改革期もまだそれを充分に持ち合わせているとはいい難い。だが、既成宗教への懐疑と自然への覚醒がともに権威ならぬ「個」の視点と判断に根ざすとすれば、都市の自由な空気（Stadtluft macht frei）と並んで宗教改革が現象に忠実なリアリズムの誕生に一役買うのは時間の問題で、聖ベルナールの末裔たちが頭巾をとってレマン湖の景色に見蕩れ、パスカルの先駆者が夜空の永遠の沈黙に脅える日もそう遠くはないだろう。

最後に改めて「異端（heresy）」について触れることで、この長い節を閉じたい。

チェスターの反キリスト劇の中で「異端」という言葉は、全部で五回発せられている。まずは再改宗に際して第三と第一の二人の王の口から、一つは反省の弁として、今一つは反キリストへの恨み言として（五九〇、五九八行）。

残る三つは反キリストの陣営から。その第一は、木の根から果実を生らせる力技を通して王たちを「異端から去らせたい」（八七行）と反キリストが述べるところに。次いで、エノク相手にやはり反キリストが、お前の救世主とやらは異端の盗人野郎だ、と悪態をつくところ（三七九行）。最後は、エリアたちの追求にたじたじとなった反キリストが博士に（扮した悪魔に）助言を乞い、相手が「あんな異端野郎は、やっつけておしまいなさい」と応ずるところだ（四三九行）。双方、とくに反キリスト側が相手を強く異端視し、根絶しようとしている様子が窺える。

しかも、その根絶の欲求は、信者のひき抜き合戦と対になっている。殺された反キリストの頭と尻尾（龍だから？）をもって地獄へ運ぶため登場した第一の悪魔は、問わず語りに愚痴を零す。

俺たちの宗派（wone）にもっと沢山つれてきてくれるものと思っとったが、
今じゃもう後の祭だけんどネ。
（六五九―六〇行）

同じく、エノクたちの糾弾に手を焼いた反キリストが漏らす言葉も気に懸る。

このロラードめらは、わしを嘆かせるだけ
いうことなど、ちっとも信じようとしない。
（四二八―九行）

勿論ロラード云々は罵倒する相手の一般的名称で、具体的にウィクリフの徒を指すわけではなかろう。だが、異端に手を焼いている関係者の思いだけは、伝わってくる。

そう思って、注意して振返ると、この劇には、早い段階から激しい宗教的対立を奇蹟や強い力で収めてほしい気持が強かったのがわかってくる。例えば、第三と第四の王。俗人ないし平信徒代表としての彼らは、己れを万能のキリストと認めよと迫る反キリストに、以下のようにいっていた。

このつらい疑念（woe）から救いだして下さるのなら……
（七一行）

長年愚かな信仰を抱いてきたし、

われらの考えについても疑念をもってきた、
もしそなたがこの世に出現したキリストなら、
あらゆる対立を解消してほしい。

（七三―六行）

どうやら彼らは異端のなすり合いに疲れはて、今こそ強大な神が再臨するか、その鷹匠の意を体した最後の皇帝が出現して、異端を滅ぼしてほしいと願っているらしい。だが、信仰の擁護者の肩書をもつヘンリー八世という名の皇帝に祈りが届く当てはなく、対立により中心を失った聖体劇の世界は、弾圧がなくとも早晩空中分解して果てたことだろう。

四　「称えられるべき年中行事(1)」

——チェスター劇における伝統の創造——

まずは、町の歴史に簡単に触れるところから始めよう。

チェスターは、州でありながら国家に等しい権限をもつ王権州（County Palatine）の一つ、チェシャーの州都、アイルランド海に注ぐディー川の河口近く、潮の満干の影響をうけつつも、徒渉可能な地点に立つ。ディー川がケルト語で「女神ないし神聖な川（Deva）」を意味するところに明らかなように、この一帯は元来ケルト人の居住地、チェスターの名はローマ人がそのケルト族の住むウェールズへの戦略地点として、ここに第十二軍団の駐屯地ないし城塞都市（ceaster > Chester）をおいたところに由来する。(2) 十四世紀の前半にチェシャーが王権州となり、州伯（the Earl of Chester）を兼ねる皇太子（the Prince of Wales）の管轄下におかれるのも、偏えに辺境防備の強化のために他ならない。そうした事情から、この町も一三〇〇年エドワード一世により僅か百ポンドの地代で地代付封土権（fee farm）を与えられるなど、恵まれた環境にあったといえるだろう。(3)

だが、アイルランド渡航や対西・対仏貿易の拠点として賑わうはずだった港湾活動は、ディー川が砕屑物《シルト》で埋まり、河川敷「十字架の島（Roodie）」ができたりした関係で、思うように捗らない。一四四五年などは商船が市から十二マイル内に近づけない事態がおこる。近づけても、流砂のため、一定の停泊地の確保が難しかったりもする。ために、経済活動は十三世紀後半から十四世紀を頂点に低下、市壁の補修も儘ならない。十五世紀には、それ故地代が五十ポンド、四十ポンドと下り始め、一四八六年には遂に二十ポンドになったという。だから、一五〇六年四月六日ヘンリー七世により下された大特許状（the Great Charter）は、町にとっては願ってもない朗報だったに違いない。(4)

市長の州伯の行政機構の一員化、市の司法権の拡大等、特許状は多大の権益を市に齎した。経済面では、目立たないものの夏至祭の主宰権を挙げてもよいだろう。市の北東約四分の一を占める聖ヴァーバラ（St. Werburgh）修道院は、一〇九三年の創設以来聖人の昇天日の七月二十一日前後の三日間単独で市《フェア》を開催してきた。(5)それが十三世紀の始めまでに洗礼者の聖ヨハネの祝日（六月二十四日）、即ちかつての夏至祭と合体して修道院長の管轄下で前後二週間ずつに亘って盛大に開かれることとなる。(6)そこから上がる収益は、おそらく無視できぬものだったに違いない。その主宰権が市側に委ねられたのである。

そうした事態は、当然修道院側との軋轢を招く。そのもめごとが一五〇九年州伯の仲裁で市側の勝利に帰した時、それは町興しの弾みとなり、演劇活動の発展を導くこととなってゆく。(7)

勿論それまでチェスターの民衆演劇こと聖体劇は、奮わなかったわけではない。一四二二年に金物商組合と大工組合の間での劇分担を巡る争いがおこっているから、その頃からすでに上演がなされていたのがわかる。(8)反キリスト劇も現存のペニアース（Peniarth）版の写本が一五〇〇年頃の執筆とされるから、大特許状下賜以前、不況下の十五世紀後半に演じられていたことになる。だが、下賜が市民に勇気と自信を与え、それが演劇活動隆盛化の引鉄になったのは疑いがなさそうだ。

演劇活動に関わる市民の自信は、まず、最初の記録が現われてほぼ一世紀経った一五二一年、上演日の変更のかたちで現われる。

それまで聖体劇の上演は、聖体の祝日、即ち復活祭から八週間後の三位一体の日曜後の木曜日に行われていた。二一年までにそれが、十一日前の聖霊降臨の祝日に移されたのが、白目職人と鍛冶屋の費用分担協定からわかる。(9)当然名称も「聖霊降臨劇（Whitsun Playe）」（以後降臨劇）に変わる。チェスターの民衆劇には初期と後期と二つのユニークな上演予告（Banns）があるが、初期のものは、この上演日変更に合わせてつくられたのではないか、

といわれている。(10)

予告では、劇上演は「聖なるカトリックの信仰の拡大と増加」、並びに庶民を「よき信心と健全なる教義」へ導くためと謳われている。だがそれなら、五月祭遊びで馴染の祝日に移す必要はない。本音はむしろ続く「当市の繁栄と繁昌（for the comen welth and prosperitie of this Citie）」にあったのではないか。(11) つまり、すでに前節で触れたごとく、比較的近くで、聖体劇の賑わいが全国に轟いているコヴェントリーとかち合い、商人や観光客をとられるのを防ごうという魂胆だ。そしてこの面を考えると、不況下でも聖体劇だけは数をまし、一五〇〇年には二十四位の組合が参加する大掛りなものになっていた訳も、自ずと納得されると思われる。

市民の自信は、さらに数年後「劇（Playe）」表記が複数（Plays）になるにつれておこった上演方法の変更に、一層はっきり辿られる。(12)

いずれの町でも、当初聖体劇上演は聖体行列のおまけだった。チェスターの場合も同様で、州伯やその家臣の住居が近くにある聖マリア山の手教会から市壁の外側の聖ヨハネ司教座教会まで（from saynt maries on the hill / the churche of saynt Iohns vntill）、聖と俗の権力間を結ぶ行列が行われた後、「真の十字架」の断片をもつとされた教会の前庭で、受難劇を中心とした聖体劇を上演するのを常とした。(13)

二一年頃聖体劇が降臨劇に変わる段階でいかなる変化がおこったかは、資料不足で正確にはわからない。宗教改革後の三九―四〇年頃から聖体節が廃止された四七年にかけて改訂された初期予告では、この行列ルートの箇所が聖体の祝日に市長が僧侶に代替劇の上演を要請した云々の箇所や「聖母マリア」の文字ともども見せ消ちになっている。(14)

同様に、三一―二年聖ペテロ教会の「付属家屋（Pentice < Penthouse）」におかれていた市役所の書記ウィリアム・ニューホール（William Newhall）が出した布告（Proclamation）でも、「天地創造とルーシフェルの墜落に始まり、世界全体の審判で終る」聖書の物語が聖霊降臨節（the Whitsonne weeke）に行われたとあるだけ。(15) これが大きな変更を告げる目的で出されたものであるにせよ、やはり上演方法、日数はわからない。変更の詳細が具体

的に辿れるのは、一五四一年から聖ヨハネ司教座教会に代わってチェスター主教座教会になった旧聖ウァーバラ修道院の大執事（Archdeacon）、ロバート・ロジャーズ（Robert Rogers）（九五年没）の息子デイヴィッドが、最後の降臨劇上演（七五年）から一世代以上を経た一六〇九年に纏めた父の『市史要覧（*The Breviary*）』だけ。ここで初めて、上演が降臨節の月曜から水曜にかけての三日間、山車が二十四台の場合は一日に九台―九台―六台の割合で行われたのが明らかになる。(16)

もっとも、三日連続上演についてだけなら、一五三九―四〇年度の市の白書に収録された初期予告にも触れられているが、(17) 山車のふりわけ、上演場所が一箇所固定から市中四箇所以上の巡回方式に変わった点など一切が明らかにされるのはそこだけ、という意味だ。

上演はかつての修道院傍の門前、即ち主教座教会前に始まる。ついで南下した市役所前の広場、市の中心部だ。ここまでは聖俗の「官の関係者」とみられるが、俗の実態が伯ではなく市長や参事会、市議会関係という民の代表というところが聖体行列との大きな違いだろう。しかも残りの三つ以上は完全に民の領域、水門通り、橋通り、東の門通り、と小路を伝って十字に山車を引き廻わす。科白を話す役者の数約二百名、山車を曳く者（putters）から交代要員を含めれば、まさに全員参加の市民の祭典だ。(18)

この俗界の勝利がいつ始まったかを正確にいい当てるのは難しいが、凡その目安ならさほど困難ではあるまい。それは宗教劇に宣伝行為が入った瞬間、即ち、上演の約一ヶ月前の聖ジョージの祝日（四月二十三日、シェイクスピアの誕生日）に市の触れ役（town crier）が聖ジョージ宜しく武装した姿で馬に跨り（did ride warlike appareled like st. George）、組合代表とおそらく上演衣装に身を包んだ数名の役者を従えて（*with* the stewardys of eue*ry* occupacion）街中にくりだし、劇のあらすじを触れて廻る予告という行為を行った二一年頃に遡る、といえるのではあるまいか。(19) 一五三九年とは、いわばそれが完成をみた時だったのだ。

そして、三九年頃に一度予告の改訂が行われたとすれば、おそらく理由がある。一〇九三年に設立された聖ウァーバラ修道院が宗教改革の煽りで瓦解したのがこの年に当たるからだ（一月二十日）。(20) 一五〇六年の大特許状で管轄権が市側に譲り渡された劇上演は、これで名実ともに俗界の行事になったといえよう。

さらにいえば、ニューホールの布告が出された一五三二年とは、前節の最後で触れたように、ヘンリー八世がイングランド教会の首長(the Supreme Head)と認められた年(二月十一日)。直接の因果関係がないとはいえ、二一年とはヘンリーがレオ十世により信仰の擁護者(Defender of the Faith)に任ぜられた年(十月二十一日)であると同時に、ルターがウォルムズの国会に出席して己れの信念を堂々と述べ、新教誕生への突破口を開いた年でもあった。宗教劇上演における俗界の勝利は、新教の旧教への勝利と呼応した現象だった、ということだ。当然のことながら、旧教と深い因縁をもつ降臨劇の将来に、この皮肉な運命は暗い影を落とすこととなるだろう。

乱暴ないい方をすれば、この一件に象徴される俗の聖への勝利がイングランド近代化の第一歩となる。とはいえ、近代化は単独でしかもスムーズに進むものではない。中央の地方への、あるいは南の商工業者の北の封建領主にたいする勝利という事態に伴われている。そして三六―七年の恩寵の巡礼(The Pilgrimage of Grace)で始まったイングランドの南北戦争が六九年の北方の叛乱平定による南軍の勝利のかたちで一応の終止符を打った時、世俗化に成功したはずの宗教劇も、地方的娯楽切りすて御免の一環として中央の厳しい統制にあい、粛正されてゆくこととなるだろう。それからが、庇護と統制抱き合わせの下で栄えることとなる職業演劇の時代だ。チェスター劇の本質は、中世劇ならぬ宗教改革劇だったのであり、[21] 俗の勝利はその儘、アマチュア演劇終焉へ向けての一里塚でもあった。

宗教改革劇だった証拠は、見せ消ちと伝統の創造(the Invention of Tradition)にある。

初期予告の見せ消ちについてはすでに触れたが、現存する布告にもそれがみられる。そこでは降臨劇への妨害に対する教皇クレメンス(七世、在位一五二三―三四年)の大勅書による破門云々の箇所が見せ消ちとなり、作者と目される「当修道院の僧ヘンリー・フランシス(henry ffraunses)」に関しては、「嘗ての(somtyme)」が僧の上に、「取り壊された(dissolued)」が「修道院」の上に逆につけ加えられている。[22] 教皇クレメンス在位中に原文が書かれ、修道院崩壊後に少なくとも一度訂正されたということだろう。

ところで、「考案した（devised & m〈. . .〉）」とされるフランシスは、聖体劇の上演記録がイングランド各地で現われる一三七〇年代後半の聖ウァーバラ修道院の僧職者リストに三度登場するから、可能性なしとしない[23]。だが、当時の（初代）市長とされるアーンウェイ（Iohn arneway then mair of this Citie of ehester）の方は一二六八—七八年が在位期間、その頃は聖体劇が制定されていないし、フランシスとの接点もありようはずがない。伝統の創造というか捏造は明らかだ[24]。

だが、アーンウェイの名は誤りにもかかわらず、後期予告でも再び登場する（「歴代市長一覧（Mayors List）」がきちんと訂正され、初代市長が一二四一年リネットないしリヴェット（Walter de Lynet or Livet）に落着くのは一五九四年、好事家にして当時の市長オールダゼイ（William Aldersey）によって[25]。そこでは作者としてチェスターきっての有名人、『世界諸国史（*Polychronicon*）』の著者ロンドルことヒグデン（Rondoll; Ranulf Higden）の名も登場する。しかも彼について「聖書に通暁した、僧らしからぬ修道僧」とか「火炙り、絞首刑、斬首等の危険一切意に介さず、……よき福音を伝えんとした」といったアナクロニスティックな発言さえ散見される[26]。

実際はといえば、聖ウァーバラ修道院で彼が僧籍に入ったのは一二九九年、他界が一三六四年、フランシス同様アーンウェイと接点がないばかりか、聖体劇の作者としても早すぎる。ましてや、聖書中心主義を唱える新教はまだ誕生していない。チェスター劇の出典の一つ、『連形式キリスト伝』の作者として以上の関わりを見出すのは難しい。新教徒寄りの立場をみせることで、降臨劇を合法化して存続させたい魂胆が、見え見えになっている、そういったところだ。伝統の創造は、宗教の違いによる町の分裂を避け、町の伝統を守らんとする人々の方便でもあったのだ。

ヒグデンやアーンウェイの名が現われるのは、二つの予告だけに留まらない。一二六八年にチェスターで初めて聖体劇の上演がなされたと記した「歴代市長一覧・八」からすでに、両者への言及がみられる[27]。面白いのは、そこでの劇の名が「いと古き降臨劇」となっているばかりか、それが一五七一年で終焉を迎えたと記されている点だ。一二六八年に書かれた記録でないばかりか、チェスター劇の最終上演が一五七五年である以上、七二—五年の間のどこかの時点でものされたのは、火を見るより明らかだろう。

　チェスターの劇の起源と初代市長を巡っては、他にも記録が残っている。一つは「市長一覧・五」の一三二七―八年の項で、修道僧ランドル・「ヘゲネット（hegenett）」により最初に降臨劇がつくられた、とある（ヘゲネットは、ヒグデンのこと）(28)。*REED* の『チェシャー』版にはないが、『チェスター』版には、同一項目に当時の市長アーンウェイとある(29)。

　今一つは一五三二―一六二四年の市議会議録《アセンブリー・ブック》とともに発見された「市長一覧・二十八」で、そこでは一三二六年のアーンウェイから一五六七―八年までの市長名が同一筆跡で書かれているという(30)。平たくいえば、六七―八年度にこのリストが最初に纏められたということだ。それにしても、一二六八年説といい一三二〇年代説といい、ともに「記憶にない太古からの」市の伝統を誇示せんとする意欲の顕われだが、ウルバヌス四世が第四回ラテラノ公会議の意向を踏まえて最初に聖体節を提唱したのが一二六四年、それを踏まえてクレメンス五世がウィーンの公会議でその励行を叫んだのが一三一一年とすれば、二つの起源は見事に整合する。というか、聖体劇上演が海を渡って制度化されるに要する時間を差し引けば、優に誤差の範囲内に留まっている。聖職者にせよ好事家にせよ、伝統の創造者は二人ともなかなかの勉強家というべきか。

　これら二つの資料のうち、最初（「一覧・五」）のものは一六二三年まで同一筆跡、好事家ジョージ・ベリンの手になるとされるが、リストが一三一七年リネットに始まるというから、おそらくオールダゼイに発するものだろう(31)。とすれば、降臨劇の時代はとうにすぎている。チェスター劇との絡みでは、参考にならない。

　他方、「一覧・二十八」の方は、一五六八年という劇が終焉を迎える直前にあえてつくられたとすれば、そしてその年にニューカッスルの聖体劇が終焉を迎え、ヨークでは信経劇《クリード》が中止され、ずたずたにされたサイクル劇も翌年が最後となるとすれば、何かきな臭さがしないでもない。六八年のチェスターに、改めてこうしたリストをつくって伝統を創造するいかなる必然性があったのだろうか。

　残る記録から判断する限り、予想に反して町はいたって平穏そのものだ。

同年の主教座教会参事会関係出納簿《トレジャーズ・アカウンツ》は降臨劇関係の出費として、旧修道院門のところで役者たちに振舞ったビール代金として六シル、広幅織布六シル八ペンス、荷造用紐代二ペンスを記している。[32] 門のところに見物用のテントを張り、役者の労を犒った様子が窺える。

市長関係文書は、アン・ウェブスターという名の未亡人店子が、橋門通りに面した見物に最適な部屋を、降臨劇上演期間中明け渡さねばならないか否かを巡って、家主アイアランドを相手に訴えをおこしている。[33] 裁く立場の市長リチャード・ダットン――カメレオンことローレンス・ダットンの親戚筋らしいチェシャー州の芸人元締――は、白僧会小路に邸宅を構え、クリスマス期間中来る者拒まずで、万人歓待を絵にかいたような大盤振舞いを繰り広げている。[34] どうやら、メリー・イングランドはいぜん健在とみえる。

他方、十一番山車「祝福された処女のお潔めについて（*De Purificatione Beatae Virginis*）」担当の鍛冶屋組合は、出納簿が残存する限りで、三度ないし四度目の台本手直しを行っている。最初は、一五四八年エドワード六世により聖体節が正規の祝日から外されて五年後の五三―四年度、カトリックの女王メアリ即位に合わせて聖母を主人公とするこの劇が復活した時のことと思われる。「原本参照代十二ペンス（for the charges of the Regenal xijd.）」が記されている。[35] 二度ないし三度目は、エリザベスの御代に改まった六〇―一年度、「台本抜書き用紙五ペンス（for paper to Coppy out the *parcells* of the book vd.）」と「原本参照代二シル（for redyng the Rygynall ijs.）」「台本作成に十六ペンス（spent at makinge vp our buke xvjd.）」の三つの記載がある。[36] そして三度ないし四度目が六七―八年度。「新台本作成のため市長に十二ペンス（giuen to *master* mere to wards the makinge of a new booke xijd.）」とある。[37] この読みが難しい。四月三十日付市長文書は、ランドル・トレヴァ（Randle Trever）なるオクスフォード出身の内科医の召喚について触れている。市役所に保管されている劇全体の原本を持ちだして紛失したというのだ。[38] 持ちだした理由は触れられていないが、いろんな組合が台本修正を巡って慌しかった様子が忍ばれる。

通常評家は、この「新台本」を塗装業者らも同額の十二ペンスを支払っている以上、トレヴァの紛失により必要となった新たな「原本」作成代と読む。[39]だが、塗装組合の「原本コピーのため十二ペンス（payd for Coppyng of oure orygenall xijd.）」が「新台本作成のため」と同一行為を指すか、疑問が残る。[40]そうだとしても、この新台本が六〇―一年度の「台本作成」とどう違うのか。'our buke' が組合の台本なら、'a new booke' も同じ組合用「新台本」となり、ここだけどうして「原本」と読まねばならぬのか、理解に苦しむ。

頻繁に行われている台本手直しの実態もわからない。市の白書に収められた協賛組合一覧並びに演しもののリストは、鍛冶屋組合の演しものを「聖母のお潔め（purificacion of our Lady）」と呼んでいる。そこに同じく収録された初期予告も、彼らの山車を「聖燭祭」と呼んでいるから、元来は蠟燭のように、清らかに生き、聖霊により身籠ったマリアを称える劇だったとわかる。[41]ところが、後期予告では「博士と問答するキリスト（Criste amonge the Doctors）」とあるから、劇の中心が前半の生後四十日目のイエスを抱いて神殿に赴くマリアから、十二歳のイエスの活躍を扱った後半に移ってしまったことになる。[42]四七年の聖体節廃止に合わせて、四十歳以上の職業婦人たちの連ともいうべき女房連（Wives）の「聖母被昇天」の演しものが消えたのに似て、マリア色一掃の煽りをうけたらしい。[43]

現存する五つのテクストも、それを裏付ける。タイトルこそ「祝福された処女のお潔めについて（*De Purificatione Beatae Virginis*）」とあるが、三百三十行からの劇で、ヨゼフとマリアの科白は僅かの七十六行、全体の二割強にすぎない。とはいえ、イエスと三博士との問答も行数にして七十行少々、決して突出しているわけではない。『連形式キリスト伝』に似て、聖書の奇蹟により処女受胎を信ずるようになり、生きて救世主を腕に抱くことのできた司祭シメオンの喜びが、劇の中心（百三十行以上）を占めるかたちになっている。[44]

鍛冶屋組合の出納簿でも、シメオン役への支払いは他の人物を圧している。記録が残る限りにおいて、彼の出演料は三シルから四シルの間を上下し、博士役三人分を上廻っている。それに対してマリアへのそれは十ペンスから二シルの間を上下し、興味深いのは、メアリの御代になった改訂時（十ペンス）より、降臨劇の終焉間際、エリザベス時代（二シル）の方が高いことだ。役者の出演料から、改訂の実態を推し測るのは難しい。[45]

話を一五六八年に戻すとして、この年の五月二日、リーヴェン湖城を脱出したスコットランドの女王メアリは、義兄マリ（Moray）伯との一戦に敗れ、同月十三日密かにイングランドに亡命する。王位継承権をもつカトリック教徒の亡命は、国中を震撼とさせる一大事件であった。これから彼女の死（八七年二月八日）とその報復を兼ねたスペイン無敵艦隊駆逐（八八年）までの二十年間がエリザベス治世の中期、カトリック勢力との本格的対決の時期に当たる。六八年とは、いわばその幕開きを告げる年だったのだ。

ヨークでは早速王立北部方面教会問題検討委員会（Royal Commission for Ecclesiastical Causes in the North）の委員をつとめる主任司祭ハットンが動きだす[46]。ニューカッスルの聖体劇中止、ヨークの信経劇の中止も、彼の差金によるとみてよいだろう。そうした一連の動きの中でみると、チェスターの降臨劇の賑わいは異例と映る。一つには、六一―七七年の長きに亘ってチェスター主教座教会の主教をつとめたダウナム（William Downham）が国教忌避者に対して寛大だった点が挙げられる。これに懲りた当局は、後任者には厳格な清教徒よりの人物を送りこむだろう[47]。

だが、市長ダットンは極楽蜻蛉だとしても、誰かが市が誇る年中行事に垂れこめつつある暗雲に気付いている。宗教的基盤からの完全独立の必要性を痛感し始めている、ということだ。「市長一覧・二十八」のもつ象徴的意味合いは、そこにある。

いや、歴代市長の中にも、降臨劇の運命に早くから気付き、それに備える動きをみせた人物がいたように思われる。一五二六年に自由市民となり、三三―四年、三九年―四〇年の二期市長をつとめ、二期目に初めて市議会議録をつくり、そこの白書に初期予告などを載せさせた男ヘンリー・ギー（Henry Gee）だ[48]。

一三二六年のアーンウェイに始まる市長一覧は、その第一冊に含まれていたといわれる。彼が聖ヴァーバラ修道院が取り潰された年にそうした記録を市の境界や町名一覧、役人の給料表や市の財産目録ともども残したとしても、演劇に関する誤った情報を意図的に残そうとしたわけではないだろう。そこに初期予告をも収録したというのは、むしろ降臨劇を市民の太古からの楽しみごとと位置づけ、確認したかったからではなかったか。これこそ宗教からの市と伝統的芸能の独立を記す行為だったのだ。

　しかも、断定はできないが、その独立云々に彼はかなり大きく市長権限を絡ませ、その過程で初代市長アーンウェイと市民劇の誕生との結びつきを利用したかもしれない。彼自身どこまで劇上演を市長の管掌領域であり、ある種の「市長祝賀行事（the celebration of mayoralty）」とさえ思っていたかは、定かでない。(49) ただ、上演母胎の変更は市長とその顧問諸氏の権限であると明記し、上演当日の一切の騒擾を「王に代わって」自らが禁じ、破った者は市長一存で投獄、罰金と謳っている。(50)

　見せ消ちになっているとはいえ、「市長とその周辺が聖体行列を命じた（ordent hath）」という言葉も、後の方には現われる。(51) やがて触れるが、怪我人続出が予想される激しいスポーツを市議会に諮って変更したのも、彼の在任期間中とわかっている。伝統行事の宗教からの独立は、有能な行政官による善意の統制的意図をもってなされていたかもしれない。

　少なくとも後世の降臨劇反対論者たちは市長一存と睨み、存続は市長個人の恣意によるとして、批判の鉾先を向けた。あるピューリタンは上演禁止を求める訴状で「当市の市長が……劇の上演に尽力している（our Mayor . . . doth . . . endeavour to *cause* them to be played）」と書き、逮捕された市長は「某の一存で先の劇が挙行された（I *caused* the plays last . . . to be sett forwarde onely of my sellf）」と誤解されていると嘆いた。(52)（イタリック体筆者）

　中には、それは当初からの習わしと思いこんでいた人もいる。後に詳述する『市史要覧』の編者は、「チェスター初代市長、即ち勲爵士ジョン・アーンウェイ卿、彼がそれらを上演させた（the firste Maior of Chester. namely Sir Iohn Arneway knighte he caused the same to be played）」と書き、彼が「組合に山車をつくらせた（caused the *companyes* to make the cariges）」と記している。(53) 後世の思いこみは、六歳児皆就学や極貧対策に尽力した愛市心溢れる一人の市長の熱意と、決して無縁ではなかったと思われる。(54)

　ギーはまた、劇の中身についても、何らかの関与をしたかもしれない。

チェスター劇はどこかで一度『連形式キリスト伝』を参照しつつ、単一な視点から全体的改訂が施されたという点で、ほぼ評家の意見の一致をみている。[55] その時期としては、降臨節へ移行した時が挙げられる。聖体の祝日と離れるのを機に、キリストの肉体への共感から神の絶対性と奇蹟の強調、「偽りなつくり話ではなく真なるもののみ（no fable . . . That fals ys, shal he fynde non, But thyng that trewe is & verray）」を語る。[56] この態度は遡っては『反宗教劇考』に通ずるばかりか、新教徒の心性とも重なるものがある。そうした改訂を全体の三分の一ほどに施し、合わせて解説者（Expositor）を導入し、主旨の徹底を図る。しかもその際に、独立しようとしている地元修道院きっての有名僧の作品を参照しつつ行う。こうした皮肉な試みは、宗教からの独立を真剣に策した時が最も適していたのではあるまいか。

これが独立の第一弾、一五六八年の一覧の作成が第二弾だったとすれば、第三弾に当たるのが七二―五年の中止直前の時期、劇の始源を僅か五、六年の間に一三二六年から一二六八年へと約二世代遡らせた時が挙げられよう。勿論それだけ劇を取巻く状況は厳しさを増している。劇の始源の遡及度は、その儘置かれている環境悪化の指標でもあったのだ。

七〇年代に入ると、反対論者は増えている（to the dislike of many）。降臨劇は「教皇の政策に従い、町そのものを確たる無知と迷盲の裡に留めおくため（to the intent to retain that place in assured ignorance & superstition according to the Popish policy）」の手段だという見方が、次第に蔓延しつつあるということだろう。[57] 七一―二年に、すでに分担金を払わず入牢する組合員が数人現われている。[58] 七五年には、染色業組合員のテイラー（Andrew Tayler）がやはり、僅か三シル八ペンスの分担金支払いを拒否し、一年間の入牢生活を選ぶ。[59] 中には、ヨーク大主教や北部方面警備総監と通じ、中止を迫る男たちすら現われている。すでに述べたところだ。幸か不幸か差止め命令は間に合わなかったものの、七五年になると、反対の声は票決で上演可否を問わざるをえないところまで高まる。[60]

七五年五月三十日の市議会は三十三対十二で上演決定するも、夏至祭に移し、三日半に延長すると同時に、市長が妥当とみなす改正を施すと条件をつける。後期予告がこの票決の直前に読み上げられたとみる推測は、こうした背景を踏まえている。[61]

話をテイラーに戻せば、彼は市長がハードウェア（Henry Hardware）に替わった翌年十月二十五日、二人の友人が市長や参事会員らを前に未納金を肩代わりして収めたことで、出獄を許可された。[62]ところが、彼の釈放に先んじて、投獄を命じた前市長サヴェッジ（John Savage）その人が逮捕される不測の事態がおこる。十月十五日、新市長就任日に議場を出たところであった。

理由は、ヨーク大主教グリンダル並びにハンティングトン北部方面警備総監両名の直々の書面による禁止命令を無視して「教皇劇」上演を許可したこと。逮捕令状持参の主教の従者により連行を命じられた。「にもかかわらず、上記のジョン・サヴェッジ卿の向かった先はロンドン、事件のその後の成行き不明。[63]」

それから二十日余りした十一月十日、サヴェッジはロンドンから新市長並びに市議会宛に書状を送る。自分は先の劇上演を独断で許可したという嫌疑をかけられている。それを晴らすために、「市議会により市の繁栄を願って挙行された旨の証明書」を市の公印付で送ってほしい、としたものだ。[64]

早速市長は十一月二十一日返書を認める。前市長がそれらの劇の上演を認めたのは、それらが「記憶にない昔からそこで親しまれてきた、古い賞賛に価する風習、習わしに従って開かれた集会（assemblie there holden acording to the auncyente and lawdable vsages and customes there hadd and vsed far above < . . . > remembraunce）」で「市の繁栄、利益、恩恵に資するという配慮」に基づいたものであった、と。[65]

前市長の生命と市の輝ける伝統を守るべく書かれたこの証明書は、幸い功を奏したらしい。事件のその後については、チェスターにも枢密院にも何の記録も残されていないが、サヴェッジは一切のお咎めなく帰郷したものと思われる。九七年十二月五日、三度目の市長在任中に彼は死んだ。

降臨祭が移された夏至祭のその後はどうか。こちらは、七四年―五年度に似てサヴェッジの後を（一人半？ おいて）継いで再度市長職に就いたハードウェアにより巨人や悪魔、龍などの登場が禁じられ、土俗的・異教的色彩豊かな祭としては実質的終焉を迎える。一六四三―四年という「厄介な御時世」まで存続するものの、すでに牙を抜かれ、形骸化したものにすぎなかったという。(66)

他方、ハードウェアについては、次に述べるロジャーズはこの「改革」を褒めるものの、一五九九―一六〇〇年の「市長一覧・五」の筆者ベリンは「熱狂がすぎるほどの敬神家（a godlye ouer zealous man）」（'ouer' は後の所有者ランドルフ・ホーム二世のつけ足し）と書く。続けて、ダットンやサヴェッジに劣らず、市長として万人歓待を行ったにもかかわらず庶民人気がなかったのは、「古来の市の習わしを守らなかった（agaynste oulde customes of this cittye）」からと決めつける。あるいは、「当市の古いしきたりと習わしに従う（Accordinge to the Auncíente vse and Custome of this Cittye）」ことをしなかったせいとだめ出しをする。(67)

見覚えのあるいい廻しだが、そのはず、ピューリタン的な功利主義的ニュアンスを取去れば、これこそすでに引いた、サヴェッジ釈放を巡ってハードウェア自身が書き記していた言葉そのものではないか。

似た言葉は、十年近くたった一六〇八年二月十七日の法廷記録にも現われるらしい。「それを否定しうる人間の記憶が存在しない太古から当地でもたれ、是とされ、用いられてきた習慣や行事（sec*undam* vsum et Consuetu*dinem* eiusdem Ciuit*atis* haectenus obten*tam* approba*tam* et vsita*tam* a tempore Cuius Contrarij memoria *hominum* non existet）」云々。(68)

そして翌〇九年、好事家集団の一人、デイヴィッド・ロジャーズがやはり似た言葉を用いる。

同年七月三日、父ロバートの残した厖大な市に関する資料の整理に乗りだした彼（1609 July: 3 / began to write / D. Rogers）は、一〇年十二月に署名して最初の写本を書きあげる（D. Rogers decemb*er* 1610）。フォリオ版の、チェスター市古文書館写本『チェスター市要覧』（以下、『要覧』と略）の完成だ。正式の原語表題は以下の如し。

A Breuary or Some fewe Collectiones of the Cittie of Chester gathered out of some fewe writers, and heare sett downe And reduced into these Chapters followinge.(69)

彼はその「読者諸賢へ」で写本をつくった動機に触れ、それは「このいと古く敬愛する町の名誉と永寧（the

honor and perpetuall good estate of this moste anchiente and Righte wor*shipfulle* Cittie)」を願ってのことであり、父が資料を蒐集したのも偏えに「この古き町のたえざる名誉、富とよき評判（the continuall honor wealthe and good estimation of this. anchiente Cittie)」のためだった、と書き記す。[70] 民衆の記憶を操作し、「安全で役に立つ過去」のみを残すのは、古来権力者の手口と決まっている。ジョン・プラムやフーコーを引きながら、キース・トマスのいう通りだろう。[71] それをチェスターでは、「称えられるべき（lawdable）」というピューリタン固有の形容詞を交えながら、市長や好事家たちが試みている。何故こうした事態が現われたのか。

　思えば、一三〇一年にチェシャー州が、一五〇六年にチェスター市自身が王権州の扱いを受けてから降臨劇廃止頃までの町の歴史といえば、経済的衰亡に合わせて現われた、自治の特権剝奪の過程以外の何ものでもなかった。[72] 中央集権化時の北の小都市の、これが宿命だった。

　町の斜陽化に対して、無益と知りつつ人々はさまざまな町興しの行事で対抗してきた。いや、自らを騙してきた。そんな風に思われる。一四二二年以降歴史に現われる聖体劇の、三日興行の降臨劇への格上げは、その最たるものだろう。一四九九年グッドマン（Richard Goodman）市長時に始まるとされるものの、一五六四年以前のありようが知られていない夏至祭や、一五一二年に始まる州知事《シェリフ》賞争奪弓技大会等もそれに当たる。[73]

　ロジャーズのいうのが正しければ、ウェールズ人の侵入から町を守るべく始められたというクリスマス徹夜祭を除けば、起源がローマ時代はおろか王権州設定以前に遡るものは見当たらない。[74] ここでも彼らは、「古さ」を必要以上に強調することで、鬱憤晴らしをしているにすぎない。

　それだけではない。古さを誇るに留まらず、夏至祭がそうであったように、その実態がすでに合理化され、昔日の猛々しさを失くしたことを是として指摘するのを忘れない。そこがたんなる好事家と違うところだろう。

　例えば、五旬節の火曜日に行われた、靴屋組合による服地商への革のフットボールの球の献上。この球はかつて、儀式終了後若者たちにより市長ないし州知事邸まで運ばれるのを常とした。怪我人続出を理由に、これがサッカー試合に代わり、勝者に六本の銀の幅広剣（vj gleares of siluer）が贈られるかたちに改まったという。

同じく馬具商によって服地商に捧げられた、竿の上の絹の玉の争奪戦。これも、競馬の勝者に絹の鈴を与えるだけに変わってしまう。ロジャーズが別のところで使っている言葉を藉りれば、すべて「品位（Decencie）」を考えてのことだろう。(75)

いいかえれば、W・H・の永遠の夏の面影を心のフィルムに焼きつけたくて「ソネット十八番」を書いたシェイクスピアとは異なり、チェスターの栄光を記憶の裡に恒常化したくて、ロジャーズは『要覧』を書いたのではない。それもあろうが、栄光と抱き合わせにあった「無知の時代（the tyme of Ignorance）」を、町も己れも昔日のものとしたことを告げ、確認したくて書いている、ということだ。(76) その意味で、ロジャーズは迷妄を脱したものにこそ歴史に関心をもち、信仰と伝統について発言する資格ありとした、ジョン・ベイルやマシュー・パーカーといったテューダー朝プロテスタント好事家たちの延長上に位置するといえるかもしれない。(77)

これは、『要覧』の四章「チェスターのいくつかの教区教会の建物並びにチェスターのいくつかの称えられるべき行事と芝居について」を読み進むうちに、次第に明らかになる。

降臨劇の説明に入り、上演予告について一通りの説明を終えると、この劇についてこれ以上述べるのは退屈（tediuse）だろうし、先祖の無知を晒すだけで何の益もない（not profitable）から切り上げる、と彼はいいだす。「読者諸賢へ」を、「神による慰安」を求める人には何の益もなかろうが（not profitable）、過去について聞きたいと思う多くの人々には楽しいだろうから、と書き始めていた頃からみると、今昔の感がある。いつの間にか「古きもの（antiquitie）」が「先祖の無知（the Ignorance of oure forefathers）」に変質し、そのネガティヴな面のみがクローズ・アップされた感じだ。(78)

こうした心の動きは、「協賛組合一覧」を書きおえたところで、改めて表面化する。

われわれには神に祈りを捧げる然るべき理由がある。われらも後に続く子孫も、今後とも神聖なる神の書物を傲慢な手で穢す、無知に溢れた、「荒らす憎むべきもの」（「マタイ伝」二十四章一五節）の姿を決して見るこ

とがありませんように、と。だが、神の御慈悲は有難き哉、人間が無知の間は、見て見ぬふりをしていて下さったのだ。(79)

『祈禱書』の連禱の一節（That it may please thee . . . to forgeue us all our synnes, negligences and ignorances）をさりげなく踏まえた文章だが、無知は信心の母（Ignorance is the mother of devotion）といった優しさは微塵もない。神不在の古さは無用の長物、といった非妥協の勁さだけが伝わってくる。一五七〇年代の初め、降臨劇の中止を求めてハンティングトン伯らに書簡を送り、降臨劇とは二百年前に「無知の極み（the depth of ignorance）」で「市を確実に無知と迷信の中におくべく考案された」と書いたグッドマン（Christopher Goodman）と選ぶところのない態度で、降臨劇との内側からの訣別宣言と呼んで然るべきだろう。(80)

『要覧』はその後「州知事朝食会（sheriffes breakfast）」の説明へと進むが、そこにも「古き罪には新しい改革を施すべし（Anciante sinnes oughte to haue new Reformation）」といった言葉が瞥見する。興味深いのは、そこに「古くとも非合法ないし忌まわしきもの（vnlawfull or ofensiue）は存続のいわれをもたず、一般大衆（the vulgar [or baser sorte] of people）の意向なんぞ無視して、須く識者の判断にことを委ねるべし（the Iudgmente of those whoe are more Iuditiouse）」と、ハムレットばりの発言が聞かれるところだ。(81) 識者を持ちだし、己れの宗教的熱狂をルネサンスの合理主義で正当化する態度、こうした皮相で浅薄な知のありようは、理性と散文の時代の近きを思わせる。ルネサンスとは畢竟そこへ向けての一里塚にすぎなかったのかもしれない。

こうして、チェスターの「称えられるべき年中行事」を巡るロジャーズの心の旅は、宗教的利益より古さの優先で始まりながらも、古さが神を知らない無知で括られることで、再び利益の下位に位置づけられて終るのである。

これだけでも充分興味深いが、さらに興味深いのは、父の仕事に片をつけたところで町の無益な歴史ときっぱり袂を分かつと思いきや、最初の写本の余白に一六一〇—一九年間の町の歴史を書き入れるばかりか、一九年に若干の改訂を施した新たな写本、一二三年までに第三の写本をものする。さらに、一二四年には四つ目の、革命間近い三七年には五つ目と、自ら「存続するいわれをもたぬ」と宣うた「年中行事」の記載を含む『要覧』の写本を、生涯に五回もつくるところだ。この執着ぶりはいかに説明すべきか。最も解答に窮するところだ。

いや、それだけならまだ個人の性向で片付けられなくはないとして、さらに奇怪なのは、類は友を呼ぶ伝で周囲に似た例がいくつか見られるということ、こうした矛盾は個体差異を超えて時代の問題でもあったという点だ。例えば、すでに名がでているジョージ・ベリン。彼は何故一五九二年と一六〇〇年の二度に亘って、サイクル劇全体を二度もコピーするのか。あるいは、ランドルフ・ホーム（Randolph Holme）一家。同名の一世から四世までは、ベリンの一六〇〇年版と好事家ミラーたち三人の手になる一六〇七年版の二つの写本を、どうして所有しようと思ったのか。しかも、彼らは逮捕、連行されたサヴェッジのように、市長や治安判事、州知事や国会議員を歴任した土地の名士でもなければ、国教忌避者でもない。彼らチェスターの好事家集団は、筋金入りの新教徒であり、古さを改革の下位においたはずの一般市民にすぎない[82]。何故か。

勿論、若干の個々の事情はありそうだ。ホーム一家は、名士ではないが、一世は参事会員（一六〇四年）、州知事（一五年）、市長（三三―四年）を歴任した人物で、代々紋章官、職業柄、州や市関係の古文書への関心を拡げ、その過程で劇の写本が紛れこんだと考えるのは可能ではある。ベリンの息子は、そのホーム家に徒弟奉公、また一五九九年洗礼を受けた長女メアリの名付け親の一人がロジャーズの母のエリザベスだったのが知られている。好事家集団同士の狭く密な交友関係が、理屈抜きにたまたま劇を含む市史についての豊かな資料を後世に伝える環境を醸成、整備した。そう考えられなくはない[83]。だが、それだけか。

問いに答えるのは暫く措くとして、その前に『要覧』について今少し詳しく追ってみる。その過程で先の問いに対する答えも自ずと明らかになるだろう。

『要覧』についてわからないことの一つは、父が残した資料、息子の言葉を藉りれば、イモウジェンがみつけたクロウトンの死体さながらの「頭なしの胴体（a bodye without a head）」を[84]、「才なきもの書き（the vnskillfull writer)」がなぜ一六〇九年という時点で『要覧』のかたちで世に問おうと思ったか、だろう。隠れた訳はあるのだろうか。

考えられる理由の一つは、一五九一、九二、一六〇〇、〇四、〇七年と、ベリンたちにより五種類の降臨劇のテクストがつくられた事実。一世代前以前に滅びた町の誇るべき遺産が、再び陽の目をみそうな気配が挙げられる。

だが、それ以外に具体的かつローカルな理由は見つからない。劇上演のような公けの出来事とは違って、写本執筆はあくまで私的な営み、当局の監視の眼が届きにくい。勢い、社会との結びつきがわかりづらくなってしまう。そうした中で普通に考えれば、不景気が最も有力だろうが、今回は当嵌まりそうにない。

なるほど、一五八〇年代終りに書かれたと思われる『自治体論（*A Discourse of Corporations*）』は、貿易・通商におけるロンドンへの一局集中を嘆き、九八年にはバーリー卿がイングランドの衰退した地方港を列挙し、そこにハルやブリストルと並んでチェスターをも含めている[85]。

だが、実際に町が寂れたという話は聞こえてこない。町の活気のバロメーターとして人口をとってみても、封土権の地代がどんどん下っていった十五世紀末とは違って、十六世紀後半から十七世紀初めにかけてのそれが、少し前のコヴェントリーのように半減したわけではない。むしろ、四千七百人から六千人台へと着実に増えていて、十七世紀中葉までそのペースは鈍りそうにない[86]。

地方港としての賑わいをみても、数世紀に亘る衰退傾向に多少の歯止めがかかっている。繊維・皮革関係の船荷は減っても、対アイルランド戦争の真最中、基地の働きが増している。イングランド十八港中の十二番目に当たる小港とはいえ、クロムウェルまで続くアイルランド植民地政策の中で、当分その重要性は減りそうにない[87]。つまり、一六〇八―九年の時点から眺めた時、町の発展が共同体の団結を壊しつつある可能性を除けば、『要覧』執筆へとロジャーズを駆りたてた、目をひくローカルな理由はみえてこない。

残るは漠とした一般的理由。ジェイムズへの幻滅をきっかけに澎湃と湧きおこったエリザベス朝へのノスタルジー。それが長期に亘った町の凋落の記憶や時代の閉塞感と複雑に絡んだ、得体が知れず、名づけようもない何か。根拠薄弱にみえても、結局これが最ものをいったのではあるまいか。自らの成長に伴い、ようやく可能となった父親との曰くいいがたい和解や対話を求める心を除けば。

どこまで追っても、みえてこない。やはり、わからない。とはいえ、とに角一六〇九年という時点でロジャーズは父の残したコレクションの整理にとりかかった。それだけは間違いのない事実だ。

彼は最初「作者 (the Author)」である父を立て、自らは黒子に徹しようとしている。それは一六〇九年版とその「完成品 (a finished copy)」ともいうべき一九年版の、すでに引いた「読者諸賢へ」に明らかだ。[88]

興味深いのは、一九―二三年の間に書かれたとされる第三版辺りから、そこに次第に変化が現われる点だろう。「読者諸賢へ」が消える一方、タイトル・ページに父の名と並んで「その息子DRにより新たに書かれた (written a new by his sonne DR)」が加わる。共同執筆者兼編者が誕生したばかりか、自らの拙さを読者に詫びる必要も感じなくなっている、といったところだ。[89]『要覧』の存在が世間に知られ、需要がでてきているからかもしれない。

イニシャルと同格におかれた「あの古き町に幸多かれと祈る者 (a well willer to that anchant Cittie)」(傍点筆者)も、おかしいといえばおかしい。すでに町の居住者でなくなり、それにつれて一歩距離をおきだした感じだ。[90]父と町から独立することで、彼は好事家から史家へ変身しだしたのかもしれない。

その感じは、二四年に書かれた第四版へゆくと、さらにはっきりする。父親は蒐集家だけになり、執筆者ははっきり「息子デイヴィッド・ロジャーズ」とフル・ネームで登場する。それのみならず、習俗に対する自らの意見、資料の信憑性にまで言及しているが、降臨劇へのそれだけは減った、という。[91]

最後の三七年の第五版は、もっとユニークだ。「古く有名な町」の「古い時代」についての資料だと二度も古さを強調してから、父ロバートにより蒐集されたものの「乱雑なメモ状態に捨ておかれていたのを、息子がきちんと整理した (beinge but in scatered notes and by his sonne Reduced into . . .)」と、名実ともに著書の全責任吾にありといわんばかりになっている。[92]

『要覧』の執筆・編纂を巡ってほぼ一世代を要した父と町からの独立は、「歴代市長一覧」の扱いを通しても窺うことができる。

一六〇九年といえば、一五九四年に当時の市長にして好事家オールダゼイが従来の一覧の誤りを改め、初代市長にリネットないしリヴェット（Walter de Lynet or Livet）を据えてから十五年位が経過している（現在では初代は学僧ウィリアム、在任は一二二〇年以前と四〇年頃と考えられている）。[93] 父ロバートの死去の頃（一五九五年）ならいざ知らず、一六〇九年頃には市民たちの間でそのリストはすでに受けいれられている。にもかかわらず、デイヴィッドは父に敬意を表してか、最初の二つの版では初代市長アーンウェイ説を採っている。[94]

それが、父からの独立を意識し、史家へと変貌を遂げる辺りから、「市長一覧」を省く一方、第四章の降臨劇の説明のところだけ一三三二年初代市長アーンウェイ時に始まったと書く。[95]

第四版でも、そのやり方は変わらない。次第に初演年代は下るものの、一三三九年アーンウェイ時の記述は残る。[96] 最後の第五版で初めてオールダゼイの市長一覧が採用されるが、それでも第四章における、一三二八年初代市長アーンウェイ時の記述だけはやはりその儘。[97] デイヴィッドは、父への義理立てと史家としての真実追求の間で股裂きにあっている。

古い無知や誤り（罪）は改むるに如かずとわかってはいても、そう簡単にわりきれない気持ちを、父に対して、チェスターの古きよき伝統に対して、デイヴィッド・ロジャーズは抱いている。そしてそれは、あながち彼一人の問題ではなく、チェスターの好事家集団全員の、クリストファ・グッドマンのような一部の狂信家を除けば、チェスターの住民大半の思いだったのではあるまいか。[98]

彼らは、かつての共同体が崩れつつあると感じている。今や存在するのは名のみの「想像の共同体（an Imagined Community）」でしかなく、[99] しかも、それを支える最後の砦としては「称えられるべき年中行事」しかない、とも気付いている。だから、新教徒でありながら、ベリンやホームは夏至祭を骨抜きにしたハードウェアに「市長一覧」で抗議したのであり、そのハードウェアですら、自らの信条は棚上げにして、「古くからの称えるべき習わしやしきたり」をもちだして、前市長の助命嘆願に一肌脱いだに違いない。十七世紀初頭のチェスターの人たちは、多かれ少なかれ、理性と心情の間の分裂を感じていたのだ。

もう少し広い文脈でいいかえれば、彼らは今、北方ルネサンス人が地理的な横軸で山向こうのイタリアに対して抱いた憧憬と反撥という二律背反の思いを、縦軸で已れの町の過去の栄光に対して持ちつつある。一進一退とはいえ、古きよき時代に対する喪失感というか距離の悲哀《ペイソス》は、徐々に逆ベクトルの距離をおこうとする情熱《パトス》にとってかわろうとしている。宗教改革と抱き合わせで進むイギリス・ルネサンスは地方でも確実に地歩を占めつつあるということだ。チェスター劇の上演史やその後の展開が教えてくれるのは、そのことに他ならない。

第三章　主題の変奏

月のティアラを戴き、弓矢をもつ、ダイアナ

漁夫は須くセイレンの魅力に抗しえざるか

一　窃視のルネサンス
――エリザベス一世、ジョンソン、スペンサー、ダン――

（一）エリザベス一世

二〇〇三年がエリザベス一世の没後四百年に当たったせいで、静かなエリザベス・ブームが続いている。本格的な著作集も出版されたが（二〇〇〇年）、それをみて思うのは、後継者のジェイムズと違って政治的な著作が見当たらない反面、書簡や祈禱書の類が多いということ。勿論大半を占めるのは演説だが、それとて今日伝わる名言はキャムデンら史家の手の加わったもので、本来はなかったか、もっと素朴なものだったらしい。例えば、結婚を勧める議会への返答、「私はすでにイングランド王国という夫を持つ身」は信頼性の高いランズダウン写本には現われないし、独身宣言の方は同じ主旨の言葉はみられるものの、弱強四歩格の墓碑銘のかたちをとらず、押韻対句をなしてもいない。女王の「僅かな言葉をさらに簡潔化する」過程で、脚色が施された結果とみてよいだろう。(1)

逆に普及版には現われず、ランズダウン版にみられる言葉もある。例えば、「王の怒り（indignatio principis）」。父ヘンリー八世で馴染の言葉ながら、父王の場合とは異なり、この諺の後半（「（は）死（mors est）」）を実行に移し、モアやウルジーに当たる高官を死に追いやった形跡は殆んど見当たらない。優柔不断だったという訳ではない。その証拠に、エセックスに仕え、ジェイムズ朝では国務長官にまで登りつめたノーントンは直かに接した体験として、「忠告を聞く耳は持っても、これぞと心に決めたことは、生涯貫き通された」と述べている。(2) 要は、ジェイムズのように「国王大権を冒す勿れ」とか「国政の奥義《ミステリー》は超越事項」と声高に宣するのを好まなかった、ということではあるまいか。(3)

「見れど語らず《ヴィデオ・エト・タケオ》」とは、そうした彼女の王者としての生活信条を表わすモットーといってよかろう。だが、秘しても黙してもなお思い、怒り、悩み、腹ふくるることは多々あったであろう。そのような場合、問題をすべて「王者の使命」に還元して、彼女はひたすら祈る。五十歳前後の彼女がものしたイタリア語の祈りのように。「私はか弱く、無知を免れない人間です。それ故、王者の使命を果たすに当たり、つねによき忠告、賢明な助言、即座の援助を必要としております……」(4)。瀟洒な直筆の手稿本には、ヒリャードの筆になる、アランソン公と彼女の肖像画が収められている（現物は二十世紀初頭紛失、複写版のみ現存）。その祈りとは、大詰を迎えた結婚交渉に関してであっただろうか。

彼女の場合、王者の使命感はきわめて強いから、時として心の問題をも政治の言葉で語ってしまう時がある。今度の著作集からは漏れたが、『女王の祈禱書』（一五七一年）所載のある祈り。罪＝「邪まな思い」に触れ、「鎮圧《サブデュ》」したいと願っても、日夜「叛逆《レベル》と蜂起《ライズ》」を繰り返し、「屈服《サブジェクト》いたしません」と語っている。(5) 七〇年頃といえば、北方の叛乱鎮圧直後、そこからが女王としての実質支配の始まりとすれば、三十代後半のそうした時期に彼女を襲った鎮圧されざる心の叛乱とはいかなるものだったのだろうか。

しかし、使命感の塊だった彼女にも、ふとした気の弛みから人前で弱音を吐く時もあったらしい。六七年、スペイン大使に「経てきた危険と多くの人々の頑迷さ、無礼さを大袈裟に嘆いてみせた」と伝えられる。(6)

三十代にしてすでにそうなら、六十の坂に近づき、レスター（一五八八年）に始まりバーリー（九八年）まで政権を支えてきた人々が次々に世を去る八〇年代の終りから九〇年代にかけての彼女の寂寥感は察するに余りある。ところが、そうした彼女の思いとは裏腹に、その後の政権を担う「今日日穫れたての野心家ども」は、彼女に世嗣が望めぬと踏んで後継者選びに動き始める。(7) デッチレー肖像画（九二年頃）や虹の肖像画（一六〇〇年頃）が彼女を太陽として描こうと、新しい宇宙空間に新たな「王という太陽《ロワ・ソレイユ》」を見つけようとする動きは止まらない。

政府高官の間で高まった女王を蔑ろにする風潮は、ただちに民間へと伝播してゆく。処女王顕彰ゲームに厭き、「老女の治世にうんざり」していた民衆も、(8)一勢に女王批判を開始する。女王なんざ「お偉方《ノーブルメン》に操られているただの女」にすぎないから、彼女の存命中は俺たちは幸せになれない。騒動でもおこれば別として、さもなければ「気晴しにスペイン兵でも攻めてきてくれた方がましだ」と嘯きだす輩がいると思うと、(9)彼女が死んだというデマを流したり、占星図で余命を計算する者まで現われる始末だ。(10)

九〇年頃から女王の著作に翻訳が加わるのは、「武人《ミリティア》」と「官僚《トガーティー》」からなる「共同政治」が崩れ、(11)銘々が勝手な方向に走り始めた事態と、おそらく無縁ではあるまい。八五年辺りから始まったとされる「第二の治世」で、とに角何かが決定的に変わってしまっている。(12)それに応じて公私の区別のありえぬ彼女の裡でも僅かながら「私」への重心移動がおこり、公の世界の動きを牢屋に入ったリアのように距離をおいて眺め始める。

翻訳に籠めた彼女の思いは、今は失きサルスティウスの『ユグルタ戦記』――ジョンソンの『キャテライン』の藍本のひとつ――に明らかだろう。北アフリカのヌミディアの後継者選びを巡ってローマ貴族の間でおこる買収騒ぎや彼らの無能ぶりを扱ったこの書物に、彼女は自らの後継者選びを巡る狂騒曲を重ねてみている。逆に九三年の『哲学の慰め』の場合には、フランス国王アンリのカトリック改宗などもあって、ふと人生の空しさに襲われ、哲学の女神からの慰めを求めているのかもしれない。

次いで焚書令の一年前の九八年、六十五歳の女王はプルタルコスの『穿鑿ずきについて』の翻訳に手を染める。宮廷という泉を、女王の私生活をこれ以上覗く勿れ、という悲鳴の顕われだろう。「何人も己れの感覚が徒らに渉猟するのを許すべからず」(13)。「見れど語らず」をモットーとしたエリザベスは、遂に臣下たちに「汝見る勿れ」、「天翔けれど、彷徨わぬ賢者」たれ（ワーズワス）といい始めたのである。

ところで、九〇年代になされた『穿鑿ずきについて』の翻訳は例外ながら、シドニーの『アーケイディア』を典型として、八〇年代までは政治のメッセージはロマンスといった、緩やかな倫理的言語によるのが一般的だった。[14] パッテナムが「寓喩《アレゴリア》」という「宮廷風詞姿《フィギャー》」についていう、「あることを口にしつつ別のことを考える」実践だ。[15] ところが、九〇年代になりタキトゥス・ブームが招来すると、政治向きの話は次第に政治固有の言葉で語られ始める。ジェイムズ朝に到れば、それはさらに徹底し、「見る勿れ」にしても翻訳を通しての以心伝心などという廻りくどい形をとらず、「王の怒り」をちらつかせつつ「国家的理由（the reason of state）」を楯にはっきり禁ずるようになる。[16] 国民や議会との合意を前提にした「合議制の王（monarch in council）」という絶対王政前段階の崩壊だ。エリザベスはかつて、仏大使に自分は枢密院との相談なしに何事も決めてこなかったといい、「国事にとって我意《セルフ・オピニオン》ほど危険なものはない」と述べた[17]ことがあったが、そうした風通しのよい政治体制が消滅するということだ。なるほど、宮廷余興という名の窃視などは、女王を困らせることがしばしばだったに違いない。しかし、煩わしくとも、それを通して臣下の野望や民衆の不満に捌け口が与えられる限りは体制は健全さを保つ。だが、余興までが翼賛化して権力の幻影誇示の手段に堕すと、体制自体が硬直化し、存立基盤を危うくしかねない。これは絶対王政存続のための「奥義」の一つながら、忍耐力をなくしたエリザベスは、それを見失いつつある。[18]

「国家的理由」は、イタリア人イエズス会士ボテロの著書『政治的分別ないし国家的理由（*la prudentia politica o ragione di stato*）』（一五八九年）の翻訳[19]にある言葉だが、初めて使われたのはジョヴァンニ・デッラ・カーサによって四七年頃とされる。[20] 為政者は市民法による拘束を受けず、公共の善のために超法規の行動が許されるとするこの概念がヨーロッパ中に賛同をもって迎えられ、ボテロの本が一六〇六年までに五版を数えただけに留まらず、イングランドにおける「憂鬱《メランコリー》」に似て床屋談義にまでなった[21]というのは、マキャヴェルリ以後のヨーロッパ状勢の中でそれがいかに切実な概念だったかを物語って余りある。

　そのせいで、この本は間もなく独、仏、西、羅訳が出るが、英訳はなされず、『ヴォルポーネ』のポリティック・ウッドビー卿のように言及は通常イタリア語に依ったらしい。だが、いかにキリスト教的仮面を被ろうと、それがマキャヴェルリの「偽善版」にすぎず、実質的にはモア以来の「正義とはたんなる法にして、平民の美徳にすぎない」と同主旨の発言であることを、ヘンリー八世による宗教改革を体験した人々はよく見抜いていた。[22]「偽善なくして生活（支配）なし」の諺が、『リチャード三世』（三幕七場）の上演を俟たずして七〇年代以降陸続と現われる所以だろう。[23]

やがて絶対君主の愛用語となるこの言葉は、タキトゥスの「国家機密（arcana imperii）」まで遡る。ガッルスが皇帝ティベリウスの懐の深さを測ろうとして裏をかかれ、結果的に彼を独裁者にしてしまったいきさつを語るところだ（『年代記』一巻一一節）。[24]そしてそれが通常「独裁政治の秘鑑」と訳される所以は、ローリーの「秘法ないし詭弁」の定義、「国家機密ないし詭弁とは……ものを当初の状態の儘に保てなくする結果を避けるために行う、密やかな行為の謂である」に明らかだろう。[25]つまり、それは君主の自然的肉体の秘密から国家の最高機密に到るまで、他に知られ、容喙されたくないもの一切を意味しつつ、多くの場合君主自らの権益を守るため悪用する口実、ということだ。

タキトゥスの語句の出発点は、「高ぶった思いを抱く勿れ」（「ロマ書」十一章二〇節）という、キリスト教徒にユダヤ教軽蔑を戒める言葉にあるらしい。それが中世期を通して聖俗両権力の相互依存により「半ば神学的な言葉（lingua mezzo-teologica）」にまで高められるとともに、適用範囲をも拡げ、宗教上の傲慢さ、知的好奇心を含めて、「禁を破って高次の物事を知ろうとすることへの戒め」として定着してゆく。しかも十五世紀末頃までには、禁忌自体も「自然の秘密（arcana naturae）」、「神の神秘（arcana Dei）」と三つ巴に及んだという。[26]

九〇年代のイングランドでタキトゥス・ブームがおこった直接の原因は、エセックス麾下のサヴィルにより九一年『歴史』が、グリーンウェイによって九八年『年代記』が翻訳されたところにある。しかし、歴史における人間的動機を考察した彼の史書は、セネカの克己主義と抱き合わせの形でハプスブルグ家圧制下の低地帯やギーズ体制下のフランスで早くから人気があり、リプシウスやプレシ・モネイといったかの地の学者と親交のあったシドニー周辺では、七〇年代後半から熱心に読まれていたらしい。だから、「国家機密」と「国家的理由」はシドニーやエセックスといった国際武闘派の活動と軌を一にしてほぼ同時期にイングランドに入ったのであり、相互滲透の結果いつしか絶対王制の正当化と共和制志向の両面で解釈されうる語句になったと思われる。同じ為政者ながら、エリザベスは大逆罪教唆の可能性をそこに読んで斥け[27]、他国出身で王権基盤の弱いジェイムズが王権神授説の補強に積極的に利用した所以だろう[28]。

　このように、為政者にとってのこれらの語句の重宝さは、定義がきわめて難しく、一人として同じ意味で用いなかったところにある[29]。だが、その曖昧化はそれで終らない。ティツィアーノの「ウルビーノのヴィーナス」などに明らかなように、窃視に強迫的に捉えられていたルネサンス文化の中で、この禁忌はアクタイオン神話を政治化し、それによりエロティックな表現を与えられることで、さらに複雑なニュアンスを帯びることとなる[30]。

　アクタイオン神話がもつ「不適切な好奇心への戒め」という読みは『黄金のロバ』（二巻四―五）に遡るが、中世へは五世紀のアフリカの言語学者フルゲンティウスを通して（「好奇心はその愛好者につねに喜びよりも完全なる破壊を齎してきた」[31]）、ルネサンスへは十六世紀中葉履歴不詳のナタリス・コメスを通して『神話』に定着し（「この寓話により、他の秘密を知ることは有害故関係なき事柄に好奇心を寄せてはならぬと忠告されている。それが君主の国とそこの最高位の人々についてであれ」[32]）、そこからダイアナを戴く宮廷へと流れこみ、即位直後の余興で演ぜられるほどの人気を博したらしい[33]。しかし、ダイアナの裸身＝国家機密とその意味が政治的に限定される過程は漸次的で、A・フラーンスの「手が届かぬ上の事柄」（一五九二年）では多少曖昧ながら[34]、オーヴァベリー事件へのクックの深入りを懸念する「裸のダイアナ《ヌーダム・シネ・ウェステ・ディアヌム》をみることになりかねない」（一六一六年）では揺るぎないものとなっている[35]。

　そろそろ、話を晩年のダイアナことエリザベスに戻すとして、それまでの彼女は議会の結婚勧告に始まり、法学院の「進言の劇《シアター・オヴ・カウンシル》」、シドニーやレスターの宮廷余興とさまざまなアクタイオンどもの政治干渉に王者らしくじっと耐えてきた。九二年ハリントンのケルストンの邸でおこった女王の自然の肉体窃視にも、故意ではないという理由で犯人を「角を生やさずに《ウィズアウト・ホーンズ》」赦してやっていた[36]。九〇年代に到り、パリーやラドクリフという愚痴を零《こぼ》せる心の友を亡くしてからは、翻訳といった憂さ晴らしの手段を見出し、臣下を「王の怒り」の対象としないよう積極的につとめてもきた。

しかし、最晩年に到って、禁を破り、口に含んだ水を相手に吹きかけ、鹿に変えざるをえなかった事態がおこってくる。九九年九月二十四日、命に背いてアイルランドを発ち、二十八日の朝土足のままで女王の寝室に入りこんできたエセックス闖入事件だ。ダイアナはまだ髪も梳かさぬ自然の肉体のままだったという。何たる不敬罪。翌日から蟄居謹慎の末、翌年二月、未遂に終った叛乱の後、アクタイオンは遂に同月二十五日処刑されたのであった。

(二) ベン・ジョンソン

エセックス闖入事件は、一六〇〇年、十六年ぶりに再開された王室礼拝堂付少年劇団により、ベン・ジョンソンの筆で取上げられることとなる。この『月の女神の饗宴』が劇団のおそらく復活第一作とすれば、受けを狙った意図が透けてみえる際物だ。

エセックスはすでに三月に拘留されていたエジャートン宅を出て自宅謹慎中、世情は彼への同情で持ちきりだったらしい。[37] 当局も当然神経を尖らせる。その辺の事情は、劇の冒頭近くでマーキュリーに出会った際のキューピッドの科白、とくに「聖なる正義」云々に明らかだろう。


この辺りの森の女猟師にして女王であらせられるダイアナさまが、アクタイオンに下された聖なる正義と思しきものに対して絶えずなされる黒き悪意の籠った中傷を慮られて、このガルガピエの谷で盛大なる饗宴を催すとお告げになった……。[38]

そうした濡れ衣を一掃し、美貌が攻撃の厳しさにいささかも衰えていないと世間にお示しになるために、と続くのだが、正義に「と思しきもの（as she pretends）」が続き、美貌が衰えなしと補足されるのが、御愛嬌だろう。エセックス事件がダイアナの聖所ガルガピエでのアクタイオン神話に置きかえられたについては、処女王と女神との伝統的な繋がりに加えて、次の二点も考慮されて然るべきだろう。

一、エセックスが闖入したのはナンサッチ宮殿だが、そこの庭に実際この挿話が彫られた泉があり、純潔を寿ぎ、汚染を戒める碑文が置かれていたらしい。(39)

二、ガルガピエの泉は劇中では「自己愛の泉」と呼ばれ（ナルキッソスやニオベの神話とともに三枚重《トリプチカ》ねを形づくく）るが、これには「宮廷悪の源は自己愛にあり」とするジョンソンの見方の顕われに加えてとして、エセックスとの連想もあったかもしれない。

一五九五年の女王即位記念馬上槍試合の趣向として、エセックスはベイコンに『愛と自己愛』という台本を書かせていた。「自己愛《フィローティア》」が三人の手下を「愛」＝エセックス（の手下）に遣わし、女王への愛を断念するよう唆す寸劇だが、そこでバーリー卿と思しき「隠者」は女王を棄て、「知ったとて危険が伴う秘密の存在しない」美神の宮廷への鞍替えを盛んに説いていた。(40)それを斥け、女王への変わらぬ忠誠を「愛」が誓うかたちで劇は進むのだが、場所柄を弁えずに寝室に入りこむエセックスの行為とは、「愛」どころか「自己愛」そのもの、とジョンソンはいいたかったのかもしれない。(41)

表向きの執筆動機が女王の意を（勝手に）体した「正義」の喧伝にあったとすれば、つくりには個人的事情が見え隠れする。当時ジョンソンは、デカー、マーストンと「劇場戦争」ないし「詩人戦争」と呼ばれる喧嘩を展開中、この劇でも、彼らと張り合おうとしている、ということだ。

この劇は、三人の子供が登場し、誰がプロローグをいうかを争い、名子役ペイヴィ演ずる「子供三」が籤に外れた腹いせに登場人物や荒筋をバラしてしまう「序劇《インダクション》」から始まる。この劇で最も生彩ある箇所ながら、役者が夫々の科白帳《パーツ》をもって舞台に上り、劇についてコメントすることで関心を高めるやり方は、実は前年ライヴァルの聖ポール少年劇団復活第一作『アントニオとメリダ』でマーストンが試みた趣向に則っている。自然さと本筋との絡みにおいて、吾に数日の長ありといいたいのだろう。

この劇の本筋は前述の二柱の神が小姓に変装して女神の饗宴に潜りこむところから幕開きとなるが、その前にマーキュリーはジュピターの命で三千年ぶりにエコーを肉体纏った姿で登場させねばならない。という訳で、自己愛の泉の大枠が劇に嵌められることとなるのだが、奇妙なことに、エコーはナルキッソスのことで、ジューノーに恨みを述べると思いきや、「ここで若いアクタイオンは倒れた……シンシアの呪いに引裂かれて……」と話をエセックス事件に移して、マーキュリーの譴責を受けることとなる。(42)

お喋りを慎め
お前は折角の寵愛を台無しにしてしまう。
これだから、無駄口叩くしか能のない輩はお上を非難するってわけだ。(43)

こうして彼女は登場するなり国家機密に触れた廉で即退場となるが、消え際に恨めしそうに「この呪い、水に残らん。一滴たりとて飲む者は、ただちに自らを愚かしく愛する者とならん」と呪いをかける。『薔薇物語』を下敷きにした、ジョンソン版「自己愛の泉」縁起の誕生だ。

前置きが長くなったが、エコーを使ったこの新縁起の説明には、どうやらデカーが絡んでいる。マーストンは劇中に「ヘドン（=快楽）」として登場するが、「アナイデス（=恥知らず）」として登場するデカーは、前年クリスマス時に『老フォーチュネイタス』二部の簡約版を宮廷で上演していた。(44) エコーの声のみの場で始まり、「美徳」と女王の讃歌で終る劇だ。それを意識しつつ、ジョンソンはエコーに姿与え、自己愛の泉縁起と有機的に絡ませることで「劇自体の芸術的基礎」に据える。(45) 大衆劇場劇と違って、いかにも創意工夫を感じさせるつくりだ。ジョンソンの得意思うべし。

　こうして外枠と主題が定まったところで、消えてゆくエコーを追いかけるかたちで主人公ともいうべき「アモーファス（＝心《シン》なし）」が登場する。「アルプスのこちら側」、つまり権謀術数渦まくイタリア以外の国々の「国家的理由」を探し求めて旅する愚かな宮廷人、(46)『ヴォルポーネ』のポリティック・ウッドビー卿（自称政治家）の前身といったところだ。この嘘八百の政治談義が大好きな男が、まず呪いの水を口にし、その甘美さに打たれ、宮廷で喧伝する。それを聞いた宮廷に巣くう「蜘蛛ども」が早速小姓に取りにいかせ、(47)味わうことでさらに自己愛に溺れて愚かしくなってゆく、というかたちで劇は展開する。

　勿論最後に登場した現人神シンシアの命を受けたジョンソンと思しき「クライティーズ（＝批評家）」が「アレテー（＝美徳）」の助けを藉りて自己愛患者にヘリコン山の水を飲ませて矯正する場はついている。それがないと収拾がつかないからだが、といって最高最大の自己愛患者ジョンソンの作品だから、「自己愛」が全面的に否定されているわけではない。エコーのような「感情的な反応」は慎むべきだが、自己認識に基づいた「理性の小間使」としてのそれは「許されるべき自己愛」としてむしろ必要不可欠とされているようだ。(48)

　ただ、宮廷人の自己愛の諸相を描くところに眼目があるといっても、いかにもアクションに乏しい。「筋なしに劇運ぶ天才」(49)（T・S・エリオット）の作とはいえ、乏しすぎる。(50) 唯一その名に値するのが水探しとして、「岸に上った鱒か砂袋の中の鰻」さながらに待ち焦がれるといい、途中で一度（四幕一場）もうじき届くと念まで押されているにしては、甘露を口にする前後の描写に大した差はない。水が運ばれてくるまでの暇潰しとしての一種の「ものはづけ（substantives and adjectives）」や「誰がどこで遊び（A thing done and who did it）」（四幕二場）と、飲んだ後での求愛ゲーム——「露わな接近《ベア・アコスト》」から「完全なる結末《クロウス》」まで四段階の寓意的武器を用いて、「厳しい形相《フェイス・フォースト》」に「両眼外斜視《ウォール・アイズ》」などを賞として争われる、決闘裁判のかたちを藉りた愛の法廷ごっこ《クール・ダムール》——との間には、質的な差はない。(51) 飲む前から自己愛に冒されていて、すでに重症だからだろう。

かたち即中味を意味する仮面劇風のつくりも、アクションのなさを巡っては見逃せない原因といえる。この劇は「饗宴」という題名と「自己愛の泉」という副題——といっても、一六〇一年の四折本では、正副が逆だが——の二つがあることからわかるように、仮面劇と諷刺劇の融合からなっている。(出版登録は『ナルキッソス』という題名でなされているが、どういう劇を書くか、作者が考えあぐねたせいかもしれない。[52])仮面劇的要素は、神話上の人物や寓意的人物の登場、マーキュリーが男性陣の人物紹介を済ますとキューピッドが女性陣の人物紹介を行うといった並列的構造、[53]ダンスや歌の多さに窺えるが、緊密さを予め拒否したこういう脆弱な構成では、劇としての成熟は望めない。

　とはいえ、窃視の基本構造だけは窺える。一幕四場で小姓の求人にきた馬鹿たちが退場した後、クライティーズは次のような独白を行う。人間とは自ら愚行を冒しても、ダンボール箱に入っていて誰も見ていないと考えてバカを演じ続ける種族だと。[54]親指辺りでトルコ人とタタール人、ローマ人とカルタゴ人が戦うのがみえたので、一晩中見続けという『ドラモンドとの対話』中の挿話を想起させる述懐といえる。[55]二幕三場ではまた、「アソタス(＝阿呆)」らの宮廷人実習を覗き見しながら、マーキュリーは「こうした奇妙な光景を気付かれず《インヴィジブル》して窃視できるとは、何たる幸せ」と述べる。[56]この劇に限らず、ジョンソンの気質劇とは、誰にも見られていないと信じて人間が狂態を演ずるさまを、ダンボール箱の一面をガラス張りにして覗いている劇といえるのではないか。演劇とはすべからく窃視を不可欠の前提とするとはいえ、ジョンソン劇はメタ・ドラマ的にそれを殊更意識した劇なのである。

　だが、基本構造に加えてテーマまで「アルカナ・インペリイ(国家機密)」覗きを扱いながら、エコーの追放にせよ、謁見の間に変装して入りこんだ「自己愛」たちに対する以下の月の女神直々の譴責にせよ、通り一遍の扱いで済ますのは何故か。

> そのように、アクタイオンも僭越な真似をして

残忍なことに、哀れな結末を迎えたのです……
でも、私《ウィ》への風当たりは強すぎはしませんか
聖なる部屋にこっそり
不謹慎な顔付きで入りこむのは犯罪でしょう？
（中略）
神に挑戦するなんて
犯罪そのものなんですよ。人間は天に唾したら
どうなるか、ゆっくり考えて御覧なさい。(57)

答えは簡単だ。最初でも触れたが、時事問題として興味があるだけで、「アルカナ」覗きないし「国家的理由」のテーマそのものにこの劇の関心があるわけではない。僅かでもあれば、ポリティック卿はおろか、『ネプトゥヌスの凱旋』の「料理人」、あるいは「新型呼売り」（「寸鉄詩九十二」）の「熟した政治家」さながらにアモーファスを描くのは容易だったはずだ。そうせずに、アソタスに会っても、八ポンドで買ったばかりの帽子を巻き上げるのに汲々とする、流行にのみ敏感な宮廷人として造型する（一幕三場）のは、その気がなかった証拠だろう。

その一方で、御用詩人としかいいようのない前掲の科白をものしたり、アレテーをしてジョンソン自らの分身クライティーズを絶賛させたり（五幕八場二一—三、三〇—二行）、寓意人物の裁きをあたかも彼が祝典局長ででもあるかに委ねたりする。となれば、宿敵デカーの指摘通り、「ホラスの旦那」ことジョンソンはこの劇を自らを祝典局長として売りこむために書いているとみなして差支えないのではないか。(58) 彼は今、かつてリリーが失敗した、宮廷詩人兼祝典局長のポスト目指して野心に燃えているのだ。

煉瓦工という義父の職業を嫌って九四年頃から役者になり、ついで劇作家として芽が出始めたジョンソンの生涯は、九八年役者スペンサーとの決闘騒ぎで危うく一命をとりとめる辺りから大きく変わりだす。ヘイウッドに

名優と謳われたスペンサーを殺したことで、[59] 興行師ヘンズロウに「煉瓦工」と馬鹿にされたのがショックだったのかもしれない。[60] 劇作で二百ポンドしか稼げなかったという述懐が[61]本当なら、生活の安定も念頭にあったことだろう。信義を無視して劇団を渡り歩き、『皆癖が直り』以後劇団の財産であるはずの台本を自らの責任で出版する[62]（一六〇〇年）。『変身譚』の挿話を多用したり（『月の女神の饗宴』）、オウィディウス、ホラティウス等の詩人を作品に登場させたりして（『へぼ詩人』）、ローマの代表的詩人を念頭にあるべき詩人像を模索する。目標を一人に絞り、「その人になれたと思えるまで、後について学ぶ」ためで、[63] モデルは次第にホラティウスに定着してゆく。オウィディウス＝抒情の追放だ。[64] あまつさえ、学者＝詩人を王と相互扶助の関係におこうと考えだす。

　王侯とその愛顧が育む者の間には……職能の分担があり、被保護者は王の権力の保持を助け、王は彼らの知識を助ける。[65]

　古典詩人としての箔をつけたジョンソンは今「役者のお零れに与る」[66]「忌わしき芸人渡世」を抜けだし、[67] 詩人としての主体的な生を歩みだそうとしている。いや、「主体《サブジェクト》」になるために積極的に「臣下《サブジェクト》」の道を切り拓こうとしている、というべきか。その際「保守派」ジョンソンには、共和制という第三の道を選ぶ気持はない。[68] 関心は充分にもっている。『シジェイナス』『ヴォルポーネ』といった作品が、それを告げている。だが、生来備わった「下向きの眼《ダウンワード・ヴィジョン》」が、共和制の仮面の下に蠢く人間の黒い欲望を発く方向に、彼を引きずっていってしまう。苦労人ジョンソンに、政治体制への幻想はない。

　自由が望ましいといっても、
　ああした王冠の下の方が住みやすそうだ。

（『シジェイナス』一幕四〇八―九行）[69]

門閥、閨閥はおろか学閥すら無縁な彼が己れの才覚だけを頼みに桂冠詩人という見果てぬ夢に将来を賭けるようになったのは、ラテン語が読める「聖職者の特権」を利用して殺人の罪から釈放された直後、パブリックスクール時代の恩師キャムデンを通して法学院関係者との交流を深めたのが、一つの契機といわれる。「学問《ヒューマニティ》と自由の最も高貴な苗床」に「生の見本」をみつけてしまった、というわけだ。[70] これらの言葉は二折本の『皆癖が直り』の献辞に現われるが、ジョンソンはその劇の当初の執筆辺りから敢然と宮廷工作を開始したものと思われる。

幸い、エセックス事件が絶好の機会を提供した。彼は劇の幕切れに女王役を登場させ、テムズの水でロンドンの汚物が洗い流されるように、女王のお蔭で下水溝のような己れの妬み心が浄化されたと、分身のマシレンテにいわせるとともに、「最近そのすばらしくめでたい御代におこった出来事《チェインジ》」に心悩ましている旨つけ加えさせた。[71] エドモンド・ウィルソンに、ジョンソンにおいてはすべての創作活動は排泄行為だといわしめた科白ながら、[72] 大不評だったのは容易に想像がつく。にもかかわらず、彼は四折本の出版時（一六〇一年）には、その幕切れにあえて「前書き」をつけ、女王を登場させた理由の一つとして、以下のように記す。

> 四、どんなかたちであれ、陛下への愛情を伝え、訴える機会が何としても欲しかったから。[73]

語るに落ちる正直な発言というべきだろう。『月の女神の饗宴』も、この意欲の延長上に書かれたのであった。そして、劇中の女神はクライティーズの即興の仮面劇を、「この世の者」が書いたとは思われない、と絶賛してくれた。[74] だが、宮廷人を遠慮なく貶め、自画自賛する劇が、現実のエリザベスの宮廷で好評を博すはずがない。だから、デカーは「宮廷で劇不評でも、盛りのついた猫みたいにギャーギャーわめかず、俺は奴らの理解できないものを書いたんだゾと威張らないこと」とホラスことジョンソンに向かっていうのであり、[75]「貴人の与えざるものを役者与える／なれど、劇作を糊口の道とする詩人を嘲る勿れ」というユウェナリスの『諷刺詩』からの二行を、ジョンソンも四折本の題辞につけざるをえなかったのだろう。[76] 好感をもっていたエセックスをダシに行った、[77]

女王を標的とする求職活動は、見事失敗に終ったのであった。

ジョンソンの大それた夢は、ジェイムズの御代になると、意外に簡単に実現する。「絶対主義王制のスポークスマン」の誕生だ。[78]『作品集』が出た一六年には、彼は年金百マルクを下賜される桂冠詩人にもなる。だがそうなっても、自尊心を傷つけた亡き女王への恨みは消えない。ジェイムズへの幻滅が人々の心を亡き女王への懐旧の情へと向かわせつつある一六一〇年、『錬金術師』で俄然攻撃に出る。彼を認めてくれなかった女王《クィーン》なんぞ「売女《クィーン》(queane)」にすぎぬとばかり、娼婦のドル・コモンに「妖精女王」を演じさせる。(同じく妖精女王が登場し、救国の英雄として大活躍するデカーの『バビロンの娼婦』〔一六〇六年〕をも念頭に置いての執筆とすれば、この辺まで詩人戦争は続いていたのだろうか。) しかも、その際に劇団に下賜された女王のガウンをこの娼婦に着せていたかもしれない。[79]「シーツ貸そうか、その儘ではビロードのガウンが台なしだ」と幕尻りで逃走する際に仲間のフェイスがいうから、[80]ガウンとやらは高価な代物だったに違いない。ジョンソンのエリザベス時代との和解は、『新しい宿屋』(一六二九年)辺りまで持越しとなるだろう。

(三)　エドマンド・スペンサー

ジョンソンはエセックスの大逆罪をアクタイオン神話に結びつけて求職の劇を書いた。だが、彼の生涯を顧みるに、たとえ気質劇の基本構造として窃視に頼ろうと、テーマとしてのそれに関心を示した形跡は、すでにみたように見当たらない。「歌のわかれ」を自覚的に選びとったせいもあろうが、女王の処女膜が堅すぎて男を受けつけなかったとか、女はおぼこより人妻がいいとか、ドラモンドを相手にいいたい放題宣っているから、[81]それだけでは片付けられない気がする。(女)性に充分関心があっても、淫靡な官能詩人と違って、テーマとして取上げる気になれない、益荒男型で陽性な資(気)質の詩人・劇作家だった、ということに尽きようか。

他方、スペンサーは叙事詩人を最終的に目指そうと、まずは「戦いより恋」(オウィディウス『恋の歌』一巻一歌)

とばかり抒情詩を選びとり、できればそれを覗きのかたちで歌いたい詩人だった。至福の園のサイモクリーズの「観賞愛（skeptophilia）」をはじめ、『妖精女王』に数多くの窃視症患者が登場し、読者を巧みにその世界へと誘ってゆく所以だろう。[82] 例えば、広い意味でそこに入れても構わないと思われるマルベッコー。

最愛の娘を財産ともどもキリスト教徒に奪われ、「金だ、娘だ、キリスト教徒だ」とわめくシャイロックに似て（『ヴェニスの商人』二幕八場）、若い妻の鈴を盗まれたこの冬老人は、「金だ、女房だ」の嘆きを繰り返した後、巡礼姿で捜索の旅に出る。その後を読者はシャイロックを囃したてる子供たちのようについてゆき、今や半獣神《サター》と暮らす妻が一晩に九回も「朝の勤行の鐘」を鳴らして貰うさまに、クレシダの情事を見つめるトロイラスさながら立会うはめになる（『妖精女王』三巻一〇篇）。

しかも、ピューリタンながら、こうした隠れ遊びへの巻きこみ方がスペンサーは実にうまい。例えば、アシデイルの丘で百人の裸の乙女が踊る場に遭遇した礼節の騎士キャリドアの描き方（六巻一〇篇一一連）。彼は踊りの中断を惧れて、茂みに身を隠す。そして見た光景を語りだす。と思いきや、「見る」という動詞とその対象（「乙女の百合の肢体」）の間に名詞節（「彼の眼を楽しませたもの」）と副詞節（「その結果、彼自身が自らの眼を嫉んだ」）を介在させて焦らしにかかる。

描写に書き手の心理を交えるやり方は、ここだけではない。一三連では「楽しくてうっとりする」、一九連では「この結構な楽しみごと」を「思う存分見られる」と書き、三〇連で「珍しい楽しみごとを眺めるだけで五感が恍惚となって」と止めを刺す。性の万華鏡ともいえる『妖精女王』で窃視は基本構造——「この詩人のこの詩との関係そのもの」[83]——だが、詩人はそれを焦らし戦法で行おうとするのである。

焦らしの主役は、もちろん絵画的イメージ。彼は通常次のアクレイジアの場合のように、半ば隠された裸体描写を通して攻勢をかける。

銀の薄い絹のヴェールを

纏うといおうか、はだけるといおうか、
それは雪花石膏の肌を少しも隠さず、
可能な限り白く見せていた。

（二巻一二篇七七連三―六行）

ここの描写の巧みさは、総花式をとらず、ヴェールの薄さのみを強調するところにある。しかも、隠しつつ見せるヴェールは、六行目の「見せる（shew）」の文法上の主語の曖昧さと呼応して、焦らしの度合いを高める。[84]その結果、読者はヴェールの背後に一層眼を凝らすこととなり、玻璃のように輝いても「臍から下は緑なす波に隠されていた」チョーサーのヴィーナスとは異なり、[85]この悪しきヴィーナスの裸体は遂に「見えずして見える」ものとなるのだ。

勿論、読者誘導に際して、スペンサーは対位法的構成を忘れない。オデュッセイをキルケの呪文から守るに似て、読者の惑溺を阻止する霊草モーリュをどこかに忍ばせている、ということだ。[86]例えば、野人に囲まれたセリーナの裸体描写の場合。「象牙の頸、雪花石膏の胸」と始まった女体の紋章記述《ブレイゾン》は下半身に及び、「見事な腿」に辿りつく。

さながら凱旋門、戦いで勝ちとった
王侯の戦利品が懸けられる門の輝き。

（六巻八篇四二連八―九行）

この箇所はベルフィービーの足の描写（二巻三篇二八連）同様、「汝の頸は武器庫にとて建てたるダビデの櫓。その上に千の盾を懸けつらね、それ皆勇者の大盾」（「雅歌」四章四節）を踏まえている。だが、それがモーリュとして機能しているかといえば、多分に疑わしい。頸に当たる二本の柱のつけ根に何があるか、「勇者以外美女をえず」[87]（ドライデン）ではないが、勇者のみが懸けうる戦利品とは何か。なまじ下敷きがあることで、好奇心は脹らみ、欲望は募ってしまう。スペンサーにはどこか、禁忌が逸脱を助長する悪の芸術家の一面がある。

ところで、『妖精女王』におけるそうした窃視の光景の最たるものがサイモクリーズとファウヌスの二つの挿話とすれば、それらの舞台にはどこか通底するものがある。一方の至福の園には花咲き乱れるアーチがあり、傍らに軽石の間を流れる小川があるとすれば（二巻五篇三〇連）、他方のアーロウ山腹の樫の森蔭の谷間には、かつて大理石の岩間から川が流れていたという（七巻六篇四一連）。しかもそれは、傷負ったティマイアスが運ばれるベルフィービーの住処、軽石の間を小川が流れる、山に囲まれた美しい谷間とも重なってくる（三巻五篇三九連）。いや、ヴィーナスの山（三巻六篇四四連）やヴィーナスの杜（四巻五篇二四連）とも似ていなくはない。何故か。

スペンサーは文法学校時代オウィディウスの『変身譚』を週に十二行、年間五百行ずつ暗記させられたという。(88) その間に、「隠れたる場所」（『詩篇』一三九篇一五節）、即ち女陰を想わせるダイアナのガルガピエのグロッタ——糸杉などの針葉樹に被われた谷間にある、泉が湧く軽石の洞穴（『変身譚』三巻一五五—九二連）——が、岩蔭で脱衣中不意を襲われる乙女の姿ともども彼の心に理想的景観の原風景として焼きついてしまったからではないか。(89) それにしても、窃視の場面が理想的景観と重なるとは、まことに官能の詩人の真骨頂というべきだろう。

さらにファウヌス挿話で興味深いのは、その原風景が「構想《インヴェンツィオ》」の段階まで高まり、エロティシズムに「口喧しい獣《ブラッタント・ビースト》」さながら政治的寓意が噛みついた結果、相当の深傷を負ったところにある。

ファウヌスの挿話は、高慢な「変化」が人間世界のみならず神々の支配者にまでなろうとする「無常篇」に登場する。地上を掌握した彼女はまず月の層に赴き、月の女神《シンシア》に退位を迫るが肯んじない。ならば、天界の支配権が巨人族《タイタン》の娘たる己れに属するか、その種族から不正に王位を奪ったサターンの息子ジョウヴが持つかを自然の女神に裁いて貰おうということになる。その裁きの場に定められたのが、アイルランドのアーロウ山。そう決まったところで、「束の間の……徒らなもの思いに戯れん」(90)（ミルトン）とばかり語り始められるのが、神々の楽園だったこの山がダイアナの呪いで「狼どもの住処、盗賊の跳梁跋扈するところ」となった由来、つまりファウヌスがダイアナの裸を窃視する挿話なのである。

この挿話が『変身譚』のアクタイオン神話と異なるところは、大きくいって三つ。一つは、アクタイオンに触れる際に鹿に変身せず、「狩人の姿」で噛み殺されたと語るところ（七巻六篇四五連）。さらに、ファウヌスの方も罰として去勢されたりせずに、「森の神一族を根絶しないため」という理屈をつけた上で鹿の皮を着せられ、女神の猟犬に追跡され（、勿論生き延び）る（五〇連）。そして三つ目は、窃視がうっかり紛れこむのではなく、あくまで故意であり、その行為に「無謀《フールハーディ》」とか「愚かしく《フーリッシュ》」という評語が幾度となく添えられていること（四二連、四五連）。

　こうした変更に際して、通常はナタリス・コメスの解釈に従ったせいだといった説明がなされる。[91] だが、肝腎なのは、ブルーノやオーシーノー公爵のように己れの猟犬＝情熱（欲）に喰い殺されず変身もしないという点、つまり、ルネサンスの一般的解釈に従わないばかりか、脱変身の方向で神話を自己流に再創造していることだ。何故それほどまでに強引な解釈を施すのか。

　何より考慮せねばならないのは、スペンサー自身の境遇だろう。『羊飼の暦（*Sphepherd's Calendar*）』の「四月」は、羊飼の女王への讃歌として有名だが、そこに歌の作者コリンは登場しない。田舎娘への失恋のため、姿をみせられないというのが表向きの理由だ（二六連）。だが真相は、「恋を抑える術《ブライドル》」に疎く、「花嫁《ブライド》」になろうとしているロザリンドという仮名の女王に諫言し、[92] 宮廷に伺候できないと詩人が仄めかしているのではないか。[93]「失恋」は、シドニーの「声が出ない悪性の風邪」の類なのだ。[94]

　スペンサーは「機密に触れる諫言」という窃視を行ったが故に、変身せずにその儘の姿で流謫の身＝一種の死に遭った。まことに無謀で愚かしい行為であった。だが、イングランドのアクタイオンとして死んでも、アイルランドのファウヌスとして後悔という名の女王の猟犬に追われても、その荒野で生き抜かねばならない。彼は今荒廃縁起を語るに際して、二人の神話上の人物に己れを重ねている。だが、それを招いた責任の一半は、デズモンドの乱に乗じてアイルランドの国土を荒廃の極に陥れたアーティガルことグレイ卿やその下で働く己れにもあったことに気付いていただろうか。[95]

神話の創造的再話は、ダイアナにも及ぶ。オウィディウスでは、窃視に逸早く気付くのは妖精たち。早速女神の周りに人垣をつくる。みえるのは首から上という状態で、ダイアナは口に水を含んで吹きかける。口きけるものなら言いふらしてごらんの言葉が終らぬうちに、アクタイオンは変身した姿で逃げ出す。ところがファウヌスは、隠れて一部始終をみて笑いだして発覚する。その直後の女神の描写が興味深い。

ダイアナは一糸纏わぬ姿で川からでると、相手を包囲して丸裸にする。「恥ずかしさを覚えて《アバッシュト》」と一言あるが、その後の対処の仕方は処女の恥じらいより為政者の姿といった方が適切だろう。しかも、四二連で「若鮎の肢体《ディンティリムズ》」、四五連で「美しい四肢」――合わせて七回使うオウィディウスの「乙女の四肢《ウィルギヌス・アルトゥス》」の翻訳――と形容していたのを忘れたかに、一連の処置を丹精こめたクリーム鍋を平らげてしまった獣に復讐心燃やす「乳搾りの主婦」と形容する。つまり、ここのダイアナには処女と為政者と乳搾りの主婦の三つのイメージが与えられていて、互いの間に脈絡はない。いや、後の二者には「眼が眩んだ《デアド》雲雀」「敢えて《デアリング》」(四七連)、と「搾乳場《デアリ》」「搾乳《デアリ》の仕事」(四八連)の音の連鎖から結びつきはみられても、処女云々だけは浮いている。

紋章記述という分解《ディスメンバーメント》の詩学とは、禁忌の女体窃視の後に訪れる八つ裂の運命を読書を通じて知悉していたペトラルカという近代のアクタイオンが、恐怖心を中性化すべく編みだしたものとすれば、(96) スペンサーという近代のファウヌスが早速それを実行に移し、紋切型、現実味のあるものとりまぜて手当たり次第に投げつけたのが、この分裂した女王像といえようか。それにしても、この像は詩の前半でブラガドッチオー主従が窃視したエリザベス＝ベルフィービーの描写(三巻四篇二一―三一連)とはあまりにもかけ離れている。あそこでは、描写が肉体の中心にさしかかる二六連の最後の半行分はあえて空白のままに残されていたし、襲われそうになると彼女は自ら逃げだし姿を晦ますだけで、懲らしめたりはしなかった。両者の間で、女王に対する詩人の意識は明らかに大きく変化している。『妖精女王』の最初の三巻が上梓された一五九〇年と六巻までが出版された九六年の間に、何があったのだろうか。

一五八九年、『妖精女王』を献上すべく、「大洋の羊飼」ことローリーに伴われてスペンサーは女王に拝謁した。

彼女は大変喜んで、九一年五十ポンドという詩人としては破格の年金を下賜することで労に報いた。それほど「覚え《グレイス》が目出たかった」にもかかわらず、その宮廷を去り、彼は「不毛の地」へ「帰郷」した。何故なのか。『コリン・クラウト』のテステリスでなくとも当然尋ねたくなるだろう。それに対して、コリンは滞在中に見聞した「宮廷でたえず増殖する悪徳」をあげる。別の箇所では、宮廷の「壁や窓いたるところに書きこまれた恋歌」をあげる。[97] だが、宮廷が「腐り木の焔」[98]（ローリー）で輝いているとすれば、この「恋」も半分は陰謀と出世への恋とみるべきだろう。[99] 有体にいえば、ますます増大する「しかつめらしいお顔《フォリッド》で深慮遠謀《フォサイト》を巡らしておられるお方」（『妖精女王』四巻序歌一篇一連）——中間韻ならぬ中間頭韻(!?)と「しかつめらしさ《ラッギッド》」がもつ「そっけない（burly）」との連想が精一杯の抵抗を伝えるか？——の並びなき権勢、「セシル王国（Regnum Cecilianum）」の壁に今度もスペンサーは撥ねつけられたということだ。そしてそれを許しているばかりか、アイルランド問題に適切な処置をとらず、グレイ卿を解任した女王に対する幻想から醒めたということではないか。ダイアナの「大事なところ《サムホワット》」をみてのファウヌスの好色の笑いは、スペンサーの呪縛からの解放の笑いでもあったのだ。

オウィディウスの訳者サンズは、自らの版につけた注釈（一六三二年）で、アクタイオンの変身を巡ってジューノーがダイアナの母ラトナ（レートー）を叱責したと記し、変身させた理由として「醜《ディフォーミティ》さを漏らされるのを惧れたせいで、慎み深さからではない」というルキアノスの説をあげる。[100] 宮廷余興の「常春」の女王像、「常に変わらず《センペル・エアデム》」のモットーとは裏腹に眼の前にいるのは一人の乳搾り女、それもフォックス以来の女王の代名詞ともいうべき清楚ではつらつとした乳搾り娘《ミルクメイド》ではなく、[101] すっかりデフォルメされた中年女。その裸体に恋い焦がれ、新教国の盟主としての女王の政事に夢を托してきたスペンサーやローリーはファウヌスならずとも思わずふきだしたくなったかもしれない。

　汝が眼に映りしままに記せ、
　ありし日の面影ではなく。[102]

スペンサーはここに、臣下《サブジェクト》から主体《サブジェクト》へ飛躍する一大契機を見出したのであった。

この窃視を詩人は「アクタイオン以外誰も見たことのないもの」（七巻六篇四五連）と書いたが、似た表現はアシデイルの丘のキャリドアの描写でも用いられていた。そしてエリザベスとの訣別は、「今まで目にしたことのない……光景」（六巻一〇篇一七連）、「見てはならぬものを……見た」（二九連）この瞬間に始まったといってよい。というのも、すでに触れた図像――完全数十の平方を表わす百人の乙女の内側で三位一体に通ずる三美神が踊るという数秘学に則った輪――の中心に位置するのは、普通に考えれば、ダイアナと和解したヴィーナスことエリザベスでなければならない。ところがそこにいたのは、同じエリザベスでも傍らで笛を吹くコリンの「恋人《ラヴ》」の方（一六連）なのだ。勿論詩人はすぐにグロリアーナに詫びる。「汝の侍女の二分音符《ミニム》を……陛下の足下におこうとする……汝の羊飼を許し給え」（二八連）と。なるほど、四千連の中では彼女が登場する二連は、二分音符程度の微々たるものにすぎない。しかし、ダンス音楽ではそれこそが、必要不可欠な音符なのだということを、忘れるべきではなかろう。[103] とに角、欲望の対象にして詩的霊感の源泉は、女王からずらされてしまったのだ。グロリアーナに相応しい存在になるために、彼女が身を横たえた跡を起点に始まった旅は、ここで実質的に終る。「無常篇」のファウヌスの笑いは、女王との訣別、臣下から主体への脱皮を確認するための儀式だったのである。

スペンサーは一五九九年、女王に先んじて思い半ばにして世を去った。しかし、ファウヌスのように生き長らえたら、いかなる人生を送ったかは、想像に難くない。「無常篇」には実はもう一つ、ファウヌスやキャリドアに通ずる科白がある。天上界の支配権を要求する「無常」に対して、ジョウヴが「愚しい娘」と呼びかけ、そんなことをしたら、「人間がかつて見たことないことがおきる」（七巻六篇三二連）と諭す科白だ。スペンサーはおそらく、「無常」と合体した両性具有の荒ぶる神となり、ミルトンの先駆けとして「王という名の殉教者」（マーヴェル）の出現へ向けて活躍したことだろう。

とこう書いたところで、いささか補足したい欲求を禁じえない。なるほど、主体となったスペンサーは甦った[104] 正義の女神（Jam redit et Virgo）への讚歌を書くのをやめ、今や己れの生を神話に塗りかえようとしている。既成の異教神話との訣別という意味で、「無常篇」がスペンサーの「キリスト降誕の朝に寄せて」と呼ばれる所以だろう。[105]だが、それにしても、「アーロウ山を知らぬものがあろうか」（七巻六篇三六連）とばかりそれをヘリコン山に見立てるのは、いささか強弁すぎはしないか。セザンヌにとってのサント・ヴィクトワール山、イエイツにとってのベン・ブルベンとはどこか違うのではないか。

スペンサーは自らを詩人として自己成型した最初のイギリス人だろう。[106]しかし、彼を「贖罪の山羊」に仕立てたかもしれないレスターへの蟠《わだかま》りを捨てきれず、アイルランド暮しを「不運」と捉え、『結婚祝歌』まで「猛き美神」への憧れを抱き続けた男でもあった。「名誉のみに思いを向ける」宮廷人（＝臣下）の顔が、直面のように離れなかっただろうということだ。[107]となれば、アーロウ山云々には、「コリンを知らぬものがあろうか」（六巻一〇篇一六連）と並んで、「至福の園」という「ヒベルニアーノルマン文明」の徹底破壊にもかかわらず、[108]キルカルマンの三千エーカーの地に生活の拠点を据えざるをえなかった不運な男の自棄糞な気持がどこか混っているのではないか。

ローカルなものへの沈潜が必ずしも普遍性に直結しないとすれば、「万軍の兵《サビアス》」による「永遠の休息《サビアス》」の希求には、逆に個人的事情による汚染がみられるように思われる。終末論的ヴィジョンには、「約一万の歩兵と一千の騎兵」による焦土作戦の成功とキルコルマンの治安回復への祈りが籠められているのではないか（それでも「再征服」が困難と、一万七千の歩兵と千三百の騎兵でじきにエセックスが証明してゆくのだが）。[109]T・S・エリオットは『四つの四重奏』の題辞にヘラクレイトスの「上への道と下への道は同じ一つのもの」を掲げたが、王権との相互依存を絶った近代初期の詩人にとって、それはまだ遠い努力目標でしかなかったのであろうか。

（四）ジョン・ダン

窃視は、ダンにおいても前二者と変わらず、あるいはそれ以上に重要な意味を持っている。だが、その有様が前二者とは著しく異なる。カルーはダンの死に際して寄せたエレジーで「貴下の正しき御代に高尚な詩から追放され流浪の身だった神と女神の一群」がサンズの『変身譚』の訳やウォーラーの擬古典詩とともに復活したと嘆いたが(110)、実際古典神話の神々がダンの詩に姿をみせるのは珍しい。全体で三十柱に満たず、ダイアナは僅か一度現われるだけ、アクタイオンやファウヌスは登場しない(111)。機知と構想《インヴェンション》の勝った、「厳格な掟《ストリクト・ロウ》」に基づく男性的な表現からなる形而上詩が何故誕生したかはダンのものの見方――と時代の成熟――の問題だろうが、そこに彼の生立ちも絡んでいたように思われてならない。

一六一〇年初めて出版した『似而非殉教者』の「読者諸賢へ」で、彼は次のようにモア＝ヘイウッド一族の数奇な運命を述べる。

> 私は物心ついて以来殉教のことを考えない日とてない暮らしを続けてまいりました。ローマの教えを説く師の薫陶をうけた家族の中で、その身と運命においてこれほどの苦しみを味わったことがないといえる……家系の出だからであります(112)。

臣従の誓い（Oath of Allegiance）に署名する「偶像崇拝」を犯さねば大学卒業資格を取れず、「正直者を出世させる」風にも乗れず、「荒れ狂う激流」に翻弄され続けねばならぬ身の定めが、古典神話を詩の「詰物……膨れ上がらせる」だけの偶像とみなすことと繋がっていたのではないか(113)。

ジョンソンやスペンサーとの相違は、「臣下／主体」概念にも及ぶ。ダンの場合には「臣下」から「主体」に切り替わる必要がなかった。『一周年の詩』を藉りれば、そもそもの生立ちから

> ……一切の人間関係がなく
> 王侯も臣下も……忘れられ

あらゆる人間が不死鳥になってしまったと
それぞれ考える(114)

状態しか彼には望めなかった、ということだ。

だが、番《つがい》で存在しない故、ノアの方舟にすら乗れなかった不死鳥(115)の運命を甘んずるしかなかった男にも、イングランドへの祖国愛に醒め、「腐りきった状態からの訣別や一攫千金の夢」を抱く瞬間はあっただろう。(116)エセックスについてカディスやアゾーレス諸島に遠征し、その縁で帰国後国璽尚書エジャートンの秘書をつとめた一五九〇年代の後半が、それに当たる。この頃書かれたと思しき詩にはどこか弾んだ明るい調子のものが多いが、例えば、マーロウが誤訳したオウィディウスの『恋の歌』一巻五歌を下敷きにした「エレジー十九番」も、そうした一つ。あろうことか、彼は好色な詩の中にエセックスの主張に共鳴した政治的含意まで忍ばせる。

僕の手にまさぐる許可《ライセンス》を与えておくれ、
前、後ろ、上、その間、そして下どこも自由に。
あゝ、僕のアメリカ、僕の新大陸、
僕の王国、一人の男が治めてこそ安泰そのもの、
沢山の宝物を秘めた僕の鉱脈、まさに僕の帝国だ。
（中略）
こうして契りを結んだら、もう僕《フリー》のもの、
ならば、手を置いたところに玉璽《シール》を押すとしよう。(117)

ダンは、スペンサーのように、あるいはシェイクスピアやパッテナムのように、女体の紋章記述に耽らない。「花

咲き乱れる牧場」を除けば、地理的探求を引受けるのはもっぱら上、下といった前置詞と一人称所有格だ。そして、〔b〕音が表わす女体の各部が〔m a i〕音で隈なく覆い尽くされた時、当初愛撫の許可＝独占権を与えていた女性君主の政治的肉体は猥褻な地口をこめた「すべての愉楽《ホール》」を味わった男の植民地《マイ・ランド》とされ、「統合《ボンズ》＝隷属」を通してそこに玉璽を押されることで彼の王国となり果てる（あるいは、スペンサーのフロリメルのように、捕われつつ自由の身になる〔『妖精女王』四巻一二篇一〇連〕）。女性君主の退位を通しての男性主権の回復、これが当時のエセックスの策していたこととすれば、ダンは密かなエールを送っていたのかもしれない。[118]

　しかし、ようやく漕ぎだしたダンの人生航路も順風満帆とはいかなかった。突然襲ったカトリック・シンパ、エセックスの死、これで再び将来は暗転する。不安と焦りがエジャートンの姪アンとの秘密結婚を生み、伝記作家ウォールトンの言葉を藉りれば、これで彼は「破滅《アンダン》」の状態に逆戻りする。[119]余程我慢がならなかったか、父の死後二十年を経て同名の息子が出版した奇書『宮廷人の蔵書目録（*The Courtier's Library*）』で、エセックスのかつての懐刀ベイコンとその裁判と処刑に居合わせたバーロウにダンは鬱憤晴らしを行う。第二十七書「イングランド王ロバート一世に関する鉄面皮フランシス・ベイコンの真鍮製のバカ頭」。第二十八書「同名の著者による法曹家の玉葱、あるいは法廷で慨嘆してみせる術」。第三十一書「バーロウ博士著、リチャード三世付牧師ショー博士讃」。ロバート一世がエセックスを指すとすれば、最後の書物の狙いは、追従で悪名高かったショーをセシルの意を体したバーロウに重ねるところにあるだろう。[120]

　これでも、ダンの腹の虫は収まらなかった。彼の諷刺は羊飼国家の女王にも向けられる。『輪廻転生（*Metempsychosis*）』は、エセックスの処刑後半年が経った一六〇一年夏に書かれたエデンの林檎の物語だが、その最後の宿り主とされるのがロバート・セシル。「書簡」にも「魂の住処は男性（she is he）」とあるからそれが無難としても、「月が海を動かすようにわれわれを動かす……偉大な魂」[121]（七連）といった表現は、シンシアことエリザベスを暗示して余りある。「難解で多義的な詩《ダーク・ヘヴィ》」に相応しく、セシルに女王が重ねられているとみるのが穏当なところだろう。

ところで、「事実や信念がすべて真偽ではなく興味津々たる可能性」[122]（オーデン）に転ずる詩の世界においては、創作年代を外的証拠から推し測るのは危険な作業といってよい。だが、書簡類を通してダンの私生活を覗いたことのある者にとって、「日の出」や「聖列加入」を無謀な結婚生活後の貧困と結びつけたい誘惑を斥けるのは難しい。ミッチャム時代の書簡で彼はしばしば仮住居を「墓」「病院」「牢屋」に譬え、「惨めな境遇に移してしまった」妻アンの眼から「誠実なやり方でそれを覆い隠す努力をせねば」と漏らす。[123] 牢屋を「世界の縮図」に、墓を「よくできた骨壺」――不死鳥と「常に変わらず《センペル・エアデム》」のモットーの下に、愛の殉教者ペトラルカとラウラの姿が刻まれた骨壺[124]――にみせる努力、恥辱を理想態に、中傷を賞讃に変えるこのエラスムス的転換こそ、彼がソネットという「部屋《スタンザ》」に託した「誠実なやり方」だっただろう。

四季の推移を封じこめたかにみえるこの部屋にも、しかし、日の出とともに容赦なく光は射しこむ。仮想現実の悲しさだ。「お節介な老いぼれめ、見るナ」と、下敷きにしたオウィディウスの『恋の歌』一巻十三歌の曙の女神《オーロラ》ならぬ太陽に男は悪態をつく。朝寝がしたい恋人の許など覗きこまずに、早起きが必要な「遅刻生」や「寝ぼけ眼の丁稚」「宮廷の猟番」や「田舎の働き蟻」のところへ行くがよい。「尊大な教師づら」がマーロウの翻訳に引きずられた結果とすれば、猟番云々は新王朝誕生とともに宮内侍従になった親友グッディアを念頭においた「仲間内の冗談《インジョーク》」だ。[125]

こうしてダンは、太陽や「猟番の起床ラッパ《ハンツマン・アップ》」に触れることで、プロヴァンス以来の「後朝の歌《アルバ》」の伝統に棹さしていることを告げる。その途端、八つ当たりされた太陽が、今度は「むずかる子供《アンルーリー・サン》」に姿を変えて攻撃してくる。その声に耳を塞いで、男は「世界の縮図」の上の交易に専念しようとする。これが東インドの香料、これが西インド（アメリカ）の金鉱と、男の手は「エレジー十九番」さながらに各地を経巡る。そして叫ぶ。

彼女こそすべて《オール》の国々、僕がそこに君臨するすべて《オール》の王
他に存在するもの一切《ナッシング》なし。

王どもは僕たちを真似ているだけ
名誉は悉く《オール》紛いもの、一切《オール》の富は贋金さ。[126]

太陽に叫ぶふりをして、男は必死に相手の女に語りかける。「すべて《オール》」を四回も繰り返しながら。だが、強弁すればするほどそれらに挟まれた「無《ナッシング》」——女陰とダンの現在の境遇に通ずる地口——を際立たせ、逆に名誉と富への羨望を露呈させてしまう。[127] 多用される命令法にはおそらく、この品の悪い地口へのいらだちが籠められていて、女もそうした男の独り芝居に気付いているはずだ。だが、『尺には尺を』幕切れのイザベラやマーヴェルの「恥じらう恋人」に似て、彼女は一語も発しない。いや、「僕」と「僕たち」を巧みに使いわける男によって発言を封じられている、といった方がより正確だろう。男は二人が裸の王と王妃にすぎないと、女に明言されたくないのだ。この詩の女性は、「男性の発話の対象としての身体」[128]に留まらず、「機密《アルカナ》」を漏らさないために、ダイアナならぬ男神兼君主に言葉を奪われた女アクタイオンなのである（そして、詩の冒頭で裸の王様への変身を惧れて、「緩やかに駆けよ、夜の馬よ」とフォースタス博士ばりに叫ぶかわりに、太陽目がけて早起き鳥を次々と投げつけていた当の男にもどこか、ペトラルカのアクタイオンの面影が宿る。この詩の主人公はダイアナとアクタイオンの雌雄二役を早替りで演じている）。

では、「国家機密《アルカナ・インペリイ》」とは何か？ それはおそらく、西インドの金鉱ではあるまい。むしろ、寒々とした部屋で抱き合い、「聖列加入」の言葉を藉りれば、鷲ときじ鳩にして、二にして一の不死鳥、その存在は「信仰《ミスティアリアス》によってしか解けない」[129]神秘と、惨めな現実を捲し立てていい繕っている哀れな僭主の姿ではないか。

ダンの「結婚後の恋愛詩」の興味深さは、不死鳥王国の「機密」の特異性に留まらない。太陽に覗くナと命じていたはずの僭主がいつしか「このベッドが汝の中心、四方の壁が汝の軌道」とばかり、太陽が部屋を照らし周囲を運行するのを許すところにもある。

しかも、窃視を許されるのは、この詩の太陽だけではない。「聖列加入」の悪魔の弁護人さながらの批判的窃視者もそうなら、そこの第四連に登場する「帰依者の群れ《オール》」もそれに当たる。「恍惚」の「愛で純化された人」や「仮の証人」もその類だろう。こうした闖入者は「餌」「一周年記念日」「聖ルーシーの日」等々多くにみられるばかりか、詩人自らが元恋人の部屋に死神として入りこんだり、第三者として自らの墓に潜りこむ場合すらある。その上、彼らは必ずしも同情的な窃視者とは限らない。ただ一つ共通していえるのは、ダンの詩はそうした窃視者の存在抜きには成立しえないということ。彼の恋愛詩は、「見るナ (anxiety about being watched)」が「見て (longing to be watched)」と「精緻な結び目」をつくり、覗かれることで認知され、そこで初めて燃える世界（であり恋）なのである。(130)

　性的倒錯に通ずるこの奇妙な構造の依ってくるところは、おそらく認知を求める衝動の異常な強さにある。不死鳥と斜に構えても、周囲との積極的な関わりを求める心性は、彼の場合元より強かったのだ。それは、法学院時代の作と思しき「諷刺詩　一」にはっきり窺える。

　この詩の主人公は、町へ連れだそうとする「気分屋」に、放っといてくれ、この病院、この棺桶のような部屋――ミッチャム時代の仮住居と似たイメージ――に居させてくれと頼む。だが、一旦街の喧噪に身を置くと、プルーフロックとはまるで違う反応を示す。友人の挙動を伝える一音節の動作動詞の連続――‘skip’, ‘grin’, ‘smack’, ‘shrug’, ‘leap’, ‘jog’ 等々――が弾む心を伝えて余りある。(131) してみると、ダンにおける形而上的綺想《コンシート》とは、行動の自由を宿命的に奪われたその弾む心が、時として外界の桎梏を振り解き飛翔せんとする際に纏う、即製ながら軽やかで強靭な翼の謂ではなかったか。

　殉教への意志と拮抗するかたちで早くから存在した認知を求める衝動は、カトリシズムを棄ててアングリカニズムへと躙り寄る頃から、他者との連帯を求める立場へと拡大される。そして一六二一年の大病を機に、カトリック教徒の宿命であり男の身勝手さの象徴でもあった孤高のシンボル不死鳥を棄て（「あえて断る必要はないと思いますが、不死鳥は存在しない、唯一無二、この世に一羽だけといったものは存在しないと考えております」(132)）、隠しだてする病を自らの身体＝国家《ステイト》の中で別の王国《キングダム》を築き、陰謀を企む「国家機密」と定義づけるに到る。

病いは私の中に王国、帝国を築き、「アルカナ・インペリイ」即ち国家機密とやらを持とうとし、どんどん進行し、その正体を明かそうとは致しません。[133]

エリザベス一世が罪を心の王国内での叛乱とみなした頃から僅か半世紀で、「王国」概念自体が今や叛乱と結びつけられようとしている。革命の世紀の何たる進行の早さ。そしてダンの「瞑想」もその後、「汝のもの《テウム》」と「吾がもの《メウム》」の区別のない「万人平等社会《ユニヴァーサル・コミュニティ》」の考察へと移ってゆく。[134]

ただこうした言葉に接しても、直ちに共和制への接近を即断できないところに、ダンにおける最大の問題がある。二一年十一月五日に熱烈な王党派的説教を行うばかりか、[135]『瞑想録』をチャールズ皇太子、アン王女、それにバッキンガム公などに贈呈している。浪人中の一四年夏には国会議員のポストその他を巡ってロバート・カー（Carr）、一九年聖ポール大寺院の主任司祭の座についてはバッキンガムと悪名高い時の権力者の力添えを頼んでもいた。やがて西の聖ダンスタン教会の教区主管者代理《ヴィカー》にも就任し、年収が優に二千ポンドを超える身に[136]とって、共和制の信奉者より絶対王制のイデオローグの方が遥かに嵌り役だったのだ。

ダンにはまた、スペンサーと違って詩人としての主体を確立する意志は最初から毛頭なかった。一九年ドンカスター子爵と共に彼は外交使節として大陸へ赴く。その際ロバート・カー（Ker）卿にそれまで書きためた詩の類を手渡し、それらは「ジャック・ダンの仕事《ブック》であってダン博士のものにあらず」という有名な言葉を吐くとともに、出版、焚書をともども禁じている。[137]またジョンソンはドラモンドに、博士になったダンは「いたく後悔し、詩の類をすべて破棄したがっている」とも語っていた。[138]実際聖職についてからの詩作は七百行程度に留まり、しかもその半分が一篇の詩（「エレミア哀歌」）でしめられている。[139]「詩神《ミューズ》を埋葬する」はやはり本音だっただろう。[140]

そういう彼も二二年二つの説教集が初めて印刷されてからは「活字のもつ潜在能力」に気付き、印刷文化のもつ「公的権威の拡大」に思いを到したフシはある。[141]その限りにおいて、「出版の恥辱《スティグマ・オヴ・プリント》」の偏見は若干改まったかもしれない。しかし、「水腫病患者《ハイドロプティク》」さながらの飽くなき知的欲求は「大金持の装飾品」にすぎず、「機知に富む座談の名手」とて世界という身体の維持に資するのでなければ所詮「装身具としては瑕もの」とみる実学偏重の態度は、終生変わらなかっただろう。(142)

カトリックの宿命を割引いても、いじましい立身出世主義者《キャリアリスト》の生涯ではあった。しかし、「活動的人生」を是とし、その途中で一時「ヘリコンの泉に立寄り真水を飲む」(143)行為を「高尚な嗜み《スポーツ》」(144)とみなす文人政治家に自己成型するのが、サルターティやブルーニからシドニーやローリーまでの正統な人生目標ではなかったか。それは公共空間や著作権の有無とは次元の異なる、ルネサンス人の理想であった。ダンはダンなりにそれを貫いたともいえなくはないだろう。窃視は絶対王制への疑問を醒めさせても、簡単に共和制や近代的主体の誕生には繫がらなかったのであった。

二　羊飼の変容

――選民の理想から逃避空間へ――

クリストファー・マーロウは、一五八八年頃に通常「羊飼の恋歌（*The Passionate Sheepheard to his love*）」と呼び慣わされている詩を書いた。今日までその影響が辿れる「エリザベス朝で最も人気の高かった抒情詩」だが、今そのタイトルが初めてつけられた『イングランドのヘリコン山（*Englands Helicon*）』（一六〇〇年）により本文を掲げれば、以下の通りである[1]。

お願いだ、家にきて僕と一緒になっとくれ
くれたなら、味わおうよ何もかも
谷や森、丘や野原、はたまた林、
嶮しい山の楽しみも

そうしたら、岩に坐って眺めよう
羊飼群れなす羊世話するさまを
浅き川、そのせせらぎの音《ね》に合わせ
鳥歌う楽しき調べ《マドリガル》聞きながら

そうしたら、つくってあげよう薔薇の褥《とこ》
馨しき花束に
花の帽子、ミルテの葉
縫いこんだ上衣を添えて

つくってあげようガウンをも
めんこい羊の毛で編んだ、
裏つきの寒さ凌ぎのスリッパも
純金の留金つけて

麦藁と蔦の芽のベルトには
珊瑚の締具と琥珀の鋲、
こうした楽しみに心動けば
お願いだ、家にきて僕と一緒になっとくれ

踊りかつ歌わせてやろう若者を
君のために五月の朝には
こうした悦びに心動けば
その時は家にきて僕と一緒になっとくれ

Come live with mee, and be my love,

And we will all the pleasures prove,
That Vallies, groves, hills and fieldes,
Woods, or steepie mountaine yeeldes.

And wee will sit upon the Rocks,
Seeing the Sheepheards feede theyr flocks,
By shallow Rivers, to whose falls,
Melodious byrds sing Madrigalls.

And I will make thee beds of Roses,
And a thousand fragrant poesies,
A cap of flowers, and a kirtle,
Imbroydred all with leaves of Mirtle.

A gowne made of the finest wooll,
Which from our pretty Lambes we pull,
Fayre lined slippers for the cold:
With buckles of the purest gold.

A belt of straw, and Ivie buds,
With Corall clasps and Amber studs,

And if these pleasures may thee move,
Come live with mee, and be my love.

The Sheepheards Swaines shall daunce & sing,
For thy delight each May-morning,
If these delights thy minde may move;
Then live with mee, and be my love.

この詩の究極の出典は、紀元前四世紀のシチリア詩人テオクリトスの「第十一牧歌」、一眼巨人キュクロプスの一人にして羊飼ポリペモスの、海のニンフ、ガラテアへの失恋の歌に遡る。それがローマ詩人オウィディウスの『変身譚』十三巻六話（アキスとガラテアの恋物語）、ウェルギリウスの（羊飼コリドンの美少年アレクシスへの片思いを描いた）「第二牧歌」などを経て、ルネサンス期のサンナザーロ（イタリア）まで連綿と引き継がれる。それらの中でマーロウが最も参照したのがオウィディウスとされるが、マーロウでは愛の証しとしての贈物の列挙はあっても「斥けられた醜男の悲しみ」やその後の暴力沙汰と抱合わせで語られるわけではない。状況説明はすべて捨象されて、無色な求愛の歌のみが残った恰好になっている。

『タンバレイン大王』二部作で人気絶頂にあったこの時期、マーロウが何故こうした詩に手を染める気になったか、それはおいおい述べるとして、ここではとりあえずそれを助長したと思われる出版界の状況について触れておきたい。

ポリペモスの話はオウィディウスが最も詳しいが、それはアーサー・ゴールディングにより一五六五―六七年に翻訳されていた。一五八八年テオクリトスの「第十一牧歌」を含む『牧歌六篇（*Six Idillia*）』がオクスフォードのジョウゼフ・バーンズの許より出版され、そこに加わる。少年愛を歌ったウェルギリウスの「第二牧歌」は、主人公の名が改ったこともあってマーロウへの影響は無視されがちだが、その英訳がやはりこの頃ウェブの『英詩論』(一五八六年)やフラーンスの『法曹家の論理学』(一五八八年)に続いて現われる。やがてウェルギリウスの『牧歌』の全訳もフレミングにより行われる(2)(一五八九年)。八八—八九年頃とはこの詩の本歌や変奏が次々に翻訳された時期だったのである。

時期的集中に意味があったのか、たんなる偶然かは、わからない。だが、それらの翻訳が刺戟媒体となってマーロウを本歌取りに向かわせたのは、想像に難くない。それに、ウェブ、フラーンス、フレミングは揃ってケンブリッジの先輩格に当たる。マーロウは彼らの翻訳に挑戦するかたちで、「最も欠陥の少ない抒情詩の一つ」(スインバーン)を書こうとしたのではあるまいか。(3)そしてそれがまた、ルネサンス期の英文学全般の中で大きな流れをつくる新たな源泉となり、広大な影響力を後世に及ぼすこととなる。以下は、その流れがイギリス・ルネサンスの進展といかに関わったかを探る、一つの試みである。

(一)

一五九七年四月二十三日、シェイクスピア三十三歳の誕生日に当たる聖ジョージの祝日、ロンドンの白宮殿でその年のガーター勲爵士の叙任を祝う事前祝賀会が催された(叙任式は一カ月後の五月二十三日、ウィンザーで挙行。但し、女王は慣例(?)により欠席)。(4)その年の五人の叙任者のうちの一人は二代目ハンズドン卿ジョージ・ケアリー(女王の甥)、その月の十七日父についで宮内大臣を拝命したばかりの彼にとって、いわば二重の歓びであった。

ジョージはまた、前年七月父の死亡時にシェイクスピアの劇団のパトロンをも引継いでいる。そうした関係から当日の余興の一部はシェイクスピアたちが担い、演しものは『ウィンザーの陽気な女房たち』と何らかの関係があると考えられてきた。事実クイックリー扮する妖精の女王はそこで、ガーター勲爵士のモットー「悪しき思いを抱く者に災いあれ（Honi soit qui mal y pense!）」を口にしている（五幕五場）。しかし、ニコラス・ロウ以来の伝説通り、余興が「恋するフォールスタッフをみたい」という女王の要望に添うものであったにせよ、それは現行の劇とはかなり趣きの異なるものだったに違いない。というのも、シャロウにせよピストルにせよ、脇筋の主要人物の活躍がみられる劇が書かれるのは一五九八—九九年のこと。現行の劇は、一五九九—一六〇〇年のある時点で、余興の台本にその後の有名人物たちを加えるかたちでなったと思われる。(5)

脇筋の女主人公はアン・ペイジ、ドーヴァー・ウィルソンが「春風に乗ってさんざしが漂わせる芳香」と形容し、『釣魚大全』の乳搾り娘に準《なぞら》えた「典型的なイギリス娘」だ。(6) 物語は彼女を巡る三人の求婚者の恋の鞘当てのかたちで展開する。その一人のフランス人の医師キーズに求婚者と間違えられて決闘騒ぎに巻きこまれるのがウェールズ人の牧師サー・ヒュー・エヴァンズ。彼はウィンザー郊外のフロッグモアの原でキーズを待つ間に、次の科白を口にする。

ああ、憂鬱でたまらん。うまくいったら、彼奴のキン玉引抜き、ド頭に溲瓶代わりにぶつけてやるんだが。
ああ、畜生。［歌う］
　浅き小川、そのせせらぎに合わせて、
　鳥が歌うは楽しき調べ——
　そこにつくらん薔薇の褥
　馨しき（fragrant）花束添えて。
　浅き小川——
ああ、情ない、泣きたい気分だ。［歌う］
　鳥が歌うは楽しき調べ——
　われバビロンに在りし時——

放浪の（vagrant）花束添えて。
浅き――　　　　　　　　　　　（三幕一場一三―一六行）

ここの面白さは、憂鬱のあまり讃美歌百三十七番「バビロンの川の辺りで」を歌って自らを慰めんとしつつも、「川」の連想で讃美歌のメロディに乗せてマーロウの詩（二連三―四行）を歌ってしまい、途中から一旦讃美歌にゆくものの、改めてマーロウの詩に戻ってしまう。しかもその際に、'fragrant'の代わりに'vagrant'と流浪の民の悲哀を彷彿とさせる措辞を引きずっているところだろう。なかなか芸が細かい。(7)

エヴァンズはシンプルの間の手を挟んでもう一度「浅き小川《シャロウ》」を口ずさむ。と、そこに実際におつむの程度が浅いシャロウ判事が登場するといった調子で、劇は展開してゆく。その間に「浅い《シャロウ》」への言及は、判事の名を含めて五回。

普通に演ずれば二、三分、思い入れたっぷりに歌ったとしても五分とかからない箇所に、これだけ細かい芸をみせるというのは、作者の側で観客の反応を自信もって計算しているからではあるまいか。いいかえれば、讃美歌のメロディはいわずもがな、それに乗せてエヴァンズが口ずさむマーロウの恋歌の文句をも観客が諳んじているのを前提に、作者はこの滑稽な場面を設定しているということだ。とはいえ、この恋歌が印刷されるのは『恋の巡礼（*The Passionate Pilgrims*）』（一五九九年）が最初、『イングランドのヘリコン山』出版の一年前にすぎない。民衆はどういう伝手でこの詩に接したのだろうか。

ヒントは、『ウィンザーの陽気な女房たち』四折版の同じ箇所に窺える。記憶からのテクスト再現を図った俳優か編者が、エヴァンズが讃美歌へ戻るところで、バビロンとの連想で「バビロンに一人の男が住んでいた」と『十二夜』でサー・トウビーが口ずさむバラッド「貞節なスザンナ（'Constant Susanna'）」の一節を歌わせてしまう。川の連想がエヴァンズをマーロウの詩へ赴かせたと同じ寸法であり、バラッド人気を物語る挿話でもある。マーロウの詩にしても、その普及にはバラッドとの関わりが予想される。事実、この詩は九つ以上のバラッドで言及されるばかりか、六つ以上のバラッドでメロディの転用が認められる。(8) バラッド類は起源を問うのが困難とはいえ、創作後十年の間にこの詩の人気は手稿本回覧を通しての知識人階級に留まらず、バラッドを通して庶民の間にまで拡大していたものと思われる。

しかし、実際のところこの詩の場合は、人気を博するのに十年もかからなかったかもしれない。というのも、書かれて一年もたたない八九年にすでに、ロバート・グリーンは散文ロマンス『メナフォン』で、同名の羊飼が訳あって女羊飼に身をやつしたサミラを口説くのに、この詩を下敷に使っている。いや、詩の創作からほどなくして書かれたと思われるマーロウの自作『マルタ島のユダヤ人』(四幕二場)にも、その変奏は現われる。どうやら、この詩はまたたく間に有名になったらしい。

マルタ島のユダヤ人の金貸しバラバスに買われたトルコ人の元捕虜イサモーは、主人を強請《ゆす》る陰謀に色仕掛けで加担させられてしまう。娼婦に「紳士」と呼ばれ、結婚をちらつかされると、彼は一気に舞い上がる。まず狭い島を抜けだす算段を巡らし、行先を「麗しのギリシア」と定めるや、その想像力は留まるところを知らない。どうやらイサモーとその背後にいるマーロウにとって、「麗しのギリシア」とはジョイスの「エピファニー」さながら、無限の想像力を掻きたてる啓示だったと思われる。

おっと合点、承知之助。まずこのちっぽけな島とおさらばして、
ギリシアへ、麗しのギリシア向けて旅立ちだ、
俺はお前のイアソン、お前は俺の金羊毛。
かの地では花模様のカーペットが草地に投げだされ、
辺り一面を被うはバッコスの葡萄棚。
深々と緑を帯びた森や林で、
俺が演ずるはアドーニス、お前は愛の女王だ。

草地、果樹園、桜草の小径が
萓や葦の代わりに砂糖黍を生やし、
その茂みの中で、天上の冥府の神に誓って
お前をともに住む俺の嬶にしてやらあ。

（四幕二場八八―九八行）(9)

大変な勢いだが、一寸見だけでおかしさは伝わってくる。イアソンと金羊毛はよしとして、アルゴー船が出かけてゆくのはギリシアから黒海沿岸のコルキスであって、逆ではない。ギリシアの理想的景観を語ろうとしての「カーペットを投げだす」人工性と暴力性も、気に懸る。加えて、ルネサンスのアドーニスは小男で恋に消極的と相場が決っているのに、いかにも積極的なのは合点がゆかぬが、さらに腑に落ちぬのは「歓楽の道」の代名詞というべき「桜草の小径」に茂るは砂糖黍という小児病的イメージ。同じく誓言に「天上の冥府の神《ディス》」をもちだす無知さ加減。最後の行に明らかなごとく、これは恋歌に自ら手を加えたネガ版だ。

マーロウは創作から日浅くして、なぜ自作のパロディなど書く気になったのだろうか。いや、パロディはここだけとして、『ダイドー』や『タンバレイン大王』における前触れから『エドワード二世』における残響まで、短い生涯で十四回もこの歌の変奏を行うが、そもそも何故そんな真似をしたのだろうか。(10) まずは、彼におけるパロディの独自のあり方からみるとしよう。

シェイクスピアのエヴァンズの場合、讃美歌と恋歌の混同はいずれかのパロディというよりは、それにより彼の動揺した心理を伝えるためのものだった。他方イサモーの歌の場合、最終の狙いがパロディにおかれていたとしても、それは必ずしもグロテスクさだけを喚起するためではない。同時に、夢の飛翔力の大きさを提示するためでもある。「天上の冥府の神」にしても、この神が富の支配者だという意識が念頭にあるものだから、物心両面の幸せを保証せんとして、ああした愚かしい誓いの文句が漏れでてしまったというわけだろう。ここに、誇張と煽動を旨とする劇作家におけるパロディの扱いの難しさがある。

パロディの独自なあり方は、マーロウという劇作家の本質について、さらに多くのことを教えてくれる。同じ四幕二場、バラバスが端金しか寄こさなかったのを知って、再度の脅迫に掏摸のピリア＝ボルツァを送りだすや、恋人たちの間では改めて濡れ場の展開だ。キスの後、相手が奥へ入って寝ようと誘えば、感極まってまたもやイサモーは舞い上がる。ゼウスがアルクメネと三晩寝てヘラクレスを儲けた神話を踏まえて、一夜に一万夜が籠められたらよいのに、と語りだす。その箇所（四幕二場一三〇―一行）を原文で引けば、

Oh that ten thousand nights were put in one, / That wee might sleepe seven yeeres together afore we wake.

前半は極端な誇張ながら、韻律は整っている。だが、後半がいけない。高揚した文体はいつの間にか漸墜法《ベイソス》により散文に変わって終る。天上の王冠を目指していたはずが、結果的に地上の王冠に終る『タンバレイン大王・第一部』の有名な科白（二幕七場）の特徴を韻律面から例証するこの科白の特徴は、イサモーの酔いをこえてマーロウという劇作家に直接関わる問題だろう。これがシェイクスピアなら、そうはならない。彼がエヴァンズに「シャロウ」を連発させるのは、「白かます（luce）」を紋章とするシャロウ判事をストラットフォードの判事トマス・ルーシー――その猟園の鹿を盗んだ廉でシェイクスピアを捕え、出奔の原因をつくったとされる男――と重ね、彼への諷刺を通してルーシーへの恨みを晴らそうとしたせいだ、といわれてきた。真偽のほどは不明ながら、事実だとしてもエヴァンズの描写は自然で、作者の私的感情は巧みに昇華されている。マーロウにはそれは望むべくもない。彼は啓示をえた瞬間、芸術的破綻も恐れずに一旦は凧のごとく大空高く舞い上がる。しかし、凧の糸は決して切れない。だから、いつしか自己回収に成功し、地上に戻ってくる。自ら過剰を招いておいて、その負荷の大きさの故に自ずと落下するという寸法だ。しかもその全行程に、計算を超えた計算が働いている。それが彼におけるドラマツルギーの基本パターンであり、漸墜法とはその修辞的表現に他ならない。マーロウはそうしたかたちのパロディの精神を内在させた劇作家なのであり、パロディ即本歌の否定で片付けられない所以であ

る。

次は自作で恋歌の変奏を繰り返す理由だが、これにはおそらく観客との関係が絡んでいる。

エヴァンズは憂鬱のあまり讃美歌と流行歌を混同したが、両者のメロディの共有は八十年代初めまでは居酒屋でごく普通にみられた現象だった。[11] フォード夫人が「讃美歌とグリーンスリーヴズがフォールスタッフの口と腹ほどかけ離れたもの」(『ウィンザーの陽気な女房たち』二幕一場)というのは、当局の宗教的熱狂《ズィール》がメロディの共有を禁じた二十年後の結果に他ならない。

居酒屋が聖と俗との共棲空間を止めた時、触知しうる宗教を忘れがたき人々がエール祭で終るかつての村祭に相当する空間を求めて赴いた先が、興隆期の劇場だった。そこは彼らにとって劇後のジッグ踊りを楽しむ癒しの空間だったわけだが、同時に説教以上の具体性をもって生の指針を与えてくれる場でもあった。中でも暴力と見紛う強烈な衝撃を伴いながら提示されるマーロウ劇のメッセージは、宗教的な個人主義の荒野に突然投げだされた観客に擬似宗教のごとく熱狂的に受けいれられたことは想像に難くない。例えば、『タンバレイン大王・第一部』(二幕五場)の次のような科白。

神には王ほどの栄光はない。
神々が天で享受する楽しみなんて、
地上での王の歓びに比ぶべくもない。　(五七―九行)

思考回路の中心にすでに神に代わって己れの欲望を据えてしまった彼らに、こうした科白がいかばかりの勇気と生き甲斐を与えたことか。恋歌の度重なる変奏も、おそらくそれと関係する。この歌の特徴は冒頭に強烈な共生(棲)への誘いをスローガンとしてもってきたところにあるが、孤独で不安に戦く観客はそこに無限の励ましを聞きとっただろうということだ。

とはいえ、観客の気持の汲み上げに天賦の才を持っていたにせよ、マーロウが何をきっかけでそうした言葉の人気を察知したかはわからない。ポリペモスさながらの無骨な羊飼タンバレインの人質ゼノクラティへの問いかけ（Disdaines Zenocrate to live with me? . . . Shall all we offer to Zenocrate, And then my selfe to faire Zenocrate.）（『タンバレイン大王・第一部』一幕二場）がユーモラスに響いて評判を呼んだのか、好色なジュピターの美少年への誘惑の言葉（And shall have *Ganimed*, if thou wilt be my love.）（『ダイドー』一幕一場）の怪しさが思わぬ反応を惹起こしたのか、定かではない。だが、そうした科白への熱狂ぶりに観客との連帯の糸口をみてとったマーロウが、劇中でその変奏を繰り返すばかりか、それを一篇の詩に高めたのがこの恋歌だというのは、ほぼ確かと思われる。その意味で、たとえパロディのかたちをとろうとも、イサモーの科白は作者と観客の間に成立していた連帯感を一層強く示す、稀有なざれ歌といえよう。

思わぬ迂回をしたが、『マルタ島のユダヤ人』四幕二場のイサモーの科白は、パロディのかたちをとるが故にますますはっきりと、恋歌の発表直後からの爆発的人気を物語るこの上ない証拠なのである。

（二）

マーロウの恋歌の超弩級の人気を語る手立ては、二つの劇での「嵌めこみ《インセット》」以外にも沢山ある。グリーンについてはすでに触れたが、ローリー、ダニエル、ロッジ、キャンピオン、ドレイトン、デローニーから世紀が変わってのヘリックまで数多くの詩人たちがその変奏を書き連ね、王政復古以前では「快活な人」と「沈思の人」でミルトンがその流れを締め括る恰好になっている。[12]

演劇も負けてはいない。『ベイコンとバンゲイ』『アルフォンソス王』から『ミューセドゥラス』『ダビデとベテシバ』『アレクサンドリアの盲乞食』（チャップマン）と、八〇年代の終りから九十年代前半の劇にまずその変奏が現われる。『ベイコンとバンゲイ』では、誘いの公式や贈物の列挙と並んで、本歌の 'live' と 'love' の共鳴音を意識した頭韻（'Should make me leave Lord Lacy or his love'）がみられるばかりか、王子は裏切り者の部下を殺そうとさえする（三幕一場）。グリーンは詩の背後にポリペモスの話を重ねてみていたかもしれない。[13]

十七世紀に入っても、勢いは衰えない。ジョンソンの『ヴォルポーネ』『錬金術師』をはじめ、フレッチャーの『貞節な女羊飼』、マッシンジャーとの合作（?）『長兄』、メイソンの『トルコ人』からバリー、ナップズ、ダヴェナント、カートライト、サックリングらの劇へと連綿と続いてゆく。歌曲にしても、ダウランドやモーリーにより曲をつけられているし、バラッドについてはすでに触れたところだ。王政復古以後は簡単に済ませるとして、キーツの『エンディミオン』やテニソンの『王の牧歌』が代表として挙げられよう。二十世紀では、C・D・ルイスの『二つの物語』、イアン・マッケランの映画版『リチャード三世』（一九九五年）が目につく。これだけの人気を呼ぶ秘密は、どこに潜んでいたのだろうか。次には、その内的理由を探るとしよう。

その第一は、この詩が平易で親しみ易く、気楽にその世界に同化できるところに求められる。この詩には四連から七連までからなる九つの版が知られているが、[14] それぞれが実体的《サブスタンティヴ》な本文で、その間に系統図をつくるのが難しい。[15] 七連と最も長いウォールトン版の第六連目がバラッド起源だろうという点で大方の一致をみるものの、「誘い」が版により二ないし三回になる理由すらわからない。これは手稿本文化の特徴ともいえる、読者・聴衆による「参加の詩学」（participatory poetics）[16]が徹底して、夫々が独自の本文をつくった結果だろうが、それを助長したものこそ詩の平易さ、親しみ易さだったに相違ない。

それと並んで見逃せないのが、本質的曖昧さだろう。それを象徴するのが冒頭の一行で、一母音違いの 'live' と 'love' がつくる枠の中にさらに一子音違いの 'mee' と 'be' が並置され、愛と生の擬似同一性ないし相互補完性がカトゥルスの「生きようよ……そして愛し合おうよ（Vivamus . . . atque amemus）」さながらに自ずと納得されるつくりになっている。ちなみに、詩の生命をこの 'live' と 'love' の並置にみる人が多く、グリーンについてはすでに触れたが、ブレトンもそれを言葉遊びに使って自らの変奏を書いている（And in that loue to liue and die, And die, but in that loue to liue . . .）[17]。詩の表題も曖昧だ。最初に触れたが、「羊飼の恋歌」は『イングランドのヘリコン山』でつけられた通り名にすぎず、『恋の巡礼』では「十九番」とあるだけ。『イングランドのヘリコン山』所載のローリーの返歌は「ニンフの返歌（'The Nimphs reply'）」とあるが、これは作者ないし編者が羊飼にポリペモスを読みこんだ結果にすぎず、元歌を素直に読んだ限りでは、'love' を海のニンフ、ガラテアに絞るのが困難なばかりか、女性か否かも判然としない。執筆当時マーロウの念頭にあったスペンサーの『羊飼の暦』の「一月」でホビノルが贈物をする相手はコリン、スペンサーが下敷に使ったウェルギリウスの『牧歌』におけるコリドンの相手はアレクシスと、ともに男性だからだ。

贈物も決め手にはならない。薔薇の褥＝安楽な一生、花冠、ガウン、スリッパ、ベルトの類は女性を贈り先に想定させるものの、「上衣《カートル》」（kirtle）が決めがたい。女性のスカートの他に、当時は腰までくる男の上衣をも意味したらしい。(18) 同じく、贈物の都鄙も判然としない。総じて鄙びているのは確かだが、スリッパは裏打ちされ、純金の飾り留金がついている。ベルトも珊瑚の締具と琥珀の鋲つきの贅沢品だ。マドリガルに到っては、*OED* の初出が一五八八年、移入されたてのインク壷語。予想以上に洒落ている。(19)

おまけに、ここの主人公は第二連では岩の上で羊飼が羊に草を食ませるのを眺めているし、第六連では恋人を楽しませるために五月の毎朝「羊飼の若者たちを踊りかつ歌わせてやろう」と約束している。主人公は果たして羊飼なのか、田舎へ遊びにきた宮廷人ないし都会人なのか、わからなくなってくる。個々の情景はリアルそのもののくせに、全体は曖昧模糊として捉えがたい。ゴシック大聖堂の構造原理といったところだが、この可塑性、応用力の広さに人気の秘密があるのは疑いを容れない。

情況の曖昧さとは裏腹に、詩の論理は明解そのものだ。一見してわかるように、詩の基本構文は「命令法＋and」にある。有無をいわさぬ必然の論理が、誘いに応じた際の永遠の夏の世界を約束するつくりになっている。勿論それは仮定の話と、第五、六連に到り 'if' が登場すると気付かせられるのだが、そこに再び「楽しみ」「悦び」が繰り返されるものだから、すぐその前提は忘れ去られてしまう。一種の詐術だが、それが熱意ととられ許されるところにこの詩の良さがある。しかし、冷静に眺めれば、これが可能態を描いた詩にすぎないと見抜くのは容易だろう。それを逸早く行い、現実感覚の立場から徹底して反論したのがローリーの返歌であった。

ローリーの返歌の特徴の第一は、'if' を冒頭にもってきて仮定の話と悟らせると、後は一貫して動詞を現在形におくところにある。厳しい現実を提示せんとする寸法だろう。そして第二は、抽象名詞、頭韻、それに読点の多用だ。(20)

マーロウの詩が具体的ながら曖昧な名詞の連なりからなっていたとすれば、返歌は 'truth' 'time' 'care (s)' といった抽象名詞に反論の主役を委ねる。その上で第四連などは九個の読点を用いて(全体比はマーロウ二十二対ローリー三十三)、十二回も頭韻を響かせる('th' 六、's' 'r' 各三)。ゆっくりと細大漏らさず反論せんという訳だ。こうして、絵空事の世界は完膚なきまでに否定されたように思われる。だが、面白いことにそうはならない。何故か。

鍵はおそらく、九つの実体的本文のいずれもが、返歌と抱き合わせになっている事実に求められる。つねに返歌を伴っていればこそ、それが安全弁の働きをして快楽原理の一瞬の飛翔を保証したということだ。恋歌の未曾有の人気は、意外にも永遠の夏のはかなさを告げる返歌との絶妙なコンビに潜んでいたと思われる。

その人気には、外的要因も絡んでいた。八八年頃といえば、スペインの無敵艦隊撃退にイギリス中が湧いていた頃に当たる。この戦勝気分が、共生への誘いの拡大に大きく関わることとなる。

北方ルネサンス人は元来が生真面目で、「時のある間に恋の薔薇を摘め」(スペンサー)と謳っても、最後を「愛しつつ、同じ罪《クライム》もて愛されうる間に」と書かざるをえない心性の持主だった。第二章ですでに触れたところだ。その一方で彼らは、「愛」が二義的な意味しかもたない時代が「時の翼ある戦車」(マーヴェル)に乗って近づいてくるのを知っていた。勿論その度合は、「時が充分にあれば、この恥じらいは罪ではない」とマーヴェルが漏らし、「こんなゆっくりしたペースで悦びを喰らいつくすのはよそう」とポーリンが語る十七世紀中葉とでは同日の談ではない。それが証拠に、スペンサーの「時のある間」は青春の謂でしかなく、ローリーが愛は永続性をもたず、万物に無常ありと窘《たしな》めても、愛する時間がないとまではいわなかった。(21)

しかし、一五七〇年代の中葉、聖体劇が終焉を迎える頃ともなれば、『不思議の国のアリス』の兎さながら時間がないという意識を、人々は共有し始めていたに違いない。そしてそれは宗教や新哲学により齎された意識だったとはいえ、政治動向も無関係ではなかった。八〇年代の初め、アランソン公爵との結婚が最終的に破綻し、五十歳近い女王に世嗣が望めぬとわかった時、それは国家の先行きへの不安をも抱えこむ。やがてそれは、「憂鬱」のかたちでエヴァンズやハムレットはおろかスペンサーのスカダモァやマリネル、ジョン・リリー描く床屋にまで共有される流行となってゆく(22)。

世紀と王朝が変わり、革命の狼煙が見え隠れする頃には、それは体制にまで飛び火し、自らの存続への危機意識としてさらに増大する。それが「田舎」を「宮廷の前哨地」として繋ぎとめるスポーツ令発布の呼び水となり、そこにおいては（スタッブズの頃とは正反対に）旧習を守らぬことが「罪《シン》」になるだろう（「家に留まり、罪を犯すのはよそう。五月祭の花摘みにいこうではないか(23)」〔ヘリック〕）。こうみてくると、戦勝気分が与える楽天主義が焦燥感と抱き合わさって、愛する者との一瞬の生の燃焼を夢想させたとしてもおかしくはない、とわかってくる。これは、そうした人々の気持を代弁した詩だったのだ。マーロウの劇が生の指針を授けたとすれば、詩は癒しと夢に与る。隠れた人気の秘密は、そこにあった。

（三）

ところで、当時の若い詩人たちがこの詩に己れを託す新しい形式を見出した時、彼らはどう反応したのだろうか。この詩の生命が半ば以上共生への呼びかけにあるとして、古典牧歌にあった状況説明を捨象した点も見逃せない。ローリーのように「鳥」を「フィロメラ」と特定化したら、「テレウスの話」をはじめさまざまな連想が纏いつき、とたんに楽園に翳りが生じてしまう。贈物も同様で、長々と具体的に書き連ねたら、漠としたのどかさを損いかねない。とはいえ、恋人への呼びかけがいわば常数なら、後続の詩人たちは贈物という変数部で勝負せざるをえない。だから、勢い天蓋つきのベッド、珍しい食物や装飾品はおろか、蛇踊り《ヘイズ》から酒宴《ワスル》まで「田園生活のすべての楽しみ《スイーツ》」を並べたてることとなる（ヘリック）。しかし、贈物の羅列に独創性を籠めるには限界がある。「詩神」へ呼びかけたり（ロッジ）、返歌を内包したり（ドレイトン）、それなりの工夫を凝らす時もあるが、新たな切り口を見つけない限り、二番煎じからの脱却は望めない。「俺と住み、俺の娼婦《イロ》（Whore）になってくれ」といった、ひねりのきいたバラッドができるには、暫く時間がかかるだろう。[24]

しかし、凡庸な習作が大半を占めたとはいえ、傍系ながら寓意的な読みによるユニークな本歌取りもみられた。いうまでもなく、本歌は「求愛《コート》」と「宮廷《コート》」が地口をなす牧歌に属する。そして牧歌とは、そこで展開するすべてが政治性を帯びた世界だから、この詩も当然そうした読みを免れない。羊飼国家建設への誘いは、そこから現われる読みであった。

「羊飼国家」とは、ラングランドやスケルトンの昔から続く農夫や羊飼という名の予言者詩人を導者とする、敬虔かつ素朴な新教徒国家の理想態を指す。[25] 神の前での万人の平等を大前提としつつも、フォックス以来の選民思想が「国民国家《ネイションフード》」の美名の下で絶対王制の覇権主義とも蜜月を保つところに限界と宿命がある。

羊飼国家への誘いという読みは、すでに引いたエヴァンズの科白に関係する。彼が口にする恋歌第二連の三—四行「そのせせらぎに合わせて美しい音色の鳥たちがマドリガルを歌う浅い川の辺り」とは、『羊飼の暦』の「四月」で「すべての羊飼の女王、麗しのイライザ」への讃歌がつくられた場所、即ち、コリンが「泉の辺りに腰を下ろし、滝音に合わせてその歌をつくった」云々を踏まえたものだった。スペンサーはその後「滝の音に女王の名声を合わせた」詩人と呼ばれるところをみると、[26] 恋歌を口ずさむ人なら、マーロウ詩冒頭の一行にスペンサー詩の反響としての羊飼国家への誘いを聞くのは、さほど難儀ではなかったろう。

ただ、マーロウの呼びかけには気になる点が二つある。一つは、スペンサーの「泉」が「浅い川」に変わっている点であり、今一つは本歌が書かれて程なく「麗しのギリシア」の変奏がものされる事実。この内、前者は無視しても構わないだろう。もしそれをもってスペンサーの想像力への批判、ひいては彼が目指した国民詩人像への反撥ととるならば、エヴァンズに「浅い」を連発させたシェイクスピアはマーロウの四、五倍スペンサーを批判的にみていた勘定になってしまう。[27] 他方、後者の扱いは慎重を要する。マーロウが漸墜法を肉化した詩人である以上、羊飼国家に対して一貫した態度をとり続けたとみるのは難しい。共和制待望の書『パルサリア（*Pharsalia*）』の訳者にしてスパイでもあったマーロウらしく、羊飼国家云々はつねに両面価値に留まったとみるのが、正しい見方ではあるまいか（『羊飼の暦』の「四月」の女王讃歌を歌うのが作者のコリンでなく友人ホビノルとすれば、スペンサー自身においてすらそうだったかもしれない）。彼の半ば醒めた態度を察知してか、師スペンサーの「滝音」に和したドレイトンすら、マーロウの瀬音には何らの反応を示さない。[28] にもかかわらず、羊飼国家への誘いというこの読みは世紀の変わり目を俟たずして、カトリック陣営に属するダンにより新教徒の羊飼国家そのものへの反撥のかたちで提出されたのであった。

　カルーがいうように、ダンは英詩を古典神話の桎梏から脱せしめた功労者であり、「隷属的模倣の怠惰な種子」を誰より嫌った詩人であった。[29] その彼が何故「餌」においてマーロウの模倣を企てたのか。何故「新しき楽しみ（new pleasures）」に拘り、羊飼の「柄の曲がった杖《クルック》」を「小川《ブルック》」に垂れる「釣鉤《フック》」に換えることで、牧歌を「川辺の田園詩」に変えてしまったのだろうか。ヒントはサンナザーロや『イングランドのヘリコン山』の匿名詩「もう一つの同種の詩（*Another of the same nature*）」、それにドレイトンにも窺えた。そこでは「楽しみ」に釣りが加わり、「餌」といった言葉も瞥見される。[30] しかし、何よりものをいったのは、ダン流の率直さだったのではあるまいか。

　彼はまず「誘い」とは体裁がよいが、所詮は女性を釣ろうとしているに他ならず、ならば魚釣りと同じではないか、と考える。しかも、女性を釣るには贈物では弱すぎる。ローリーの返歌が告げるように、そんなものは「じきに壊れ、じきに萎れ、じきに忘れ去られてしまう」[31]。むしろ、逆に女性の生身がもつ男性を釣る能力を賞めるに若くはない。それが「餌」を支える逆転の論理だが、そうして垂らした生餌に魚はおろか釣人すらかかってしまうところに、綺想が潜む。

これだけでも難解だが、実際の詩の展開はもっとわかりにくい。裸身の生餌と宮廷女性を思わせる「薄絹の毛鉤」の対比まではわかるとして、太陽より裸身の光《ライト》（尻軽さ？）がまぶしいので他人の眼から自らを隠し辺り一帯を寒い暗黒の世界に変えてしまうといいだすと、話が厄介になる。中でも第五連に入り、他の釣人なんぞ釣竿担いだままで凍死してしまえとか貝殻や海藻で足裏を切ればよいと、突然怒りだすのが腑に落ちない。何故ダンは釣人に怒りを向けるのか。

釣人が憎いのは、彼が「不正な手段を弄して」「絞殺する罠」と「目の荒い網」で哀れな魚を捕獲するところにあるらしい。いずれも必ずしも釣りに相応しいイメージではない。そう思って全篇を見渡すと、「裏切る《ベトレイ》」「裏切者《トレイター》」「策略《デシート》」といった釣りの文脈を若干外れるイメージが網の目のように張り巡らされていたのがわかる。それだけではない。そうした言葉に軸足を移すと、「釣鉤」「魚」「捕獲する」「餌」といった言葉が新たなニュアンスを帯びるばかりか、「みられたく……ない」とか「川底にへばりつく魚を無理やり陸上げする」といった無色だった語句までが俄然生彩を放ち始める。

女性賞讃という経糸とともに「餌」を織りあげていた緯糸がどんなものかは、イエズス会士にして詩人のサウスウェルにより書かれ、最終稿がロンドン塔で他の会士との協議の末なったとされる、女王への『恭しき請願書（*An Humble Supplication*）』を一瞥すれば、およその見当はつく。そこで彼は、マーロウのスパイ仲間ポーリーが「黄金という釣鉤」で初《うぶ》なカトリックを「網にたぐり寄せる」さまや、「糸はしっかり握りつつ」「愚かしい魚」さながらにカトリック教徒を「鉤をつけたままで……泳がせる」さまを語っている。[32] マーロウを間諜生活に巻きこんだフォントも別の場所でカトリックの大物を「大魚」と語っていたり、[33]『バビロンの娼婦』（一六〇六年）などにも似たイメージ群が現われるところをみると、この詩の緯糸が宗教弾圧であることに疑念の余地はなかろう。[34]

この際、女王に「鈴つき羊」と呼ばれたハットンが、彼女を「余りにもおいしい餌なので、何人もその網を逃れられない」と語ってるのも参考になる。カトリック教徒にとって、ハットンを先導牛とする羊飼国家は、彼らを網へとおびき寄せる釣人集団であり、女王自身がおいしい餌だったのだ。そしてダン自身その「せせらぎ」のところで、「銀の釣鉤」で親戚（八六年）と弟（九四年）を釣られる被害にあい、釣人たる彼自身も貧窮の故にその尻軽女という光る黄金の魅力に抗しきれず釣られかねない状況にある。そうした「おいしい餌」への苦き思いを綺想に包んで謳ったのがこの詩なのだ。

ちなみに、一六五〇年彼の息子は父の詩集に『宮廷人の蔵書目録』という奇書をつけて出版する。その「二十一番」に登場するのが、マーロウのパトロン、R・マンウッド。彼はそこで、毒殺者の告白を集めた『治安判事必携（*A Manual for Justices of the Peace*）』を落し紙に使った男と記されている。[35] マンウッドは、ダンの母方の祖父、劇作家にしてカトリックの大物ジョン・ヘイウッドの財産調査をはじめ、ダン一族に何かと干渉したといわれる。奇書の執筆が父の遺産を継いだ直後の九四、九五年頃とすれば、それを機にダンが一族の恨みを想いだして秘かな復讐を企て、半世紀後に息子がそれを公けにしたということだろう。それでも厭きたらず、マーロウとマンウッドとの関係を知っていた彼は、マーロウ詩の書き替えにより私怨を体制批判にまで高めたのだろうか。[36]

ダンの詩の執筆が弟を亡くした直後の九五年頃とすれば、プロテスタントの陣営からもすでに羊飼国家への批判は現われている。きっかけは、八六年のシドニーの死。スペンサーはかねてから詩人としてのみならず対外政策や女王の結婚問題を巡ってもシドニーを師と仰ぎ、スタッブズの『呑みこむ海峡発見』――女王とアランソン公爵との結婚への反対をそこで表明し、ために右手切断の憂目にあった曰くつきの書物だ――と同じ版元シングルトンの許から出版した『羊飼の暦』を彼に捧げていた。

強硬策が容れられず不遇の裡に死んだこの「アルカディア生れの高貴な羊飼」（『アストロフェル』）への義憤をエリザベスの宮廷への反撥と重ねることで八九年ローリーの伴をしてのアイルランドへの帰還辺りから、スペンサーのイングランドへの愛想づかしは顕在化する。キャリドアがみるアシデイル山中の幻から女王の姿は消え（『妖精女王』六巻一〇篇一五連）、『コリン・クラウト』（九五年）では羊飼国家は「未開の国」ことアイルランドに移り、イングランドは「シンシアの地」でしかなくなってしまう。[37] 一五九九年、世紀の交替を前にして、スペンサーはイングランドで死んだ。それから四年後、かつての羊飼国家の女王も世を去る。そのまた六年後の一六〇九年、遂に『妖精女王』に「無常篇」が加わる。「永遠の夏」は、足早に去ろうとしていたのであった。

（四）

新王朝下における体制批判の火蓋は、スペンサーの遺志を嗣いだドレイトンによって切って落される。彼は一六〇六年、『羊飼の花冠（*Shepheards Garland*）』（一五九三年）を改訂した『抒情牧歌詩篇（*Poemes Lyrick and pastorall*）』を出版する。その「第六牧歌」で彼は、昇天するエルフィンことシドニーに、

王侯と彼らの楽しみすら嘲り笑いとばす
それらを神格化するすべての愚か者をも
（九九―一〇〇行）

と歌わせたのであった。(38)

多くの知識人の期待を一身に集めていたヘンリー王子の死までは、それでもある程度批判は手控えられていたといえるだろう。一六一二年以後、それが一気に加速する。W・ブラウンの『羊飼の角笛（*Shepheards Pipe*）』（一四年）、G・ウィザーの『羊飼の狩猟（*Shepherds Hunting*）』（一五年）が矢継ぎ早に出版される。本格的な諷刺牧歌の登場だ。一四年には増補は僅か九篇ながら『イングランドのヘリコン山』の改訂版が出され、そこでは従来の「清浄なるものは、天の神々を悦ばす（Casta placent superis）」云々と牧歌の古典期起源を強調したティブルスのラテン語のモットーに代わって、「王侯の宮廷は、田舎の若者を日々眠りに誘うつらき労働の歌（strains）に耳を藉さず」と、反宮廷色を露わにした英語のモットーが現われる。(39) 他方、体制側の宮廷風牧歌も、「スポーツ令」（一八年）を挟んで書かれるジョンソンの二つの仮面劇、『甦える黄金時代（*Golden Age Restored*）』（一五年）と『牧羊神の記念日（*Pan's Anniversary*）』（二〇年）をもって頂点に達する。『羊飼の暦』でその理想が説かれて

から四十有余年を経て、羊飼国家像は完全に分裂をみたのであった。

　絶対王制の堅持と神の前での万人の平等という相反する要求をかろうじて繋ぎとめていた「国民国家」という軛が外された時、マーロウの恋歌にはいかなる運命が待ち構えていたのだろうか。一言でいえば、以前から詩の背後に見え隠れしていた羊飼国家という形の選民思想が終末論に煽られて「国　家《コモンウィール》」を「神聖な共和国《ゴッドリー・コモンウェルス》」へと狭め（さらに植民地帝国へと拡大し）てゆく過程で落ちこぼれた人々の小宇宙願望の受皿となるということだ。

　何故それが共和制幻想を支えずに予想外の針路を進むこととなるのか、その理由はわからない。宮廷余興が華やかさをますにつれ、「羊飼」は絶対王制のシンボルとみなされて負のイメージを帯びるが、一つはそれと関係する。[40] 歌の側からいえば、革命につきものの破壊の槌音や死の臭いに馴染まぬ本質的健康さと優しく包みこむ雰囲気が殊更弱者や敗者に魅力的に映ったせいかもしれない。いずれにせよこの方向転換に、予言者的羊飼詩というイギリス・ルネサンス詩の正統に棹さすとおもわれたこの詩最大の逆説がある。

　恋歌の系譜の中で退行的な姿勢をはじめて顕著に示すのが、経歴不詳のＪ・ポーリンの『愛の満足（*Love's Contentment*）』。四〇年代初めの作と伝えられる。ポーリンはユートピア国家樹立の大義名分の下で行われる血の粛正に、疑問を抱いている。だから、

もし「満足」が王冠をかぶり
僭主とてそれに異を唱えぬには
何人の君主を倒せばよいのやら
このユートピア国家の中で　（五―八行）

と歌うのだが、その時彼の心の裡では「僭主」にクロムウェル的人物が重ねられていたに違いない。さりとて、宮廷も安らぎを与えてくれるところとは程遠い。そこには「偏愛」「監視」「中傷」が充ちている。このように、

到るところに「内なる分裂（homebred schismatic）」がみられ、寝ても覚めても「恐怖」と「心痛」に悩まされる世界では、二人だけの「内なる楽園」を築き、そこで互いが王と王妃を演じつつ、

この満足の中に生きて愛し
この愛に死を決意する。

（二七―八行）

そして「一つの骨壷に混ざりあった骨を納める」ことによってしか、真の満足はえられない。マーロウの恋歌、グリーンやブレトンによるその変奏、ダンの「聖遺物」などを下敷きにポーリンの詩が訴えようとするのは、「王党派的生き方《キャヴァリア・モード》」に共通する逃避空間への憧れなのだ。(41)

ポーリンが示した喧噪嫌悪、満足への意志、死への願望は、革命期に入ると今度はウォールトンに引継がれる。彼が『釣魚大全』の初版を出版したのは一六五三年、クロムウェルが護国卿に就任した年に当たる。世の中はまさに「頑迷な分裂騒ぎ（the most pernicious Schismatick）」の真最中、そこに生きる人々には「魚」か「釣師」のいずれかになるしか道はなく、「一切の中間項」が与えられていない。乞食すら外套を「剝ぐ《リップ》」と「剝ぎとる《アンリップ》」の区別に侃侃諤諤といった有様なのだ。(42) そうした中でウォールトンは親戚筋のチョークヒルの詩を引き、争いのない「満足」を説き、二版（五五年）の最後には聖パウロの「努めて静かであれ（Study to be quiet）」（「テサロニケ前書」四章一一節）を置き、喧噪嫌悪を露わにする。(43)

だから、二版に寄せたブルームの献詩が語るごとく、川辺に坐して「汝が心は汝が王国、満足が汝が王冠」とばかり釣糸を垂れる行為は、彼が伝記を書いたダンにおける宗教弾圧の暗喩とは自ずと異なる。彼がダンの「餌」を「穏やかで平静な詩」と誤解したのは、彼自身がそうした生活に憧れていたからだろう。川のせせらぎ（harmonious bubbling noise）に合わせて行うのも、スペンサーやマーロウにおける羊飼国家建設の夢想ではない。「そこで瞑想して……墓への道を静かに辿る」ためなのだ。(44)

とはいえ、エヴァンズの歌う讃美歌百三十七番でのバビロンの川辺に佇むイスラエルの子供たちとも異なり、「悲運をじっと見つめる」でもない。反時代的な抵抗運動にしては、どこか突抜けた明るさがある。桜草の小径も、イサモーの砂糖黍の生える小児病的楽園でも、真の恋人談義（ダン「桜草」）が展開する場でもない。小鳥がエコーと歌声を競い、あるいは「聖なる日以外見てはならない」美しい草原が眼前に広がる世界なのだ。ウォールトンにとってのリー河畔とは、死者の楽園エリュシオンの野が革命以前のメリー・イングランドと重なる理想的景観といってよいだろう。[45]

　マーロウの恋歌とローリー、ダンによるその変奏は、そうした文脈の中で古風ながら平易《スムーズ》な詩として紹介される。とくに「乳搾り娘の歌」と名付けられたマーロウの詩は、ウォールトンの理想を体現した趣きを帯びる。まず歌う娘が誠実かつ無垢なだけでなく、かつて女王が幽閉中に「恐怖」や「心痛」なく安眠できると羨ましがった存在だ。この女王の言葉は、フォックスが伝え、『余がわからぬとなら・第一部（*I If You Know Not Me*）』（一六〇四年）から『天の声（*Vox Coeli*）』（二四年）へと語りつがれてきたばかりか、外国人のプラッターでさえ知っていた。それほど人口に膾炙していたということだ。[46] その言葉が想起されることで、リー河周辺の世界は女王の時代のメリー・イングランドと結びつく一方、そこに「死ぬなら春、死んだら沢山の花が経帷子を埋めてくれますように」というオーヴァベリーの「乳搾り娘の願い」歌（西行の歌の英語版！）への言及が加わることで、他方では死への願望とも繋がってくる。[47] ウォールトンはこうした中で行われる釣りの魅力を通して、喧噪な社会へのメニッポス的風刺を試みるのだ。それのみではない。ここの「釣り《アングリング》」にはさらに「国教会《アングリカン》」も重ねられているかもしれない。転換期の精神は、予想以上に懐が深い。

　進歩と革命に背を向けたウォールトンにとって失われた世界兼浄土の「空間的相関物」(!?)としてリー河畔があったとすれば、彼に『大全』第二部の執筆を依頼されたチャールズ・コットン息（Charles Cotton the Younger）にとってのそれはピーク地方、とくに彼の家屋敷のあったダヴ河畔であった。とはいえ、『大全』執筆当時（七六年）、彼は屋敷をすでに抵当に入れ、『すばらしきピーク地帯（*The Wonders of the Peake*）』の創作時（八一年）には手離していた。そのせいか、嫉妬心なく「満足して生き、満足して死ぬ」ダヴ河畔という「蔑みの峡谷《リセス》」（ワーズワスのルーシーの住処?）は、リー河畔に比して私的楽園の趣きが強く、メニッポス的諷刺も大して感じられない。

それは「フィリスの誘い（*An Invitation to Phillis*）」の女主人公に明らかで、[48]この女性はウェルギリウスやブラウンの説く多情な女羊飼でなければ、ヘリックやウォーラーの謳う田舎娘でもない。春にはピークの山頂から河の流域を照らす「星」であり、夏に水浴すればダンの詩さながら小魚が寄ってくるニンフであり、冬には「修道院《クロイスター》」に寒さを凌ぐ尼に変貌する。しかし、再び春になって戸外に出れば「北風が退却し、雪が融ける」存在でもある。その彼女を詩人は『イングランドのヘリコン山』の「もう一つの同種の詩」に似て「僕と夏の麗しの女王」と呼ぶが、むしろ自然の運行を司る地霊（genius loci）と呼ぶべきではあるまいか。[49]しかし、「きじ鳩《ダヴ》」が夫婦愛の象徴や聖霊（「ルカ伝」）にして、マーヴェルの「仔鹿《フォーン》」によれば「エリュシオンの野」の住人でもあるとすれば、[50]その鳩が「羽根のはためきで流れを刻んだ（cut her way with turtle's wings）」この河の自然は、平穏な死後の聖なる世界とも重なってくる。いずれにせよ、この詩は女性への相聞歌ではない。さりとて、革命の現実への反定立としての理想的景観讃美でもない。「北風の唸り」は弱く、冬もウォールトン描く「釣人（Piscator）」ならぬ「猟師（Venator）」に変身した「私」が野兎や雉子、真鴨といった獲物を彼女の許へ運ぶ、それなりの楽しみをもつ季節として描かれている。革命期に一般的だった「風景の政治学」の稀薄なこの詩は、自らを育ててくれた自然への恋歌ないし挽歌なのである。

しかし、夏と水に関するものであったダンの「新しき楽しみ」が再び四季に関する「すべての楽しみ」――といっても、秋は大して触れられていないが――に戻ったところで気付くのは、マーロウにおける「すべての楽しみ」からの大きな変質だ。マーロウの歌が羊飼国家の理想と綯い交ぜになった、いささか異教的な永遠の夏への憧れを描いていたとすれば、コットンの詩が伝えるのは滅びゆく「今ここ」の世界存続への王党派らしい祈りでしかない。革命を挟んでの一世紀弱の歳月がテーマを老いさせ、詩人から現実変革の力を奪ってしまった姿がここにある。イギリス・ルネサンスが生真面目な北方人の一瞬の見果てぬ夢から出発していたとすれば、コットンの詩が書かれた時にそれは終焉を迎えたといえるだろう。

「羊飼の恋歌」の系統図

	①	2	3	4	⑤	6	⑦	Sum	Invitations	Editions (1599–1687)	Answer Stz.
PP (*Poems*)								4	2	3 (1)	1 (1)
Rs								4	2		5
Rw								4	2		5
A								4	2		5
B								7	2		5
Rox								6	2	1	6
EH								6	3	2	6
W (2)								7	3	5	7
T								7	3		6
Sum	9	9	9	5	8	4	5			11 (12)	

PP	*Passionate Pilgrims* (1599) (*Poems, Poems: Written by Wil. Shakespeare, Gent.* (1640))
Rs	Rosenbach MS
Rw	Bod. MS Rawl. Poet. 148, fol. 96
A	Bod. MS Ashmole. 1486, fol. 6v
B	E. Brydges (ed.), *The Poems of Sir Walter Raleigh* (1813)
Rox	*Roxburghe Ballads II* (1872)
EH	*Englands Helicon* (1600)
W (2)	I. Walton, *The Compleat Angler* (1655)
T	*Thornborough Commonplace Book*

○ Invitation included

① Come
2. Rocks
3. Beds of Roses
4. A Gowne
⑤ A Belt of Straw
6. Thy Silver dishes
⑦ The Sheepheards Swains

第四章　国際武闘派の周辺

伝エセックス伯

一　国際武闘派の半世紀
——シェイクスピアの時代——

(一) シドニーの死の周辺——十六世紀後半の国際状勢

一五八七年二月十六日、宮廷の華と謳われたエリザベス朝の文人政治家サー・フィリップ・シドニーの葬儀が聖ポール大寺院で盛大に執り行われた。前年九月二十二日オランダのズットフェン包囲戦の最中、一発のマスケット銃弾が騎上の彼の右大腿骨を砕いた。退却途中、出血の激しさから喉の渇きを覚えた彼は、水を所望する。差しだされた水筒を口にした途端、負傷兵が水を求める姿が眼に留まる。「お前の方が必要のようだ」、そういってその水を与えると、彼は司令官艇でアルンヘムへ運ばれていった。時恰《あたか》もオランダ独立戦争の真只中、カトリック国スペインの支配を脱せんとする低地帯《ネーデルラント》のプロテスタント勢力を支援すべく、二十数年ぶりにイングランドが海外派兵の禁を解いて二年たらずのことであった。

　通称『シドニー伝』でこの有名な逸話をものした親友フルク・グレヴィルは、当時現場にはいなかった。材源も不明のままだ。あるいはプルタルコスの『対比列伝』のアレクサンドロスの項（四二・三—六）にヒントをえたかもしれない。[1]

　アルンヘムで四週間医者や夫人の看護をうけたシドニーは、十月十七日午後二時から三時の間に敗血症で死んだ。フリッシンゲンへ運ばれた遺体は八日間留めおかれた後、十一月一日そこを発って五日ロンドン塔近くの埠頭に到着、ただちにオールドゲイト郊外旧ミナリズ修道院に安置された（となれば、葬儀までに四ヶ月は経っている。「柩は空」だったかもしれない）。

『名士小伝』(2)でそう書いたジョン・オーブリーは、九歳頃父の友人宅でみたこの葬儀の銅版画の思い出でシドニーの項を締め括っている。「子供心に強い印象をうけた」その絵は、シドニーや義父フランシス・ウォルシンガムに仕えた一種の御用画家トマス・ラントの手になる、長さ三十八フィート以上、幅七・七五インチの代物、バイユー・タピスリー(3)の小型イギリス版といったところだ。図版の数三十枚、そこに三百四十四名が登場する。自発的参加者を含めれば、総勢約七百名。沿道は柩の通る余地がないほどの人だかりで、家々の窓も鈴なりだったという(4)。

だが、トレント川以南を管轄する上級紋章官ロバート・クックが仕切ったこの行列図版《ゴーデッシュ》をみて、腑におちないことがある。王室関係者以外での初の国葬にしては、政府関係者や高位聖職者、外国大使らの姿がみえないのだ。オランダ議会代表はいるが、特別派遣ではなく戦費増額交渉に訪れていた関係者らしい。それだけではない。駐英スペイン大使の本国宛書簡では、オランダのゼーラント議会は彼らの政府費用でのシドニーの葬儀を望んだものの、自らの費用で行うからとエリザベス女王に断られたという(5)。

ところが奇妙なことに、ウォルシンガムが葬儀をめぐりレスター伯ロバート・ダドリーに出した手紙が残っている。シドニーの借金を抱える債権者を破産させずに盛大な葬儀をどう執り行うか、お知恵を拝借した上で采配を振りたいという文面だ。葬儀費用の分担を頼みたいらしい。さらに、借金の一部肩代りを女王に哀願した様子が、バーリー卿ウィリアム・セシル宛の手紙から窺える(6)。一方ラントの最後の図版説明には、「金に糸目つけずに葬儀を滞りなく行え」とウォルシンガムが命じたとある(7)。どうやら国葬とは名ばかりで、実際はウォルシンガムの負担になる私葬（?）だったらしい。一体どうしてこんな手のこんだことになったのだろうか。

一五八五年九月三日、エリザベスはオランダ議会と遂にナンサッチ協定を結び、オランダ独立戦争に正式に介入した。イングランド側はフリッシンゲンその他の町を担保に軍馬千頭と五千百人の歩兵を派遣するという内容だった。[8]羊毛輸出国としてのイングランドにとって、ヨーロッパ最大のアントウェルペン（アントワープ）市場を、そのために北海の制海権を確保する上での、これは最後の賭けだっただろう。エリザベスは、決してこの低地帯からのスペイン軍の完全撤退を望んではいない。そうなったら、今度はフランスが参戦してきて、ヨーロッパの政情が昏迷の度を増すのは眼にみえている。そもそも彼女は、表立った対外遠征を望まない。即位するなり対スコットランド戦争に勝利したのに味をしめ、フランス宗教戦争に介入して、カレーという大陸最後の橋頭堡を失って以来、懲り懲りと思っている。だから、八五年六月、低地帯諸州が君主の椅子を差し出した時も断ったのだった。ところが、独立戦争の英雄オレンジ公ウィリアムが八四年七月暗殺されたのも手伝って、スペイン総督パルマ公が次々と議会軍の占領地を奪い返し始め、八五年八月にはアントウェルペンに迫っていた。

低地帯でのスペインの失地回復の動きに合わせるかに、イングランド国内でも不穏な動きが増していた。八三年のサマーヴィル事件、スロッグモートン事件に続き、八四年にはクレイトン事件が発覚する。八六年になれば、幽閉中のスコットランド女王メアリの処刑を決定づけたバビントン事件も明るみにでるはずだ。エリザベス女王を暗殺し、イングランドをカトリック国に戻そうとする企みだが、背後にはつねにスペインやフランスがいる。そのために、八四年暮れには生命がけで女王を守ろうとする五千人からの署名になる「結社の誓い」が結ばれる。[9]八五年時の参戦に際して女王名で出された数ヶ国語の宣言書に、女王の「生命を狙う数々の陰謀と侵入計画」が中立政策破棄の理由として掲げられるのはその故だろう。[10]

しかし、参戦に際して何よりものいったのは、政府内において一時タカ派がハト派を抑えた事実ではなかろうか。エリザベスの政府にはウィリアム・カートライトのような新教徒の超左翼はいないし、主流はカトリックを含めての「中道」を歩もうとするセシル一派だが、外国勢力と結託し、武力に訴えてでもプロテスタンティズムの大義を守ろうと考えるレスターやウォルシンガムの一派、即ち「国際武闘派」と呼び慣わされる人たちもいる。この穏健な国内派と過激な国際派の色分けは、（ウォルシンガムのような例外を除けば）官僚《トーガティ》対軍人《ミリティア》ないし「法官貴族」（noblesse de robe）対「武官貴族」（noblesse d'épée）とほぼ重なるところがある。彼らの考え方の相違は神と女王への比重の置き方に顕著に現われていて、以下の二人の大立物の言葉に明らかだ。一方の雄セシルは死の直前の九八年七月十日、息子ロバート宛の直筆の手紙でこう記している。

「女王に仕えることで神に仕えなさい。他のすべての務めは、悪魔への隷従と心えること。(11)」

他方、ウォルシンガムはしばしば「神の栄光を、次に女王の安全を」を口にする。(12)そしてグレヴィルはシドニーについて「国家への思いと宗教的大義を決して切り離さなかった」と書いたが、当人は八六年三月前線から義父宛に書いた手紙で、大義への愛が揺らぐことはないと述べた後で、女王の支援打切りの可能性に触れながら次のようにいう。

「でも、陛下とて所詮は神の手先……身を引かれても必ずや他の泉が湧きでてこの行動を支援してくれるものと確信しております。(13)」

女王と神の関係をどう捉えているかは、文面から明らかだろう。いいかえると、彼ら国際武闘派は、トリエント宗教会議(一五六三年)以後のヨーロッパを国家の枠をこえた宗教改革側と反宗教改革勢力との間の、神の正義を賭けた十字軍の場と捉え、イングランドはその聖戦の陣頭に立って戦うべしと考えているということだ。死守すべき最前線が、保守派の説く北海や「呑みこむ」英仏海峡でなく、マアス川(オランダ)やロワール川(フランス)となる所以だろう。(14)

彼らの主張の拠ってくるところは、二つある。一つは殉教者魂をこの一派に譲り渡して一五八七年世を去ってゆく通称『殉教者列伝』の著者ジョン・フォックスの(15)選民思想《エレクト・ネーション》。それは、イングランドが国際舞台での指導者たれという主張にはっきり採り入れられている。もう一つは、七二年八月二十四日新教徒ナヴァールのアンリとカトリック教徒ヴァロワのマルグリットの結婚式前夜（聖バルトロミューの日）にパリで勃発した新教徒虐殺事件。当時ウォルシンガムはパリ大使として当地に赴任中。三人の供廻りと四頭の馬を連れて二年間の語学研修の旅に出たシドニーも、たまたまパリで惨事に遭遇する。と同時に、そこに滞在中ウォルシンガムの紹介でザクセン公国パリ大使ユベール・ランゲと運命的な出会いを果たし、低地帯諸州、ドイツ新教徒諸連邦、そしてイングランドによる新教徒同盟の夢を吹きこまれる。(16) 七二年暑いパリでおこった四千人の新教徒の犠牲とユグノー派知識人外交官の熱弁もまた、イングランドの国際派の将来に大きく関わることとなるだろう。

この夢は、イスラム勢力のヨーロッパ侵入の野望を砕いたレパント沖海戦（一五七一年）後意気上がるカトリック神聖同盟への対抗策として、イングランド政府にも一時共有されたらしい。七七年二月シドニーは二年ぶりに大陸再訪の旅にでる。表の用向きは前年父を亡くした神聖ローマ皇帝ルドルフ二世に女王の弔意を伝えるにあるが、同盟の可能性を諸侯に打診するのが裏の任務だった、とグレヴィルはいう。「出張命令《インストラクションズ》」にはそれは明言されていないものの、要人との会見を告げる書簡が精力的な活動を物語る。(17)

だが、五月、彼に突然帰国命令が下る。そして女王との関係が、その後急速に冷えてゆく。何故なのか。彼は「命令」に背くどんな動きをみせたのか。歴史は黙して語らないが、オレンジ公との「協定覚書」への女王の返事が残っている。そこで彼女は、スペインのフェリーペ二世の低地帯への主権を侵害する気はないと述べた後、以下のようにいう。

「私は外国のいかなる君主といえども、ウェールズ長官やアイルランド総督、あるいは私の配下のいかなる為政者を対象とするにせよ、その種の秘密の連帯を結ぶのを好みません。それは、いずれにせよ彼が私に負っている服従心を蔑ろにすることとなるからです。(18)」

ウェールズ長官云々はシドニーの父の肩書だが、「連帯」云々は娘マリーをシドニーと妻わせたいと望むオレンジ公の提案を指すらしい。大袈裟にいえば、女王はその提案にシドニー家謀叛の芽を嗅ぎとっている。フェリーペはおろか自らの退位すら招きかねない新教徒同盟の結成と、やがては同盟の指導者に担がれかねないシドニーの人望と血気に惧れを抱いているということだ。フランス王アンリ三世の弟アランソン公と女王との結婚反対表明を俟たずして、彼やその仲間が干されてゆくのは、彼らの信奉する国際路線と無縁ではあるまい。ヨーロッパ史を大きく塗りかえたかもしれなかった壮大な試みは、こうして挫折した。シドニーの葬儀は、この試み自体の十年遅れの葬儀の趣きなしとしない。国葬を装った私葬とは、葬られても不死鳥のように甦る国際派の意地の顕われだったのだろうか。

一五八五年女王は国益のため中立主義の禁を破り、国際派の首領にしてシドニーの叔父レスター伯を総指揮官とする援軍を低地帯に送りこんだ。しかし、アントウェルペンはすでに陥落していたばかりか、行政官としても軍人としてもレスターは次々と無能さを曝けだす。フランドルのスロイス港防衛失敗、味方の裏切りによる重要拠点喪失と事態は悪化をたどる中で、彼は総督辞任を決意し、イングランドへ戻る。そして翌年五月、スペインのアルマダ(無敵艦隊)来襲に備えて自国の海岸線を守るべしとの命が派遣部隊に下る。(19) レスターは、艦隊撃退に湧く八八年九月、志をえずして死んだ。

軍事介入は、国際派にとっても失敗だった。だが、それを即政策の誤りと認めたくはない。ラントに王侯なみの葬儀図を描かせ、歩兵や騎兵まで登場させて凱旋行列の趣きを添えたのは、大義のための聖戦続行の気概をオーブリーの父の友人のような大衆に伝えたかったためではなかったか。シドニーは死してなお宣伝価値ある、この派の象徴的存在であった。

(二) エセックス登場——イングランドの世紀末

一五八八年七月二十九日から八月十二日頃まで二週間にわたって英仏海峡から北海を舞台に繰り広げられたア

ルマダの海戦は、イングランドの勝利に終った。帆船の約半数の六十三艘、二万五千人ほどの兵士・水夫のうち五千五百人からの戦死者、行方不明者（残りもほとんどが廃人）を出したこの敗北を、スペイン側は嵐に帰した。[20]イングランドは神の大義を読み、十一月二十四日聖ポール大寺院で女王臨席の下戦勝祝賀のミサを盛大に執り行った。しかし、これをもって対スペイン戦争の最終決着と信じた列席者はおそらくいなかっただろう。実際その後十三年間に計四回イングランドはアルマダの脅威に曝される。しかも、私拿捕船による掠奪への報復を除けば、カトリックの大義が絡んでいた。

エリザベスは、一五七〇年代後半までは他人の良心に踏みこむのを是としなかった。八〇年六月、エドマンド・キャンピオンとロバート・パーソンズら大陸で訓練を受けたイエズス会士が密入国する頃から、事態は一変する。九〇年にはさらに不都合な事件が加わった。フランスのアンリ三世暗殺（八九年）を機におこった、スペインによるノルマンディ占領だ。カトリック勢力は、政情不安な低地帯より確かな侵略基地をイングランド対岸に築いたことになる。イングランド国内は色めきたち、エセックス伯ロバート・デヴルーらを急遽ノルマンディに遣わす一方、議会承認抜きで布告を出して、市や港に治安係《コミッショナー》を配置、海外からの不審者を邸宅内に匿う者の徹底調査に乗りだす。「神学校、イエズス会士、国賊」による侵略時の手引や治安の揺さぶりを防ぐためだった。

教皇をスペインの「ミラノ人下僕」呼ばわりするこの煽情的な布告にパーソンズらイエズス会士はさらに下卑た小冊子で受けてたった。だが、挑戦は逆効果と判断したロバート・サウスウェルは、宗教的寛容を求める『恭しき請願書』を女王宛に認める。信仰の領土（国王）帰属主義の故に非国民呼ばわりされ、人間的、経済的、宗教的一切の次元で否定さるべき対象となってしまったカトリック愛国者の悲しみを綴ったものだ。しかし、死の蔑視が殉教の憧憬に直結し、「殉教しないことが殉教」（ジョン・ダン）の状況に改善は望めない。「新しい苦悩の終りなき迷路」は、カトリック教徒が政府転覆を企てた火薬陰謀事件（一六〇五年）以後さらに出口が遠のくだけだろう。サウスウェルは九二年二月逮捕され、三年間の投獄、拷問の末九五年二月殉教した。[21]

フランスをめぐる緊張は、一五九八年ひとまず解ける。アンリ三世のあと王位を継承したナヴァール公アンリ

（アンリ四世）がカトリックに再改宗し、ナントの勅令を発して新旧両教徒の共存を認め、ついで同盟国を裏切ってスペインと単独講和を結んだからだった。これを機に、イングランド国内の関心は（オランダ状勢が有利に展開していることもあって）自ずとアイルランドに向かうこととなる。

この年二人の大物が世を去っている。第四回アルマダ出撃の報を聞かずに九月、己れの排泄物に塗れてフェリーペ二世が死んだが、前月にはバーリー卿も亡くなっている。この頃は世代の交替期、レスターの死にはすでに触れたが、前後して女の世紀を彩った二人の女傑、スコットランド女王メアリ（一五八七年）、夫のアンリ二世亡き後三人の王子の摂政として隠然たる勢力を揮ったカトリーヌ・ド・メディシス（一五八九年）が去り、ウォルシンガムと女官長パリー（一五九〇年）、大法官クリストファー・ハットン（一五九一年）らが後を追った。マーティン・フロビッシャー（一五九四年）、フランシス・ドレイク、ジョン・ホーキンズ（ともに一五九五年）と、アルマダの英雄たちもやがて姿を消す。六十歳をすぎた女王を囲むのは、五、六〇年代に生をうけた面々のみ。これから「生ける屍《モルタ・ノン・セプルタ》」と化した女王の寵愛をめぐって、彼らの死闘が始まるのである。[22]

凶作と人口増、それに伴う物価高と貧困、次々にそうした社会問題に見舞われた九〇年代のイングランドを、人呼んで「セシル王国《レグナム・ケキリアヌム》」という。ウィリアム・セシル、ロバート・セシル二代による権力独占の謂だ。エドマンド・スペンサー流にいうと、レスターこと「穴熊」亡き後、ウィリアム「狐」が巣を汚し、私腹を肥やし、「自らの取巻き以外職にありつけない」というわけだ。[23]だが、王国云々の言葉が八五年のウィリアムの手紙にすでに現われるところをみると、レスターの死以前から通用していたらしい。[24]となれば、レスター、エセックス（義理の）親子は、戦わずして敗れていたことになる。どうしてそんなことになったのか。八〇年代までの政治体制からみてゆくとしよう。

「君主制共和国」とも称すべきそれまでの政治体制を支えてきたのは、貴族と官僚の「共同責任体制《カレッジアリティ》」だった。彼らが協調して独裁制を阻んできた理由はただ一つ、エドワード六世以後新教、旧教、新教ときて次は旧教に傾きがちな振子の動きを阻止するにあった。メアリ処刑以前にエリザベスが倒れたら内乱必至の状勢の下で、[25]王権を弱め、枢密院や議会の権限を強化するに如くはない。一切の努力はそこに注がれた。状況は、メアリの死で一変した。キプロスへ着いたオセロウさながら、彼らは張りをなくし、心の空白を派閥抗争で埋めようとする。(26)

では、どうしてエセックスは敗れたか。理由は一つ、女王が官僚の実務能力を是としたに尽きる。しかも、エセックスの場合フランシス・ベイコンのための猟官運動に明らかなように、女王の気持を忖度しない強引さが目立つ。愛他主義と自己拡大癖の区別がつかない上に、「他人に仕切られるのが嫌」で身内のいうことにすら耳を傾けない。(27) 腹心のベイコン兄弟まで最後は敵に廻す理由は、ここにある。

エセックスの欠陥はまだある。現実離れした極度の小児性だ。好例は、リスボンでの滑稽極まりない振舞い（一五八九年）。ポルトガル僭主ドン・アントニオに同情してのリスボン攻め（当時はスペイン領）が失敗とわかった時、悔しまぎれに城門に矛を突きさし、城内へ大音声で呼ばわった。「わが思い人エリザベス女王のために一騎打ちに応ずる者はおらぬか」と。(28) 彼の生き方には、中世騎士道ロマンスの雰囲気がいつまでもつきまとう。

こうした「崇高なる愚行」は、しかし、彼の専売ではない。(29) 彼はシドニーの最高の剣を形身の品とし、その未亡人と秘密結婚したところからわかるように、生涯シドニーを師と仰いだ。悪評さくさくたるリスボン攻めからの帰還時、ジョージ・ピールに「歓迎牧歌」を書かせ、そこで自らを「偉大なる羊飼よきフィリシデス」の後継者と呼ばせているところからも、それはわかる。(30) ところが、そのシドニーからして、行動にどこか腑に落ちないところがあった。上官がつけていないと聞いて、「純粋な競争心」から戦場で「腿当て」を外し、それが因で致命傷を負ってしまうところ。(31)「堕落した下品ないし下劣なことを考えたことがなかった」気質は、(32) おそらく「武人らしからぬ愚かな軽装」と表裏をなす。(33) 高潔ながらも鼻もちならぬエリートの現実感覚のなさ《ファンタジイド》。オーブリーが「外科医が止めるのも聞かずに妻の肉体を求めた」のが死に繋がったと余計な一行を加えたのは、(34) そこに一種の愚行を、生き方自体に死にいたる病を認めたからではなかったか。

こうした彼らの愚行の原風景は、一五八七年聖ジョージの祝日にオランダ総督として何千人もの異邦人を前にレスターが行った「王侯らしい盛大な」ミサにある。(35) 飛躍を恐れずにいえば、国際武闘派の面々の場合いかに声高に宗教的大義を叫ぼうと、それはつねに騎士道的華やかさに包まれた個人の栄光と名誉に優先されていたということだ。過渡期の人間故の悲しさと面白さ。「セシル王国」云々は、近代へ向かう政治文化の十字路で現実政策《レアルポリティーク》と勤勉な実務者感覚を欠く故に、敗者の道を運命づけられた「レスター共和国《コモンウェルス》」の怨嗟の声でしかなかったのである。

エセックスに話を戻すとして、この派全体の特徴をとりわけ強くもつ男の場合、野心が正常な流れを妨げられると、狂気に走り、「健全な身体と心《メンス・サナ・イン・コルポーレ・サノ》」をもつ人間らしからぬ振舞いに及ぶことがある。(36) 九八年セシル父が死んだにもかかわらず旗色がますます悪くなる中で、彼の言動は常軌を逸してくる。アイルランド総督のポストをめぐって自らの推薦が通らぬとみた彼は、女王に背を向けた。すかさず平手打ちが飛んだ。彼は思わず刀の柄に手をかけたが、周囲にとりなされて、怒りで頬を紅潮させながら枢密院を後にした。(37) そのポストが廻り廻って彼のものとなった九九年三月二十七日、彼は一万七千の歩兵と千三百の騎兵を従えてダブリンに赴く。そこに到るアイルランド状勢を簡単に述べれば、以下の通り。(38)

前年八月四日、バーリー卿が死んだ日にティローン伯ヒュー・オニール率いるアイルランドの叛乱軍がブラックウォーター川沿いのイエロー・フォードのイングランド軍を粉砕した。経済権益と身分保証を求めてアルスターとコノートで始まった諸侯の乱が、良心の自由とカトリシズム再公認を求めての宗主国との全面戦争へ発展した結果だった。イエロー・フォード陥落は、女王がアイルランドほぼ全域を失ったことを意味する。四一年以降名実ともに支配者となったイングランドが迎えた最大の危機といってよい。ロンドンの観客は、『ヘンリー四世・第一部』に登場するウェールズの豪族グレンダワーにオニールを重ね、鎮圧に赴いたハル王子（のちのヘンリー五世）ならぬエセックスに、『ヘンリー五世』五幕冒頭の説明役《コーラス》なみの期待を寄せたに違いない。

ところが、彼らの期待は裏切られる。過去最大の資力と兵力を注ぎこんだ遠征ながら、レスターの場合同様、芳しい成果をあげられなかった。アルスターのオニール攻めを先延ばしにして二ヶ月をミュンスターとレンスターの叛徒との小ぜり合いに費やした関係で、北攻めを決意した八月には兵士の数が大幅に減っていた。しかも、ようやく実現した北伐では戦火を交えることがなかった。九月七日アルスター王国の境界近くのベラクリント要塞で、腹近くまでラガン川に馬を乗り入れたオニールとさしで話しあったエセックスは休戦に同意した。話の中身は秘密ながら、互いの王国実現のため力を合わそうと誓いあったという噂が流れる。レスターやシドニーの低地帯遠征時に似て、謀叛の可能性を嗅ぎとった女王は、彼の帰国を禁ずる。命に背いて九月二十四日僅かな供廻りとともにアイルランドを発ったエセックスは、二十八日ナンサッチの女王の寝室に無断で入りこみ、手にキスをした。女王はまだ髪も梳らない素顔のままだった。何という不敬罪《リーズ・マジェステ》。彼は翌日から蟄居を申しつかる。未遂の反乱をおこし、大逆罪で果てるのは、一年半後の一六〇一年二月二十五日のことであった。

無謀な企てをなぜ敢行したのか、その理由を尋ねられたら、取巻きに唆かされて君側《くんそく》の奸《かん》を取り除きたかっただけ、と彼は言訳をしたかもしれない。謝るそぶりはみせなくとも、謝れば赦されるという甘えは、当然あっただろう。しかし、ハムレットさながら緞帳を短剣で始終刺すほど猜疑心が嵩じていた最晩年の女王に、すでに言訳を聞く度量はない。かつてシンシアと崇められたエリザベスは、今や「老いた女性の政治に倦き倦きしていた人々」[39]に「月さながら借物の威厳で治めている」[40]と陰口を叩かれながら、二年後の一六〇三年三月二十四日の早朝六十九歳の生涯を閉じた。

(三)　革命の世紀の入口に立って——国際武闘派の終焉

女王が逝って約八時間後の同日午前十時すぎ、白宮殿とロンドン市中の二箇所でロバート・セシルがジェイムズの即位を告げ、ここに薔薇(イングランド)と薊(スコットランド)は事実上合体した。王位継承問題をエセックスに任せきりにしていたジェイムズは、一六〇一年の乱で大きな危機を迎える。混乱なく宣言が読みあげられたのは、ひとえに「かくも忠実かつ聡明なる相談相手《カウンセラー》」セシルのお蔭だった。[41]ジェイムズは四月六日ベリックでツイード川を渡って、イングランド入りを果たす。先祖のヘンリー七世が一四八五年八月ミルフォード・ヘイヴンに上陸し、キャドウォラダー[42]の赤い龍の軍旗を靡かせてウェールズからイングランドに雪崩れこんだ時と同じく、まったくの異邦人としてだった。違いは、ヘンリーが進取の気性に富む郷紳《ジェントリー》階級の重用といわゆる「モートンの両取り《フォーク》[43]」によって王者にふさわしい権力と財力の確保に腐心したとすれば、ジェイムズは「約束の地」の豊かさに有頂天になり、最初の一年で八百人からの勲爵士をつくり、四万七千ポンドを高価な宝石に費やした点だった。[44]これでは財政破綻は眼にみえている。失敗に終るものの、一六一〇年に封建的特権と引き替えに年間二十万ポンドの収入を確保する「大契約《グレイト・コントラクト》」を議会と結ぼうとしたのは、そうした事情による。

セシルの立場からみてさらに困ったのは、政のやり方の相違だった。前女王の下で国務長官を務めた時には、自己裁量で多くを運ぶことができた。王権を絶対視する新王の下では、そうはいかない。一年の半分は猟場にいて不在でも、必ず判断を仰がねばならない。おまけに、スコットランド出身の「お側衆《ベッドチェインバー》」の力が強く、彼の影響力行使を妨げる。[45]厖大な赤字と対人関係の難しさが胃癌を悪化させ、死期を早めたのは疑いを容れない。

幼少時からの恐怖体験が手伝って、ジェイムズは平和主義者だった。宗教的反目や民族的偏見が生む戦争の不毛さにも気付いていた。スコットランド人の彼には、スペインへの敵意は元より存在しなかった。だから、一六〇四年三月の第一回議会で「平和への愛は、キリスト教国にとって少なからざる祝福」と述べると、[46]早速対スペイン講和にとりかかり、八月十九日の条約遵守の宣誓にまで漕ぎつけたのだった。

不思議なのは、その際表立った反対の声が聞かれなかったことだった。戦争の長期化による厭戦気分の拡大、歳費の節約、エセックス亡き後の国際派のリーダー不足等々、そこにはさまざまな理由が考えられる。だが、新王朝が抱える余りの問題の多さが外交から国民の眼を逸らせた最大の原因ではあるまいか。

ジェイムズはエドワード六世亡き後五十年ぶりの男系で、ヘンリー八世亡き後五十六年にしてイングランドが迎えた家族持ちの王だった。国民の期待はいやが上にも高まる。しかし、それはすぐに裏切られた。舌が長く、言語不明瞭、食事の作法も悪い。身体のバランスが取れず、他人の肩に掴まらないと真直ぐに歩けない。おまけに、もう片方の手はつねに股袋に置かれている。強い対人恐怖症でもある。幾ら学識があろうと、人気のでるはずがなかろう。[47]

おまけに、「若い寵臣を女性以上に愛する」性癖がある。[48] バッキンガム公の登場でそれは頂点に達し、側近政治の弊害をモロに露呈するが、それ以前のロバート・カーの場合も眼に余る寵愛ぶりをすでに示していた。馬上槍試合で彼が落馬した時のこと、観覧中の王は血相かえて侍医を呼び、自ら数時間枕許に付き添ったという。カーのブレイン、サー・トマス・オーヴァベリー毒殺事件も、この寵愛に発する。エセックスの息子の嫁と道ならぬ恋におちたカーは、王の了解の下で、相手の実家ハワード家と結んで離婚を策する。ことを円滑に運ぶため、影響力低下を恐れて反対するオーヴァベリーをロンドン塔に幽閉、毒殺した。二年後の一五年、牢関係者から事件は発覚する。[49] 共犯者の二人は、裁判でウェブスター劇並みの宮廷の魔力と腐敗を口にした。

宮廷批判はこれで一気に高まったが、ジェイムズ一世の無軌道ぶりは一六〇六年義弟デンマーク王クリスティアンのイングランド訪問時からすでに語り種になっていた。[50] ティブルズでの余興の折、「希望」や「信仰」を演ずる役者は酔ってロレツが廻らない。贈物を持参したシバの女王役は、つまずいてクリスティアンの膝に筥の中身をぶちまけてしまう。彼女と踊ろうとしたジェイムズは足を滑らせ、立ち上れずにベッドに運ばれるソロモン王らしからぬ体たらく。こう問題が多くては、スペインとの和平条約締結直後から「王国中が破棄を望む」声がおころうと、無視されて当然だろう。[51]

国民の不満解消に、前女王が果たした役割も無視できない。彼女は「中道《ウィア・メディア》」の唱道者だったはずだが、新王朝では何故か君主制共和国の推進者にして国際武闘派として再登場する。後者はアルマダの勝利を中心に据えたトマス・デカーの『バビロンの娼婦』（一六〇六年）に明らかだが、前者はオリヴァー・クロムウェル辺りまでの共和制論者のエリザベス評に共通する見方だ。[52] ステュアート朝君主の王権神授説への反動が招いた、歴史の皮肉だろう。だが、民衆劇の分野でサミュエル・ローリーの『見ればわかる』（一六〇四年）、トマス・ヘイウッドの『余がわからぬとなら』（一六〇四、〇五年）といった劇を誕生させたエリザベスないしテューダー王朝への郷愁は、一六一〇年頃でひとまず止む（二〇年代に再燃）[53]。これには、当局の介入もさることながら、不満の受け皿としてジェイムズの息子ヘンリーの宮廷の創設が絡んでいた。

一六一〇年六月四日、ウェールズ皇太子に任ぜられたヘンリーは、前祝として馬上槍試合を開催した。その時のベン・ジョンソンの演しもの『ヘンリー皇太子の矢来』では、尚武の精神の復活を告げるかにアーサー王伝説の魔法使いマーリンが「騎士道」を長き眠りから醒めさせ、ヘンリーは「神の騎士《ミレス・ア・デオ》」の転綴語《アナグラム》「モエリアデス」として登場した。[54] 父と対照的に子供の頃から法王やスペインに激しい憎しみを抱いてきた彼は、国際武闘派や志をえない知識人・文学者の期待を今一身に集めつつある。[55] 一六〇九年『妖精女王』に「無常篇」が加わり、一一年エドマンド・スペンサーの全集が出版されるのも、それと無関係ではあるまい。[56]

しかし、プロテスタントとカトリックの間で四度も悪名高い宗旨がえを行ったにもかかわらずヘンリーがその見識を高く買っていたアンリ四世は、ドイツ新教徒連合との同盟に調印して僅か三ヶ月で狂信者の凶刃に倒れる。ヘンリーの宮廷創設直前の惨事だった。翌々年四月、そのドイツ連合とイングランドも防衛同盟を締結。同年五月、ジェイムズは娘エリザベスとファルツ選帝侯フリードリヒの結婚交渉を再開し、九月選帝侯がロンドン入りを果たす。民衆の熱狂は最高頂に達した。と、その矢先の一六一二年十一月六日、ヘンリーはおそらく腸チフスで死んでしまう。[57] 享年僅か十八歳。五月におきたロバート・セシルの死とは異なり、当時としては原因不明の突然死であった。目ぼしいものだけで三十篇をこす哀悼詩が寄せられる。エリザベス女王を凌ぐ数の、シドニーの死亡時に匹敵する賑わい(?)であった。[58]

イングランドの国際派は、その後エセックス三世やアランデル伯に一時担われることがあるものの、実質的にはここで終焉を迎える。その後の目を惹く活動といえば、シドニーの姪メアリ・ロウスが『ユーレイニア』二部作で汎プロテスタント国家実現のため気を吐くくらいだろう。まことにあっけない幕切れではあった。適切なリーダーを欠き、理想と現実の間に齟齬をきたしたのが大きいが、ステュアート家が宗教的大義より自らの王朝の存続を優先させた点も見逃せない。そして、この挫折が市民革命を導く大きな動因となってゆく。[59]

とはいえ、見方によっては、挫折故にこの派が抱える矛盾を曝さずにすんだといえなくはない。この派には、鼻祖ジョン・フォックス以来「帝国の主題の宗教的利用」あるいは宗教の政治的利用の趣きがあった。[60] 騎士道倫理の究極に敬虔《ゴッドリー》なる羊飼帝国を据えていたということだ。だから、プロテスタンティズムの大義といい、対スペイン強硬姿勢といい、すべて覇権主義の裏返しといったところがある。ヘンリーも死の直前ジョージ・チャップマンに妹の結婚祝賀劇を依頼し、そこでスペインへの対抗策としての植民奨励の立場を明確に打ちだしていた。[61] 早逝は、少なくともこの派に帝国主義者のレッテルを貼らずにすます役割だけは果たしたといえるだろう。

もう一つは、「君主制共和国」という名辞矛盾。そこに人々の想像力は未だ及ばない。共和制志向という「マキャヴェルリ的瞬間」は、通過法案ゼロの「混乱議会《アドルド》」（一六一四年）、バッキンガム公の登場（一六一八年）を経て大権支配《プレロガティヴ》に基づく体制が確立する頃から萌すとして、君主制廃止はまだ想定外に留まっている。[62] 国王弑虐は、議会で水平派《レヴェラーズ》、長老派といった左右両派を抑えて独立《インデペンデンツ》派が権力を独占するための非常手段として、いわば「青天の霹靂」のかたちでしか訪れない。思考に及ぼす慣性力の強さの一つの証しだろう。

だから、「革命の世紀」が進んでも、多くの王党派にとって王権という樫の木の不倒神話は生きている。中でも対スペイン講和後に長じた世代の場合は殊更で、洗練さを旨とする彼らの生き方からすると、国際武闘派は過去の遺物、ブリタニアから追放されて然るべき野獣＝悪徳にしか映らない。ジョルダーノ・ブルーノの『傲れる野獣の追放』に則ったトマス・ケアリーの仮面劇『ブリタニアの天』（一六三四年）でジュピターことチャールズ一世のそうした意向を伝えるあら捜しの神モムスは、こともあろうに、ブルーノがその作品を捧げたシドニーの山荒しの家紋を兜飾りとしてつけている。おまけにその意向の伝達場所がまた、エリザベス女王やヘンリー王子の魂が集い、「選民国家」の使命遂行を宣し（ジョン・レノルズ『天の声』［一六二四年］）、エセックスの亡霊がエリュシオン（エリザベス？）の野から戻って対スペイン聖戦を唱えた（トマス・スコット『エセックスの亡霊』［一六二四年］）「天の星室院《スター・チェンバー》」ときている。尚武の精神への否定的スタンスは極まれり、といったところだろう。[63]

ところで、革命の世紀が都市《シティ》と地方《カントリー》が宮廷《コート》への対立を尖鋭化させる一六一〇年代の終り頃から始まり、そこまでを「先代の名残り」（サミュエル・ダニエル『フィロタス』）と捉えれば、[64] ここで跡絶える国際武闘派のエートスは、広義のエリザベス朝の精神風土そのものだったことになってくる。そして、実際、イニゴ・ジョーンズを含むアランデル伯一行のヨーロッパ旅行（一六〇九―一三年）の影響で、時代の感性もこの頃から大きく変わりだす。どこか合理的になった人々の意識からは、死者との共生感覚が薄れ、騎士道精神や古典神話が次第に遠のき始める。中世の死であり、ルネサンスの黄昏だ。巨人族《ジャイアント・レイス》の時代は終った（ドライデン）。「後は洪水（Après nous le déluge）」（ポンパドール夫人）。やがて、近代の原野がその跡地に茫漠と広がることだろう。

二　ルネサンスの夜啼鳥
——その政治性と限界——

英文学の世界には、夜啼鳥が二羽現われる。一羽はいわずと知れたナイチンゲール、背が茶褐色、胸は灰白色、尾は赤褐色のつぐみ科の渡り鳥で、ヨーロッパと北アフリカを移動する。イギリスでは南東部とウェールズで四月中旬から八月末までみることができる。但し、東南アジア系のサルやカモシカが棲息できるのは本州が北限で、ブラッキストン線といわれる津軽海峡を越した北海道ではその姿がみられないのに似て、この鳥にもナイチンゲール線と呼ばれる北限があり、湖水地方がぎりぎりのところだという。[1]

妙なる鳴声で知られるこの鳥は、アリストテレスやプリニウス以来雌が鳴くとされてきたが、実際は繁殖期の雄だけ、しかも自分の縄張りの人目に触れない繁みの中でしか鳴かない。だから、「牧場を越え、流れの上を渡って岡を上り、隣りの谷間の繁みの奥深くに隠れ」て鳴いたり、「向うの柘榴の木で歌う」のも稀らしい。[2] そもそも「夜啼鳥」の名称から誤っていて、昼夜を問わず鳴くものの、静まりかえった夜にとりわけその美声が響くのでついた名前にすぎない。[3] キーツやシェイクスピアをはじめ文学者はすべからく博物学者としては失格らしく、それ故にこそ「夜啼鳥の文学」の豊かな系譜が形づくられたといえるだろう。

もう一羽の夜啼鳥フィロメラ（*Φιλομήλα*）（歌を愛でる者の意）は、純粋に文学の中だけの存在だが、名前からわかるようにギリシア起源の鳥だ。

フィロメラはアテネ王パンディオンの娘（ここからすでに女性だ！）、姉プロクネの夫、トラキア王テレウスに手籠めにされ、舌を切られ、監禁される。彼女が織った真相知らせる長衣を手にしたプロクネは復讐心に燃え、一子イテュスを殺し、その肉を夫に食させる。わが子を食したと知ったテレウスは姉妹を追いかけるが、捕まる寸前に夫々が鳥に変身する。

有名な古典神話だが、この話は元々は舌たらずに鳴く燕の縁起を伝えるものらしく、舌を切られたフィロメラは燕、姉のプロクネがナイチンゲールに変身することになっていたという。

この他に、ギリシアにだけ「アエドーン＝歌い手」と呼ばれる夜啼鳥がいる。『オデュッセイ』の第十九書で、弧閨を守るペネロペーが揺れる胸の裡を準え、嘆く時に登場する鳥だ。パンダレオスの娘アエドーンが子沢山の義姉ニオベに嫉妬し、その子をあやめようとして、誤って同室に寝ていたわが子イテュ（ロ）スを殺してしまう。彼女は悲しみの余り、神に祈って夜啼鳥に姿を変えて貰い、息子の死を美しい声で嘆いたという話だ。

ところが、このアエドーン伝説には、別の版がある。夫婦仲を誇った彼女が神の怒りを買い、仲たがいをした夫婦は特技を競い、先に仕上げた方が相手に召使を与えることとなる。織物を織った女の勝ちとなるが、夫のポリュテクノスは彼女の妹ケリドーン（燕）を犯し、髪を切って男に見立てた上で、妻に贈る。妹の嘆きから真相知ったアエドーンが一家の助太刀で男を捕えるが、メディアやアリアドネーにどこか似て、途中で夫に憐れみをかけてしまう。怒った父親たちは彼女を殺そうとするが、ゼウスが憐れに思い、彼女を夜啼鳥に、妹を燕に変身させたという。(4)

この二つの版のアエドーン伝説には、息子殺し、織物、妹の凌辱と（舌の代わりの）髪切りと、フィロメラ伝説に共通する要素がすでに顔を揃えている。この小アジアその他に発する二（三）系統の話が、紀元前五世紀頃のアッティカで集大成され、それに拠ったのがオウィディウスの『変身譚』六巻の「プロクネとピロメラ」とされている。但し、そこでは姉妹の変身先が明言されているわけではない。「二羽のうち一羽は森へゆき、一羽は屋根の下に入った（quarum petit altera silvas, altera tecta subit）」となっているだけ。(5) 鳥の性質からいって、森へ行ったのはフィロメラ、軒下はプロクネと合理化したのは後世の注釈者であって、オウィディウスではない。彼自身は『祭事暦』『恋愛治療』『哀歌』その他で伝説に言及しても、その都度姉妹の役割、変身先がまちまちだ。ルネサンスにおける神話集成の第一人者ナタリス・コメスでもフィロメラは「燕に変身した（verse est in hirundinum）」となっていて、[6]今日のかたちに定着するには暫く時間を要したと思われる。

古典古代における夜啼鳥が、サッポーなどで例外的に春の使者、恋の運び手とされているのを除けば、[7]子殺しを嘆くにせよ凌辱を恨むにせよ「陰鬱な夜啼鳥」が主体だったとすれば、舞台が西ヨーロッパに移った中世では事情が自ずと異なる。暖かい地中海に比べて西ヨーロッパははるかに寒冷地、ましてやベルナール・ド・ヴァンタドゥールが「荒く深い海（la fera mar prionda）」と謳った英仏海峡の彼方の詩人たちにとっては、春の訪れは待遠しい。その気持ちが彼（女）を「歓びと光の精」へと変え、いつしか「陰鬱なフィロメラ」は「陽気《メリー》なナイチンゲール」に主役を譲り渡す。

勿論すべてに宗教的枠を嵌めたがる中世人のこと、この鳥もその文学的素姓故にテレウスという「肉体」を誘惑した「邪まなる愛（*amour decevable et faille*）」という再定義は免れない（『道徳化されたオウィディウス（*Ovide Moralisé*）』）。[8]十二世紀後半の論争詩で梟に面責されるのも、そうした性格による。

枝にとまっている時、
歌を聴きたがる者たちを
お前は肉慾へと誘うではないか

vor þane þu sittest on þine rise,
þu draȝst men to fleses luste,
þat willeþ þine songes luste[9]

（『梟とナイチンゲール』）

だが、それは表向きのこと、「話のわかる人々 (hem whiche undustonde hir tale)」にとっての「かつてフィロメラと呼ばれたナイチンゲール」の話は、「悲しい幸せ……楽しい熱病、快い傷 (a woful blisse . . . A lustie fievere, a woundë softe)」と撞着語法でしか語れないものにすでにはっきり変わっている。(10)

陽気《メリー》なナイチンゲールの先鞭は、十二世紀の閨秀詩人マリー・ド・フランスがつけた。サン・マロ近くのある町に、二人の男爵が住んでいた。年老いた方には、若く美しい奥方があり、隣りに住む武勇の誇れ高い若い貴族は独身だった。やがて若い二人は愛し合うようになり、夜の窓辺の密会が続く。が、それがいつしか夫に知れるところとなる。妻はナイチンゲールの鳴声を聞かないと眠れないのだと、申し開きをする。

それはとても心地よく、
見たくて堪らないので眼を閉じて眠ることができません

Tant m’à delit e tant le voil
Que jeo ne puis dormir de l’oil.(11)

理由を知った夫は鳥を捕えさせ、妻の眼の前でひねり殺す。妻は召使いにその死骸を恋人の館に届けさせる。彼は純金造りの筥にそれを収め、片時も離さず持ち歩いた……。

ところで、こうして「夜啼鳥（‘Laüstic’）」でナイチンゲールが「恋の歓び」の象徴となったとはいえ、それは直ちに定着したわけではなかった。例えば、南ドイツのベネディクト・ボイレン修道院から十九世紀の初めに発見された、十三世紀後半の俗謡歌集『カルミナ・ブラーナ（ボイレン歌集）』に二十回ほど現われる「夜啼鳥 (Philomena; Nachtigall)」は、春と恋の歓びを歌っても、まだ「テレウス」、「古い悲しみ (transacta pena; altes

Leid aus vergangnen Tagen)」、「古い損害（antigua de iactura; die alten Trennungsschmerzen)」といったオウィディウスの痕跡を留め、性愛に特化したものではない。(12) 同じく十三世紀に書かれた作者不詳の『オーカッサンとニコレット（*Aucassin et Nicolette*）』でも、牢屋の窓辺でオーカッサンを偲んでニコレットが聴き入るこの鳥の声も、大して性愛を連想させるものではない。(13) むしろボーケールのガラン城主を、その手による己れの死を想起させてしまう。

ところが、チョーサーの『トロイルスとクリセイデ』に辿りつくと、明らかに事情は異なる。ニコレットの場合と同じく窓辺で啼いても、この糸杉の上の鳥は恋の想いにまんじりともせず横たわるクリセイデに対して「聴く者の心を新たに浮き浮きさせる恋の歌（a lay Of loue, that made her hertë fresh and gay, That her kened）」(14) を歌い、死は死でも性的絶頂の死の期待へと誘うのだ。

これにはおそらくチョーサーが詩の底本とした『恋の虜（*Filostrato*）』の著者ボッカチオの影響が大きい。『デカメロン』第五日目第四話に登場するナイチンゲールなどは、すでに性愛の象徴以外の何ものでもなくなっている。

ロマーニャ地方の富裕な騎士メッセール・リツィオ・ダ・ヴァルボーナの一人娘カテリーナは、恋人と密かに逢うため「ナイチンゲールの歌声を聞きたいから（udir canter l'usignolo）」バルコニーで寝かせて欲しいと、両親に頼みこむ。ロミオのように娘の許に首尾よく忍びこんだリッチャルドとカテリーナはその晩「幾度となくナイチンゲールを鳴かせた」揚句、彼女は左手で「ナイチンゲール」を握った儘で寝入ってしまい、翌朝父親に発見されてしまう。ここでは、それは男根そのものの象徴にもなっている。

ところが、ルネサンスになると、少なくともイングランドにおいては、再び嘆きのフィロメラが夜啼鳥の主役の座に返り咲く。呼称は関係ない。ナイチンゲールであっても、実体は嘆きのフィロメラだ。「テレウ、テレウ……フィ、フィ……ジャグ、ジャグ……復讐、復讐」と叫ぶギャスコインのフィロメラが、さしずめ先陣といったところだ。(15) ただ、その後の代表的な宮廷詩人の場合、嘆きには多分に政治色が加わってくる。これが最大の特徴だろう。

ルネサンスのフィロメラに籠められた政治性は、まずマーロウの「羊飼の恋歌」に対する伝ローリーの返歌に現われる。本歌では第二連で牧歌的な生活のよさを恋人に吹聴するに際して、羊飼は岩に坐って牧童が羊の群れに草を食ませるのを眺めやり、浅瀬の辺りで「その水音に合わせて小鳥たちが美しい声でマドリガルを歌う」のを聞こうじゃないか、と呼びかけたものだった。

それに対して返歌の第二連で、ローリーとおぼしき詩人は夏が過ぎれば羊たちは牧舎に帰るし、やがて秋ともなれば川は氾濫し、岩も冷たくなる。フィロメルたちも囀りをやめて沈黙し、訪れる（季節の）つらさを他のものたちも嘆くようになる、と答える。常夏の季節は続かずという反論だが、気になるのは、本歌では曖昧なままだった小鳥が何故かここではフィロメルと特定化されていることだった。ちなみに、「同種の別歌（Another of the same nature）」では、そうした点はみられない。ナイチンゲールは渡り鳥故、冬は北アフリカに帰るとしても、不在と沈黙（dombe）は同日の断ではない。(16) では何故。

こうした疑問は、ローリーの「大海の月の女神への哀訴」の次の二行で増幅される。

鳥たちは喜びいさんで美しい歌を歌わず
フィロメンも悲しき嘆きを物語らず(17)

これは、女官エリザベス・スロックモートンとの秘密結婚がバレて、月の女神こと女王の寵を失った（大海の）水ことウォー（ル）ターの失意を謳った詩だが、状況は「返歌」と驚くほど似ている。「返歌」が伝えられるようにローリーの作とすれば、「フィロメルの沈黙」あるいは「物語らない悲しき嘆き」とは、エリザベスというテレウスに舌を切られたという個人的事情を告げているのではあるまいか。

しかも、本歌の「水音に合わせて……マドリガルを歌う」が、『羊飼の暦』の「四月」でコリンが「滝の瀬音に合わせて」つくった「美しのイライザ」讃を踏まえたものとすれば、尚更だ。寵愛の夏が過ぎ去った後の蕭条とした光景が背景に忽然と浮かび上がる。そして、そう読むと「洪水（rage）」や「冷たくなる（cold）」も、いや「冬のつらさ」そのものにも別の筋道だった読みが可能になる。ローリーは、「羊飼の恋歌」への返歌のかたちで、羊飼国家の女王への恨み節を述べていたのではないか。[18]

こうして読みの文法が朧げながら掴めたところで、『妖精女王』につけられたローリー宛の献詩を覗いてみる。そこで、スペンサーは以下のように呼びかける。

　　夏のナイチンゲール、
　　女王陛下のこの上なき喜びである貴下に[19]

どうやらこの詩集の出版当時（一五八九年）ローリーはまだ覚えがめでたく、夏のナイチンゲールだった。それが、寵を失った段階（九二年頃）でフィロメラに変身したということらしい。

ところで、ルネサンスの夜啼鳥は、実はローリー一人ではなかった。ローリーが贈った『妖精女王』への推薦詩では、逆にスペンサー自身がローリーにより「フィルメナ」になぞらえられているのだ。

　　この偉業に対しては、才なき者の賞讃は何の益を齎しましょうや
　　フィルメナの鳴声の後で聞く郭公の歌が与える喜びに似て[20]

ミルトンの「第一ソネット」同様チョーサー派の「郭公とナイチンゲール」を踏まえつつ、ローリーはいう。春郭公より先にナイチンゲールの声を聞くと「恋の幸運」があるというが、[21]「粗野で酔狂な詩《ラスティック・マドリガル》」と貴下がいくら謙遜しても、その立派なフィルメナの歌に比べたら、私の推薦詩なんぞ郭公の歌の値打ちもありません、と。

それもそのはず、思い返せば十数年前（七九年）に出版された『羊飼の暦』の「十一月」でセノットは、スペンサーことコリンを

ナイチンゲールこそ歌の帝王(22)

と謳っていた（大した自信だ！）し、「八月」ではカディがコリンのロザリンドへの失恋の歌を歌い、彼女が戻るまでナイチンゲールの仲間になってともに嘆こうといっていた。

あの祝福された鳥、眠るはずの時を
歌と嘆きの訴えに費やす、一層想いだすために
悲しみの因となったあの男の蛮行を(23)

ここで気になるのはコリンことスペンサーが失恋したロザリンドという「未亡人の娘」の正体。E・Kの「四月」の注解では、娘の方はあえて正体隠すが、「賎しからざる家柄の娘」で「その類稀なる美徳の故永世まで讃えられて然るべき女性」と記されていたから朧ろげながら見当が付く。(24)むしろわからないのは、「未亡人」の方だろう。これについては、ジョン・ベイルの『ジョーハン王』に「神という夫に先立たれた」未亡人がイングランドとあるのを想いだせば、参考になろう。(25)「テューダー・ローズ」をも踏まえて考えれば、ロザリンドとは神に見離された未亡人、イングランド王国の娘エリザベスに落着くだろう。
他方、「十一月」におけるコリンの哀歌とは、ダイドーという娘の溺死に対するものだった。梗概によれば、この娘も「由緒ある家の娘」であるが、「正体は伏せられていて、皆目見当がつかぬ」とある。(26)カルタゴの女王ダイドーの溺死となれば、それは外国の王子への恋故のそれだろうし、そのダイドーの別名がエリッサ（Elissa）とす

れば、テレウスもロザリンドもダイドーもみな同一人物、エリザベス女王を指すことになってくる。

この際、フィロメラに男性が、テレウスに女性が重なる性の混同について、悩む必要はない。ギャスコインが『鋼鉄の鑑』で、やがてスペンサーが秘書として仕えることになるグレイ卿に向かって、フィロメネの口を籍りて自分は中傷者テレウスたちに舌を切られるに価する悪業を行った男ではないと弁明し、続けて

私は人々の考えとは違って、男ではありません、（善良なる殿よ、笑わないで戴きたい）実は淑女《ディム》、いや、せいぜいのところ両性具有なのです(27)

と語るのが、参考になるだろう。

話を「十一月」に戻せば、ここで扱われているのは、ダイドーないしエリッサという名の十一月に即位した女王のこと。彼女はアイネアスのような外国の王子（具体的にはカトリック国フランスの皇太子アランソン）との結婚を願って精神的に溺死したらしい。版画によればその柩が今教会へと運ばれてゆく最中ということになる。柩の上には「四月」に彼女が「平和」のしるしとしてつけていた「月桂樹の冠」が、棺を飾る花飾りとして置かれているると思われる。

それだけでも驚きだが、さらなる驚愕は、その葬式を後景に配して、前景には「歌の帝王」としてのコリンことスペンサー自身の戴冠の模様が刻まれていることだ。

スペンサーは官能の詩人ながら、同時に国際武闘派の一人、カトリック勢力に抗してヨーロッパ世界におけるプロテスタンティズムの大義を、武力に訴えてでも守りぬこうと誓っている一派の闘士でもある。この派の人々にとっては、自らの信念に背く者ならたとえ女王であろうとも虚構の死に追いやる激しさがある。そして歌は、自らの大義を訴え、王権との考えの相違を嘆く手段なのだ。羊飼国家の女王より歌の帝王の絶対的優位、「十一

月」の版画が告げるのは、この心意気だった。

ところで、エリザベスとアランソンの結婚をイングランドという「肉体」の死と捉えたのは、スペンサーだけではない。ナイチンゲールを「森の音楽の帝王」[28]と呼んだシドニーも同じ頃、あるいはもっと結婚交渉が進んだ七九年暮頃、結婚反対の建白書を女王宛に送り、そこでやはり結婚が招く事態を「貴国の明らかなる死」と呼んでいた。[29]そしてローリーとは違う意味で女王の勘気を買い、その結果ウィルトン・ハウスに隠棲して書いた『旧版アーケイディア』で、この扱いに対する自らの感慨を登場人物に托して表わしていた。即ち、アルカディア王バッシリアの次女フィロクリアは、母親と自らの恋人の不貞を疑い、以下のように嘆く（のを立ち聞きされる）。

> ［マケドニア王子］ピロクリーズは、たまたまフィロクリアが歌う歌の最後の部分を耳にしたが、それは彼女が（さながら罪なくしてうけた罰と手の打ちようのない不幸をナイチンゲールが独り嘆き悲しむように）今思いの丈を托した歌だった。[30]

オクスフォード版の編者ロバートソンは、ここの「罪なくして」は「罰」ではなく「ナイチンゲール」にかかる「移行された修飾語《トランスファード・エピセット》」だと主張する。[31]尤もな説ながら、鳥と自らとの同一視から入ったシドニーは、何より「無実の罪」を強調したかったのではあるまいか。

ところで、ローリーには他に大してみるべきナイチンゲールがないが、国際武闘派の重鎮たるシドニーやスペンサーの場合、他にも幾つか注目すべき言及がみられる。中でもシドニーの場合には、すでに引いたような、不当さの強調が目出つ。例えば、

> ナイチンゲールたちは、どちらが……不当に受けた悲しみをより巧みに語りうるかを競うかに、寝る間も惜しんで不当さを訴えた。[32]

「第四ソネット」も、主旨は同じだ。

おゝ、麗しのフィロメラよ、歓ぶべし
ここにあるのは嘆くに相応しい原因だ[33]

他方、スペンサーで気になるのは、「美神《ミューズ》の涙」で牧歌詩の女神エウテルペが、冬枯れの詩壇の現状を「喜びなき頭を未亡人の間に何らの慰めもなく隠している……麗しのフィロメラ」に譬えるところ。[34]

世が世なら楽しい調べが齎す見事な調和でいたるところを満たしていたはずなのに、と彼女の嘆きは続いてゆく。葉を落とした枝の上で「悲しげな鳩さながら自らの運命を託つ次第は、皇帝と詩人が夫々なすべき『最初の仕事（our first business)』」を行わないところにある。[35]「仕事」とは、王が詩人を庇護し、詩人は王の名声を不朽にするという、ジョンソンのいう「相互扶助」を指す。[36]聞こえはいいが、武闘派ヒューマニストに固有な独善臭が強烈にしてくる。スペンサーもそれに冒されている。国際武闘派の力を殺ごうとする勢力と、それに与するへぼ詩人の跋扈、スペンサーというフィロメラの嘆きは、己れをアイルランドという辺境に送りこみ、才能の芽を摘む一派に対して主として向けられていた。『ハバート婆さんの話』では、彼の怒りは「狐（＝バーリー卿）」と「狼（＝仏大使シミエ）」が国を破壊するのを許している「眠れるライオン」に、もっとはっきり向けられることとなるだろう。[37]

こうした国政への不満を、シドニーは己れの階級の扱いに結びつけて、もう少し露骨なかたちで吐露する。先に掲げた結婚反対の建白書の中で、女王に面と向かって「陛下の内なる力とは、臣下にあるのです[38]」と明言していた彼は、直言を封じられると、今度はスペンサーに似た動物アレゴリーのかたちで動物界の王たる人間＝女王の横暴を諫めようとする。

でも、人間よ、必要以上に横暴に振舞う勿れ、
圧政の度をますを以って栄光と思うこと勿れ[39]

彼は、貴族階級を動物界という建物を支える梁と信じて疑わない。
大梁を外したら、天井は彼らの肩へと落ちてくる。だから、「彼ら」即ち「卑賤な家畜」を守ってやらねばならない。[40] これは彼らエリザベス朝の貴族階級に共通した使命感であり、似たことを彼の親友グレヴィルは「玉座と民衆の間の中二階」といい表わしていた。[41] だが、興味深いのは、今引いた人間の奢りを戒めた直後の展開。徒らに血を流すな、と続け、お前だって死ぬのが恐いだろう、動物だって死ぬのを嫌がっていると述べた後で、以下のように畳みかける。

　　いわれなき《ギルトレス》被害を嘆く声は大空を劈《つんざ》く。[42]

彼は同じ頃に書かれた『詩の弁護』でもルクレティアに触れて、「わが身を以って他人の過誤を罰した」（八七頁五―六行）と似たことをいっていた。[43]「貴族と王のいずれがより強大といえぬほどに釣合いがとれている」べきなのに、[44]「狭い庇護や恩恵」（八五頁二二―三行）で縛り、「服従を強い」（八五頁一七行）、詩人という「職業を選ばせた」（八一頁二七行）自然界の女神ことエリザベスに、シドニーは我慢がならないのだ。そんな「青銅の」「愚かしい世界の真実」（九四頁一―二行）に縛りつけられずに自由に「黄金の」知の十二宮を飛翔したいと願う傍ら、「暴君には地獄で新たな罰を考案してやる」（八七頁五―六行）と物騒なことまで考えるのは、そのせいだろう。

　話を戻せば、「小さな君主国の用心深い叡智の中にすっぽり安全に収まりきらぬ」男の想いは、[45] 民衆の悲しみを代弁しようとしつつも、決って己れの怨念に帰ってゆく。シドニーの書くものは何であれ、活動的生が味わった挫折や失敗を埋合わせる「一種の捌け口」なのであり、[46]「精巧に虚構化された自画像（elaborately fictionalized self-portrait）」だったのだ。[47]

　ルネサンス・イングランドには、実はもう一羽のフィロメラがいる。己れの情欲につき動かされたというより、女房自慢の男への嫉妬心と、貞節が額面通りか否かを試したい遊戯的動機から、タークインという王子に貞操を奪われたローマ女性、今し方登場したばかりのルクレティア、即ちルクリースという名のフィロメラの話だ。

おいで、凌辱を歌うフィロメルよ
縺れた私の髪をお前の悲しい茂みにしておくれ
……………
鋭い悲しみを忘れまいと、よろける身体を
棘で支え、お前の役を演ずる時、惨めな私は
お前をうまく真似ようと、私の胸に
見るだに恐い鋭い短剣をつきつけましょう
（一一二八―三八行(48)）

美声で名高いペルシアの鳥ブルブル（ナイチンゲール？）が白薔薇に恋をした。彼は棘を胸に押しつつ、薔薇を鮮血で染めながら死ぬまで歌ったという(49)。自殺を考えた今ルクリースは、それを真似ようとして躊躇う。二度も繰り返される「鋭い」武器が恐いのか。美声で鳴く秘訣（'To sing like a Nightingale with a thorn against one's breast'［ティリー、N・一八三］）とはいえ、棘の刺し傷《ソーンプリック》が「男根《プリック》」の異称であり、古来「スキラの変身」のように「棘に刺されて歌う（pricks do make birds sing）」には性的な含みがこめられているせいか(50)。それとも躊躇っているのはルクリースではなく、詩人だろうか。「鞘《シース》」が「膣《ヴァジャイナ》」の別名とすれば、そこにうけた男根による「恥」を、「罪のない《ハームレス》胸」に「恐ろしい《ハームフル》ナイス」を「収める《シーズ》」ことで果して「名（美？）声」をとり戻せるものかという疑問が、ふとシェイクスピアの脳裏を掠めたからだろうか（一七二三―四行）。先走ったが、フィロメラとの嘆きの二重奏の後「貞女の鑑」と自他ともに許したルクリースが、せめて己れの運命だけは己れで握らんと欲しつつ（一〇六九行）、最終決断がつかず、「彼女の嘆きで時を倦ませる」かたちで詩は進んでゆく。悲しみの潮の満干は今暫く続くだろう。

とに角、彼女の嘆きは重層的だ。「こういって、嘆きのフィロメラは夜にうけた悲しみを歌った見事な囀りをやめた」のが、実は先に引用したフィロメラへの呼びかけの約五十行前。その段階ですでに「夜」「機会」「時」への頓呼法《アポストロフィ》と行頭反復《アナフォラ》を駆使した恨み節は、さながら「鳴りだしたら止らない鐘」のように、二百五十行近くに亘って続いていた。フィロメラへの呼びかけそのものも、三連二十一行に十六もの音楽用語を伴った凝ったものだった。

この二重奏が悲しみの自家中毒ぶりを示すとすれば、詠嘆に付随する逃避性は次の連に窺える。ペトラルカなら、「太陽が花や草を焼き尽し、氷や雪が太陽に勝利する（ove 'l sole occide i fiori e 'l'erba / o dove vince lui il ghiaccio e la neve）」場所へ行っても溜息は消えず、[51]「重い足ひきずって（a passi tardi e lenti）」どんな人里離れた場所へ行こうとみつかってしまうと書くところを、[52]ルクリースは「暑くも寒くもない場所」へ隠れたいというだけ、重い足どり云々も消えている。

朝になり侍女が来るまでの間、今度はフランソワ・ヴィヨンの向うを張るかに遺言書の作成。魂と肉体は天と地に、決意は夫コラタインへ、恥辱は名声を破滅させた男タークインに、そして残った名声は彼女を恥辱と思わぬ人々に分配寄贈する、と念入りだ。

そして、侍女がローマの南四十キロにあるアーディアを包囲する夫の許へ至急の手紙をもって立ち去るや、いよいよ己れとトロイを重ねた壮大な落城絵巻の展開となる。壁の絵をみながら、二百行をこす長広舌の始まりだ。ここで硬着状態も、ようやく融け始める。

この「描写《エクプランス》」をシェイクスピアがどうして思いついたか、フィロメラの織物からか、「嘆き文学」の流行をつくったダニエルの『ロザモンドの嘆き』（一五九二年）で彼女が罪に堕ちる前日に王から贈られた小筥がヒントになったか、[53]わからない。肝腎なことは、この描写を通して、「穢れなき心」（一七六〇行）の伝達には言葉はおろか視覚的媒体も無効と最終的に確認するところにあったと思われる。

物いわぬヘキュバ（＝舌切られたフィロメラ）の悲しみを代行《プロソポポエイア》するかたちで追体験したルクリースは、やがて

「赤くも蒼白くもない頬」（一五一〇行）をしたサイノンの絵の前に立止まる。言葉巧みに木馬をトロイ城内に運び入れたあの男だ。だが、そこで彼女ははじめてこれまでと違う感情を味わう。欺瞞にみちた心を隠すその顔が「美しい（fair）」ばかりか「実直（plain）」とも感じたのだ（一五三〇―四行）。そして「実直装い、偽善の鎧で身固めて（armèd to beguild / With outward honesty）（一五四四―五行）やってきたタークインを想い、思わずサイノンの「感覚のない（senseless）」（一五六四行）絵姿にナイチンゲールの爪を立てようとする。だが、一瞬後、「バカ……傷つけても痛くも掻ゆくもないだろう」（一五六七―八行）と笑いつつ諦める。何故か。

　彼女がここで発見したのは、「外見」と「内実」の相違という、作者が生涯追い続けたテーマではないだろう。そうとしても、これはここでは副次的なものだ。彼女は黙して語らないが、むしろその顔色が何度も語られる自らの顔の「輝かんばかりの比類なき赤と白」（一一行）の紋章模様と似ていたからではないか。「感覚のない《センスレス》」その「聖者の面」（一五一九行）が「欲情の一欠片もない《センスレス》清浄無比の評判」（八二〇行）をもつ己れと重なったからではないか。彼女は嘆きのフィロメラを演じつつ、実は「空しい言葉の煙」（一〇二七行）にうすうす気付いていた。ここへきて、サイノンの顔の表情や顔色と己れのそれとの近似性から、他人に己れを正しく読みとって貰うには、自殺によりそれなりのエネルギアをもつアイコンと化すしかすべはない、と悟ったのではあるまいか。

　侍女が戻り、家族が揃うと、今度は悲しみの激流が夫にひきつがれる。「拱門《アーチ》を貫きほとばしり、……渦巻きとなって跳ねかえる」彼の溜息は、書籍商ジャガードに教えられてスパージョン女史がかつてクロプトン橋の南端アーチからみた洪水時のエイヴォン川といったところだ。(54)

「やりすぎの図柄（*cf.* 'devise extremes beyond extremity'）」（九六九行）は、自殺の前後に最高潮に達する。犯罪者の名前をあげる前に居並ぶ貴族たちに「騎士の誓い（knights by thier oaths）」（一六九四行）により復讐を誓わせる（一六八八―九一行）。シェイクスピアの版以外どのルクリース物語にも現われない特徴だ。そしていよいよ自害の場。タークインの名を遂に口にした彼女は、「いい終るや……短剣をつき刺した」（一八五六―九行）。オウィディウスやチョーサーと違って、裾の乱れなど一切気にかけずに。(55) やがて『アントニーとクレオパトラ』では、クレオパトラの自害の前にチャーミアンが「王冠が曲っております」と指摘するのとは大きな違いだ。(56) 続いて、男たちによる「悲しみの競演」（一八〇八行）。シェイクスピアは、愁嘆場をひたすら盛り上げる。

そして緊張に耐えがたくなったところで、それまで名前通り「愚鈍」（一八〇九行）を装っていたブルータスが、ルクリースたちの行為を「幼稚な気紛れ」で「道を誤った」（一八二五、二六行）行為だといい放つ。

A・フランスは、「活喩法《プロソポポエイア》」に基づいた描写は主人公の「状態と性質」と合致したものであるのが望ましい、という。(57) 残念ながら、女性の嘆きの場合、描写は往々にして「聖女」あるいは「怪物名声」狙いに堕し易い。(58)「運命の翻弄に耐えるには軽すぎる」(59)（G・フレッチャー）女性を主人公とする物語を「大問題として記憶に留める」(60)（T・モア）ための、いわば必要悪だろう。それにルクリース自身、聖アウグスチヌス以来恥文化のチャンピオンとして、鼻持ちならなさが指摘され続けてきた事情もある。(61) 自害も欲望に負けた罪滅ぼしだったのではといった皮肉な見方さえあったほどだ。(62) 度外れた悲愴さはいわばこのジャンルの宿命であった。

勿論、シェイクスピアの場合、当初からヒロインへの同情がなかったわけではあるまい。なければ、いくら経済的事情が先行したといっても書かないだろう。いずれ「嘆きの文学」という流行のテーマに興味があって筆を執ったのだろうが、シェイクスピアのこと、書き進むうちにルクリースの「象のように巨大なエゴ」に辟易してしまった。(63) 嘆き節をピアノの五指練習のように易々と倦みもせず反復することでその萎えた気持ちを伝えようとしてきたのだが、(64) 物語が頂点を迎える辺りで、ついにそれも限界に達してしまう。

ブルータスが泣きわめく男たちを尻目にルクリースの脇腹からナイフを取りだし（pluck）、その傷口に「彼の馬鹿のふり」ならぬ彼女の階級の愚かしさを埋めて（bury）、「知性に誇りと威厳にみちた言葉を着せ（clothe）」（一八〇九—一〇行）、夫のコラタインに語りかけたのはその瞬間だった。

さあ、ともに跪いて、君の力を籍して欲しい

But kneel with me and help to bear thy part　（一八三〇行）

そして祈りで神々を目覚めさせ、
タークインたちの忌わしい行いを
……………………
武力でこの美しい町から追い払う許しをえようではないか。　（一八三一―四行）

一八三〇行などは全体が一音節からなる本来の英語の連なりからなり、動詞は即物的な動作動詞ばかりで力強い。'sheathe' の多義性を駆使して名（美）声をとり戻す儀式を最大限美化せんとしていた貴族階級の恥の文化の不毛性と比べたら、同じ性行為の暗喩を駆使する（一八〇九―一〇行）とはいえ大変な説得力だ。ここにいるのは、この機を逃さず「すべての国民の権利」（一八三八行）を取り戻すべし、とアジる共和主義者ブルータスの姿なのである。

この詩の問題点の一つは、しかし、ようやく盛り上がるかにみえた共和制談義が、急に腰砕けに終るところにある。詩の結末は、梗概が述べるように、「国政は王から執政官に移った」（四三行）と明言しない。「ローマ人たちは、タークインの永久追放に両手をあげて賛成した」（一八五四―五行）とボヤけた終り方をしてしまう。理由はわからない。シェイクスピアの検閲への不安、共和制に過度の幻想抱かぬ現実感覚、紋章佩用直前における旧体制への執着等々が考えられる。ただ、改革への筋道は曖昧でも、封建的・貴族的・騎士道世界への批判的眼差しだけは窺える。

すでに触れたように、悲劇の発端はコラタインが「夕食後の茶飲話に」（一〇行）妻の「比類なき貞節」を賞めたたえたところにあった。だが、彼女の「至上の地位《ソヴレィニティ》」（三六行）は貞節に留らず、赤と白の紋章模様が「至上の地位」（六九行）を争う美貌についても当嵌まった。皮肉なもので、その「百合と薔薇の無言の戦い」がタークインの挑戦意欲を刺激し、攻城戦へと駆りたてた。彼が拠って立つ一切の封建的価値の犠牲を覚悟で。

おゝ、騎士道の恥辱よ、輝く家紋の穢れよ
おゝ、わが一門の祖先への忌わしき不名誉よ　（一九七—八行）

ところが、紋章や城攻めのイメージを使うのは、タークインだけではない。ルクリースも紋章的思考を得意とする。一方が凌辱を城攻めのイメージで語ったとすれば、他方は自殺に似たイメージを用いる（四三五行以下、八二七—八、一〇五四、一〇七四—五、一一七五行）。

それだけではない。タークインに哀願するに際しては、「騎士道、高貴な身分」（五六九行）を持ちだす。自らの貞節への汚点を気にするのと劣らず、「永遠の恥辱が……一門に」（一六二九—三〇行）ふりかかるのを気にしている。そしてその点では、ルクリースとタークインの思考パターンが同質なだけでなく、復讐すべき相手の名も聞かずに、その命に従うのが「騎士のつとめ」（一六九七行）とばかり同意した貴族も似たり寄ったりだろう。彼らはすべて封建的価値観により想像力が呪縛された同じ穴の狢にすぎない。

嘆けば、悲しみが癒えるというのか（一八二二行）というブルータスの言葉は、ルクリース物語を美談とみる文化全体に投げかけられた問いだった。

シェイクスピアがイングランド中部の中産階級出身者の眼差しをどこかに留めて物語をみていたとすれば、貴族階級出身のシドニーがルクレティアを論ずる際はまったく違う。彼が「彼女は自らの犠牲において他人の罪を罰した」[65]という時、その他人として念頭にあるのはタークインにして、同時に「謂れなき罪（guiltless punishment）」をシドニーに与えたエリザベス女王だろう。すでに示唆した通りだ。自らに重なるルクリースを贖罪の山羊とみることで、リヴィウスの愛読者たるシドニーは彼方に薔薇色の共和制を夢想している。

だがその際、そこにおいて女王の首はすげ替っても、自らの階級の消滅まで念頭にあるわけではなかろう。「混合政体《ミックスト》」の「中二階」の発言力が強まった状態を彼は共和制と捉えているのであって、民衆が全権を掌握したかたちは夢想だにされていない。極論すれば、これは国際プロテスタンティズムについても当嵌まることで、その大義云々も所詮は自らの階級の利益に収斂するのではあるまいか。詩が「その魂をタイタンがより貴き粘土よりつくり給いし人々（*Queis meliore luto finxit praecordia Titan*）」（『詩の弁護』一〇九頁二一行）によって筆のすさび（**sprezzatura**）としてのみ担われるべきで、出版業者に「隷属する才なき賤民たち（**base men with servile wits**）」（一〇九頁一一行）と同列に扱われるのなら溢れる詩想を圧殺するか（一〇九頁二二行）、「（出版の恥辱に）穢されぬままの胚を火にくべ」た方がましという思い上りは、そこから現われる。話を戻せば、一口に共和制云々といっても、夫々のフィロメラにより実態は異なるということだ。(66)

とはいえ、シドニーより現実感覚において勝っていたシェイクスピアがそれでは共和制の実現を見通していたかとなると、これまた多分に疑わしい。『ジュリアス・シーザー』から『あらし』までの軌跡から推して、死後一世代を経ずして王権という樫の大木が倒れる事態は想定外だったに違いない。

だが、十七世紀の声とともに貴族階級の危機が急速に進み、それと連動してか近代初頭が地理的ならぬ歴史的なフィロメラ線となり、彼（女）もやがて姿を消してゆく。ダンやミルトンにより英詩から神話や伝統が追放された影響が大きい。(67) 以後夜啼鳥はナイチンゲール一羽に絞られ、フィロメラはアーノルド、スインバーン（「イティラス（*Itylus*）」）、T・S・エリオットと寥々たるものにすぎなくなる。

一羽残ったナイチンゲールは、遙か中世の昔と同じく今日でも、野ばら《エグランタイン》やさんざしの咲く頃ともなれば決って、どこかの茂みの奥から恋人たちに、互いの眼を覗きこむよう囁きかけているに違いない。(68) だが、その存在が政治性を帯びることはない。

第五章　逃げるシェイクスピア、追うシェイクスピア

——伝記二題——

テムズ南岸

一　シェイクスピアとカトリシズム

一七五七年四月二十九日、妹ジョウン（Joan）から数えて五代目の子孫トマス・ハート（Thomas Hart）一家が住んでいたシェイクスピアの生家の梁と瓦の間から、父親ジョン（John）の署名になる六葉綴りのパンフレットが瓦職人モズレー（Joseph Mosley）により発見された。一五七〇年代後半、ペストが猖獗をきわめた際に、ミラノの枢機卿カルロ・ボロメオ（Carlo Borromeo）により書かれた信仰遺言書（The Spiritual Testament）と呼ばれるもの。「今わの際に悪魔の誘惑から身を守るべく、健康な間につくられた魂の遺言書」と銘打たれたこの文書は、きちんとした聖体拝領や終油の秘跡を受けずに死んでも、心はカトリックとして死ぬと宣明したものであった。

それを一五八〇年春祖国に潜入すべくローマを発ったエドマンド・キャンピオンやロバート・パーソンズらの神父一行が途中ミラノへ立寄り、何冊かを受けとり、フランスの神学校で英訳したものを持ち帰った。キャンピオンがストラットフォードから十二マイルほど離れたラップワースのケイツビー（Sir William Catesby）――『リチャード三世』の登場人物ケイツビーの子孫にして、火薬陰謀事件の主犯格ロバートの父。シェイクスピアの母方のアーデン一族とも姻戚関係にあった――の館に泊ってミサを行った際に、列席したジョンが一冊手に入れたものらしい（この祈禱会が発覚し、ケイツビーは逮捕、フリート監獄送りとなった）。

発見から二十年以上が経った一七八〇年代の末に、その文書がシェイクスピア学者マローンの許に届く。すでに第一葉はなく、第三項の途中から第十四項まで（第一葉は一七八四年にストラットフォードの車大工にして好事家ジョーダン（John Jordan）が筆写時には紛失していたという）。マローンは九〇年本物とみなしてシェイクスピア全集に収録したものの、六年後に贋作と断じて、やがてその理由を述べるとしたが、志えずして、一八一二年に死去する。彼が入手した五葉のパンフも行方知れずの儘だ。

その後二十世紀の初頭までは、高名なシェイクスピア学者たちも贋作説を主張したため、シェイクスピア家の宗教的信条は長い間等閑視されてきた。シェイクスピアが守護聖人聖ジョージの祝日（四月二十三日）に生まれ死んだ（享年五十二歳）となれば、いかにも国民詩人の名に相応しい。それが二十三日（日）誕生日説をとらせたが、まさにこの願望がカトリック説を斥けさせてきた張本人かもしれない（なお、孫娘は四月二十二日に結婚しているから、実際は二十二日だった可能性がある）。

ところが、一九二三年に一六六一年にメキシコで出版されたこの文書の西語版が大英図書館で見つかった。一九六六年には初期英訳版（一六三五年版と三八年版）も現われる。そして、かつてマローンが全集に収録した手稿本の本文と比較検討した結果、（後でジョーダンが送ってよこした第一—三項途中までを除けば）両者はほぼ一致、これでシェイクスピア・カトリック説が俄かに脚光を浴びることとなった。二十世紀最後の四半世紀のシェイクスピア批評の賑わいは、ジェンダー批評、人種批評と並んで、この宗教的背景研究がその引鉄になっている。

二十一世紀に入るともう一転、再び贋作説が勢いを増した。最初に筆写したとされるジョーダンが一七七〇—八〇年代にモズレーを巻きこんで行った、観光産業を活気づかせるためのデッチ上げだったというのだ。マローンが疑問をもった段階ですでにモズレーは鬼籍に入っていたし、肝腎のパンフが残っていたら、書体、紙の透かし、署名などから、年代、出所などを判断できるのだが、そうした手懸りも今は一切失われている。だから断定は困難ながら、おそらく贋作とみて間違いないだろう。そんな貴重な資料を縁者に無断で長い間放っておくこと自体が、そもそもおかしい。ただ、贋作論者の弱みは、初期英訳版とほぼ一致した手稿本（ないし、それが転写されたものだとすれば、別の初期英訳版）をどこでジョーダンが見つけたか（屋根裏に隠したというのは、口裏を合わせただけで、そこで長き眠りを眠っていたわけではないだろう）、を証明できないところにある。十八世紀中葉までは、新しい死者の埋葬場所確保のため、古い墓を掘りおこし、遺品を納骨堂に収める慣わしがあったというが、その際どこかの墓から見つかった、すでに最初の部分の欠けた印刷本をジョーダンが譲りうけたというのは、不気味かつうまくできすぎている気がする。(1)

それ以上に問題なのは、この文書がたとえ贋作だったとしても、それでシェイクスピア家はカトリックでなかったと結論づけるわけにはいかないという点にある。まず父親。彼は一五九二年九月二十五日に「負債に対する法的措置の執行を恐れて教会に現われなかった」九名の国教忌避者（recusants）の中に名を連ねている。ジョンは羊毛の不正取引などに手をだし、当時経済的に困っていたのは確かとしても(2)「法的措置」云々は、彼らカトリック教徒の礼拝不参加のありふれた口実の一つでもあった。(3)母メアリーは、一一七八年の土地台帳作成以前に遡るアーデン一族の一員。一五八三年愚かな女婿による女王暗殺事件（サマーヴィル事件）発覚のため、遠縁に当たるであろうパーク・ホールのアーデン家当主とサマーヴィルの首は、シェイクスピアが出奔した当時も、ロンドン橋の上に曝されていた（シェイクスピアの父ジョンが屋根の梁の間に信仰遺言書を隠したのも、この事件で迫害の波が及ぶのを恐れての措置と、従来は考えられてきた）。娘のスザンナも一六〇六年春復活祭の聖餐をうけなかった二十一名のリストに登場する。彼の文法学校の先生たちもカトリックだった（サイモン・ハント［一五七一―七四年］、トマス・ジェンキンズ［七五―七九年］、ジョン・コッタム［八〇―八一年］）。そして彼自身については、死後五十年以上経過した十七世紀末に、オクスフォード大学コーパス・クリスティ学寮つきの牧師デイヴィス（Richard Davies）が、覚え書に彼はカトリックとして死んだ（He dyed a papist）と記している。(4)そういう訳で、今日の時点では父のみならずシェイクスピアもカトリックだったと考える方が説得力があるばかりか、作品の理解も増すように思われる。以下はその見地に立った、シェイクスピアへの一つのアプローチである。

まず一人の劇作家を扱うのに、どうして宗教的立場をそんなに重視せねばならないのか、といった素朴な疑問から入るとしよう。今日のわれわれにとって、宗教は個人的信条でしかないのだが、シェイクスピア当時それは公的行動全体に及ぶ大問題であった。しかも、「信仰の領土帰属主義（cujus regio, ejus religio）」が一般的な中で、英国国教会以外を信奉することは、多大の勇気を要し、犠牲を伴った。一六〇五年十一月五日の火薬陰謀事件の発覚がきっかけでカトリック弾圧が頂点に達するとはいえ、エリザベス朝からすでに亡命中のスコットランド女王メアリを担いでの再カトリック化計画との絡みで、臣従の誓い（the Oath of Allegiance）を行い、国教会流の礼拝をうけることが公的生活を営む最低の前提だった。不履行者は当時の文法学校教師の年収に当たる二十ポンドを毎月科料として支払わねばならなかった。それを恐れて、日曜礼拝に形だけ参列する「教会カトリック（Church Papist）」が出現する所以だろう。勿論大学や法学院の卒業は、誓いなしには叶わなかった。殉教覚悟でしか信仰を守れないこうした事情を、ダンは以下のように述べる。

わたしは（桁外れに大きく、無数に枝分かれした場合は別として）普通の規模の家系で、ローマの教えに従ったばかりに、その身の運命においてこれほどの辛酸を嘗めた例は見つかるまいと信ずる家の出であります故、つねに殉教を真剣に考えてまいりました。(5)

ダンはこのように自殺を真剣に考えながら、子沢山の中生きるために後半生は「或る者にとっては、殉教しないことが殉教（'Oh, to some Not to be Martyrs, is a martyrdome'）」「嘆願十（*A Litanie, X*）」（八九―九〇行）とばかり、背教者の後ろめたさをひきずりながら、国教会に躙りよってゆく（『似而非殉教者』執筆が一つの証拠）。だが、同じ詩人でもキャンピオンなどは、己れではなく体制側の変革を求めるから、ことははるかに厄介になる。それこそ殉教覚悟で活動を行い、捕まれば大逆罪の過酷な刑罰が待ち構えている。その処刑方法はいずれの場合もほぼ同じだが、今パリー（Sir William Parry）の例をあげれば以下の通り。

往来自由のロンドン市中を簀子に乗せて引廻し、刑場にて絞首刑の上、息あるうちに吊り下げ、宮刑の上腑分け、眼の前にて臓物を焼き、斬首の後四肢を割く。その先は女王陛下の御思召の儘に、処分さるべし。(6)

これで、いずれにせよ、カトリックを貫く限り人生によい目は期待できず、せいぜい社会的弱者として隠れた生を送るしかないことが理解されるだろう。「ユダヤ人もキリスト教徒も同じ人間、夏は暑く冬は寒い。突かれれば血を流すし、毒盛られれば死ぬ」（『ヴェニスの商人』三幕一場）といったシャイロックの言葉は、カトリック対国教徒の図式をユダヤ人対キリスト教徒に横滑りさせた結果と考えて大過ないだろう。

こうしたカトリックの立場からシェイクスピア劇をみたら、他にもみえてくるものが沢山ある。例えば、『トマス・モア卿』のシェイクスピアによる加筆訂正部分（二幕三場一―一五九行）にみられる、亡命フランス人への不自然すぎる同情。イギリス人の女房や鳩肉を奪う無法に堪えかねて蜂起したロンドンの徒弟たちに対して、執政官モアは同情を示さず、己れが異邦人になった時のつらさを想像してみよと、山上の垂訓を持ち出して説くだけ。検閲を乗りこえるために当局寄りの姿勢をとっているとはいえ、あまりにもシェイクスピアらしくない。名実ともに斯界の第一人者になりつつある一五九五年頃としては、生彩を欠きすぎる。どうしてこんなことになったのか。

ヒントは、この改作時にカトリックの大立者にして詩人サウスウェル（Robert Southwell）が幽閉中のロンドン塔から女王に宛てた宗教的寛容を求めての『恭しき請願書（*An Humble Supplication*）』（一五九五年）に窺える。彼はそこでカトリック教徒は英国人でありながら居留民として外国の情けにすがって生きる人たちと変わらない「非国民（*vnnaturall Subiects*）」という「卑賤なお仕着せを身に纏う（to weare so base a Livery）」境遇を嘆いている。[7] 自国内で非国民扱いされているカトリックの心情が我知らずフランス人のユグノー教徒（新教徒）への度をこえた同情に繋がり、それが思いがけずシェイクスピアの筆鋒を鈍らせたのではなかろうか。

ユグノーに対する親近感は、実生活でも認められる。同郷の先輩にして最初の二冊の詩集（『ヴィーナスとアドーニス』、『ルクリースの凌辱』）の出版元フィールド（Richard Field）の妻ジャクリーンをはじめ、後で触れるマウントジョイ（Mountjoy）一家と、彼の周囲には不思議とユグノーの姿がちらつく。ロンドンに出た後九七年頃は主教門区（Bishopsgate）に住んでいたのが税金未払い記録から知られるが、九五年頃『トマス・モア卿』加筆時もおそらくそうだっただろう。ここは「悪貨は良貨を駆逐する（Bad money drives out good）」で知られるグレシャムらが住む高級住宅地、郊外にある劇場座に近く、ストラットフォード出身者が集う天使亭があった関係[8]でシェイクスピアは住んだのだろうが、同じ区内でも濠沿いには「小フランス（Petty France）」と呼ばれた一画もあった。シェイクスピアは亡命フランス人たちが住むこの地域近くに住むか、劇場への行き帰りに彼らの生活をつぶさに観察して、宗教的には対極にくる彼らに対して「非国民」同士の奇妙な友情を育てていたのではあるまいか。

九八年十月一日にも税金未払いながら、台帳の欄外に「サリー州」とあるから、その頃にはすでにテムズ河向うに移っていたのだろう。地球座に近いこの地は「ウィンチェスターの鵞鳥（Winchester goose）」（『ヘンリー六世・第一部』一幕三場一五三行）（＝娼婦）で名高い悪所。そこでもシェイクスピアは未払い者リストに登場する。但し、今度は復活祭の聖体拝領券代、僅か三ペンスのため。しかも、何故か彼は毎年徴収期になると、「不思議と姿を消した」らしい。[9]

こうした隠れた生活はこの後も続く。一五九〇年代の終りから一六〇〇年代の初めといえば、銀六十ポンドで「新屋敷」を手に入れ（一五九七年）、四ヤードの耕地と周囲の牧草地への入会権を現金三百二十ポンドで買いとり（一六〇二年）、ストラットフォード周辺三村の十分の一税徴収権の半分を四百四十ポンドで我がものにする（一六〇五年）生涯最大の野心的投資に乗り出さんとしている時期に当たる。だが、ストラットフォードでは押しも押されぬ資産家でありながらも、ロンドンではいぜんとして下宿人（the lodger）を続けている。ユグノーのかぶりもの職人（tire-maker）マウントジョイ家に間借りする身だったのが、一六一二年、この職人の娘夫婦への遺産を巡る請願裁判所（Court of Requests）へ証人として出頭した記録から知られる。そこで彼は（前年までよく覚えていた）遺産を巡るいきさつをすべて忘れた、記憶にないと証言する。一年の間に健忘症が急速に進んだのでない限り、『終りよければすべてよし』のペローレス（Parolles）さながら、「知っているけどいいたくない（I will not speak what I know）」（五幕三場二六六行）というわけだろう。[10] 伝記作家オーブリーは書いている。「人づきあいが悪く、放蕩せず、誘われると、体調悪し」と断わった、と。[11] 纏めていえば、「非国民」の身を終始自覚し、ユグノーや娼婦の間に身を潜め、他人との関わりをできる限り避け、「心なき身」にも似た非人情を貫き、蓄財に専念する。これが二十五年に及ぶシェイクスピアのロンドンでの（単身赴任?）生活の基本だったのではあるまいか。彼はよく「温厚なシェイクスピア（gentle Shakespeare）」といわれるが、それは非人情を隠す愛想のよさの仮面がいつしかくっついて離れない直面《ひためん》に変わったせいだったかもしれない。

傍観者に終始し、コミットしない、こうした生き方は、何ごとも深追いしない作劇術に繋がってゆく。キーツは、シェイクスピアが「ことをなす人間（a Man of Achievement）」らしく「消極的能力（Negative Capability）」を大量にもっていたと評したが、「不確定、神秘、疑惑の状態、つまり曖昧なままにすべてを留める能力」[12] こそ、カトリック的生き方の芸術的昇華といってよいだろう。

いい例が、『オセロウ』におけるイアーゴウの騙しの動機。デズデモーナに横恋慕したのか（チンティオの手になる出典ではそうなっている）、エミーリアを寝取られたと邪推したのか、ムーア人のくせに腕一本でヴェニスの将軍にまで出世したオセロウが憎いのか、よくわからない。どれもいえて、どれも決定的ではない。あまつさえ、すべてが明るみにでた後でオセロウがキャッシオウに何故この悪魔がこんな罠を自分に仕掛けたのか理由を聞きだしてほしいと頼む。それを聞いたイアーゴウは「何も尋ねないでほしい。あんたが知っていること以外何もしらん。今からオレは一言も口をきく気はない（Demand me nothing; What you know, you know: From this time forth I never will speak word）（五幕二場三〇三—四行）と答えるだけ。[13] 説明を拒むことで、あくまですべてを曖昧なままにおこうとする。

しかも、この曖昧さはカトリック的心情の昇華に留まらず、カトリック的処世術の演劇的利用ととれる時すらある。中でも顕著なのは、二枚舌（equivocation）と呼ばれる詭弁術。古来あったこの言語表現が積極的に悪用されるようになったのは、イギリスではカトリック詮議が本格化した一五八〇年代サウスウェルの取調べからといわれている。どういうものか、一、二例をあげると、‘Are you a priest?’ と問われると、‘No, I am not.’ その心は

'not an Apollo's priest at Delphos' の意。'Have you ever been beyond the seas?' に対しては 'I have never been beyond the Indian seas' と、これまた見当外れな答をする。これが世間的に有名になったのは、火薬陰謀事件発覚後のイエズス会の大立者ガーネット (Henry Garnet) の詮議を巡って、当局が一六〇六年三月裁判終了後、五月までにその模様をパンフレットにして全土に配り、反イエズス会キャンペーンを実施してからのことだ。(14)

この当局の動きにシェイクスピアも呼応した。事件直後に書かれたであろう『マクベス』(一六〇六年) の「門番の場」に早速地獄堕ちの「二枚舌」を登場させる。それだけではない。バーナムの森がダンシネインの丘めがけて進軍してこなければ、滅びることはないと「第三の幻影」に予言させ、「女の腹から生まれた者に負けるはずがない」と「第二の幻影」にいわせておいて (四幕一場)、枝をかざし (て森とみせかけ) た兵士を進軍させ、帝王切開で生まれたマクダフと戦わせてマクベスを滅ぼす。つまり、筋の展開にも巧みに二枚舌を絡ませている。

だが、二枚舌は『マクベス』が有名とはいえ、実はそこがシェイクスピアにおける初出ではない。*OED* が悪しき意味での用例の初出年とする一五九九年前後に書かれた『ハムレット』の五幕一場墓掘りの場のハムレットと墓掘りのかけ合いにすでに現われていた。(15) その直前の 'lie' を巡る地口問答 (pun) (一一四―二二行) もその喜劇版といえなくはない。シェイクスピアはこの言葉が人口に膾炙する以前から知っていたということだ。ハムレットのいう「お手本 (the card)」(五幕一場一三八行) が何を指すかわからないが、もしかするとガーネットが書いた虎の巻『二枚舌論 (*A Treatise of Equivocation*)』が念頭にあったかもしれない。

ハムレットが、あるいはシェイクスピアがカトリックしか知らない情報を共有していた事実は、掘りだされた宮廷道化ヨリックの頭蓋骨を手にして人の世の無常を嘆く箇所にも現われていた。あれは、邦訳キリシタン本『ぎゃ・ど・ぺかどる (罪人の導き)』の著者ルイス・デ・グラナダ――アルバ公や大提督メディナ・シドニアの聴罪師――の手になる『祈りと瞑想について』(R・ホプキンズ訳、一五八二年) 二〇二―四葉を踏まえたものなのだ。その存在を彼らが知っている! しかも、それこそが狂人サマーヴィルが妹から手に入れ、訳者の檄文に洗脳されて、玉座に坐る「毒蛇」を退治せんと、独りロンドン目指して出立するきっかけとなった本だった。(16) ハムレットはルターの出身校ウィッテンベルグの大学生に設定されているとはいえ、どこかカトリックの臍の緒をはっきりと残している。

やがて「かつてあまっ娘」だったオフィーリアの柩がやってくる。その寂しい「不完全な儀式（maimed rites）」をみて、自殺者の弔いだナとハムレットは呟く。その声に被さるように、レアティーズが二度ほど怒鳴る。「儀式（ceremony）はこれだけか？」と。それに対して、「許されうる限りの葬儀」は行いました、と牧師が答える。「処女の撒花」も「野辺送りの鐘」もすべて行った。「これ以上は無理か」と聞かれても、死者を弔う「儀式」（service）を冒瀆することはできません、と。葬送の「儀式」が三人三様（rites, ceremony, service）に述べられていても、夫々の意図に大差はあるまい。シーザーには「然るべき葬送の礼を尽くす（all true rites and lawful ceremonies）」（『ジュリアス・シーザー』（三幕一場二四一行）とブルータスが語る時に似て、アナクロニスティックなシェイクスピア劇においては、おそらくカトリック的な葬儀が念頭におかれている。終油の秘跡を受けず、信仰遺言書に署名することもなく（！）身罷ったが故に煉獄を彷徨う先王ハムレットの亡霊を除いても、『ハムレット』、とくに第五幕には、カトリックのラテン語の埋葬儀式を彷彿とさせるホレイショウの「おやすみなさい、やさしい殿下、天使の歌声に導かれて永遠の安息にお入りください」に到るまでカトリック的な心情がみちている。(17)

それを確認した後で『マクベス』に改めて眼を向けた時に気付くのは、二枚舌というカトリック的処世術への距離の置き方だ。『マクベス』は、曖昧さに賭けてことに及んだものの、王国の未来の支配者が誰なのか判然としない状態に耐えきれず、はっきりした見通しをえようとして魔女の二枚舌にひっかかって敗北してゆく男の悲劇。魔女が「不透明さそのものの具現化（the embodiment of the principle of opacity）」であり、二枚舌が曖昧さというカトリック的処世術を極限化したものなら、見方によっては劇自体がカトリックの自縄自縛の物語といった趣きをもつ。ガーネットは裁判で二枚舌と虚偽の相違を力説したといわれるが、劇では「二枚舌」は虚偽で地獄堕ちに値するという（カトリックらしからぬ）論理が当然の前提になっている。『トマス・モア卿』で「非国民」に同情的だったシェイクスピアはここには見当たらない。

シェイクスピアは、己れの志操と関わりなく、国王一座の座付作家としての義務の念から「安心を売る集団的儀式（a collective ritual of reassurance）」を執り行っているのだろうか。九死に一生をえた国王の無事を、バンクォーの子孫たるジェイムズの家系の繁栄と重ねて寿ぐ「追従の劇（a piece of flattery）」をものする絶好の機会と捉えて。[18] それとも、火薬陰謀事件の関係者十三人中六人がストラットフォードという（当局からみれば）ミッドランドの「死角」周辺の出身者であり、ケイツビーをはじめシェイクスピアと面識のあった人物がいたとすれば、火の粉がふりかからぬよう必死に防いでいただけなのか。何しろ、『マクベス』執筆の年の春、聖餐を受けなかった国教忌避者たる娘を「新教徒としての信任状」が必要と察知すれば、翌七年「非の打ちどころのない新教徒」と妻わせる父親だ。[19] あるいは、世紀の変わり目頃から、新教徒への道を歩み始めていたのだろうか。

この最後の点との絡みを適確に捉えるのは難しいが、父ジョンが死ぬ一六〇一年頃から演劇人シェイクスピアにも変化が訪れていた。

例えば、ローマ・カトリックの祈禱の文句に発する「ここかしこ（hic et ubique）」。これは『ハムレット』（一幕五場）だけでなく、『十二夜』（五幕一場）でも、『オセロウ』（一幕一場）でも、多少とも嘲笑的な文脈で使われ始める。[20] また、「二枚舌」は「あるのにないふりをすること（dissimulation）」で、バーナムの森が「動かないのに動くふりをすること（simulation）」とは厳密にいえば違うが、両者を纏めて「ふり（counterfeit）」と捉えれば、その語は十六世紀の末までは肯定的な文脈を残していた。これは『ヘンリー四世・第一部』の‘counterfeit’に明らかで、そこでは「死」が贋物とすれば、「死ぬふり」は生と結びつく。[21] ところが、『十二夜』で狂気と結びつく（‘mad or counterfeit’［四幕二場一一四―五行］）のを手始めに、僅か数年で一変する。『終りよければすべてよし』（一六〇二年）以後は、「ふり」「装う」ともに否定的な使われ方が一般的になる。臆病者のくせに勇者を装ったペローレスは周囲を「二枚舌の予言（double-meaning prophesier）」（四幕三場九九行）さながら欺いたとされ、正体がばれた後は「ありのままの自分（Simply the thing I am）」（四幕三場三三三行）を生きる決意をする。「装う」を憎み、「内実と外見の一致」（Every man must show him selfe outwardly to be such as indeed he is）を説いたゴッソンのような清教徒に接近しつつある感じだ。シェイクスピアは「嘘だらけ（feigning）の詩が最高」（『お気に召すまま』三幕三場）、「誠少きはいかがとあれば、それこそ歌といふものなれ」（『耳底記《じていき》』）から「反演劇・反詩（anti-theatrical-ity & anti-poetic sentiment）」への分水嶺を越えつつある。(22)

母が死ぬ一六〇八年頃から、その傾向は一段と強まる。コリオレイナスは「自分を演ずる（I play the man I am）」（『コリオレイナス』三幕二場一五〇―一行）から褒めて欲しい――演劇の自己否定！――と母親にいうばかりか、ローマ救済のために、敵方の将となった息子の許を訪れ、攻めないようにと跪いて嘆願する母の頼みについに折れ、次のようにいって泣き崩れる。

ああ、お母さん、お母さん、
あなたはローマのためには幸運な勝利を把まれた、
でも、いいですか、あなたの息子にとっては、
それは危険極まりない説得だった、
致命的とまではいいませんがネ。(23)

これは、両親の桎梏とローマ教会のそれから解放されたシェイクスピアが積年の恨みを述べた瞬間だったかもしれない（反演劇と反ローマは歩調を合わせている！）。

だが、そこが二枚舌の劇作家らしいところだが、「イリュージョン」への懐疑はシェイクスピアの演劇的想像力が頂点に達した時期と表裏一体をなす。問題劇から晩年の悲劇で新教徒への道を歩み始めていたようにみえて、最晩年のロマンス劇では奇跡や神の出現がみられるカトリック的世界へ再び回帰してゆく。要するに、徹頭徹尾「二重意識」「消極的能力」の持主だったということだ。そして、見方によっては、そこにこそ彼の劇作家としての最大の存在事由があったといえるかもしれない。

十九世紀の史家グリーンは『イギリス人民の歴史』(一八七四年)で、イギリス国民はエリザベス朝の中葉(一五八〇年頃)から十七世紀の中葉――演劇史的にいえば、これは常設劇場ができて劇場閉鎖に到る時期と重なる――にかけて、民族として最大の道徳的変化を経験した。即ち、彼らは、「聖書の民」になったという。(24)

その最初の顕われが、休日と祝日(五十二日プラス九十五日で、百四十七日。その他に休日にならない祭日が三十日)で、年間四割祝祭日だったのが二割(五十二日プラス二十七日)に減って喜ばしいという新教徒史家の発言とすれば、(25)その徹底ぶりを示すのがシェイクスピア全集出版の前年(一六二二年)にストラットフォードでなされた旅役者(しかもシェイクスピアが座付作家をつとめた国王一座!)の訪問禁止の決定ではあるまいか。(26)イギリス人民は、結果的に演劇に勝利することで聖書の民になったのであった。

だが、それはあくまで歴史の表層の流れであって、深層の民衆意識の問題ではない。当局の上からの思惑とそれとの間には、つねにズレがある。この場合も例外ではなく、宗教改革から一世紀を経た一五六四年シェイクスピア誕生時でも、当局と民衆の中間に位する治安判事の全二十一管区の内訳でさえ新教徒が辛うじてカトリックを凌駕する状態(四百三十一名対四百二十名、シェイクスピアの故郷ウスター管区に限れば、十二名対四十二名、どちらともいえない者二十二名)に留まっている。三年後の六七年に法王庁が行った調査によれば、貴族の数では、十五名対五十二名とまだ圧倒的にカトリックが多い状態が続いている。(27)シェイクスピア出奔間近(八一年)になっても、民衆の言動と心情の間にはいぜんギャップがある(Catholics in their hartes, & in their mouths & actions, Protestants)と、カトリックの枢機卿はいい、(28)シェイクスピアが華々しく劇界に登場してくる九〇年代初めにライヴァルのマーロウは儀式への郷愁を語っている(日記作家イーヴリンは一六五二年という革命真只中にもそれが残っていたと告げている)。(29)シェイクスピア劇が成功した理由は多々あろうが、途中一六〇〇年頃から多少足どりに乱れはみせるものの、最晩年に到るまでジャンルを問わずその劇がカトリック的心性を留め、異教主義ともどこかで折り合いをつけていたところに、人気の最大の秘密があったように思われてならない。

二　'non, sanz droict' から 'NON SANZ DROICT' へ
——一五九〇年代中葉のシェイクスピア——

まず簡単にタイトルについて説明しておこう。

シェイクスピアの父ジョンは、息子ウィリアムが三十二歳に当たる一五九六年十月二十日に、紋章院から紋章佩用の認可を受けた[1]。二十年前に一旦行ったものの再申請の結果ということであった。皮肉にも約二ヶ月前にウィリアムの一人息子のハムネットが十一歳で他界し（八月十一日埋葬）、直系男子の血統が途絶え、子々孫々までの佩用が不可能になった矢先の出来事であった。

紋章は元来個人に下されるもの、息子ウィリアムとは無関係とはいえ、当時のジョンは全くの「文無し（John the Penniless）」の身、申請に要する費用の一切は息子に仰いでいる。つまり、この度の申請は、町長をつとめ、有資格者の父と、大学卒でもなく宮廷余興の作者でもないがゆえに資格はないものの、資力だけは豊かにある息子との、共同作業だったのであり、企ての主体はむしろ息子の方にあったと思われる[2]。

世間はその辺の事情をよく弁えている。だから、一六〇二年紋章院の内輪もめのとばっちりで、ガーター紋章官デシックが「卑賤なる者《ミーン・パーソンズ》」に許可を与えたとしてヨーク紋章官ブルックに噛みつかれた時、二十三名の無資格者のリストの四番目にシェイクスピアの名前がくるばかりか、紋章のスケッチの下にあえて、「役者シェイクスピア」の書き込みが現れるのだろう[3]。

紋章即ち個人の、時に家または団体自らを表わす印として定めた図案は、英語（the coat of arms）の場合は騎

士が鎧の上から纏った衣（surcoat）に遡る。暑さと雨対策が当初の目的ながら、紋章がそこについていたとすれば、甲冑姿で見分けがつかない騎士の身許を相手に図柄で伝え、敵味方を識別する意図も当然あっただろう。ただ、これはイングランドの場合で、大陸の場合（armes, Wappen）は通常楯形図形を指す。[4]

紋章の起源は定かではない。十一世紀後半に織られたバイユーのタピスリー、ノルマン人のイングランド征服（一〇六六年）を描いたつづれ織に現われる楯には龍や十字架が描かれている。だが、まだ厳密に個別化されているとはいい難い。

ところがそれから一世紀未満で書かれたクレティアン・ド・トロワの『ランスロ、あるいは荷車の騎士』。戦争で夫を奪われた貴婦人たちが新たな夫を選ぶべく催したノアウツ（Noauz）の馬上槍試合ではすでに、彼女たちは紋章で騎士たちの品定めを行っている。ペンギン版の編者も予想外に早いと思ったらしく、「十三世紀まで拡がることはなかった」とあえて注をつけている。[5] 一旦便利とわかると、たちまちヨーロッパ中を席捲したものと思われる。

十三世紀初頭中小貴族の誰もが紋章をもつようになり、佩用者の家系や身分解読の手懸りとなると、それは規則と習慣的読み方を伴った複雑な記号体系となってゆく。同時に、佩用者も騎士に限らず、社会各層にまで拡大される。シェイクスピアの頃ともなれば、社会の二％程度の上流階級の身分を保証するだけでなく、庶民でも金さえあれば紳士という最低の上流階級の血筋を買い、絹やサテンで身を包み、処刑の際には縛り首でなく打ち首で済ます道となっていた。紋章院（the College of Arms）とは、複雑化する紋章の考案、認可に携わる専門職集団の謂だが、成り上り者の系図買いを金で解決してくれる便利な機関でもあった。

上級紋章官の首席ガーター紋章官が起草したシェイクスピア家の紋は、「金地、黒の斜帯上に銀の刃をもつ第一の槍、兜飾りないしバッヂ（crest or congnizance）は隼、銀の翼広げた姿で金色の花冠の上に立ち、金の槍を支える。その槍は前記と同色の刃をもち、房つきマントもつ兜の上に配される。一切慣例通りなれど、欄外の図にてより明確にならん（This sh<ield> or <cote of> Arms, viz. Gould, on a Bend Sables, a Speare of the first steeled

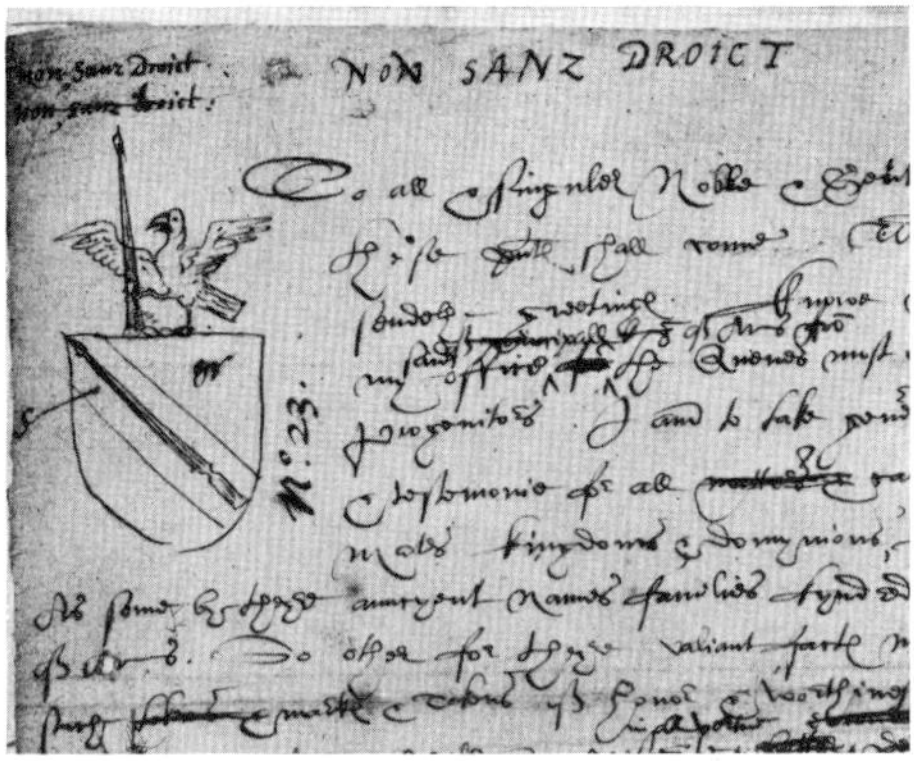

紋章申請時の草稿

シェイクスピア（実際は父ジョン）の紋章

argent. And for his creast or cognizaunce a falcon his winges displayed Argent standing on a wrethe of his coullers: suppo<rting> a Speare Gould steeled as aforesaid sett vppon a helmett with mantelles & tasselles as hath ben accustomed and doth more playnely appeare depicted on this margent)」とあり、草稿の左上にはそのトリック、即ちペン書下絵が記されている。さらにその上には、銘《モットー》とおぼしきものがみられる。タイトルにした二つの句はそこから。

草稿から判ずるに、最初書記は下絵のすぐ上に全部小文字で'non, sanz droict'と書き、それを見せ消ちして次に語頭だけ大文字にした同じ句をその上に書く。さらに「権利なし」ではおかしいと考え直し、すべてを大文字にして句読点を外したかたちでその右に書いたらしい。どうしてこんなことになったのだろうか。

推測の域をでないが、この銘はデシックの考案というより、院の認可（imprimature）を必要としない「佩用者自身の構想ないし考案（invention or conceit of the bearer）[6]」であり、ウィリアムにより口頭で伝えられたもの、句読点は後で書記がつけたのではないか、と思われる。何故書記はあえてそうしたのか。

気になるのは、まず紋自体の出自だ。二つ残る草稿の一方の下部欄外に、「二十年前にクラレンス—紋章官クックの手になる……紙に書かれたパターン……をジョンが提示す（This John shoeth A patierne thereof under Clarent Cookes hand —— paper. xx years past.)[7]」とあるから、普通に考えれば今回の紋章はその時に考案されたものになる。とはいえ、紋章院にはその下絵はおろか当時の申請に関わる一切の書類が残っていない。息子ウィリアムが提示したもの以外証拠といえるものはなく、書いたとされるクックは九三年に他界している。

では紋自体はどうかといえば、「古典的簡素さ」を備えたものとして評判がよい。というか、貴族的、騎士道的すぎるのがむしろ気になるくらいだ。

まず隼だが雌隼（The falcon gentle）はチョーサーの『鳥の議会』で王の手に止まる（with his feet distrayneth The kynges hand[8]）とあるように、古来高貴な鳥とされる。次に槍は馬上槍試合用のもので、騎士道との関連を思わせる。但し、そこでは槍の先端は折れ易い木片になっているのが普通だが、ここでは鵞ペンに似たかたちになっていて、文盲のジョンの紋章としては、奇異な印象を与える。しかも、その槍（speare）は隼が翼拡げたかたち、つまり鷹狩りでいう「飛びたつ寸前の姿 'shake'」（*OED* 6）と合体すると家名になるようにできている。出来すぎの印象は否めない。

ついでにいえば、銘が 'non sine jure' とラテン語にならなかったのは、紋章に関わる事柄は騎士道＝紳士道の問題であって、学者や法曹家、教会人が使う堅い言葉は避けるべきという判断が働いてのことと思われる（とはいえ、自国語を避けるのはほぼ決まりとしても、ラテン語の銘はしばしばみられる）。

この紋章が二十年前の申請時のものなら、クックは大層立派なものを考案してくれたことになろう。ジョンソンは『皆癖が直り』（一五九九年）で「頭なしの競い猪（Boar without a head, rampant）」の兜飾りでシェイクスピア家の銘を想わせる「芥子なきにしも非ず（not without mustard）」付きの紋章を、大枚三十ポンドを投じて買う田舎のお大尽を登場させるが[9]、こんな立派な紋章を手に入れたら、父のジョンは三十ポンドできかない大金を支払わねばならなかったに違いない。そして当時は、息子のウィリアムはまだ未成年、その資力に頼るのは不可能だった。

隼の兜飾りには、まだいうべきことが残っている。これは、再申請の少し前に息子が二つの詩集を捧げたサウサンプトン伯ヘンリー・リズレー（Wriothesley）一族に縁がある紋としても知られている。その家紋は、青地、翼たたんだ四羽の銀の隼の間に金の十字架模様。しかも、ヘンリーの大叔父トマス卿は三十年も主席ガーター紋章官をつとめ、紋章院の紋はこの家紋の銀の隼を銀の鳩にかえただけのもの。(10)となれば、こんなに有名で由緒ある紋を、クックの考案だといい張っても、サウサンプトン家の許可なしで紋章官が認めるとは信じがたい。最初書記が「資格なし」とばかり「否」の後にコンマをつけたのは、こうした事情が絡んでいたかもしれない。

国王紋に若干手を加えたものを漆喰工に与えた例があるというから、(11)一概にはいえないが、こんな大それた紋が認められるとすれば、サウサンプトン伯直々のお墨付か、シェイクスピアが口頭で自信たっぷりに承諾をえていると伝えるしか手がなかっただろうということだ。シェイクスピアがどちらかの道を選んだかは、わからない。ただ、ある伝記作家の言葉を藉りれば、二つの詩集の献呈を最後に、「サウサンプトンはこれ以後シェイクスピアの生涯の記録からは姿を消す」(12)。

もしシェイクスピアがクックの死をよいことに二十年も前の父の紋章申請をデッチ上げたとしたら、あるいは当時父が申請はしたとしても、紋章図案だけはその時と違うものを今回息子が提示したとしたら、その図案は誰に頼んだのだろうか。手懸りは、思わぬところに残っている。エセックスの乱に加わった第五代ラットランド伯

トマス・リズレー卿の紋章

紋章院の紋章

の弟、ジェイムズの覚えめでたく宮廷行事にも明るかった第六代、フランシス・マナーズ、その家の膳部方の出納簿の一六一三年三月三十一日の項に、以下の記載がみられる。

「殿のインプレソの代金として、シェイクスピア氏に金で四十四シル（to Mr. Shakespeare in gold about my Lorde's impreso, xliiij^s）」。

「インプレサ（impresa）」とは、馬上槍試合といった特別の機会用の紋章。恒常的な「コート・オヴ・アームズ」とは異なり、一人で幾つも所有が可能とされる。この時シェイクスピアの考案した紋章を実際に作成したのは、絵心ありとされたハムレット役者リチャード・バーベッジ。彼もシェイクスピアと同額の謝礼を受けている（一六年三月二十五日の槍試合の際も、彼は伯のために楯形紋章を考案して四ポンド十八シルを得ている）[13]。

シェイクスピアは無理を重ね、パトロンを失ってでも由緒ある紋章を手に入れ、「否、権利なし」を「権利なきにしも非ず」にかえようとしている。そんな気がする。紋章の専門家がいうように、家名との関係をもたせるだけなら、「ヨーロッパ姫鵜（shag）」で充分だ[14]。現にこの綴り（Shagspere）は、ウスター主教管区裁判所に現存する、シェイクスピアの結婚に関する一五八二年十一月二十八日付保証証書（Bond of Sureties）に現われる[15]。だが、シェイクスピアは、それでは満足できない。あくまでも隼に拘り、その羽搏く姿に執着する。絶対に拭えない本能的な上昇志向が彼にあり、それが行動の原動力になっている。

その一方、彼には根からの劇作家気質といったものがある。『お気に召すまま』のロザリンドよろしく、極端を嫌い、万事を相対化してみる性向だ。「二重意識（double consciousness）」の持主といいかえてもよいだろう[16]。だから、行動する自分を冷やかに眺めるもう一人の自分がたえず存在する。背伸びした分、彼なりにやましさを感じているということだろう。そのせいか、紋章佩用と前後して書かれた『ウィンザーの陽気な女房たち』の冒頭には、あろうことか、佩用者を嘲笑する科白が現われる。

殺された鹿の一件でフォールスタッフを逮捕すべくわざわざグロスターシャーからウィンザーまで乗りこんできたシャロウ治安判事を評して、親類筋の痩せたスレンダーは次のようにいう。

［叔父さんは］訴状でも令状でも、領収書や証文類にまで紋章佩用者（*Armigero*）と書くんですよ。(17)

（一幕一場八―九行）

祖先と子孫の前後関係がわからずとも三百年来紳士の身分を守り、紋章佩用を続けてきた一族を、シェイクスピアは諷刺的に描いている。彼らには貶めたいモデルがあるから当然として、佩用前後の作ともなれば、そこはかとなく自己諷刺の苦さも感じられる。

当人からしてそうなら、周囲の反撥は相当なものだったに違いない。とくに「儲けのために演技し、大衆に笑いと娯楽を提供する（played for the cause of gain, to move laughter and sport to the people）(18)」職業柄、申請すら望めぬ役者仲間のやっかみは、想像に余るものがある。決闘騒ぎで同輩をあやめ、親指にタイバーン監獄のTの焼印があるジョンソンなどは、とくに攻撃的だ。『皆癖が直り』の田舎大尽についてはすでに触れたが、少し後の『へぼ詩人』で毒舌家のタッカ隊長に改めて次のようにいわせる。

役者やその餓鬼共は、お触れでは紋章の下書《トリック》よろしくペン書き、色指定付でごろつきと書かれ《ブラゾン》ているのを忘れたのか。奴らには一体全体それ以外のどんな紋章《ヘラルズ》がいるというのか。(19)

（一幕二場五三―五行）

羨ましいと思ったのは、同僚のオーガスタン・フィリップスも同様だろう。但し、彼はジョンソンのように攻撃的にはならずに、こっそり自分の金の指輪に、バードルフ卿フィリップの紋を彫らせる。やがて当局の知るところとなり、赤龍（Rouge dragon）紋章官の取調べを受ける破目になるのだけれども。(20)

シェイクスピアは、彼なりに苦さややましさを感じている。みてきた通りだろう。だが、そこからが彼の真骨頂というべきか、それで畏縮することはない。九九年改めて家柄の高い母方のアーデン家との合わせ紋を申請し、認められる。(21)

シェイクスピア家の合わせ紋（中央下がウィリアムの紋）

さらに不可解なのは、そうした苦労の末手に入れた紋章ながら、それを使った形跡がないことだ。

例えば、『ソネット集』（一六〇九年）の出版。タイトル・ページに「紳士W・シェイクスピア著（By *W. Shakespeare, Gent.*）」と書く絶好の機会だったはずだ。だが、それを生かさずに、『シェイクスピアのソネット集（*SHAKE-SPEARES SONNETS*）』と、ジョンソンばりのどこか斜に構えた自己宣伝で済ませてしまう。皮肉にも、紋章を巡る涙ぐましい努力が生かされたのは、埋葬記録を除けば、彼の死後ヘラルト・ヤンセンによりつくられた記念碑だけだった。

何故こうした骨折損に、聡明な彼があれだけの情熱を傾けたのか。謎だが、文壇の状況と、彼の学歴コンプレックスが、それに絡んでいたことだけは確かだろう。

シェイクスピアが登場する一五九〇年代初めの演劇界の状況からみるとしよう。

一言でいえば、大学才人と呼ばれる人たちの全盛期、いや厳密にいえば、衰退期に当たる。

彼らの出現は、絶対王制が近代国家の体制を整え、国教会を理論武装せねばという焦りに端を発していた。ために、優秀な人材を確保せんと、オクスフォード、ケンブリッジ両大学の学生増員が計画され、三十年で定員が三倍に膨れあがる。しかし、計画から二十年ほどした一五八〇年頃には、学生たちを受けいれるポストは、官界にも宗教界にもすでに見当たらなかった。「大学は出たけれど」のエリザベス朝版の出現だ。

中でも煽りを喰ったのは、中産階級の子弟だった。徒手空拳で生活を立てねばならない彼らは、ロンドンへ流れ込む。

幸いしたのは、時まさに虚業の勃興期、ジャーナリズムや演劇興行は、飛躍のために有能な人材を求めていた。双方の要求が合致する。大学才人（University Wits）とは、構造的就職難の結果誕生した、志空しく文を生業として生きざるをえなかった浪人に対する、尊敬と侮蔑の綯い交ぜになった呼び名であり、グリーンやナッシュといった人々がそれに当たる。

当然ながら、「時代は変わる（Tempora mutantur）」。彼らによる台本提供の独占も、そう長く続かない。「われわれの口から喋っていた［腹話術の］人形たち」も、見よう見まねで面白い台本を書き、「大恩あるわれらを見棄てる」日が到来する。

とりわけ、音吐朗々と無韻詩を駆使して、国中で舞台を震撼とさせうるのは吾独り（the only Shake-scene in a country）と己惚れている「何でも屋（*Iohannes fac totum*）」が憎い。われらが羽根でめかしこんだ（beautified）イソップの烏（百六十二話）のような成り上り者（an vpstart Crow）にすぎないのに冷酷無比そのもの、「役者の皮着ていても、心はまさに虎（Tygers hart wrapt in a Players hyde）」といった薄情者だ。(22) 名前をあてこすった「舞台を震撼とさせる」という表現にせよ、『ヘンリー六世・第三部』でヨークがマーガレットに投げつける有名な「形《なり》は女でも心は虎」（一幕四場一三七行）のもじりにせよ、シェイクスピアのことが念頭にあるのは、当時の事情通には明らかな一節だ。

これは臨終の床でグリーンが書いた懺悔録ともいうべき『三文の知恵』（一五九二年）の一節だが、そこで役者上りの劇作家に用心するよう呼びかけられている「紳士」たちは、これほど露骨でなくとも、やはり似た感慨をもっていたに違いない。ケンブリッジは同じ聖ジョンズ学寮出身のナッシュも、聞きようによっては「深い学識もつスコラ学者ないし文法学者」ととれるいい方で「文法学校出にしては優秀な男（some deep-read Schoolmen or Grammarians)」を揶揄していた。[23]

シェイクスピアは出発時に浴びせられたこの学歴への侮蔑を、長い間忘れなかった。それから十年近くたって書いた『ハムレット』の二幕二場、オフィーリア宛のハムレットの恋文の中にその ‘beautified’（ナッシュもこれを『キリストの涙』［九三年］の献辞で使っている）[24]をあえて登場させ、ポローニアスに「下手ないい方だ、いやな言葉だ（an ill phrase, a vile phrase）」[25]といわせている。

その反面、シェイクスピアは、遺言においてすら「紳士」に拘り、「文学修士」とタイトル・ページに書く彼らが、羨ましくて仕方がなかったのではあるまいか。

だが、羨ましくても、大卒でない彼にはそれは無理な相談だ。としたら、せめて揺るぎない詩人の名声が欲しい。ナッシュがシェイクスピアのトールボット描写（『ヘンリー六世・第一部』）を褒め、一万人の涙でその骨に防腐剤を施して彼の勇姿を恒久化したと書いてくれても、嬉しくもなんともない。[26]彼にとってはそんな評判は、「俗衆をして無価値なものを讃嘆せしめよ（Vilia miretur vulgus）」の類で、真の願いは「われには金髪のアポロンがカステリアの泉の水を満たした杯を与え給わんことを（mihi flavus Apollo / Pocula Castalia plena ministret aqua）」にあったのではないか。

しかも、このオウィディウスの『恋の歌』の二行（一巻一五歌三五―六行）はエリザベス朝の文人たちには馴染の一節で、グリーンが遺言したもう一人の天才劇作家マーロウは ‘Let base conceited wits admire vile things, / Faire Phoebus lead me to the Muses’ springs’ と試訳し、その出来に不満だったジョンソンは後に ‘Kneel hinds to trash: me let bright Phoebus swell, / With cups full-flowing from the Muses’ well’ と「改良」した曰くつきの二行だ。[27]シェイクスピアは、それをラテン語で堂々と掲げる状況が欲しかったに違いない。その機会が意外に早く訪れる。九二年六月から疫病流行のために約二年間続いた劇場閉鎖であった。

仲間の多くが役者稼業をやめるか、劇団の規模を縮小してドサ廻りの道を選ぶかの危機存亡の秋に、シェイクスピアは危険を顧ずにロンドンに留まり、詩作に没頭する。そして件の一節を題辞に掲げた詩をものし、「無学者の粗末な詩（unpolished lines）」とへり下りながらも、それをサウサンプトン伯に捧げた。その後の十年間に十版を重ねた大ベストセラー『ヴィーナスとアドーニス』（九三年）の誕生だった。[28]

気をよくしたシェイクスピアは、「寸暇を惜しんで詩作に専念し」、「さらに品位ある作品を産み（some graver labour）敬意を表したい」と約束した作品を翌年書きあげ、その「我流の詩（untutored lines）」を再び伯に捧げる。六年間で四版を重ねる『ルクリースの凌辱』（九四年）。『ヴィーナスとアドーニス』が「若者向き（the younger sort）」なら、『ハムレット』と並んで「知識人好み（the wiser sort）」と評された詩の登場だった。[29] 二作の出来が大いに気にいって、伯が千ポンドというとてつもない褒賞を与えたと噂される献呈騒ぎであった。[30][31]

しかし、通常は一作二、三ポンドがせいぜいの献呈褒賞に、千ポンドは幾ら何でも多すぎる。十分の一の百ポンドとしても、桁違いの額だ。どうしてこんな逸話ができたのか。シェイクスピアの上昇志向は措くとして、サウサンプトン側にも、噂を生む事情があったのではなかろうか。追ってみるとしよう。

九三年春、『ヴィーナスとアドーニス』を献じられた当時のサウサンプトン伯は十九歳の未成年、成人まであと二年を残す身で、当代きっての実力者ウィリアム・セシルの被後見人だった。

国（女）王の代理人たる後見人による未成年貴族の財産管理、後見権の売買は、とかくトラブルを生み易い。後見院（The Court of Wards）とはその解決を目指して一五四〇年設立され、一六四五年まで約一世紀続いた調停機関にして合法的な搾取組織だが、半世紀以上に亘って牛耳ったのがセシル親子、父ウィリアムと息子ロバートだった。[32]

一五八〇年、九〇年代のイングランドには、保守的な体制に反抗し、功名心を求めて無謀な行動に走る若い貴族たち、「エリザベス朝の怒れる若者たち」が多くみられた。オクスフォード、ラットランド、ベッドフォード、エセックス、そしてサウサンプトンと、彼らはみなセシルの被後見人、後見人の名利を求める慎重な生き方を反面教師として育った連中だった。[33]

後見人の重要な職務の一つに、被後見人の配偶者選びがあった。結婚成立時、相手方から相当額の報酬が約束された職務という。
他方被後見人には後見人が選んだ候補者に異を唱える自由はあったが、成人時においても拒否を続ける場合は莫大な慰謝料の支払いを義務づけられていた。[34]
一五九三、四年とは、サウサンプトンと自らの孫娘エリザベス・ヴィア（Vere）を妻わせようとするセシルの交渉が山場を迎えた時だった。この交渉は、九四年十月六日伯が成人した時点で最終的に破局となり、彼は即金で五千ポンドの支払いを命じられることとなるだろう。
シェイクスピアの二つの詩は、身も蓋もないいい方をすれば、女性上位の愛の強要とそれが齎す不幸（『ヴィーナスとアドーニス』）、政界の大物による凌辱とそれが招いた、凌辱者一族の追放と王政の終焉（『ルクリースの凌辱』）をテーマとしている。類推的思考に長けた当時の事情通がそれをどう読んだかは、火の目を見るより明らかだろう。二つの詩の出版は、献呈者と被献呈者の間における暗黙の了解の上になされた、伯の結婚忌避の一大キャンペーンであった。
しかも、これには前哨戦があった。『ヴィーナスとアドーニス』が書かれる二年前の九一年、セシルの秘書の一人クラッパム（John Clapham）が『ナルキッソス』という十五頁ほどのラテン詩を出版し、サウサンプトンに捧げた。[35]
恋人の女性への接し方を諄々と説く愛の神キューピッドをふり切り、ナルキッソスが盲目な情欲とも我意ともとれる荒馬（equum, qui caeca Libido vocatur）を走らせ、自己愛という名の甘美な流れ（flumen amoenum . . . . atque Philautia vulgo Dicitur）（一五八―六一行）に辿りつく。そこの岸から水に映る己の姿に陶然となるが、夜とともにそれを見失い、焦がれ入水して果てる。「運命というか誤りにより滅んだ男」をヴィーナスが哀れみ、水仙（narcissus）に変えてやる。
これが二百六十四行からなる詩のあらすじだが、舞台がイングランドに変わっているばかりか、水に映る己れの姿に「あなたなしでは、生命なしでは、生きていけぬ（Et nequeo sine te, sine vita vivere）」（一九四行）と呼びかけると、冴がエリザベスの姓にかけて「まことに（vere）」と応える露骨な演出まである。これでは献呈者からの報酬は望めぬが、主筋のセシルの覚えはさぞ目出たかっただろうと思われる。
『ヴィーナスとアドーニス』執筆に際して、シェイクスピアは『ナルキッソス』を巧みに物語の要に据える。美しい若者がいて愛の手解きを受けるが、それを嫌う。ともに情欲の象徴たる荒馬を所有するが、一方がそれを乗り廻し、破滅の因となり、他方はその馬に置きざりにされる。代わってアドーニスという馬に跨ろうとするのがヴィーナス。そのため彼女はタンタラスの苦しみを味わう。そして最後は、若者が二人とも死んで花に変身する。これだけで両者のテーマの共通性は明らかだが、さらにヴィーナスに次のように念を押させる。

あなたの心があなたの顔を恋しているの？　……
ならば、自らにいい寄り、斥けられればよい……
ナルキッソスもそうして自分を棄て
川に映る自らの影に接吻しようとして死んだのよ。
（一五七―六二行）(36)

その上でサウサンプトン同様髭も生え揃わぬ（四八七行）アドーニスには、真顔で抗議させる。

僕が自ら性に目覚める前に、むりに僕を知ろうとしないで
（五二五行）

後は、「恥じらいの真の赤面と名誉の破滅まで忘れる」（五五八行）ほどにヴィーナスを掻きくどかせ、エロティシズムの糖衣で当初の意図を覆い隠すだけ。それが予想以上の成功を収めた時、サウサンプトンはきっとシェイクスピアに大盤振舞をする気になったことだろう。
勿論、『ナルキッソス』と向き合うことで、シェイクスピアの側にもそれなりの収穫はあった。彼はこの過程を

通して、愛の本質とは所詮自己愛でしかないと気付き、そこからの脱却を自分なりに真剣に考えるようになってゆく。『ソネット集』とは、その軌跡といってよいだろう。

こうして猖獗をきわめた疫病をうまく利用して詩人になるという「紋章申請の文学的等価物」[37]ともいえる企てに成功したことで、シェイクスピアの野心は一段と高まる。

信頼できる最初のシェイクスピア学者のニコラス・ロウは、十八世紀の初めに書いた伝記で、伝え聞く話としてサウサンプトン伯はすでに述べた多額の金額を、シェイクスピアが「欲していた買物（a Purchase . . . he had a mind to）」のために与えたと書いている。

正確な金額や欲した時期がわからぬ故「買物」の中身の見当をつけるのが難しい。纏った金が必要となれば、九四年五月に結成される宮内大臣一座の株主出資金がまず念頭に浮かぶが、この頃はまだ伯が成人に達していない。与えた金が伯が成人後の五年間に消尽したといわれる三万ポンドの一部とすれば、時期的にこの説は早すぎる気がする。[38]

やはり紋章申請を考えるのが最も素直だろうが、「紋章模様により思考する精神[39]」は九四年、ルクリースの顔の美しさを美の赤と徳の白が争う紋章模様（This heraldry in Lucrece's face . . . Argued by Beauty's red and Virtue's white）（六五—六六行）と捉える辺から具体化していた。凌辱前のタークィンの逡巡からも、佩用を真剣に考えている人間のみがもつ切実感が伝わってくる。

そうだ、俺が死んでも醜聞は死なず
金の紋章上の瑕として残るだろう
紋章官は何か忌わしい印を考案して記し
俺がいかに愚かな情欲に溺れたかを示すだろう。

（二〇四—七行）

佩用前後に書かれた『リチャード二世』にも、楽屋落ちととれる科白が現われる。モーブレイとの決闘を前に、王に対して、次に父ゴーントのジョンに対してボリンブルックは次のようにいう。

貴いお目を……涙で穢して下さいますナ、
この身がモーブレイの槍（speare）で血塗れになりましょうとも
飛びたつ隼（falcon's flight）さながら自信にみちて
……モーブレイに戦いを挑みます
………………………………
お父上の祝福で槍の先を鋼のように鍛え（steel my lance's point）
モーブレイの臘の鎧（coat）を突きさし、
ゴーントのジョンの名に新たな輝きを与えさせて下さい（furbish new the name of John）
息子の赫々たる行為によって（in the lusty behaviour of his son）。
（一幕三場五九―七七行⑽）

三幕一場、ブリストルの城門前に姿を現わしたボリンブルックが従えた捕虜に死刑宣告を下す際にも、紋章思考は続いている。

お前らはわしの所領を喰いものにし……
ステンドグラスの家紋（coat）を消し
わし個人の紋（imprese）さえ削りとり、……
わしの紳士の身分（a gentleman）を世に示す印（sign）を悉く失くしてしまった。
（三幕一場二二―七行）

シェイクスピアはすでに紳士に相応しい邸宅を構え、窓や部屋、家具類を家紋で満たすことを夢想している。ヘンリー街の生家は両親と弟たちに譲り、新屋敷《ニュー・プレイス》購入までを視野に入れていたかもしれない。シェイクスピアは、中、長期型の思考のできる人だ。自信家でもある。そういう彼は詩人としての成功を当てこまずに、まずローマの詩人たちに挑戦するところから名をあげようと考えていたふしがある。

疫病による劇場閉鎖は九二年から四年まで足かけ三年に及んだが、中断がなかったわけではない。九三年十二月二十七日から翌年二月六日にかけて、興行師ヘンズロウはサセックス伯一座による三十公演を薔薇座で打ち、その収益を記録している。そこにシェイクスピアの『タイタス・アンドロニカス』の名が三度現われる。「新作(ne.)」と銘打たれた一月二十三日、三ポンド八シル。二十八日、四十シル。二月六日、四十シル。長い閉鎖と人口の減少を考えれば、悪くない入りだ。その後疫病明けの九四年六月三日から十三日にかけての十一日間、シェイクスピアの劇団とヘンズロウの劇団は旧ニューイントン射撃場で合同公演を打つが、ここでも一度(六月十二日)『タイタス・アンドロニカス』は上演されている。但し、場所柄のせいか、収益は僅かの七シルに留まっている。[41] どうやら、九三年の冬場、劇場再開の兆しを感じとって、『ルクリースの凌辱』執筆と並行してシェイクスピアは、『タイタス・アンドロニカス』の創作か大幅改訂に取り組んでいたと思われる。

詩と劇の舞台がともにローマ、テーマも同じ性暴力の齎す政治的影響に絞られているのが、それを裏づける。『ジョン王』『ジュリアス・シーザー』から『ハムレット』にかけて、つまりエセックスの反乱辺りまで続くシェイクスピアの共和制志向は、この二作に端を発している。ただこの二作についていえば、『ルクリースの凌辱』が史実に基づいているのに反して、『タイタス・アンドロニカス』の方は十二世紀東ローマの皇帝(アンドロニクス)と凱旋門やコロセウムを建てた一世紀の西ローマの皇帝(タイタス)の合成からなる題名がいみじくも語るように、[42] 断片的史実を虚構が繋ぐかたちをとっている。

T・S・エリオットが「最も愚かしく最も退屈な劇の一つ」と呼び、ジョンソン博士が野蛮さと大量殺戮故に鑑賞に耐えぬといったこの劇の、直接の出典は今のところ発見されていない。二十世紀に初めて日の目をみた十八世紀の呼売本《チャップブック》『名高きローマの将軍タイタス・アンドロニカスの物語』が一五九四年二月六日に出版登録された『高貴なローマ人タイタス・アンドロニカスの物語』といかなる関係にあるかがわからない、劇と呼売本、それに今一つ残る百二十行からなる俗謡三作の前後関係が辿れない限り、シェイクスピアの創意を問うのは難しい。

　十人以上が舞台上で殺され、ラヴィニアは凌辱された上に舌を切られ、両手首切断、タイタスは片腕を失うものの復讐として娘を凌辱した二人の男を殺し、肉パイにして母親のタマラに食べさせるといった凄惨極まりないこの劇で、はっきり出典とわかるのがオウィディウスの『変身譚』（六巻四一二―六七四行）。四幕一場の冒頭で（一―二二行）、実際に本を示しつつラヴィニアが自ら凌辱されたいきさつを伝えるところに明らかだ。

　アテネ王の娘フィロメラが姉プロクネの夫トラキア王テレウスに凌辱され、犯行が割れないよう舌を切られる。犯人が夫とわかった時、プロクネは息子イテュスを殺して肉パイにして夫に食べさせる。この話が、『タイタス・アンドロニカス』の下敷になっている点だけは、疑いがないだろう。

　文法学校時代に詩人の王として殆んど神格化されていたオウィディウスに、不遜なシェイクスピアは喧嘩を売ろうとする。フィロメラは舌を切られても、織物をして真犯人を伝えることができた。自分なら、彼女の両手首まで切り落とし、機を織れなくしてやろう。それでどうするか、みてやろう。舌に加えてラヴィニアの両手首まで切ったについては、シェイクスピアにそうした不遜な挑戦意欲があってのこと、と思われる。

　オウィディウス何するものぞ、ローマ何するものぞの気概は、それで終らない。凌辱され舌と両手首切られていわば「解体された《ディスメンバード》」も同然な肉体に、あえてラヴィニアの名を与えたところにも窺える。

　ラヴィニアとは、ウェルギリウスの『アイネーイス』（六巻七六六行以下）で、ティベル河東岸に住むラウレンティーヌス族の王の娘で、彼女がアイネアスと結婚し、そこからローマが誕生してゆく、「ローマ建国の母」の名なのだ。[43] それを凌辱するとは、ローマを凌辱するに等しい。同時にそれは、少し前にローマ建国神話として『ダイドー』を書いた二人の先輩劇作家マーロウとナッシュへの挑戦でもなかったか。シェイクスピアの傲岸不遜さは、留まるところを知らない。

勿論、ラヴィニアの名は、タイタスや叔父マーカスと並んで、現存の三作に共通する。しかも、三作間の順序に二説あって、ラヴィニアの命名がシェイクスピアの独創とは決めがたい。未発見の出典からしてそう命名されていた可能性も高い。

だが、ローマの礎というその名が象徴する意味を、シェイクスピアは充分理解している。彼女の解体(lop and hew)(二幕三場一七行)をローマの解体(broken limbs)(五幕三場七一行)と重ねるばかりか、アラーバスの身体切断(一幕一場一三二、一四六行)や「殺人」や「強姦」の切り刻み(martyr)(三幕一場八一、一〇八行、三幕二場三六行、五幕二場一八〇行)までが同じ言葉で語られる。つまり、彼女はゴート人とローマ人の野蛮さを同列に論ずる際の要にもなっている。

ラヴィニアの名前や描かれ方に、シェイクスピアの自覚的姿勢を読みとる理由は他にもある。九〇年代初めに書かれた他の劇にも、古典作家への挑戦的態度がみてとれるからだ。プラウトゥスの『メナエクムス兄弟』に対する『間違いの喜劇』、九四年クリスマスにグレイ法学院が行った、パープール王(Prince of Purpoole)主催の無礼講で演じられた劇が、それに当たる。

数知れない文学者を輩出し、「英国民の文学活動の中心」(44)の栄誉を恣にしてきた法学院は、シェイクスピアやジョンソンのような学歴のない文学者の憧れの的だった。煉瓦工の義父を助けて「手には鏝、ポケットには本を忍ばせ」(45)リンカーン法学院の塀を塗っていたジョンソンは、「芥子なきにしも非ず」が出てくる『皆癖が直り』を「学芸と自由の最も高貴なる苗床」(46)たる法学院に捧げた。ミドルテンプル法学院のリチャード・ホスキンズの息子がジョンソンと養子縁組を望んだ時にはまた、「舎弟呼ばわりで結構、僕は君の父上の息子、磨いてくださったのはお父上だよ」(47)と語ったという。法学院関係者と養子縁組して洗練された生き方を身につけることで出自から抜けだす――これがジョンソンの前半生の基本戦略だった。口にこそ出さぬが、シェイクスピアも似た考えの持主だったに違いない。とすれば、彼はこの公演を己れの力量を知識人層に示す絶好の機会とみなしたのではあるまいか。

八〇年代の初め、職業演劇は遂にアマチュア劇を凌駕した。喜劇からは、到るところでプラウトゥスの臭いがした（smelt of Plautus）[48]。だが、その頃になってもまだ、「セネカやプラウトゥスに通暁する」のを大学生の特権と考える大学人は残っていた[49]。

その一方で、五〇年代からプラウトゥスらは文法学校の教材に採り入れられ、「学への精進（the indevours of Art）[50]」次第でそこでしか学ばなかった者の中からでも、「セネカも重からず、プラウトゥスも軽からず」（『ハムレット』二幕二場）に書き演じうる人材が輩出し始めていた。そうした一人だったシェイクスピアは、出演依頼を受けた時「プラウトゥスの『メナエクムス兄弟』に似た間違いの喜劇（a Comedy of Errors（like *to Plautus* his *Menechmus*））[51]」で応じようと、何の迷いもなく心に決めたに違いない。

彼の挑戦は二つあった。一つは、召使をプラウトゥスの原作より一人増やして主従二組の双子をつくり、間違いを単純計算で四倍にすること。笑劇の徹底だ。

もう一つは、そこに出現する自己喪失のテーマを狂気と踵を接するところまで高めた後で、いかに巧みに収束するか、にあった。即ち、父の処刑時を三十三年という長い陣痛の後一族再会のドラマが産み落される瞬間に重ねる（五幕三場四〇一―三行）。そして死から生への早替りが齎す浄福感により、ゴシックの「雑種（mongrel）[52]」の美学がもつ奥深さをローマ通の法学院関係者に見せつけること。これも、文法学校出の秀才が行った、知識人への挑戦とみてよいだろう。

一六〇二年二月二日、シェイクスピアの劇団は今度はミドルテンプル法学院から依頼を受けるが、その時もやはり「間違いの喜劇ないしプラウトゥスのメナエクムス兄弟によく似た（a play . . . much like the commedy of errores, or Menechmi in Plautus）[53]」『十二夜』という双子の兄妹の再会を軸とする劇で応じている。とすれば、喜（笑）劇とロマンス、舶来と土着の「不一致の一致（disconcordia concors）」とそれによる感動の多声化《ポリフォニー》は、シェイクスピアの生涯を貫くドラマツルギーだったとみてよいだろう。

『メナエクムス兄弟』ほど目立たぬが、召使を一人増やすに当たって、彼はプラウトゥスのもう一つの笑劇『アンフィトルオ』にも負っている。
新たに増えたシラクサのアンティフォラスの召使ドローミオは、間違い続きで気が動転していたところを主人に呼びとめられて、思わず問いかける。

あっしがおわかりですかエ、旦那。あっしはドローミオですよネ。あっしはあっしですよネ。
（三幕二場七三—四行）(54)

これは、テーバイの将軍アンフィトルオの召使ソシアの科白にヒントを仰いでいる。

どこで自分を失くしたんだろう、どこで変身したんだろう。どこで姿かたちを落としたんだろうか
Ubi ego perii?　Ubi immutatus sum?　Ubi ego formam perdidi?
（四五六行）(55)

将軍が凱旋してきたものの、すでに妻のアルクメネに懸想したユピテルが彼になりすまして訪れていて、家に入れない。門を守るは、ソシアに姿変えたメルクリウス。ヘラクレス誕生に繋がるユピテルの有名な情事だが、先の科白は門前で押問答の末、ヘラクレスにすごまれて退散する際にソシアが漏らすもの。学識豊かな観客を喜ばせようと、シェイクスピアはそれをあえて捩ってみせたというところだろう。
だが、二組の双子の登場が思いの外難事だということは、決して忘れるべきではない。なるほど、全員が仮面を被って登場するローマ劇なら、何組の双子を登場させようと、まったく問題にならない。ところが、素顔が原則のエリザベス朝演劇では、自ずと事情は異なる。リアリティを損わないほどに似かよった二組の人物を探すのは、予想以上に難しい。だから、ジョンソンはドラモンドに次のように漏らしたのだろう。

彼［ジョンソン］は、プラウトゥスのアンフィトルオのような劇を書こうという意図をもっていたが、断念してしまった。観客に同一人物と思わせるに充分なほど似かよった二人を見つけられなかったというのが、理由だそうである。(56)

シェイクスピアは、それに敢然と挑戦する。おそらくは、「つけ髭一つで赤の他人」とみなす変装の約束事を逆手にとり、顔貌、体つきはある程度似ていれば充分で、酷似した人物は却って客の鑑賞を妨げるという信念に立って。似ていない双子の登場も、かたちを変えたローマ劇への挑戦だったのだ。

こうして疫病による劇場閉鎖が明けた一五九四年辺りから、シェイクスピアは斯界の第一人者の地歩を固めてゆく。目ぼしい先輩劇作家たちが姿を消したのが幸いしたし、ロンドンにおける二大劇団制の定着も味方してくれた。その結果翌九五年には、その名を冠すれば戯曲の売れゆきが伸びる作家に、すでにシェイクスピアはなっている。抜け目のない印刷業者が『ロックライン』という作者不明の劇の出版に際して「W・Sにより新たに組版、監修、校閲されたもの（Newly set forth, ouerseene and corrected by *W.S.*）」と入れている（「作」といわないところがミソだが）。(57)

これが戯曲のタイトル・ページに彼の名（イニシアル）が載った最初だが、自作では佩用後の九八年『恋の骨折損』の第一・四折本の表紙に初めて、「W・シェイクスピアによる新たな校閲、増補版（Newly corrected and augmented *By W. Shakespere*）」と著者名が現われる。(58)この年にはまた、もの好きな聖職者による劇作家古今評判記が出版されるが、そこでも悲劇、喜劇両部門のトップにシェイクスピアが躍りでる。

プラウトゥスとセネカがラテン民族の間で喜劇と悲劇の最高の評価をえているように、わがイングランド人の間では喜劇、悲劇両部門においてシェイクスピアが最も優れているとみなされている。

（F・ミアズ『知恵の宝庫』(59)）

しかし、紋章佩用前後で最も注目すべきは、彼の野心のさらなる高まりで、これはさりげないところに覗いている。

この頃に彼が書いたものの一つに『ジョン王』がある。ジョンは、大憲章を貴族に認めさせられたり、「欠地王」というありがたくない異名をとった王だが、法王に初めて刃向ったイングランド王として、宗教改革期には評判がよかった。そのせいか、新教徒の立場にたった『ジョン王の乱世』[60]という劇が八〇年代の終り頃に書かれる。シェイクスピアの劇は、それを踏まえたものになっている。

主人公フィリップ・フォークンブリッヂはノーサンプトンシャーのサー・ロバートの息子となっているが、実は獅子心王リチャード一世の御落胤。母マーガレットの過ちによりできた庶子ながら、父の存命中は弟ロバートと分け隔てなく育てられてきた。ところが父が死んで遺産相続になった時、弟が家督を要求するところでトラブルがおこる。それを裁いて貰おうと、彼らがジョンと母のエレナー(第一章冒頭で触れたアリエノール)皇太后の許へ乗りこんでくるところから、劇は実質的な幕開きとなる。

ジョンはフィリップの正当性を認める裁定を行う。だが、祖母に当たるエレナーに勧められて、彼は結局裸一貫(Lord of thy presence, and no land beside)(一幕一場一三七行)獅子心王の忘れ形見として生きる道を選び、その旨を弟に告げる。

おい弟、お前は俺の土地をとれ。俺は運をとるとしよう。
顔が親父殿似で得したナ、年収五百ポンドを手に入れたんだから。

(一幕一場一五一―二行)[61]

この年収額が気に懸る。劇中でこの額が口にされるのは、百行足らずの間で実は三回目(一幕一場六九、九四、一五二行)、フィリップの未練を伝えるようで、観客の耳朶に残る。

ところが『ジョン王の乱世』においては年収への言及は僅か一度(一幕一場一〇六行)、額も千二百マルク、即ち八百ポンドになっている。シェイクスピアは何度も念を押すかたちで、なぜ金額をあえて減らしたのか。

　ヒントは、思わぬところにある。父ジョンの紋章佩用を認可した文書の第二の草稿の下部欄外にある四つほどの但し書の三番目に「彼は五百ポンド相当の豊かな土地と家屋（lands and tenements of good wealth and substance 500li）[62]」の所有者とある。シェイクスピアは、それに合わせている。いいかえれば、彼は己れを庶子に重ね、弟に家督を譲って運を試そうといっているのだ。

　やがてシェイクスピアが故郷への往還の折泊ったであろうオクスフォードの王冠亭の息子、のちの桂冠詩人ウィリアム・ダヴェナントは、酒が廻ると気のおけない文学者仲間相手に、自分はシェイクスピアの庶子だと打明けたものだという。[63] シェイクスピアはロンドンで馬番から身を起こしたという逸話をはじめ、千ポンドの褒賞金、女王が恋するフォールスタッフ劇を所望した云々と、彼が出所の「伝説」の類は多い。庶子云々の真偽のほどは定かではないが、皮肉にも名付け親の方は疑いなく故郷を捨てて、古代から続く文学共和国で雄飛しようとしている。おそらくオウィディウスをリチャード獅子心王と決めこみ、その精神的庶子として。彼は今「楽屋落ち《イン・ジョーク》」のかたちで、いささかの不安を交えつつ己れに幾度となくそう語りかけている。紋章佩用後に襲った、これが最大の恍惚であり不安であった。

　シェイクスピアは、紋章佩用により意識改革をしてしまっている。彼はすでにかつてのような一介の河原乞食ではない。娯楽を民衆に提供するだけのしがない芸人ではない。ローマの詩人の赫々たる栄光に連なる芸術家になったと思っている。

　だが、世紀を跨ぐ頃になっても、「彼や民衆劇をみる知識人の眼」は一向に変わっていない。それに痛いほど気付かせてくれるのが、一六〇一年暮れにケンブリッジ大学はグリーンやナッシュの母校聖ジョンズ学寮で演じられたクリスマス劇『パルナッサス山からの帰還・第二部』の五幕一場。

「学芸愛（Philomusus）」と「学問好き（Studioso）」の従兄弟同士は、学芸で身を立てるのを諦め、すでに山を下りている。（劇中で）シェイクスピアの劇団の幹部俳優バーベッジと即興の名手ケンプの面接を受けた彼らは

「生きてゆくために、最低の生業につかねばならないのか、練習つんで鉛の蛇口（leaden spouts）にならないといけないとは」（一八四五―六行）と愚痴を零す。少し先へゆくと、役者どもは「彼らより豊かな才能ある若者が書いた言葉をわめき散らすだけで土地を買い、紳士と呼ばれている（now Esquires are namde）」（一九二七―八行）という言葉も瞥見される。十年ほど前にグリーンが「われらの口から喋る人形」云々といった頃とまったく変わっていない。

シェイクスピアの「心奪う詩行（hart robbing lines）」は学生たちに認められているようではある。だが、それは校正係「判断力（Iudicio）」の判断にすぎず、その彼でさえ「恋の愚かで怠惰な物憂さがない……もっとまじめな主題（a grauer subiect . . . Without loues foolish lazy languishment）」（三〇二―四行）を書いた方がよい、と注文をつけるのを忘れない。

そこに登場する「詩的狂気（Furor Poeticus）」のモデルといわれるマーストンも、『役者いじめ』で素人劇団にトロイラスが以下のようにクレシダに自慢する寸劇を演じさせる。

汝の騎士がその勇壮なる肘を疲れんばかりに使い、
恐ろしき槍を揮えば（shakes . . . Speare）
敵は……倒れ死に、鼾をかく。
（二幕一場）(64)

「非作者（A Never Writer）」が「上演の手垢がつかず、下卑た観客の拍手喝采も浴びたこともない」、「テレンティウスかプラウトゥスの最良の喜劇に匹敵する労作（a Labour）(65)」と見栄を切った『トロイラスとクレシダ』が、ここでは無慙にも嘲笑の対象にされている。

紋章佩用や『ジョン王』執筆時に戻れば、シェイクスピアは民衆劇に対する大学人の旧態依然たる態度に失望している。同時に七六年以降常設劇場が次々にでき、見巧者が増えつつあることをも意識している。知識人の鼻を明かし、見巧者を満足させ、興行をさらなる安定軌道に乗せるには演劇人の自己改革が急務と考えている。その頃、劇団に作品を売りにきたジョンソンと知りあい、その高踏的な演劇観に「何か優れたもの」[66]を嗅ぎとる。

座付作家の変革への真摯な思いを汲んで、宮内大臣一座もおそらく、路線談義に明け暮れる。そして、シェイクスピアが唱える劇作家主導のリアリズム路線が、役者中心の即興劇（extemporal witt）路線に勝利した時、女王の道化師タールトンの衣鉢をついだケンプは株を売り、ノリッヂへジッグ踊りをしながら去っていったことだろう。『皆癖が直り』でカルロがパンターヴォロにいう、「ケンプの靴の片方を呪《まじな》いがわりに投げてやりたい（Would I had one of Kemp's shoes to throw after you!）」[67]は、かつての人気株主俳優の道中安かれと祈る劇団員の気持の表われだったかもしれない。

シェイクスピアは、その勝利宣言をハムレットの口を藉りて旅役者に演技指導を行うかたちで、観客に向けて、役者に向けて、自らに向けて語り始める。

大袈裟なしぐさや科白廻しをしてはならない。わめき散らさず、さりとて大人しすぎる演技も避けよ。勿論アドリブは禁物。万事自然の法（modesty of nature）を守り、自然に鏡を掲げることを旨とすべし（the purpose of playing, whose end . . . was and is to hold . . . the mirror up to nature）。そして見る眼のない客は無視し、見巧者に認められるようつとめ、彼らの意見を何より尊重すべし（cannot but make the judicious grieve, the censure of which one must . . . o'er weigh a whole theatre of others）[68]。

役者のアドリブを憎み、作家の台本通りを是とするこの演劇論の中核をなすリアリズム論は、『皆癖が直り』の「観客代表（Grex）」が述べていたキケロの喜劇観、「人生の模倣、習俗の鏡、真理の像（imitatio vitae, speculum consuetudinis, imago veritatis）」[69]の焼き直しにある。だが、劇作者主導と有識者優先に囲まれることで、理想とする演劇が大人しく上品な芸術に収まってしまう嫌いがある。そこが気に懸るところだ。

根からの演劇人シェイクスピアは、相対化の名人だった。だが、その彼にして相対化できなかった唯一のもの、それが己れの学歴コンプレックスだった。そしてそれが、古典作家への挑戦心を育て、詩人志向を生み、紋章佩用を促した。即ち、学歴社会相手に敢然と戦いを挑ませ、「否、権利なし」を「権利なきにしも非ず」に変える原動力になったものこそが、コンプレックスなのであった。

だが、それが他ならぬコンプレックスである以上、民衆的なるものとの妥協を拒み、芸術目指して飛翔する。とはいえ、民衆がもつ猥雑なエネルギーと切れた芸術に豊かな未来は望めない。

そう考えると、台本を戯曲に格上げし、俳優の時代を劇作家の時代に変え、芸能と芸術の断続を齎し、エリート優先の痩せた演劇の近代を導いた責任の一半は、皮肉にも、シェイクスピアという学歴コンプレックスに悩む劇作家の、「権利なきにしも非ず」への闘争に潜んでいたといえるかもしれない。

第六章　栄光に憑かれた悪漢たち

――ステュアート朝悲劇のために――

元恋人の髑髏を手にするヴィンディス（イアン・リチャードソン）
（1967年 RSC 公演より）

一　はじめに

ルネサンスの「栄光（glory）」には、二つの祖国がある。一つは、「栄光のための行為」と「徳行」の間に何れの径庭を認めなかった古代ギリシアの恥の文化であろう。[1] この文化の復興なくしては、「人間の名誉だけでたくさんです。私はこれを熱心に求め、人間として人間的なもの以外は望みません」[2] と書いたペトラルカは存在せず、「卓越さを望む大いなる欲望（lo gran disio dell' eccellenza）」（ダンテ）も誕生しなかったであろう。「名誉を齎すものか人を凡化するものかの外に何れの価値の標準を知らなかった」[4] ルネサンス人は、まことに「公的尊敬《ティメー》」[5] の享受をもって至高善としたギリシア神話の英雄たちの再来なのであった。

もう一つの近い祖国は、騎士道を規範とする中世の名誉文化にある。ヨーロッパ辺境の国イングランドにあっては、十四世紀や十五世紀のイタリアと違って、人々はまだ「不朽の名声を望んで」詩作する[6]（ボッカチオ）すべを知らなかった。ボッカチオの「民衆の栄光（La Gloria del Popol Mondano）」の女神を念頭に描いた名声の女神をチョーサーが称えたとしても、その女神の館の鉄の柱にホメロスやウェルギリウスの名を掲げたとしても、あるいは詩の第三巻冒頭で詩人が「私」という一人称でアポロンに詩の成功を祈ったとしても、[7] 詩自体が未完で終る事実がこの国における文の栄光の未熟さを物語って余りある。十六世紀末までは、イングランドにおける栄光はあくまで武が中心であり、武に基づく公的尊敬が「寛大さ（megalopsychia）」と並んで栄光を齎す「卓越さ」の二大母胎をなしていたのであった。

とはいえ、武の名誉の衰退は、深く静かに潜行していた。近代が国家の形成期であり、文の時代の幕開けとすれば、それは中世を支配していた普遍的《カトリック》宗教的権威と封建諸勢力に分権化された騎士道的名誉社会の打破を目指すこととなる。即ち、宗教的には「信仰の領土帰属主義」の徹底であり、武力の国家権力への一元化の試みだ。前者が国教会の成立で一応の決着をみたとすれば、後者はテューダー朝の誕生で緒につき、北方の叛乱鎮圧（一五六九年）でほぼ完了する。止めをさすのが、「最後の名誉の叛乱」エセックス事件（一六〇一年）の顛末であろう。部下に蜂起の責任を転嫁するエセックスの言動に接し、民衆はようやく「武による栄光」[8]への幻想から醒めたのであった。

名誉への幻滅は、世紀末現象に先行されていた。凶作に続くインフレ、貧困の拡大という経済問題、世嗣を望めぬ女王の高齢化が生む政治問題に、「新哲学」が齎した天文学上の問題が加わって生みだされた世情不安がその実態だったが、そこに一切の伝統的な価値の崩壊までが読み込まれていた。

そして、世紀末現象には、癒しの哲学人気が付随した。ボエティウス、セネカ、プルタルコスといった、哲学より「哲学後の哲学」[9]ともいうべき精神衛生の提供者たちの復活だ。

新天文学が齎した「中心の喪失（all coherence gone）」[10]に恐れ戦き、孤独な不死鳥の運命を予感した人々は、ひたすら内向する。かって（一五九八年）『イリアッド七書』を、「現存されるお方の中で最も栄誉あり、アキリーズ的美徳を体現された」エセックスに捧げたチャップマンは、『オデュセイ』をサマーセット伯に捧げる時（一六一四年）には、理想の人物はすでに変わっていた。「可能な限りの英雄的行為」を備えたアキリーズではなく、ユリシーズ、「心の内なる、揺るぎなく、征服されざる王国（the Mind's inward, constant and unconquered Empire）」の持主が踊りでる。[11]「凋落の時に合わせて、善、美徳、栄光、名声その他一切を失くし（*cf.*, with these times of dissolution, fall From Goodnesse, Vertue, Glory, Fame and all）[12]」、やがてミルトンが説く「内なる楽園（Paradise within）[13]」への第一歩が、はやばやと記されたのだ。

しかし、「武による栄光」は去っても、それで栄光自体が一気に消滅するわけではない。スペンサー描く赤十字の騎士は、困難な仕事を果たすことで「永遠の名声（euerlasting fame）」と「栄光ある名前（glorious name）」が与えられますようにという巡礼の祈りに対して、それにより私が称讃をえたら、それはわが手を用いて自らの力を現わされた神のものと控えめな態度に終始した。[14] だが、それはむしろ例外で、オウィディウスをして「時代を超えてわが名声が生き長らえるであろう（perque omnia saecula fama . . . vivam）」で『変身譚』を締め括らせ、[15] ミルトンをして「名声、高貴なる心の最後の弱点」[16] といわしめた相手だ。嫉妬の対象になり易く、アベラールからエラスムスまで扱いに苦慮してきたその魅力は、[17] 一朝一夕で凋むものではない。ましてや、時代は恥の文化全盛のルネサンス、易々と死にたえるはずがなかろう。

なるほど、十七世紀の声を聞く頃ともなれば、公的尊敬との絆はすでに切れている。文明の理想が尚武の精神を離れ、予言者マーリンの呼びかけに応じて騎士道が再び醒めることもないだろう。[18] だが、武人や王侯貴族が統べる国家に代わって、個の集合体としての国家概念が遠望されるにつれて、栄光や名声も新たな市場価値を備え、何らの肩書きも持たない一介の個人が自由に取引きしうるものに変化してくる。その文化の水平化の最初期において、演劇という市場に逸早く登場してくるのは、内なる王国の体現者ではなく、「自己実現の情熱」[19] に燃えた殺し屋や悪漢たちだ。彼らは、ことの是非善悪を超えて、それが己れの行為というだけの理由で、犯罪行為を礼讃し完成度や面白さを競い合う。ステュアート朝悲劇における栄光としては、そこからが本番だ。

典型がマッシンジャーの『ミラノ公爵』（一六二一年）のフランシスコ。公爵に捨てられた妹を哀れんでか、妃を誘惑し、そのことで公爵を嫉妬に追いこみ、彼女を殺させる。揚句のはては、死化粧したその唇に毒を塗り、公爵にキスさせることで復讐を完成する。そしてことが露見するや、開き直って叫ぶ。

思いつくだけの危害を加えるがよい。
でも、俺は何より嬉しい（I glory）
生まれてきたときの儘だということが。俺はフランシスコだ。
（五幕二場二二〇―二行）

妹の復讐がなったことが嬉しいのか、イアーゴウのように次第に公爵を嫉妬からの殺人に追い込んだ凄腕が自慢なのか、『第二の乙女の悲劇』（一六一一年）や『復讐者の悲劇』（一六〇六年）、『白い悪魔』（一六一二年）のような死体にキスさせての毒殺という手のこんだ殺害の成功に酔っているのか、栄光を生む真因はよくわからない。最後に引かれてゆく時に語る言葉が、半ば正鵠を得ているかもしれない。

俺は栄光に包まれてこの世を去ってゆく
蒙った過ちを正してから死んでゆく
それが男の名と記憶を残すやり方だ。

（五幕二場二五三―五行）[20]

社会的閉塞感と宗教的「永罰《リプロベイト》」恐怖の中で生きた証しを遺すこと――ステュアート朝悲劇の栄光は、その辺に胚胎する。しかも、その証しを残したい願いは、一切の証しを留めたくない気持に通底する時さえある。例えば、『白い悪魔』の「栄光に憑かれた悪漢たち（glorious villains）」の代表格、フラミーネオの最期。

妹を殺す「正義」という、栄光を勝取る最後の切札すらロドヴィーコ一行に奪われた絶望のどん底に突き落とされた彼は、不条理かつ不平等な生への呪詛、栄光を奪った相手への羨望、そして尽きせぬ自己憐憫の中で、誰に当てるともなく「あばよ、この糞ったれ奴が（farewell, glorious villains）」と悪態をつく。そして叫ぶ、弔いの鐘なんぞ無用、別れの挨拶がわりに景気よく雷よ轟いてくれ、と。（五幕六場二七二―六行）

自惚れ（vainglorious）の強いこの男は、どうやら最後まで自己劇化をやめることができないようだ。だが、それを見聞する観客はどうか。彼らの耳朶にはまだ劇冒頭でロドヴィーコが口にした「木端微塵になりたい奴ほど恐ろしい雷を崇めるものさ」（一幕一場一一―二行）が残っていて、自己消滅願望をも聞きとってしまうのではないか。[21]

このデカダンな捨て科白が象徴するように、内なる王国の希求とは異なり、彼らの求める栄光には内省化という近代へのヴェクトルが欠けている。逆説めくが、栄光に憑かれた悪漢たちは最初の近代人にみえて、個人主義の無間地獄に耐えきれぬ旧体制の生き残りなのだ。にもかかわらず、この栄光は実際は劇場閉鎖期を乗りこえて英雄悲劇に潜りこみ、名誉革命（一六八八年）少し前までは死に花を咲かせ続ける。武の名誉が形骸化しつつ、決闘の流行として十七世紀後半の社会を賑わすのと、[22]これは軌を一にする現象だ。愛と赦しのテーマが観客の嗜好として定着するまで、暫く時間を要したということで、この辺が転換期の面白さだろう。

だが、命脈もそこまで。『リヴァイアサン』（一六五一年）で諍いを生み、他を貶め、勝ち誇りたい人間の本性、即ち近代契約社会誕生の負の前提に祀りあげられた後は、[23]風習悲劇の中で当世風な男の悪趣味へと矮小化されてついに果てる。

あの方は、相手の御婦人に面と向かって勝ち誇る、いえ威張り散らし《グローリーズ》てみせないと、
機嫌よくできない人なのよ。

（『当世風の男』五幕一場二四七―九行[24]）

無理もない。名誉（honour）は内向型だから、小市民的美徳として近代でも棲息は可能だ。だが、人格、行為両面で桁外れのスケールを要し、死後も続く高い対外的評価を期待する外向型の栄光には、不可能な相談だ。[25]それは、水平化の風土に何より馴染まない代物なのだから。

その前近代的美徳としての「栄光」がステュアート朝悲劇で最後の艶やかな華を咲かせてやがて散ってゆくさまを、少し詳しくみてゆくとしよう。

二　フランシス・ボーモントとジョン・フレッチャー

ステュアート朝に入り、時代の体質が確実に変わったと実感させてくれる最初の悲劇ともいえる、ボーモントとフレッチャーの『乙女の悲劇』（一六一〇年）は、好色な王に貞操を奪われた女の復讐物語である。[(1)] 但し、「乙女」はその被害者エヴァドニではなく、彼女が強制結婚させられる相手の元許嫁アスペイシアを指す。タイトルからして、どこかはぐらかされた感じだ。

どうしてアスペイシアがタイトルに踊りでるようになったか、はわからない。確かに彼女は主人公ではない。さりとて、主人公といえる彼女の元恋人アミンターやすべてを狂わせた王にちなんだタイトルでは、何かが滑り落ちる。劇が割れていることは、ライマーに指摘されるまでもなく、目にみえている。[(2)] ならば、いっそのこと、二幕で一旦消え、五幕も最後、復讐が済んだ後で再登場し、復讐物語と悲恋ロマンスを一つに結びつけ、男装の下で元恋人に刺殺されて「至福《ブレッシング》」（五幕三場二〇六行）の中に果てる彼女で劇全体を括った方が、都合がよい、と劇作家たちは判断したのではあるまいか。彼らの狙いはどこにあったのか。

『乙女の悲劇』は、財政的に逼迫した王ジェイムズが大権支配《プレロガティヴ・ルール》をちらつかせながら、封建的特権と引替えに年収二十万ポンドを確保する「大契約《グレイト・コントラクト》」を巡る折衝を、議会と行っていた只中に書かれた劇である。それ故、王の性的放縦さには政治的無軌道を横滑りさせた感があると、しばしばいわれてきた。[(3)] となれば、主要人物の言動にも、当然君主に対する国民のさまざまな反応が潜りこむこととなる。例えば、王の不行跡の隠れ蓑に使われるアミンター。不条理さに耐えながら「評判」を繕おうとする彼には、王の過誤は神の正義にのみ関わり、人民に許される唯一の抵抗とは「啜り泣きと涙で神に王の改心を祈ること」のみとするジェイムズの『君主自由論（*The Trew Law of Free Monarchies*）』の考えが投影されている。(4) 他方、王が善良である限り王と呼ぶが、その「邪な傲り《ホット・プライド》」が家名に「恥辱」を与えるならば、忠誠心をかなぐり捨てるといきまくメランティアス（五幕二場四四―五二行）には、王が神の冒瀆者に化す時、王の名に値せず、と説いた亡命聖職者の考えが反映しているかもしれない。(5)

エヴァドニとアスペイシアの女性陣には、しかし、政治的立場の反映は薄い。彼女たちはともに王個人というより男性一般の身勝手さの被害者――これは一人の「乙女」の悲劇ならぬ「女たち」の悲劇だ――として造型されているからだが、にもかかわらず二人の間には直接と間接、陰と陽の差がある。まず、直接にして陽の被害者、エヴァドニから。

「眼で恋をするのではなく野心で」（三幕一場一七四―五行）行い、王の「すばらしい娼婦（a glorious whore）」（四幕一場六九行）になったエヴァドニは、チョーサーが「第二の尼僧の話」で描いた聖セシリアに似て、アミンターと結婚したにもかかわらず、床入りを拒む。勿論、セシリアと違って神の花嫁を誓ったからではない。王に義理立てしたままでの話だ。

ところが、兄の脅迫に屈して真相を漏らした後は、百八十度の変身をみせ、自らの「名誉を贖う」（五幕一場六二―三行）ため、王をベッドに縛りつけて殺害するに到る。最高の相手しか受容れないといい（二幕一場二九四―七行）、ミドルトン喜劇を地でいったように、名目上の夫と生まれてくる庶子の父親欲しさに結婚するだけと嘯いていた（二幕一場三二六―八行）前半の彼女からみると、信じられない変わりようだ。一貫性があるとすれば、実益第一主義《プラグマティスト》だという点だろう。

他方、アスペイシアの方といえば、すでに触れたように、「罪をより名誉にみせる」（二幕一場三一八―九行）ため、彼女の許嫁である「賢く……誠実で……勇敢でもある」（三幕一場二六一―三行）アミンターを王がエヴァドニ

——彼女はここでは加害者でもある——の相手に選んだがため、不幸のどん底に落とされた女性だ。彼女は、花咲き乱れる土手をも恋人の墓地とみて、終始棄てられた女の哀れさを紡ぎ通す（二幕一場九二—五行）。彼女は最後にアミンターが「突きだす剣を両腕拡げて受けとめ」（五幕三場一〇一—二行）性的絶頂を味わうかに「死ぬ」が、その役割はそれにより「神々の不正義を明かす」（五幕三場五行）ところにある。だが、自己憐憫が強すぎて、大権支配に基づく一つの文明の崩壊を充分に伝えきれない憾みは残る。

なるほど、これは純粋に芸術的失敗に過ぎず、これまでを検閲を念頭においた意識的操作と呼ぶには抵抗があるかもしれない。だが、劇中には韜晦としかいいようのない仕掛けが方々に張り巡らされているのも事実だ。例えば、アミンターの王殺しに対する心の揺れよう。

エヴァドニに床入りを許さない張本人が王とわかると、侮辱した男を切り刻んで北風に撒きちらすと息巻いていたのに、「その一言ですべての復讐が吹きとんでしまう」（二幕一場二九九—三〇〇行、三〇七—九行）。そして、「評判」だけ繕おうと、悲しく自らにいいきかす。

うますぎた演技が禍して、初夜の翌朝王に結婚が成就したのではと疑われた時には、我慢は限界近くに達している。「誠実な人間を侮辱するというより当人に面と向かってそれを誇ってみせる」（三幕一場二二一—四行）——これこそ後にホッブズのいう「人間の悪しき栄光癖」(6)そのものだ——王の暴君ぶりに接して、彼は刀の柄に手を掛ける。

そして四幕二場、王がエヴァドニに遣わした呼びだしに逆上したアミンターは、抜身の剣を携えてメランティアスの許へ加勢を頼みにくる。自らの王殺害計画が壊されるのを恐れるメランティアスは王の名を持ち出し、その剣に魔法をかける。自制心を取戻したアミンターは、「名誉が人を罪へつき落とすが、その名誉たるや実態のないもの《ナッシング》」（四幕二場三一八—九行）といい、「評判」とは「言葉」にすぎぬとフォールスタッフ張りの科白を吐いた時と似た感慨を漏らす（二幕一場三三四—五行）。変わり身の早さに観客は抵抗を覚えるが、その気持をメランティアスが代弁する。

やれやれ、君の考えはコロコロ変わるネ。　（四幕二場三二〇行）

それがまた五幕三場へいき、エヴァドニが遂に王を殺し、その報告に訪れた時には再逆転する。アミンターは、徐々に切りだす。

愛する者こそがわれらを傷つける最も大きな力をもつものだ。　（五幕三場一一七行）

これこそ「神々がその気になられた時には、王に話しかけられればよい、それまでは苦しみ、待つだけ」（二幕一場三一〇―一一行）という彼の科白と並んで、王権神授説の焼き直しといってよいものだ。それをゆっくり聞かせておいてから、お前は「その名を聞くだけで怒りを金縛りにする力を持つ玉体」（五幕三場一三四―五行）に触れたのだと続け、「無残に流された王の血で汚れた」（一四六―七行）エヴァドニを見ながら、お前の罪故、夜の支配は永遠に続くと罵る。ちなみに、「王の血」云々は、Q_1（一六一九年）ではカットされていて見当たらない。腥すぎると祝典局長が判断したのだろう。

アミンターの置かれた立場を考えれば当然かもしれないが、それにしても彼の気持は変わりすぎる。分裂症の気味なしとしない。ダンビーがいうように、デカダントなステュアート朝の現実の中で場当たり的反応を強いられた宮廷人の姿を忠実に写したものか、[7] 人物像の統一をまったく無視してゲーム感覚で観客反応を弄ぶ娯楽作品を提供しようとしているだけなのか、即答は難しい。似たことは、すでに触れたエヴァドニの変身についてもいえる。全体として、人物像の焦点が結ばないように劇はできている。

中で最も捉え易いのは、メランティアスだろう。王ではなく、大儀に殉ずる彼の生き方についてはすでに触れたが、これは幕開け時からすでに表明されていた。ロードス島に戻り王弟リシッパスの歓迎を受けた時の発言がそれで、友と祖国への愛と真実は変わらず、

徳が見出されるところで
それを大事にする限り持主を愛しますが
手離したら人ならぬ徳を追うまででございます。

（一幕一場一二三―五行）

という、いささか文脈から浮き上がった強弁がこの無骨者軍人の性格と信念をよく伝えている。そして、すかさず寄ってきた弟ディフィラスに、戦地に来るよう遣いを出したのに、と来なかった理由を尋ねる。「王の厳命」（三二行）という答にそれ以上の深追いは避け、話は華燭の典へと移ってゆくが、家族や友人より王命を重んずる弟の考えに、中世的な名誉の持主としては内心穏やかでなかったに違いない。

メランティアスをみて思うのは、その自信だ。妹を短剣で脅して王殺しへ誘いこむに際して、お前が家名を損ねた以上、正義の念に燃える神々は父の墓を発いて再び肉体を纏わせ……この醜聞の復讐をするよう促すはずだという（四幕一場八六―九〇行）。メランティアスは「神々の正義われ（＝家名）にあり」に、何らの疑問ももってはいない。シドニーのような国際武闘派と見紛う発言だ。おそらく彼らの間には、大した径庭はないだろう。

この自信過剰が「己れの正義」（五幕二場五〇行）への拘りを生み、復讐後の生存の算段を促す。アミンターとアスペイシアの結婚式に列席するため召還されたと考えていたメランティアスは、それが妹のための式であり、しかも費用一切王の負担と聞かされて半ば呆れ顔でいう。

いかにも王に相応しい寛大な御処置ですナ（'Tis royal like himself）。

（一幕一場八一行）

そして五幕二場、妹による王殺しを踏まえて（あるいは予定して？）砦に籠った彼は、急を聞いて駆けつけた王弟（というかすでに実質的な王）に呼びかける。

いかにも某に相応しく……己れ自身の裁き手としてここに立っておりまする（like myself Thus I . . . stand here mine own justice）。（五幕二場四八―五一行）

メランティアスはその後「わが身の栄達の野心」（六六―七行）からではなく、名誉から挙に出ただけと告げ、無罪放免を願う。と同時に、願いが聞き容れられなければ、力を頼み、美しい町を破壊する用意があるともいう（五五―六、五八―九行）。「――に相応しく」の表現がはからずも告げるように、名誉を梃子に王とも対等に渡りあおうとする彼の裡では、臣従関係の意識はおそらくない。

復讐してわが身を滅ぼす
のは愚かすぎる。（三幕二場二八五―六行）

マーストンの『アントニオの復讐』に復讐者が隠棲を願いでて許される場面（五幕六場）があるが、その段階からまた一段「進歩」している感じだ。革命の世紀の成熟を意味するのだろうか。それはとも角、だから何としても砦を、という論理は、その復讐の正当化に胚胎するのは確かだ。劇の冒頭でリシッパスは

綸言はまさに神の御言葉（一幕一場一五行）

と絶対王政の大前提を観客に伝えたが、それは劇中ではメランティアスをはじめ意外と多くの人々にとって賞味期限切れの言葉になりつつあるようだ。

となると、初めで触れたように、この劇のタイトルを「乙女の悲劇」にした理由は奈辺にあったのか。そしてこの問いはおそらく、この劇を王殺しで閉じずに復讐行為の関係者ほぼ全員の死（メランティアスも生きながら

の死の状態に置かれている）まで何故書き進めたのかを問うことと同根だろう。いや、兄の魂が乗り移ったかに遅れてきた国際武闘派に変身したエヴァドニが、その情欲のために臣民どころか己れの来世までも売りとばしたとベッドに括りつけた王を面罵し（五幕一場九五―六行）、恨み骨髄に徹して刺殺したはずなのに、その瞬間

赦してあげる（I forgive thee）。　（五幕一場一一三行）

と叫ぶ理由を問うこととも決して無縁ではない。たとえ、直前に王が「哀れと思ってくれ（pity me!）」（一〇八行）と叫んでいたとしても、だ。改めて問おう。何故エヴァドニは己れの行為を誇るどころか、赦しを口にすることで劇のモードをロマンスに変えたのか。

　ボーモントとフレッチャーのコンビは、少なくともフレッチャーは、憐憫にのみ関心があり、殺人の栄光ないし自己礼賛に無関心だったわけではない。それが証拠に『ロロ』（一六一九年）には、マーストンの『アントニオの復讐』を踏まえて、父の仇を討つエディスと従者のハモンドが栄光を分かち合おうとする場がある。[8] 寝ている王を殺したくないと呟いたエヴァドニに似て（五幕一場二八―九行）、あるいはハムレットさながらに罪に塗れたままの敵を討ちたいと父の霊に祈ったものの（五幕二場一三―九行）、いざとなるとエディスにはロロ殺しを敢行する勇気がもてない。駆けつけたハモンドが手助けしようとして、ロロに祈れと命ずる。魂まで殺したくないから、と今度はオセロウの焼き直しだ。そして、意を決したエディスが刺し殺そうとする。

ハモンド　姫お待ちを……女の手で私から
　復讐を奪っては駄目です。
エディス　いえ、これはわたしの栄光。
ハモンド　いや、僕のもの、お待ちを、

一緒に分かちましょう。

（五幕二場一一一―六行）

こうしてみると、「市民革命の序曲」を書きながら栄光を描かないには、やはり魂胆がある。(9) それは砦に籠るメランティアスに白紙委任状を投げて赦免したばかりか、幕切れで新王として次のように語るリシッパスの科白と呼応した動きとみるべきであろう。

淫欲に塗れた王に
天が予期せぬ突然の死を遣わされた。
しかしそれを伝える手先には禍あれ。

（五幕三場二九三―五行）

要するに、新王に「自制心をもって統治に励むよき手本」（二九二―三行）を提供できれば、メランティアスやエヴァドニに栄光を語らせなくとも、その危険を冒さなくとも元はとれると劇作家たちが判断しただろうということだ。フランス王アンリの死で殊更暗殺に対して神経質になり、已れのベッドの両側に空のベッドを立てかけて寝ているジェイムズを、必要以上に刺激することはない、と。(10) 何しろフラーの伝えるところでは、二人は居酒屋でこの劇の筋を練っていて、「王殺し」という言葉を立聞きされ、身の危険を招いたことさえあったからだ。(11)

しかも、エヴァドニの「赦してあげる」は人格の破綻にみえて、実はそうではないかもしれない。よくみると、四幕一場で復讐を決意した彼女が自らの罪を詫びるべくアミンターを訪れた時から、「赦し」による劇のモードの転換は徐々に始まっていた。エヴァドニは、切々とエロティックこの上ない訴えを行う。

エヴァドニ　あなたの光をわたしの中に射し通して下さい
お赦しの光線を。

…………………
アミンター　お前を赦そう。（四幕一場二三二―七行）

ことが成り、血染めの短剣を手に彼の元へ報復に走った時にも、その言葉が改めて彼女の口から聞かれる。王殺しを責め、床入りを許さず去ろうとするアミンターにすがりついて、エヴァドニは叫ぶ。「なら、せめて私を赦して」（五幕三場一五〇―一行）。

しかし、やはり疑問は残る。アミンターに赦しを乞うのはわかるとして、直前まで「毒虫」「恥知らずの悪党」「暴君」「わが恥辱」「穢らしい悪党」（五幕一場七七、九一、九四、九八、一〇〇行）といいたい放題だった王を、「われわれの罪も一緒に死にますように」といって刺した直後に「赦してあげる」とは。わかるようでわからない。

しかし、二幕以降十四、五回に亘って「赦し」という言葉を劇中に餌のように撒いてきた二人の劇作家――宗教的立場は違おうと、ともに王権に批判的だった彼ら――にとっては、[12]それがむしろよかったのではないか。掴めたと思った瞬間抜けおち、捉えどころがないから、観客や祝典局長にぎらぎらの殺意が伝わらず、人工的な劇にしか映らない。その結果、T・S・エリオットのような炯眼の持主にすら、根付けずして大地から養分が吸えぬ切花のような印象をこの劇が与えたとしたら、[13]それは彼ら二人の劇作家にとって成功以外の何物でもなかったはずなのだから。

三　トマス・ミドルトン

創作年代は多少前後するが、『復讐者の悲劇』（一六〇六年）も別の意味で時代の変化を如実に感じさせてくれる劇である。しかし、この劇の場合、作者の同定という厄介な問題の他に、幕切れ近くになると俄かにわかりにくくなるという別の厄介さをも抱えている。(1)

まず、頭書きが乱れている。

レヴェルズ版などでは、そのため、三幕五場で公爵の外出先について「馬ででかけた」（一二七行）というよう命じられたのが「紳士《ジェントルメン》（たち）」であったにもかかわらず、五幕一場では虚偽を述べた廉で「即刻処刑」されるのが「貴族《ノーブル》一」になっている（一二七―八行）。しかも、その男が次の二場では生きていて、主人公「復讐者《ヴィンディス》」とともに「罪に苦しむ非道な公爵領爆破」（五幕二場六行）の陰謀に加わっている――それにしても、「火薬《ガンパウダー》」（二幕二場一七二行）に加うるに、この「爆破」といい、狩好きへの言及といい、ジェイムズの宮廷を思わせるきな臭い発言がこの劇には満ちている。

かと思えば、新公爵「好色《ラシュリオーゾ》」の就任披露が行われる次の五幕三場では「貴族一」は公爵の側近として食卓に加わっていて、ヴィンディスら第一仮面劇の連中に殺される。にもかかわらず、幕切れで自ら先の公爵殺しを暴露したヴィンディスが刑場へ引かれてゆく時には、彼は「あいつら貴族《ノーブル》たちの首をノーブル金貨の縁を削るように胴から削り落とし、乞食よりひどい暮しをさせることもできたのに」（五幕三場一二一―二行）と呟く。新公爵殺しに加わった二人が「貴紳《ローズ》」となっているところをみると、ここの「貴族たち」（五幕三場一二一行）とは誰を指すかわからない。

　レヴェルズ版ではあえて「貴紳」のことと注をつけるが、となると今度は、新公爵殺しには連座しても旧公爵殺しと無関係な人間を罪に追いこみ、「卑怯な血を流す」（一二三行）こととなり、ヴィンディスの人間性が問われかねない。

　最近のテイラー版などでは、五幕一場で虚偽を述べるよう命じられたと語る人物が「紳士二」、二場の陰謀加担者と三場の第一仮面劇の「その他」はともに「貴紳《ローズ》」になっていて、多少辻褄はあってくる。(2) だが、ヴィンディスが責任転嫁を一時目論んだ「貴族」の正体は、不明のままだ。

　ヴィンディスが女衒と殺し屋の二役、あるいは復讐者の三役を演ずる関係で、「すでにいる人間をここへ連れてくる」（四幕二場一七二行）とか「殺されるべく坐り、殺すべく立っている」（五幕一場六―七行）といった不条理な科白がこの劇には瞥見される。そうしたせいもあり、ヴィンディスを筆頭に正体不明の人物が多い劇での頭書きの混乱には合理化だけで簡単に片付かない問題が残ってしまう。

　わかりにくさは、劇を統括するモラルに及ぶ。これは、ヴィンディスが公爵殺しの下手人を名乗りでて死刑を宣せられて退場し、新新公爵になったアントニオが「何卒彼らの血が一切の謀叛を洗い流してくれますように」（五幕三場一二七―八行）と宣して終るつくりになっている。直前の「それにしてもなんと見事にあの殺人が発かれたことか！」（一二六行）の感慨が、「われわれの身体の隅々までお見通しのあの永遠の眼」（一幕三場六五―六行）への感謝に通ずることを願っての括り方になっているといってもよい。暗闇の中議事堂に侵入するガイ・フォークスを見下す天の眼を描いた一六〇五年の版画につけられた銘「天佑による粉砕（Caelitus discussa）」を想起した観客がいたかもしれない。前公爵の「白髪頭」（二幕一場七二行）が「鉄の時代」（四幕一場三五行）に結びついたとすれば、アントニオの白髪には「銀の時代の再生」（五幕三場八六行）への願いが込められているのも確かだろう。

　だが、新公爵「好色」らを殺したとして処刑される「貴族四」は、自ら語るように「私生児《スピーリオ》」しか殺していない。「好色」を刺したのは第一の仮面劇の四人組の何れか、おそらくヴィンディスで、「貴族四」はうまく嵌められたにすぎない。にもかかわらず、アントニオはロクに詮議もせずに処刑をいい渡す。

ヴィンディスの自白への対し方も似ている。「即刻処刑せよ（Bear'em to speedy execution）」（五幕三場一〇二行）というだけ。有能そうに聞こえるが、先に触れた「好色」の「貴族一」への同じく詮議抜きの判決（bear him straight To execution）と実質的にはまったく変わりがない。アントニオもやはり正体不明な人物の一人だろう。(3)

正体不明さは、例えばヴィンディス処刑の口実に窺える。老公爵を「殺したいと思った以上、わしに対してもそう思うであろう」（五幕三場一〇五行）。いわゆるマキャヴェルリ的な権謀術数というか、為政者の徹底した利己主義だ。(4)最後の祈願が天に通じ、彼の治める公国に正義の女神の再臨（Astraea redux）がみられるか否かは大いに疑問だ。

そう思うには、他にも理由がある。この劇における「天」が何とも曲者だからだ。

冷いというわけではない。むしろ暖かいといった方がよいだろう。この劇のヴィンディスには、二度危機が訪れる。一度目は、「隠れたる者《ピアト》」に変装し、実の妹「貞節《カスティーザ》」を「好色」に代わって誘惑する際だ。妹は靡かないが、母親「恩寵《グレイシアーナ》」は贅沢な暮しに眼が眩んで、娘の取持ちを引受ける。

「好色」にその旨を告げる一方、妹の操は生命にかけて守ると半ば己れに誓ったまではよかったが、その夜暗闇の中現われた「好色」はこれから「貞節」の許へ忍びこむ算段と語る。絶体絶命のピンチ。ヴィンディスは、直前に弟ヒポリトが教えてくれた「私生児」と公爵夫人の情事を咄嗟に想いだし、関心をそちらに向けるのに成功する。「殺すしか阻止する（cross）すべはない」（二幕二場一五七行）と独りごちていたヴィンディスが、公爵夫人の臥所へ言葉巧みに「好色」を誘導するのを見送りながら、弟は「好色」はそこで「大立廻りを演じて自分で損する（cross himself）」（一七三行）に相違ないと呟く。

場が変わって二幕三場。案に相違して、夫人と共寝をしていたのは「私生児」ならぬ公爵自身。夫婦の寝所で抜刀騒ぎに及んだ「好色」は突然「大逆罪《トリーズン》」で逮捕の憂目にあう。予想外の展開に、姿をくらますが得策と判断したヴィンディスは、「妹の貞節を犯そうとした奴の悪だくみが、思いの他うまく阻めてよかった（Is cross'd beyond our thought）」（二幕三場三一行）と呟く。ヴィンディスの機転、あるいは「好色」の挫折（cross）には、どこか「十字架（cross）」の加護があった感じがしてならない。

二度目の危機は、四幕二場。すでに公爵殺しはなり、死体の処置だけが残っている。誤った情報により「好色」を危機に陥れた「隠れた《ピアト》」自分を連れてきて殺せと、ヴィンディスが「好色」に命じられる。（存在しない）ピアトを探しにいったヒポリトが戻ってきて、へべれけの状態でとてもみられる有様ではないという。それを聞いたヴィンディスは「咄嗟に、うまく機転をきかせたナ」（一八五―六行）と傍白。「余《ウィ》」を使う王侯気取りで、今後の手順を傍白で観客に伝えて「好色」が退場したところで、「迷路に嵌まりこんでしまいましたネ、兄さん」「いや、抜け道を見つけたゾ」（四幕二場二〇〇行）と兄弟の対話がくる。『マルタ島のユダヤ人』（四幕一場）で修道士バーナダインをバラバスたちが殺し、杖に倚りかからせた死体にジャコモを撲りかからせ、殺したと濡衣を着せたやり方を、ヴィンディスは想い出したらしい。死んだ公爵にピアトの格好をさせ、ピアトが殺し、服を変えて遁走したとみせかける寸法だ。公爵の死体を片付けるに適したこのやり方がどこから閃いたか、はわからない。泥酔状態と聞いた時に、殺された公爵の死体の有様が甦ったのか、ピアトの「頸のつけ根を踏みつけ、足蹴にし、撲り倒した」（一五六行）と（虚偽を）告げた「好色」の言葉がヒントになったのか、判然としない。ただ、「わしの創意工夫の才にこの抜道を含めて下った精霊（spirit）のお蔭」（二〇一行）なのは、確かだろう。その証拠に、「忍耐強き全能の神」に恥知らずの悪党を滅ぼす稲妻を遣って下さいと祈ると、ほどなく雷鳴が轟く（一九九行）。この辺までは、神意とヴィンディスの波長がどことなく合っている。

同時に、まさにこの辺から実は波長が狂いだす。稲妻が「好色」のような男を生木さながらに引裂き、疾風が内臓を吹き飛ばさないのが不思議だというまではいいとして、

おい雷は残ってなかったか、それとも取置きか、

もっとむごい復讐用に？　やっ、鳴ったゾ。　（四幕二場一九八―九行）

が戴けない。これでは雷は、ヴィンディスが演出兼主役をつとめる芝居のいわば小道具でしかないか[5]。天意を芝居の縁語に貶める態度は、以後も続く。

雷鳴さながらの拍手は、天がこの悲劇をお気に召した証拠。　（五幕三場四七行）

雷だ、おい、大音量の触れ役《クライアー》、出《キュー》がわかるとみえるナ、
公爵の呻き声が雷さま登場の合図《ウォッチワード》とはナ。　（同、四二―三行）

こうして雷はいつしか、触れ役が町の一日のニュースを告げる小さな中世の田舎町の、差し掛けの芝居小屋のどこかに鎮座まします小道具になり果てる。

波長の狂いは、神意の後楯をえて、万事うまく運んだことで、ヴィンディスが調子づきだした結果だろう[6]――これは、隔行対話《スティコミシア》ないし各行分かち読みがボケとつっこみの掛け合いのようにうまくいっている（例えば、二幕四場一五八―六六行）ところに端的に窺える――が、彼の気分の高まりは、公爵殺し辺から始まっていた。人目のつかない暗い場所で女を一人紹介してくれと公爵に頼まれたのを千載一隅の機会と捉えたヴィンディスは、早速「創意工夫をこらした復讐（The quaintness of thy malice）」（三幕五場一〇九行）に取りかかる。元恋人「栄光《グロリアーナ》」の髑髏の唇に毒を塗り終ると、彼ははしゃぐ。

さあ、塗り終ったゾ、さあこい、待ってたゾ、公爵。　（三幕五場一一〇行）

ちなみに、「創意（quaintness）」と「機知（wit）」は彼の復讐の美学の根本にあり、頻出する（「創意」三幕五場五三行、四幕二場五行、五幕一場一八行等。「機知」二幕三場八七行、四幕二場一八六行、五幕一場一三四行と一七〇行等）。

この「ぴかぴか光る天蓋に額がつきそう」なはしゃぎように、「助平な円形の桟敷のお客さんたち」（三幕五場四、二二行）とからかわれようが、観客も大いに共鳴したことだろう。たとえ残忍極まりなくも、復讐がなるまでは。その共犯関係は、しかし、劇の半分が過ぎた三幕五場でことがなり、誰が後継者に名乗りでようと、土龍叩きのように

　頭出した途端にたたき切ってやらぁ、（三幕五場二二六行）

とヴィンディスが凄みだす頃から崩れだす。後半独白や傍白が減るのと、これは呼応する現象だろう。[7] そして遂にすっかり図に乗った彼は神の手先を気取り、世直しを企むにいたる。稲妻のように「隠れた焔」を打ちつけて

　罪に苦しむこの非道な公爵領を焼き尽そうではないか。（五幕二場六行）

こうした変化ないし「堕落」は、もちろん当事者にはわからない。しかし、観客には手にとるようにわかる。例えば、四幕三場、不貞を働く母親の許へ「余計者《スーパーヴァキオ》」が抜身をちらつかせながら追いかけてくる。と次の場では今度はヴィンディス兄弟が、短剣を握りしめた姿で母親をひきずって登場する。『アントニオの復讐』の冒頭でピエロ公爵と三幕八場のアントニオがともに血まみれで松明と短剣を手に現われるのに似て、図像の重なりが「余計者」とヴィンディス兄弟が道徳的に同一次元に立ったことを示して余りある。やがて五幕三場、両者が仮面を被ることで遂に決定的に見分けがつかなくなる。

しかも、ヴィンディスの場合、これは纏う変装ないし仮面がいつの間にかついて取れない直面《ひためん》に変わった結果でもある。最初変装する時は、「まるで違う赤の他人（far enough from myself）」（一幕三場一行）になったのは確かだろう。それが、公爵殺しを実行する頃から、「外見と内実が同じものから出来ている（my outward shape and inward heart / Are cut out of one piece）」（三幕五場九—一〇行）状態になる。そして、変装を解いて元の姿に戻った（y'are yourself）（四幕二場一行）後でも、「僕は本当の僕なのだろうか（I'm in doubt whether I'm myself or not）」（四幕四場二四行）と自問自答するに到る。「隠れた《ピアト》」自分を演じたことが、彼を後戻り不能な存在に変えてしまったらしい。

とはいえ、彼は元々「悪事にのみ長けた（for evil only good）」（一幕一場八〇行）存在ではなかったにせよ、決して「無垢な《イノセント》」人間だったわけではない。自らを知らないという意味で無邪気にせよ、悪漢ではあった（innocent villain(s)）（一幕三場一七〇行）。でなければ、弟が呆れるほど（I do applaud thy constant vengeance）（三幕五場一〇八行）九年間も執念深く、効果的な復讐方法を練るはずがないだろう。とくに父が「失意」（一幕一場一二七行）で死んで、それ以後「死んで当然、生きているのが不自然（My life's unnatural . . . when I should be dead）」（一幕一場一二〇—一行）と思い始めてからは、彼の想像力は病んでいる。だから、靡かなかったがために公爵に毒殺された元恋人「栄光」について語る時でも、口をついて出るのは彼女の美徳ではなく美貌だ。彼女とならば日に八度目の罪を犯したくなる「高潔な《アップライト》男」について語ろうとすれば、イメージは自ずと「勃起した《アップライト》」男に重なってくる（一幕一場二三行）。

だが、死んだ方がましと思ったのは、父の死後と断っているように最愛の恋人を失くしたからではない。間の九年間は公爵への恨みが宮廷一般、初期資本主義社会批判まで高まるに要した時間と解すべきで、本当の理由は土地に基礎をおいた中世的世界が崩れつつあるところにある。一幕三場五〇—五三行、二幕一場二一九—二六行等に明らかなように、世襲財産が蕩尽されるのをみかねているからに他ならない。ヴィンディスとともに作者が顔を覗かせた瞬間だ。

その意味ではヴィンディスの眼は滅びゆく地主階級のそれだが、透徹しているようでその実わりと底の浅い原理主義に堕している。例えば、人間（男）の堕落の原因を「金と女」に絞り、この半真実を拡大して、これさえなければ堕地獄はなく、地獄は往時の歓待能力をなくした没落地主の邸の台所のように寂しくなるだろう、と畳みかけるところ（二幕一場二五七―九行）。プラス（堕地獄者の不在）とマイナス（竈の火の消えた状態）のイメージが強引に結びつけられ、背後から徹底した敗北主義が顔を覗かせている。そしてその敗北主義を支えるのが、カントリー・ハウスの竈の火が再び赤々と燃えることがなくとも、地獄の火だけは公爵の老いても消えない情欲の火がある限り、永遠に燃え続けるだろう、という確信だ。

移ろう表層に対する不変の実相として髑髏を対峙させるのも、この敗北主義に他なるまい。中世主義に内在する歪みだ。しかもそれは、独り厭世家ヴィンディスのみを捉えた感慨に留まらない。人物の「性格」をこえて劇中に偏在する。例えば、彼は先の竈の科白に続けて、天地開闢以前から金と女は男を捕える釣鉤と決まっていたとその場を対句で締めたが、補足するかに「好色」は、「地獄が大口開けて待ち構えようと、落ちこむのは人間の情欲の責任」（一幕三場七二行）と語っていた。また、公爵毒殺に持ちだした髑髏をまじまじと見ながら、ヴィンディスは死の恒常性に思いを致し、生前の姿に夢中になった己れを窘《たしな》めたが（三幕五場六九―七〇行）、弟を牢屋から救いだそうと奸計を弄していた「野心《アンビショーソ》」はものの見事に失敗した時、「人の世で確かなのは、人が死すべき存在だということのみ」（三幕六場八九―九〇行）と散文で応じていた。要するに、情欲の不変とそれが導く死と髑髏の遍在は、独り主人公だけでなく劇中人物からおそらく作者までを遍く捉えて離さなかった脅迫観念だったということだ。

こうなると、この劇が手の込んだ復讐を描きながら、主人公が己れの行為を礼賛しない理由が、何がなしわかってくる。この劇の主人公はヴィンディスだが、「隠れた《ビアト》」真の主人公は「栄光」という名の髑髏で、ヴィンディスは代わって復讐をつとめる手先にすぎない。人間のすべての努力を無に帰し、その営みを嘲笑する死のエンブレムというべき髑髏の手先なら、ことがなっても己れの行為を自画自賛しないのは、当然ではないか。

だが、これだけでは何かが足りない。改めて幕切れを覗くとしよう。幕切れの自白は、以下のように進んでゆく。

新公爵「好色」が絶命した後、新新公爵に推されたアントニオが、公爵殺しの手口について、それにしても前代未聞の不思議な殺し方だと呟く。釣られて、ヴィンディスが遂に口を割る。「思いきって申しましょう……いささか鮮やかな手口ながら、あいつをやったのは僕ら二人なんです」（五幕三場九六—七行）。その前後で二度彼はアントニオに、「あなたの御為を思って」（九四、一〇三行）とお為顔をつくる。だが、それは権謀術数家の前では、通用しない。すでに引いた、白髪の老公爵をあやめた以上、同じ白髪の自分にも危害は及ぶと理屈をつけられ、刑場へ引かれてゆく身となる。「そういう理屈ですか (Is it come about?)」（一〇六行）。

似た言葉を、実は彼は四幕一場でも使っていた。公爵夫人の寝所へ押し入り、妾腹とついでに「好色」まで殺そうと思っていたのに、「風向きが変わった (the wind's come about)」（三七行）。両者において当てが外れた原因はわからない。だが、共通して、最奥部には、その原因としてヴィンディス流の小賢しさとそれに否をつきつける神慮を見出すことができるのではないか。

とに角、自首する気はないくせに、彼は己れの行為を自慢したくて仕方がない。だから、「貴族三」が時到れば、殺人者は必ず名乗りでるもの (No doubt but time / Will make the murderer bring forth himself)（五幕一場一五六—七行）と公爵夫人を慰めた時には、「なら、そいつは阿呆だネ」（一五八行）と傍白していたにもかかわらず、また、隠しおおせば真相知らぬ世間は「阿呆の生涯送ったろうに」（五幕三場一一四行）と自慢していたにもかかわらず、真相をバラして世間ならぬ己れが阿呆になってしまう。

だが、そうしたヴィンディスの行為で最も理解に苦しむのは、自白して刑が確定した後の開き直りだ。突然変異で恬淡としていて見事ともいえるし、よくみると未練たらたらとも映らぬことはない。したい復讐はすべて済ませたから、従容と死地に赴こうと弟を説得する。良心を持ちだすところなど（一〇七—一〇行）、「良心に従って人殺しをしているホフマン」（『ホフマン』）を彷彿とさせる。所詮中世的な「慈悲深い《ベネヴォラント》」自然の下でしか生きられない「遅れてきた青年」ヴィンディスには、有終の美を飾りえた今こそが最高の散り際（日没）というわけだ。「公爵の息子《サン》のように」に「太陽《サン》」との洒落を利かすところなんぞ、当人は見得が決った心境だろう。

その一方で、隠し果《おお》せたのにという往生際の悪さが、自らの才覚への信頼と抱き合わせのかたちで、二度までも現われる（一一三―四行、一二〇―三行）。勿論、時が必ず殺人を発くという文脈に挟まれてはいる。だが、「好色」や貴族たちを殺した真犯人が明らかになっていない段階で、死人に口なしとばかりにその貴族たちを公爵殺しの犯人に祭り上げることさえ、ヴィンディスは一時考える。卑怯な真似はよそうとすぐに撤回するものの、やはりしぶとく、相当なワルだ。

幕切れでヴィンディスは何を考えているのか、容易に答はでない。要は、「己れが己れの敵になった時が死ぬ時」（一一〇行）をどうとるかに収斂するのではあるまいか。そしてその解釈がまた、ピアトがいった（とされる）格言（knavish sentence）と、'be in for ever'（一一九行）のとり方に絡んでくる。

まず、殺人者は必ず名乗りでる（If none disclose 'em, they themselves reveal 'em）（一一二行）という格言だが、ピアトはそんな科白を吐いていない。四幕二場二〇七行で似た科白（Murder will peep out of the closest husk）を口にする時、ヴィンディスはすでに変装を解いていてピアトではない。他で同様の科白をいうのは、先に触れた「貴族三」と裁判官（一幕二場一六行）の二人だが、いずれもピアトとは何の関係もない。ただ、一旦わかってみると、説教のように要所要所に似た言葉が置かれていたことに驚きを禁じえない。

観客の知らない、いわば邪道な情報を、この期に及んで何故ヴィンディスがあえて流すのか。しかも、己れがかつて纏っていた「隠れた《ピアト》」存在のいった言葉として。たんに自らの突然の運命の急変を自分に納得させるためか、それとも……。大きな謎だ。この劇の不可解さは頭書きの乱れに始まり、主人公の土壇場の行動に及んでいる。

'be in for ever' も曲者だ。注は「ここまで悪事を重ねたのだから」と「死ぬと決った以上」に二大別されるように思われる。いずれも諦念の現われだ。それに対して、*OED* の副詞 'in' の8（b）は、'(be) in for' について一寸気になる定義を与えている。「逃れるのが不可能なある出来事に将来巻きこまれ、最終的に何か悩みを抱え……ざるをえなくなること」。そして、レヴェルズ版は、ピアトがいったとされる「時到れば」について「時が真理を明るみにだす（Time brings truth to light）」（ティリー、T・三二四、三三三）の異形と教えてくれている。となれば、一一五―二〇行辺は凡そ「アントニオの（予想外の）宣告を期に時は熟して、隠《ピアト》れていた逃れられない真理が顕われ、それに悩まされる運命を瞬時に察知した」といった意味を言外に含むのではあるまいか。

二幕二場で「好色」は世界は悪党と阿呆に二分されると説いたが（二幕二場五行）、同じく世界は救済される人間と神に遺棄《リプロベイト》される人間に予め二大別《プレディスティンド》され、当人もある瞬間に悟らされるまでは己れがいずれに属するかを知らないとみるカルヴァンの予定説を、この劇の作者がどこまで知っていたかはわからない。ただ、公爵夫人が「私生児」を誘惑する際に口にする「買収に乗らぬ永遠の掟の下、孕まれた時から地獄堕ちも同然」（一幕二場一六三―四行）には、私生児の宿命をこえた拡がりがあるように聞こえてならない。

ヴィンディスは、自分たちが犯人をばらす愚を犯してしまって自らの「敵」になっただけではない。隠れた宿命を突きつけられて、迷惑している。(8) 犯人を漏らさねばよかったと二度まで悪あがきするのが、その証拠だろう。とに角、その宿命が「敵」のもう一つの意味ではなかろうか。ピアトは死んでよかった、と暫くして彼はいう。ヴィンディスが己れに戻ることで、ピアトとしてはつらい生涯を送らずにすむ。そう彼は考えているのかもしれない。

『復讐者の悲劇』の最終局面は、いくら追っていっても謎が残る。突然次元を異にしたような主人公の変貌ぶりを尋常な手段で説明するのが困難だからだ。ただ、策を弄した復讐を行いつつも最後まで自己礼賛せずに散ってゆく主人公の行動の説明として、宗教的文脈をもちだすのが現状では最も無理が少ないのではあるまいか。

これまで語ってきたことを纏めれば、救済不能な遺棄者の悲しみがヴィンディスを自己礼賛へ向かわせなかったということだ。ヴィンディスが復讐に励んだのは、逆にいえば、弟にいみじくもいうように、「自分の正体を忘れていた」（四幕四場八四行）からということになる。

だが、ここまできても、まだ疑問は残る。「これはわれわれの仕業」と話したくて仕方がなかったこと自体、控えめな自己礼賛ではないのか、というそれだ。しかも、『復讐者の悲劇』が近頃定説になった感のあるカルヴァン主義者ミドルトンの作とすれば、これは無理からぬ話かもしれない。というのも、彼は他の悲劇の主人公たちにも死に臨んで自己礼賛させることが大してないからだ。

例えば、『女よ女に御用心』(9)の女主人公ビアンカ。誤って毒杯を口にした後は、「でも、愛の杯に盛られた同じ死を味わいながらこの世からおさらばできるのが、せめてもの幸せ」(五幕三場二二〇―二行)といって息絶える。他方『チェインジリング』(10)のデ・フローレスは「生きてよかったと思えるのは、あの楽しみを味わえたことだけ。余りに美味しかったのですっかり飲み干してしまい、他人が乾杯する分すら残しませんでした」(五幕三場一六八―七一行)ときわどい憎まれ口を叩きながら事切れる。

それに比べると、ヴィンディスの科白とほぼ同じ「生きるのが恥にすらなった時が死に時(’Tis time to die, when ’tis a shame to live)」(五幕三場一七九行)とだけいって死んでゆくビーアトリスは、いささか物足りない気がしないでもない。ヴィンディスがいうように、「女は、今わの際でも本心を偽る」(四幕四場一五行)のだろうか。そうではあるまい。デ・フローレスに刺されて傷ついた彼女は、閉じ籠められていた戸棚から出るなり、流れる血をみながら父に哀願する。

血はもう見ないで、お願いだから
地面に勝手に流れ出たままで
下水がのみこみ、見分けがつかないようにしておいて下さい。
(五幕三場一五一―三行)

何故彼女はこんな頼みごとをあえてするのか。これは、彼女流の倒立したナルシシズムなのではあるまいか。「大海の中の一粒の水滴」は、自己喪失に絡んでエリザベス朝演劇に頻出するイメージだ。『間違いの喜劇』(一幕二場）に現われるし、『フォースタス博士』の最後（一四七二―三行）にも個体消滅願望として登場する。『ホレスティーズ』[11]の「名声」が、名声去れば人間の生涯は「大海の懐に落ちた一滴の雨垂れ」に等しと説くところをみると（八九一―三行）、その願望は裏口からの自己礼賛に絡むのがみてとれる。

この水滴は、時として融ける雪だるまになることもあり、そうなって死にたいと願う一人がリチャード二世（四幕一場）とすれば、イノバーバスが「どぶに落ちて死にたい」（『アントニーとクレオパトラ』四幕六場）をいうのは、水を汚すことで自己消滅を完全にしたいという欲望のせいとみることができるだろう。

個（固）体消滅願望は、フラミーネオについてすでにみたように栄光に憑かれたルネサンス人の絶対値におけるその追及だったのであり、カルヴァン主義者ミドルトンにもルネサンス人の血は流れていたように思われてならない。

四　ジョン・ウェブスター

一六〇三年は、デカーのいうごとく「驚異の年」だった。在位四十五年の長きに亘った女王が死んだ。疫病がほぼ十年ぶりに猛威を奮った。ために、女王の病気悪化により三月十九日に始まった劇場閉鎖は、翌年の四月九日まで実質一年以上に及んだ。(1) ロンドンで当時流行をみていた大型四輪馬車屋の息子ジョン・ウェブスターにとっては、合作に筆を染め始めて早々の実質的劇作家失業であった。疫病の猛威は、しかし、これで終らない。劇場閉鎖は、一六一〇年まで毎年数ヶ月に及ぶ。(2) 彼はその度に、郊外へ逃げだすため馬車の値段や賃料が急騰し、父親の商売が潤うのをみる一方、生れ育った聖墓教会区周辺の貧民窟で人々が次々と倒れてゆくのを眼の辺りにしたであろう。街中いたるところに掘られた穴の中に死体が放り投げられ、中には腐乱しつつも性の歓喜の只中にあるかに口を開け、身をのけぞらせたものも瞥見したに違いない。町を彷徨する度にそうした光景に接したウェブスターは、独り立ちする頃には、死の側からしかものをみられない劇作家に変貌を遂げていたのであった。

ウェブスターは死に憑かれていて
皮膚の下に髑髏をみた
乳房のない女が地下で
唇のないにたにた笑いを浮かべ、のけぞった。

（T・S・エリオット「不滅の囁き」一—四行(3)）

「疫病という名の人肉鬼《アンスロポファジャイスト》」[4]が猛威を奮うロンドンに留まったのは、ウェブスターだけではなかった。『ジェイン姫（*Lady Jane*）』（一六〇二年）以来共作仲間だったデカーも、そうした一人だった。理由はわからない。一五九二年の疫病時にはサイモン・ジュエルたちペンブルック伯一座は馬車で逃げているし、[5]一六二五年時にデカーが留った時には馬が入手できなかったと悪口をいわれているところからみると、[6]借金のための牢獄暮しの長かったこの男にとって、やはり逃げだす資金に事欠いたと考えるのが妥当ではあるまいか。そして生命を的に、凄惨なロンドンのルポを残した。『驚異の年』（一六〇三年）の誕生だ。

悲しみで気が動転し、髪ふり乱して、息絶えた子供の冷たく感覚のない唇に、気絶せんばかりにキスし続ける母親。もつれた経帷子に身を包んだ死体。傍らの床に散乱する萎れたマンネンロウ。聞こえるのは、があがあと五月蝿いひき蛙ともの寂しいメンフクロウの鳴声だけ。[7]

疫病が齎したこうした見慣れた光景は、『白い悪魔』（一六一二年）で兄弟同士の諍いから次男をなくしたコーネリアの悲しみを描く際にも、おそらく下敷きになっている。[8]

刺された息子に思わず近よる母親。「死んではいません、失神しただけ」（五幕二場二七行）。改めて死んでいるといわれると、「一度でいいから思う存分キスさせて」（三七行）。ブラチアーノ公爵が登場して、下手人のフラミーネオが犯行を認めると、今度は「嘘よ、嘘です」（四七行）と兄の方を庇う。とその瞬間、「このメンフクロウめ！」（五〇行）と短剣を抜いてフラミーネオ目掛けて突進し、寸前で剣を落とす。諍いの原因を尋ねられると、弟マーチェッロ（the younger brother）が男らしさをひけらかして兄フラミーネオ（him）を罵り、先に剣を抜いたまでは覚えているが、その後は錯乱してよくわからない。気が付いたらこの子（he）が胸に頭を埋めていた、と答える（六二―六行）。違うと横槍が入った途端、矢が一本草むらに消えたのに、二本目まで失うことはない（六八―九行）、と『ヴェニスの商人』（一幕一場）を踏まえたいい方で猛然と反論する。憎いフラミーネオを庇いたい気持がわかりきった嘘をつかせるばかりか代名詞の混乱をも招いているわけだが、これには実史でブラチアーノの家臣がマーチェッロになっていることも絡んでいるかもしれない。[9] 経帷子やマンネンロウ、ひき蛙などはここには現われない。だが、それらはフクロウともども二時間後に設定された通夜の場（五幕四場）を構成する大事な道具立てになっている。

二本目の矢云々を除いても、ここにはシェイクスピアへの言及が幾つもみられる。息子の息があるか否かを確かめるため眼鏡（『リア王』五幕三場）や、羽根（『ヘンリー四世・第二部』四幕五場）を母親が要求するところ。「血はこんなに早く洗い流せるものか」（五幕四場八三行）はマクベス夫人を、マンネンロウなど花の名前を並べるのは、オフィーリアを念頭においてだ。「無知故ではなく故意に」古典詩人に背を向け、先輩作家たちの「立派な仕事の御恩を蒙ってよき評判を享受してきた」所以だろう。(10) 実際国王一座の一六一九―二〇年次の宮廷上演一覧と思われるものによれば、十四篇のうち新作と目されるのは僅かに二、三篇、(11)『ローマの俳優』（一六二〇年）の献詩で役者のジョウゼフ・テイラーが嘆いた「当今は新作より旧作が持囃される」(12) 状況は、すでに始まっていた。劇から劇をつくるパスティーシュが劇作の本流となった時、デカダンスは一気に加速するだろう。

コーネリア愁嘆の二つの場に挟まれたブラチアーノ毒殺の場も、疫病との関連が浅からぬ場だ。デカーが婚礼の最中に疫病で倒れ、祝婚の食事が瀕死の床に変わった花嫁を描いたとすれば、(13) ここでは公爵とヴィットーリアの結婚を祝して催された馬上槍試合が、突然死の床に変わる。原因は、「真冬のペスト並み」（五幕三場一六〇行）の猛毒。公爵が弟殺しのフラミーネオを責めて、生命は一日単位で貸し与えると説いている間に、修道会士に変装したロドヴィーコにより兜の顎当てに塗られたものだ。しかも、うわ言をいっていた公爵が一時意識をとり戻すと、今度は「ペスト避病院で七年間働いていた看護婦」の手にかかるより見事に、ロドヴィーコに絞殺されてしまう（一七七―八行）。その間には、かつて妻を嫌って疫病がうつるからとキスをねだられても拒んでいた彼が（二幕一場一六五行）、「弾劾の場」と銘打たれた三幕二場で裁判官に「女の中の疫病（hanc pastem mulierum）」（一〇行）と指弾されたヴィットーリアに、毒がうつるからと口付けを拒む皮肉な一瞬もある。騙し絵《パースペクティヴ》さながら、疫病の観点から眺めると、これも焦点を結び易い場といってよいだろう。

疫病の影響は、『白い悪魔』のつくりにも及ぶ。この劇の場面構成は意外性に富む半面、緊密さに欠け、場当たり的な印象は否めない。最たるものが第四幕。まず第一場でモンティセルソに復讐を促されても、公爵の妻の兄フランシスコは頑なに拒み続ける（三―二七行）。マクダフにマクベス殺しを拒むマルカムさながらだ。その反面、犯罪者の名前を記した「黒本」の貸与を希望して入手する（三三行）。だが、「大事な仕事」にとりかかる時には、悲劇には「軽い気晴し」（一一七―九行）も必要と贋の恋文を書き、ヴィットーリアに届けさせるばかりか、「わが事業の担い手は勇敢なロドヴィック伯」（一三四行）と宣言する。これでは、何のために黒本を話題にしたのかわからない。(14)

四幕二場へ移り、法王選挙に触れるのは、「町中がごった返している」（二一二行）のに乗じて、更生院からヴィットーリアを小姓姿でパドヴァまで連れだすためだろう。だが、第三場で枢機卿たちの正餐に触れるのは、意味がない。会議室の護衛をロドヴィーコがつとめ、その席にモンティセルソが新法王パウルス四世に選ばれたニュースとともにブラチアーノ一行の出奔の知らせも届く。そこで、ローマから追放されていたロドヴィーコに対する赦免の儀式、フランシスコ流にいえば「殺人計画遂行のための正餐式」（七二―三行）が行われる、という風に劇は進む。だが、臨場感をだすため以外に、正餐に触れる必要があったとは思われない。

わからなさはさらに続く。ブラチアーノの配下に息のかかった者を忍ばせてあるから殺人は実行し易いといい残して、一旦フランシスコが退場すると、替ってモンティセルソが登場して、ロドヴィーコにフランシスコが彼の赦免に奔走した理由を問いただす。しかも、言を左右している相手に、殺人を敢行したら「地獄落ち」（一一七行）だという。法王になる前フランシスコにブラチアーノ殺しを唆していた時とは大違い（二幕一場三九二―四行、四幕一場一―二〇行）、法王の位がこの変心を招いたのだろうか。その後はさらに手が込んでいて、「法王からの贈物」と称してフランシスコがロドヴィーコの許に千ダカットを届けさせる。相手はその言葉を真にうけ、法王の懐の深さに感心して、殺しの腹が決まる（一三三―五三行）。新法王がなぜ変心したか、フランシスコがその変心をどうして知ったかは、わからない。この劇の登場人物は等しく、自己目的に専念しつつも己れの行動の動機を語ることはない。

そうしたつくりの中で最も無駄（?）と思われるのが、法王の甥にしてヴィットーリアの亭主カミロにイタリア沿岸からの海賊掃討を命ずるところ（二幕一場三五九―六二行）。妻と「ブラチアーノの欲望の暴れ具合を見定めるため」（三七六―七行）ローマの外へ夫の彼を誘きだそうというモンティセルソたちの作戦だ。しかも、海賊への言及は、ここを含めてこの場だけで三度なされる（八四―五、一四二―三行）。妻のイザベラに、お前の兄フランシスコのガレー船がトルコの小舟を襲って略奪したと、ブラチアーノが嫌味をいうところもある（一八七―八行）。

海賊行為は、実際十六世紀末のイタリアを悩ませていた問題らしい。[15] だが、「無知な駄馬」[16] と悪態をついていた赤牛座の観客相手に、ウェブスターはそこまで話の真実味を与えようとしたとは考えにくい。むしろ、『ホフマン』（一六〇二年）から『ペリクリーズ』（〇八年）や『女よ女に御用心』（二〇年）にかけて海賊への言及が当代の演劇に現われるところをみるべきではないか。一五九八年には、イングランドの現状を横滑りさせたもので、海賊の主体はいぜん北海にあったとみるべきではないか。一五九八年には、シェイクスピアの後の下宿先のマウントジョイ夫人の恋人ウッドの妻が、反物商の夫がダンケルクの海賊に拉致されたのではないか占って欲しいと、サイモン・フォーマンの許を訪れた記録さえ残っている。[17] この劇でイギリス演劇は「アルプスを越えた」[18] といわれるが、実際はまだ北海沿岸をさ迷っていたのではないか。

海賊行為を巡ってここまで観客にサーヴィスしておきながら、劇はその話題を生かさない。追放され海賊に落ちぶれていたロドヴィーコはいつしか足を洗って故公爵夫人から「年金」を貰っていたばかりか、ローマに戻ってきてさえいる（三幕三場五九、六三行）。一方、カミロといえば、ローマを発つ前にフラミーネオに首を折られて殺される。しかもその陰謀が、モンティセルソたちが彼を海賊退治に向かわせるために行う相談の直前になされている！

ブラチアーノ　カミロのほうはどうする?
フラミーネオ　今晩巧妙な手口で殺します

誤って自分で死んだと人は思うでしょう。　　（二幕一場三一五―七行）

ウェブスターは、何故こんなことをしたのか。人知の及ぶのはほんの僅かな範囲で、人間のなす殆んどの行為は徒労に終るといいたいのではないか。『白い悪魔』は、劇の論理より、一寸先は闇の生を生きる人間の心理と行動の方に比重のかかった劇なのである。

劇の最終場、厳粛であるべき死の直前にくる、「人生っていう忙しい商売」（五幕六場二七三行）を象徴する茶番劇もそうした観点から眺められて然るべきではなかろうか。

弟殺し、それによる母の耄碌に加え、ブラチアーノ公爵家の御曹司から蒙った不興、加うるにブラチアーノの亡霊に肉欲とその末路の象徴としての百合の花と髑髏まで投げつけられたフラミーネオは、自らの運命の終り近きを知る。残りの寿命を亡霊に尋ねても返事を貰えなかった彼は（五幕四場一三一―三行）、公爵領の管理を任された妹の許を訪れ（一四五―六行）、これまでの働きにどう報いてくれるかに、運を賭けようと決心する。事と次第によっては、妹を殺す腹まで固めている。

妹のつれない返事に意を決したフラミーネオは、二対の拳銃をとり出す。逃げられないと観念した侍女のザンケがヴィットーリアに死を覚悟したふりをして、不様な死を避けるため死に方を伝授して貰おうと提案する。四丁の銃を女たちに渡し、彼女らにフラミーネオを撃たせると同時にもう一丁で互いを撃ち合う（五幕六場九四行）。どこか間の抜けたこの約束が整ったところで、「さらば日の光よ」（一〇〇行）とボードレールばりの高揚した様子で、フラミーネオは娑婆に別れを告げる。打ての相図で引鉄を引いた二人の女性は約束を破り、互いを撃ち合うかわりにフラミーネオ目掛けて突進し、踏みにじる。罠にかかったと悔しがる彼に、彼女たちはさんざん悪態を吐く。行く手が真暗なら、地獄から火をもってきて照らしナ（一三九―四一行）。すすむ方向は同じでも、昨日の光に照らされていたマクベスとは、光の射す方向が逆だ。

とその瞬間、フラミーネオがむくっと立上がる（一五〇行＋ＳＤ）。まるでシーリアを驚かすヴォルポーネといったところだが、彼の場合は仮病とわかっていたから、観客がうけるショックはこの場の比ではあるまい。糞ったれ、空打ちだ、俺は手前らの愛情を試してみたまでよ（一五一行）。そこから変装したロドヴィーコ一行が侵入してきて、最後の殺しが始まるまでの十五行位は、まさにフラミーネオの独壇場だ。女は男の生血を吸う馬蛭と馬車屋の倅らしい比喩（一幕一場五三行、五幕二場三一五行等）を使っての女嫌い《ミソジニー》の文学の開陳だが、漸墜法の誹りは免れない。

どんでん返し《クード・テアートル》の名に相応しい、死の疑似体験《モック・スーサイド》。復讐劇恒例の仮面劇の姿をとった凄惨な大量死の直前にこうした一種の喜劇的息抜き《コミック・リリーフ》の場を用意することで、ウェブスターは何をいいたかったか。すでに触れたように、一寸先は闇の生のもつ徒労感を伝えたかった。同時に、そうした生を送る刹那主義者とは所詮自己目的にしか生きられぬ道徳性の欠如した人種だということもいいたかった。つまり、この挿話が彼らの限界を告げ、死出の旅立ちを正当化する儀式だったのではないか、ということだ。人間を長い露出で照射するに耐える統一した人格をもたない存在と捉えつつも、「黒き行為」がすがる松葉杖とは、イザベラの息子、ジョヴァンニが語るごとく、か細い葦でしかない事実をも（五幕六場三〇〇―一行）、まだウェブスターは忘れ去ってはいない。本質的に生真面目でありながら、最も深刻であるべき死さえも茶化さずにおれない精神のあり様、激しくどぎつい言葉の濫用とともに、これも疫病が教えた死の乗りこえ方だったかもしれない。

刹那主義とは直接関わらないものの、疫病が引鉄になった演劇のリアリズム化との絡みで、この挿話にはもう一つ気になる点がある。独白の消滅だ。

今扱ってきた挿話の要は、何といっても拳銃に弾丸が籠められていなかったというところにある。しかもそれを、フラミーネオが伏せ続ける。運命の逆転は、偏えにそこに懸っていた。

独白の消滅は、劇場が半年ほど閉鎖された一六〇七、八年頃からおこっていた。シェイクスピアでいえば、『アテネのタイモン』（〇七年）は、タイモンが恩知らずのアテネ人たちを呪い、裸で森へ赴く理由を独白で述べていた（四幕一場）。だが、同じ年に書かれた『アントニーとクレオパトラ』ではアントニーはエジプトへ戻る訳を独白のかたちで伝えたり、『コリオレイナス』（〇八年）の同名の主人公もヴォルサイ人の元へ行く理由を、あえて観客に伝えようとはしなかった。疫病という自然の猛威の前で、内奥の動機をあえて人前で語る「心理的蓋然性」(19)を欠く約束事は、敬遠され始めていた、ということか。

その流れを加速させ、意外性のドラマツルギーにまで高めたのがジョンソンだった。主人が疫病を恐れて屋敷を逃げだした隙に悪党仲間を連れこんで荒稼ぎに余念のなかった執事フェイスの許に、突然主人帰宅の報が入る。悪党たちは慌てふためき高飛びの支度にとりかかるが、準備完了したところでフェイスは荷物の持ち出しを禁じていう。

本当のことをいえば、旦那を呼んだのは俺様よ。　　　　（『錬金術師』五幕四場）

前年に書かれた『エピシーン』の観客騙しはさらに徹底していた。叔父の結婚相手の「無口な女《エピシーン》」とは実はおしゃべり女と聞かされていたがために、それが男とわかって観客は二度騙される。ウェブスターが踏襲したのは、このジョンソン型だった。

だが、ウェブスターは独白と全面的に訣別したわけではなかった。『白い悪魔』でいえば、四幕一場と五幕四場夫々の終りに残している。反面、一幕二場、マクベス夫人なら独白で告げたであろう殺人の意志をヴィットーリアは夢のかたちで暗示し、弟の感嘆をひきだしている。

大した悪魔よ、
夢に託けて公爵夫人と己れの亭主を
バラセと命ずるなんて。
（一幕二場二五六—八行）

ウェブスターは、しかし、意外性のドラマツルギーに拠ったとはいえ、全体としては不自然な約束事をさほど気にしてはいない。チャップマンに「帽子一つ外套一着替えるだけで劇の状況を一変させるなんて、才なき物書きの安易な逃げの一手」（『五月祭』二幕一場）といわせた変装などは、平気で活用している。「不純な芸術《インピュア》[20]」を旨とした劇作家の面目躍如といったところだ。

いや、約束事の不自然さを逆手に利用していると思われる時すらある。黙劇《ダム・ショー》の使い方だ。二幕二場の終り、ブラチアーノは買収した呪術師の術の力で、自らが命じた二つの殺人が滞りなく行われるさまを眺める。

まず、イザベラの死。毒が塗ってあるとも知らずに公爵の肖像画の唇に口付けして、彼女は卒倒する。ともに、ロドヴィーコら付き添っていた者たちに肖像画に近づかないよう命じて死ぬ。そこまでが第一の黙劇。二つ目は、木馬跳びに託けてフラミーネオがカミロの首の骨を折るまでを描いたもの。一つ目の終りには「すばらしい（Excellent）」（二四行）、二つ目の時には「見事（quaintly）」（三八行）という公爵のコメントが入る。

ところが、劇が五幕三場まで進み、毒を盛られた公爵が瀕死の床で意識を取り戻した時、慌てたロドヴィーコはこれが「フィレンツェ公直伝の恋結びだ」（一七四行）とばかり相手の首を絞め、自画自賛してすでに引いた「ペスト避病院の看護婦だって……これほど見事に（quaintlier）はばらせめぇ」と見得を切る。黙劇の場は、プロットの展開と有機的に絡み、照応関係まで築いていたのだ。

それだけではない。置かれた位置も重要だ。アクションを短縮《テレスコープ》し、有無をいわさず雰囲気を一変できる黙劇は公爵（とヴィットーリア）の犯罪からイザベラの実家メディチ家一門による復讐へと劇が移ってゆく要におかれ、無言の所作だけなればこそ饒舌な劇の転換を一層強烈に印象づける働きをしている。心理的一貫性は大事にしなくとも、演劇的必然性の方には充分気配りしているということだ。

ところで、黙劇とは直接関わらないが、それが扱う超自然界には他にも若干気になるところがある。超自然界、とりわけ死後の世界への畏怖がここでは大して感じられない点だ。一言でいえば、見えざるものへの不信だが、この不可知論もペストと時代が与えた影響かもしれない。例えば、フランシスコ。妹の亡霊に、実にぞんざいな口のきき方をする。ハムレットもそうだが、彼は亡霊を認めないウィッテンベルグの学生に造型されているから無理もないとして、フィレンツェ大公がそうとは信じがたい。

復讐について考えねばならぬ俺に
花とか死の床とか、葬式、涙なんてものは
一体何の関係があるのか。
（四幕一場一一三―五行）

これでは、亡霊もすごすごと退散せざるをえまい。似たことは、フラミーネオにもいえる。彼もブラチアーノの亡霊に余命を尋ねたり、死ぬ際にはどの宗教が最良かを問いただす。そして答がないと、

してみると、お前もあのお偉方、
影みたいにあちこちうろつくだけで
何の用もないあいつらと同じ穴の貉だナ、
（五幕四場一三三―五行）

と侮辱する。亡霊が土くれを投げたくなるのも無理はなかろう。

畏怖がないだけではない。フラミーネオは、やがて死に直面した時、死ぬことがなくなるだけじゃないかと不貞腐れるように、この劇の死は生と厳然とした一線がありつつそれが大して意味がないように扱われている。生の苦痛が死の恐怖を取り除き、死後の世界とか超自然への畏怖の念をなくさせてしまっている姿がここにある。これは、すでに触れたように死の直前に擬装の死が対位法的におかれたこともおそらく、無関係ではあるまい。疫病の死に慣れたように、擬装の死の茶番に慣れてしまった観客は、実際の死をいささか醒めた気分で味わうで

あろうし、それはまた劇作家の計算の一部でもあっただろう。

疫病が齎す一寸先は闇の生は、動物的嗅覚と気転ないしはったりで世間を渡ろうとする刹那主義者を誕生させたが、それは敗北主義者・運命論者の別名でもあった。典型は、これまたフラミーネオ。妹のヴィットーリアをブラチアーノにとりもち出世を企む彼は、巧みに頭の弱い彼女の夫カミロを煽てて遠ざけようと、二人を相手に忙しく立廻る。

（給仕《カーヴ》なんてしてやる必要はない、お前の方から誘《カーヴ》ったって、奴はとうに玉なしって評判だからナ――とにかくお前と喧嘩しているふりしなければならんのだ、許せ）カミロのような生れのよい紳士……あれだけの学者先生がだナ（何、おつむの中には味噌《セイジ》どころかセイジの葉っぱ一枚もない脳タリンだが）……あれだけの宮廷人は珍しいゾ……お前はうってつけの宝石の嵌めこみ台、ぴったり嵌まること請合いだ（何、肝腎《カヴァーストン》の石の方は紛いもの、乗《カヴァー》っかっても立たない代物よ――そこの贋ダイアはナ）。

（一幕二場一二八―四四行）

これはおそらく、疫病流行下のロンドンを舞台にしたジョンソンの『錬金術師』（一六一〇年）におけるフェイスの八面六臂の活躍を、参考にしたものに違いない。例えば、サトルともどもダパーを騙すに当たって、彼は以下のように振舞う。

大丈夫、心配ないって仰言って下さい。ほら、何にももう残ってません……（さあ、財布を捨てて）……女王が仰言ることに、この人は忠実に従いますから（指輪あったら、それも捨てて……手首に銀のシール、それも……妖精に身体検査された時鐚一文でも見つかったら、それでお終いなんだから）。

（『錬金術師』三幕五場一九―二八行）

さすが騙しのプロ、ともに生気はあるが、断片的かつ話題の脈絡のなさにおいて「彫琢された文章と学識を誇る」[21]ジョンソンよりウェブスターに一日の長があるか。

だが、出たとこ勝負の生き方においては共通していても、ウェブスター（の人物）にあってジョンソンにないものがひとつある。己れの生きざまに対するコメントを、独白ほど意識的ではなく、問わず語りに漏らす瞬間だ。例えば、やはりフラミーネオ。カメレオンを自認するように、ならず者、狂人と次々に姿を変えたかと思うと、つまらぬ格言を口にする。そして自嘲的に呟く。

他人様には滑稽に映るかもしれんが……
薬草《セイジ》にもならぬ叡智《セイジ》が干からびた格言を口にする
これで変幻自在が許されるってわけだ――
お偉方のエテ公になる以外悪党に出世の道はないからナ。
（四幕二場二四三―七行）

「これ（this）」が何を指すか、判然としない。むしろ、その曖昧さに敗北主義者の地金が覗いているとみるべきだろう。

全体の四分の一の科白を辛辣かつ猥雑に捲したてるこの男が本音を口にするのは、ここだけではない。格言中の白眉と自注を加えつつ引くアリグザンダーの言葉、

賢くあるより幸せでありたし、
（五幕六場一八二行）

もそうした一つだが、今わの際の発言というところに説得力がある。意味のない饒舌は運命に見捨てられた者の精一杯の抵抗だったと悟るのは、こうした瞬間だろう。ウェブスターには、ロマンチストの退化器官が残り、そ

こが魅力となっている。

だが、フラミーネオの場合、経済観念が強すぎて、目先の欲望に左右され易い性格も手伝ってか、その絶望がいかなるかたちにせよポジティヴな成果に繋がることはない。パドヴァ大学の出身にして不満の士と、環境はよく似ていても、そこが『モルフィ公爵夫人』[22]（一六一四年）のボゾラと違うところだろう。

ボゾラもフラミーネオ同様天文学は修めたわけではない。が、『星界報告（*Siderens Nuncius*）』（一六一〇年）を出版したガリレイが教授をつとめる大学の卒業生らしく、万華鏡や騙し絵を意味する「パースペクティヴ」[23]に興味をもつ「古い信念から彷徨いでたガリレオ的人間」[24]だ。フラミーネオは死に際に、

天を見上げると、知識が知識とぶつかって
混乱するばかり。お、、霧が深くて何も見えぬ、
（五幕六場二五九—六〇行）

と有名な科白を吐くが、聖職者の教えや古い世界観が新哲学や己れの信念と齟齬をきたし、知の混乱の濃霧の中にただ立ちつくすのみ、といった崩壊感覚も二人が共有するものだっただろう。疫病の猛威同様、運命に抗えない存在と人間を捉えるところも、同じだ。

運命って奴は、スパニエル犬だネ。棒で
叩いた位じゃ追い払えぬワ。
（『白い悪魔』五幕六場一七七—八行）

人間は運命の星のなすままに打ち交わされる
テニス・ボールにすぎぬ。
（『モルフィ公爵夫人』五幕四場五四行）

その他散り際の美学においても、生き方の独自性の主張においても、二人は驚くほど似ている。[25] 何よりまず、学卒の失業者として他人に仕え、「黒々とした納骨堂」（『白い悪魔』五幕六場二七〇行）や「暗い奈落の底」（『モルフィ公爵夫人』五幕五場一〇一行）といった日の当たらぬ場所で人生の大半を送ってきた点で、双生児といってもよい。

　にもかかわらず二人は、真の双子である公爵夫人とファーディナンドさながらに違ってもいる。フラミーネオにとっては、苦しさの連続の生は空しく、それを絶ち切る死にも大して意味はない。だから、弔いの鐘なんぞ無用、轟く雷鳴こそ俺の娑婆との別れに相応しい、と最後まで挑戦的な態度を崩さない。第一節「はじめに」で述べた通りだ。他方ボゾラの方は、公爵夫人殺害後は「善をなす気があっても、そうするのを許されない」（四幕二場三五九―六〇行）と嘆き、夫人の二人の兄を手にかけてからはやり甲斐のある喧嘩で死ぬのを喜びながらも、自らの死は「正義のための死ないし恥辱」（五幕五場一〇五行）とは違うと明言しつつ死んでゆく。つまり、フラミーネオがそれまでの人生は他人への奉仕に明け暮れたから、死だけは「己れに仕え（serve mine own turn）」（五幕六場五一行）させるというに反して、ボゾラは「律儀者より忠義の家来」（四幕二場三三二―三三行）にみられようと努力してきたが、その主人筋のアラゴン兄弟に対して夫人の代わりに「正しき復讐」（五幕二場三四三行）を決意する。フラミーネオに比べ、道徳感覚を残しているところだ。いや、実はもう一つ異なる点がある。公爵夫人に貴族の矜持を棄てさせ、心穏やかに死への航海に旅立たせる「羅針盤《ボゾラ》（Bossola〈(*Fr.*) boussole〉）」の役をつとめるところだ。

　ジョヴァンナ・ボローニャは、劇中「モルフィ公爵夫人」という公的役割でしか呼ばれず、それが何らの権限をも彼女に与えることがない珍しい存在だ（その証拠に、公爵領が無断で没収され、自らの居城に監禁されるという奇妙な事態すらおこる！）。[26] にもかかわらず、貴族の矜持だけは持ち続ける。ラウリオラ（Vincentio Lauriola）の手になる夫や子供たちの精巧な蠟人形のプレゼントや狂人の踊りに耐えたのは、その矜持のせいといってもよいだろう。収監先の暗闇の中へ、死を象徴する老人の面を被って登場したボゾラに、彼女が三度己れの正体を問うのは、その最後の支えすら潰えそうになっている証拠といえる。その問いに答えることで、彼は死の教育にとりかかる。

最初の問い――「私は誰?」――に対して、「ヨブ記」(十章九―一一節。三十七章一八節)を踏まえつつ「虫下し薬」セメンシナの一箱か、生乾きのミイラ薬の軟膏箱(四幕二場一二四―五行)、と彼は答える。干からびかかっているのに、催淫剤さながら情欲だけは残している、といいたいのだろうか。とに角、虫下しの「虫」には精虫のイメージがつき纏い、「セメンシナ」には催淫剤の働きがあるらしい。次の「肉体とは何か」の答、凝乳とパイ皮からなり、子供のトンボ籠より脆いもの、のところに登場する「紙製の牢獄」(一二七行)は「箱」のイメージの延長だろう。

「籠のひばりを御覧になったことがありますか」も紙の牢からの連想だが、夫人が少し前で駒鳥は籠の中では長生きできないといっていた(一二三―四行)のを、想い出した観客もいたかもしれない。すべては幽閉中の彼女の姿と結びつく。[27]

露骨な比喩にむかついた夫人は、第二の問い「私は公爵夫人ではないのかい?」を発する。それに対しては、大身の夫人ゆえ心労で髪に白いものが目立つ、という身も蓋もない答(一三五―七行)。寝屋の場で夫人が夫のアントニオに対して白髪を気にしていたのを(三幕二場五八―六〇行)、ボゾラはどこかで聞いていたのだろうか。放埓の限りを尽くしたから、と彼はいいたいのだろう。

貴族的矜持を誇示すればするほど中年過ぎの好色な女性のイメージしか答として返ってこない。遂に業を煮やした夫人は

私はでも(still)モルフィ公爵夫人なんだよ、　(四幕二場一四二行)

と開き直る。セネカの『メディア』の「まだメディアが残っている(Media superest)」(一六六行)を踏まえた科白だが、[28] エリザベス朝演劇を見馴れた観客には、この'still'は'always'と'still'をともに含む『タンバレイン大王』

の'still climbing'（第一部・二幕七場）を想起させずに措かない。少し前でやはり『フォースタス博士』の「星はまだ動いている（move still）」（五幕二場）を思わせる「星はまだ輝いている（shine still）」（四幕一場九九行）があったばかりだから、尚更だ。

だが、このボゾラの科白はマーロウ劇を彷彿とさせても、文脈は決して同じではない。人間の苦悩に対する星の無感動さが端的に告げるように、ウェブスターでは小宇宙は大宇宙とすでに完全に切れている。夫人もそれに気付いているからこそ、腹立ち紛れに自らの呪いが大家族をも苦もなく薙ぎ倒す疫病を星まで運び、全滅させて欲しい（四幕一場一〇一―三行）、と愚かな願いを発するのだろう。

夫人はおそらく今自らの寝室に監禁されている。先刻の有名な科白は、そのベッドの天蓋に輝いているアマルフィ家の紋章を見上げながら吐かれたものに相違ない。[29] 最後の誇りをかけたその科白に対して、ボゾラは止めを刺すかにいい放つ。

栄光はね、蛍と同じです。遠くからは輝いてみえるが、
近くでみたら、熱も光もないものです。
（四幕二場一四四―五行）

彼女にできるのは、「随分卒直ね」と捨て科白を吐くだけだろう。

これでようやく振っ切れたかに、死刑執行人たちが柩や縄をもって登場するせいもあって彼女は従順になり惧れも捨て、ボゾラ扮する鉦叩きの祈りを受容する。

孕まれるは罪の中、生まれくるは涙の中
人生は誤謬の霧の中にして
死はすさまじい恐怖の中

いざ髪を芳わしき脂粉にて飾らん……
今時は満ちて、夜と昼の間《あわい》
呻きをやめ、心穏やかに旅立ちたまえ。
（四幕二場一八七―九五行）

それから評判の悪い「風邪ひいてる坊やにシロップを、娘にはおやすみ前にお祈りをいうように」（二〇三―五行）を挟んで、「力をこめてお引きに……お待ち、天国の門のアーチは宮居のようには／高くない。入る者は／跪いて入らねばならないのだから」（二三〇―四行）がくる。が、彼女の科白はそこで終らない。最後にくるのは、兄たちへの奇妙な祝福だ。

兄さんたちに伝えて頂戴、私が食卓《レイド》に並んだら
さぞ心静かにお召し上がりになれるでしょうと。
（四幕二場二三六―七行）

花嫁を飾る髪飾りが死化粧と重なり、新床への期待が死出の旅立ちと重なるボゾラの葬送歌に明らかなように、柩《レイド》に横たわる姿は結婚披露宴の食事を連想させる。[30] それを踏まえて、自分の葬儀は兄たちにとってはめでたい饗宴に通ずるとばかり、人肉喰いのイメージを使って夫人は嫌味をいっているのだ。侍女のカリオラ殺しのブラック・コメディへの渡りを可能にしているのは、このイメージだろう。

話を『白い悪魔』に戻すとしよう。ボゾラが公爵夫人に最後の矜恃を捨てさせる最大の契機となった、アリグザンダーの栄光は遠くから眺めた蛍光のごとしは、ウェブスターがよほど気にいった科白だったらしい。『白い悪魔』の五幕一場で、フラミーネオにより、フランシスコ扮するムーア人の口癖として紹介されていた（四一―二行）。だが、プロットに絡むかたちはとっていなかった。ウェブスターは、それが気になっていた。だから、シェイクスピアが一族再会のテーマを『間違いの喜劇』から『十二夜』『ペリクリーズ』と書き直しを重ねたように、

『モルフィ公爵夫人』で改めて登場させたのではあるまいか。

これは一例にすぎぬとして、『白い悪魔』のウェブスターにはまだ己れの書きたいものの見極めがついていないふしがある。最もその感を強くするのが、ヴィットーリアが死に際に漏らす「罪は血にあった」(五幕六場二四〇行)と「宮廷を噂に留め、実際に見聞しなかった人は幸せ」(二六一―二行)の二つの科白。その間に魂は「闇夜の小舟、どこへ流されてゆくのやら見当もつかぬ」(二四八―九行)という、不可知論者らしからぬ来世への不安を滲ませた科白は入る。罪と魂云々は、チャップマンの『ビュッシー・ダンボア』でタマラが漏らす「血が罪を生む以上に、魂は逡巡を生む」(五幕三場)を踏まえた科白だが、情欲と宮廷をもちだし、そこまで劇を導いてきた名付けようのないものにあえて命名することで、劇をメロドラマの次元へと還元してしまった感じは否めない。

思うに、『白い悪魔』のウェブスターは疫病が象徴する「不可避なものとの戦い[31]」を、フラミーネオの空しい饒舌とヴィットーリアの裁判へ横滑りさせて遮二無二取組もうとしている。だが、勝算はおろか有効な戦術もみつかってはいない。ようやく人生の無価値さを逆転する一瞬の閃光のごとき生の燃焼とそれを生む勇気に鍵があるとわかりかけている、といったところだ。例えば、夫殺しの嫌疑をかけられたヴィットーリアは、裁判官をつとめるモンティセルソの告発に猛然と反論する。

閣下、悪魔の似顔絵で
赤ん坊を脅されたら如何
私はそんな脅しじゃガタガタしません
売女とか人殺しとか今口になさった穢い名前は、
そのまま落ちてきて、あなたのお顔を汚しますよ。

Terrify babes, my lord, with painted devils,

I am past such needless palsy, for your names
Of whore and murd'ress they proceed from you,
As if a man should spit against the wind,
The filth returns in's face.

（三幕二場一四七—五一行）

腹立ちを's'、'z'、'ʃ'などの歯擦音に籠めたその発言は、最後の行では天に向かって唾した時のように、唇音の'f'（filth）で始まり同じ音（face）で終っている。[32] それに先立つこと十行位、英国大使は彼女を褒めて「勇敢な女性じゃな」（二四〇行）というが、正邪を強弱に置きかえ、邪を正といいくるめるもの、即ち「白い悪魔」をたんなる「偽善者」ならぬ言葉の本来の意味において「役者《ヒュポクリティース》」としているものは、この勇気を措いてないことを、彼女は今学びつつある。

そして、死ぬ直前まで、この態度は持続される。侍女のザンケを先に殺そうとするロドヴィーコに対して、「メディチ家に縁あるブラチアーノ公爵家の夫人」といわんばかりに、「死ぬ時も侍女つき、……召使を先に旅立たせは致しません」（五幕六場二一七—八行）と自らの胸を差しだし、ロドウィーコの友人ガスパーロから「いい度胸だ（brave）」の言葉をひきだしている。兄のフラミーネオが妹を「栄光に包まれた悪女」の仲間入りさせるのも、その「雄々しさ（masculine virtue）」（二四四—五行）を愛でてのことだろう。

辞世の言葉にアリグザンダーの宮廷悪の科白をもってくるところに漸墜法の感じが拭えないとはいえ、ヴィットーリアとモルフィ公爵夫人の径庭は、フラミーネオとボゾラに比べたら大してない。諷いあげつつ貶めずにおれないのが、ウェブスターの「悲劇的諷刺」の常套手段でもあろう。ところが、二人の悪漢の最期を包む濃霧には、多少の違いがありそうだ。[33] フラミーネオにとっては、蠟燭の最後の眩い閃きのように、生の最後の輝きも死後に訪れる地獄の濃霧の暗さを告げるものでしかない（二六三—四行）。日陰続きの人生で治る見込みのない風邪を拗らせてしまった現状認識を、生の証しとしての何らかの行為へと飛躍させる精神の弾性が、彼にはない。「あばよ、この糞ったれ奴が（自惚れた悪漢ども）」（二七三行）と、誰に投げかけているのか曖昧な科白で不満の徒のまま生を閉じてしまう。ボゾラのように、「正義のための死ないし恥辱」を是とし、なおかつ「俺の死出の旅はそれとは別だが」（五幕五場一〇四―五行）と峻別する勇気や心のゆとりがない。すでに述べたところだ。

さりとて、『モルフィ公爵夫人』の最後で、延臣デリオが口にする「名声の最良の友としての一貫性のある人生」（五幕五場一二〇行）もフラミーネオには持てなかった。同じ悪漢でも、ロドヴィーコにはそれがあった。薄幸のイザベラへの恋慕からブラチアーノはじめ敵を皆殺しにした彼は、後世の手本となる殺し方（五幕一場七六行）で初志を貫徹して己れの最高傑作といえる陰惨な夜景を描けたことが、嬉しくて堪らない。だから、どんな責苦も恐くはないのだ。

わしは嬉しくてどうしようもない（I do glory yet）
これがわしの行った仕事だと思うと。（五幕六場二九三―四行）

ボゾラにしても、終始ピラミッドのように前に立ちはだかり、彼をガレー船送りにまでした枢機卿を手にかけたことが、生涯の課題を解決しえたことが何より嬉しい。だから、今にも飛び出しそうな魂を歯でくい止めつつ、叫ぶのだ。

お前が……
小さな点、
無きに等しいものになってしまったのが。
俺は嬉しい（I do glory）（『モルフィ公爵夫人』五幕五場七六―九行）

フラミーネオには、悪態がつけても生の証しを誇れるこうした瞬間は訪れない。弔いの鐘代わりに雷鳴よ轟けと叫んでも（五幕六場二七六行）、ハムレットの場合のように礼砲代わりにそれが轟いたとは思えない。少なくとも、ト書きは黙した儘だ。轟いたとしても、『フォースタス博士』（五幕二場）や『復讐者の悲劇』（五幕三場）のような神の裁きとしてのそれでしかないだろう。寂しい死だ。疫病が齎した不可避なものへの戦いの、思うに彼が最大の犠牲者だったかもしれない。

五　フィリップ・マッシンジャー

ウェブスターの劇作家活動が峠をすぎるころから、ステュアート朝演劇に次第に変化が訪れる。一つは一六一五―一九年頃をピークとして、地方での演劇上演が廃れる兆しだ。常設劇場ができて目ぼしい劇団がロンドンに定着するようになった一五八〇年代以降においても、疫病がはやる夏場を中心に、彼らは二ヶ月ほど各地に巡業に出かけるのを常としてきた。ある統計によれば、その回数が減り、この時期を一とすると、二十年後の一六三五―三九年には三割以下に落ちこんでしまう(1)。

地方の市町村の出納簿には、逆に上演中止の記載が増えてくる。例えば、一六三四―五年のブリストル。そこには、次のような文言が現われる。

一、市長命により、当市における上演中止の見返りとして、ペリーなる役者に……二ポンド(2)。

データの数の正確さに問題はあっても、全体としての傾向だけは否めない事実だろう。

この傾向は、演劇がかつての全国民的方位を失い、宮廷（ロンドン市民）中心のサブ・カルチャーに堕しつつあることを意味する。王が劇団に下した全国津々浦々での上演許可証の権威を、上演禁止を各市町村に通達した枢密院の文書の権威が上廻りつつある証拠でもある。「二者のいずれの命令が重んぜられるべきか（Whether the king's command or the council's be the greater)」と記した一六二四年四月二十四日のノリッヂの市長出納簿が、その辺の事情を余すところなく伝えている。[3]

演劇を取巻く環境の変化は、他でもおこっている。演劇興行がピークに達した十六世紀末に、国家の繁栄は職業演劇の隆昌化と両立しえずと説いた反演劇が他ならぬセミ・プロ劇作家により書かれるということ。即ち、マーストンが絡んだ『役者いじめ』(一六一〇年)の登場だ。

常設劇場の開設(一五七六年)以来、演劇はピューリタンのすさまじい攻撃につねに晒されてきた。しかしそれまでは、身内による批判といえば、劇界から足を洗ったゴッソンのような人物か、マンディのように劇作に手を染める以前の話、いずれも主義主張というより金稼ぎの一種だったし、批判もスタッブズのように五幕形式をとることがあっても、本物の劇のかたちを纏うものはなかった。それが円熟期を迎えた段階で、現役の劇作家によりなされたのだ。劇を商業主義の対象としては認めがたいとする考えが、ピューリタンならぬ保守派の法学院関係者やインテリ作家の間でもいぜん燻っていたことを、これは意味する。演劇の未来は、決して明るくはないだろう。

この演劇否定の劇は、平和に始まり、豊饒、高慢、嫉妬、戦争、貧困という人間社会の有為転変の一サイクル——マロ(Clement Marot)、やロッジ、ジャン・ド・マン(Jean de Meung)らの詩人たちの間で馴染のトポス[4]——を、再び平和が甦った段階でエリザベス女王が絶ち切り、イングランドに「平和という栄光」[5]が訪れる、というように展開する。だが、それ以前に役者という「高慢ちきで法令違反のゴロつきども(Proud Statute Rogues)」[6]は追放を命じられ、水夫たちにより連れ去られている。演劇の人気沸騰に悩まされているエリザベス朝で、この願いは女王の永世への祈り同様空しいとわかっていて、こうした劇が書かれるところに、演劇が内部から瓦解する可能性を垣間みせて興味深い。

出版が一六一〇年とはいえ、執筆・上演が前世紀の終り頃というのは、女王への讃辞だけでなく、ジョンソンの『皆癖が直り』(一五九九年)におけるこの劇への言及(「プラトンの役者いじめ('Plato's Histriomastix')」[7])等からもわかる。むしろ、上演から十年以上を経て出版にいたる事情がわからない。この間の目ぼしい出来事といえば、まず気付くのが一六〇六年の劇中での神の名の冒瀆的使用を禁じた法律の制定(3 Jac. I. c. 7)[8]。その他では、レスターでのピューリタンと劇団の衝突騒ぎ[9](〇五年)、プリマスでの上演中止代償金の支払い[10](〇四年)。断片的な資料から演劇風土を再現するのは容易ではないが、環境悪化の雰囲気だけは伝わってくる。ゴッソンの批判にシドニーのような廷臣が喧嘩を買うのではなく、『役者いじめ』の出版を機にヘイウッドといった劇作家がすばやく反応したのは、演劇を取巻く厳しい現状を彼らが察知していたからに他なるまい。

ヘイウッドは擁護に当たって、古来の演劇の効用とともに王室御用達という今日の栄えある身分をあげ、ローマを引合いにだしながら国家の繁栄と演劇の隆昌化の相互関係を謳う[11]。『役者いじめ』の結末を意識していないといえば、嘘になるだろう。ところがまさにこの点が、I・G・による反撃の呼び水となる。それは事実に反する。贔屓のひき倒しで、実際は演劇が齎した風紀の乱れが共和制を滅し、帝政ひいては専制君主制を生んだ張本人だった、と[12]。

王室の庇護云々は、実は前世紀にランキンズが問題にし、それは錦の御旗ではない、とクレームをつけていたものだった[13]。ところが、その点に演劇人の注意はなかなか向かない。だから、一六一六年聖ポール寺院での説教でサットン師に名指しで非難されたフィールドが答える時にも、芝居は聖書で弾劾されていない点に加えて、王がパトロンなのに非難するのは「不忠(disloyal)」といい放つのだろう[14]。こうした演劇人の特権意識への反発が重なって、二四年にノリッヂで現われる地殻変動へ向けてのマグマが形成されていたものと思われる。

『役者いじめ』への演劇側からの反撃は、ヘイウッドの『擁護論』(一六一二年)で終止符を打ったわけではない。ミドルトンの『チェスで一勝負』(二四年)が筆禍事件をおこすのを契機に再燃する。翌年五月二十四日『反演劇論(*A Short Treatise of Stage-Plays*)』が書かれる。演劇とはがんらい異教的なもので、法王の娯楽のため利用されていたもの故、神は決して心良く思ってはおられない、といったお決まりの演劇反対論だ。見逃せないのは、これが議会に宛てられたものであるばかりか、六月八日にはそれに応じて日曜公演を制限する法案が通過する点だ。突然降って湧いた危機だ。[15] 一六二六年マッシンジャーが『ローマの俳優』[16] という劇のかたちで一世代前の反演劇に答える素地は、こうして形成された。

他ならぬマッシンジャーが乗りだし、主人公にローマの名優をもってくるには、さらなる事情があった。

一六二五年三月二十七日、二十三年の在位の後王ジェイムズが死んだ。続いて疫病の大流行、これでロンドン市民の二割が死去し、[17] ために新王チャールズの戴冠式も翌年二月二日まで延期された。[18] 勿論喪中に続いて十一月末まで劇場も閉鎖、その間の八月に国王一座の座付作家フレッチャーが死んだ。新調した服の出来上りを待って逃げ遅れたが故の罹病だったという。[19] マッシンジャーは、後を襲うかたちで実質的な座付作家となった。

ペスト明けの国王一座の新座付作家を待ち構えていた環境は、甘いものではなかった。『チェスで一勝負』の筆禍事件についでおこった『スペイン国王代理』(二四年)の無許可上演につぐ始末書騒ぎは、議会に警戒の眼を光らせるに充分だった。[20] そんなことにお構いなしの新王は、二五年度末(十二月三十日)寛大さを誇示すべく己れの一座にのみペスト見舞金として百マルクを下賜する。[21] ローマ時代にみられた皇帝と演劇の癒着に似た印象を広く国民の間に植えつけるに充分な出来事だった。庇護を正当化する必要が、新座付作家の脳裏を過ったとしても不思議はなかろう。

マッシンジャーは、王権と一線を画すペンブルック家の眷顧を親の代から受けてきた家柄の出だった。[22] 当然王は暴君の先入観は拭えないであろう。パリスは、チャールズが権力政治家として悪名高かったローマ皇帝ドミティアン(シーザー)に重なる過程から自ずと登場した。そして二人の物語のヒントは、おそらくゴッソンの『悪口学校』(一五七九年)が提供した。マッシンジャーはそこでゴッソンが、芸人の跋扈を許してからローマは愚者の楽園になったといい、続けて「ドミティアンが芝居とダンスを長い間見世物小屋で認めたが故に、パリスはドミティアと不埒な行為に及んだのだ」[23] と書いていたのを想いだしたのではあるまいか。どうやら、当時の人々の脳裏では、ドミティアン、ドミティア、パリスの三角関係が演劇の齎す腐敗堕落の原点となっていたものと思われる。

それだけではない。二〇〇二年にドミティアン役をつとめたアントニー・シャーが指摘するごとく、[24] パリスの寵愛の背後には男色関係があり、当時の観客にはそれも暗黙の了解だったに違いない。とすれば、負のイメージの強いパリスを高潔な人物に仕立てあげ、出版に際して献辞を寄せたT・I・が語る演劇擁護という「主題の優美かつ卓越した論証[25]」をやらせたら、国王一座再生のイメージを与えうるのではあるまいか。そう考えて、マッシンジャーは創作に乗りだし、「わが美神の最高傑作[26]」と自信を示したメタ・ドラマが誕生した。それに対して、後輩のフォードも「ローマの物語を凌駕した貴下の栄光[27]」と讃辞を惜しんではいない。だが、擁護論の実態については、詳細な検討を要するように思われる。

劇は憂鬱な（dull）日々と稼げども身立たずをパリスが嘆くというところから、幕開きとなる。ローマに住まうギリシア人（ピューリタン？）が演劇に反対しているために、風紀は乱れる一方なのに劇場にだけは人々が寄り付かない。われわれは「楽しみと利益《プロフィット》」の双方を提供しているのに、とボヤキは続く（一幕一場一―二〇行）。

何をもって、彼が憂鬱とみなしているのか即断はできぬが、疫病流行による劇場閉鎖が終ったばかりという状況、ユウェナリスがギリシア人を「偽善者《ヒポクリット》[28]」呼ばわりしている点などに鑑みると、ローマに現実のロンドンを重ねていた可能性が高い。

「六セステルスの収入」（二六行）も、当時のロンドンの屋内劇場への入場料（六ペンス）に対応する。シーザーのパリスへの覚えがめでたいがために「多額の下賜金《サプライ》」（二九行）に与り、不自由はないというのも、一六二五年暮れの百マルクを想起せずに措かない。ローマはロンドンと二重写しになっている、と考えてよさそうだ。

やがて、元老院からパリス宛召喚状が届く。最近の演目（『チェスで一勝負』？）を巡って告発を受けたらしい。スパイをつとめる執政官アレティナスが祝典局長に重なりそうもないが、元老院は下院と重なるかもしれない。パリスは応ずる決意をして、「徳高きは罪」（一幕一場七八―九行）とは「剣呑な御時世」（八〇行）と嘆く哲学者たちと入れ違いに去ってゆく（その日演ずることになっていた『アガウェーの狂気』、アガウェーらバッカスの狂女による暴君ペンティウス殺しの上演は中止になるのだろうか？）。

われらの目標は栄光、即ち後世に
名を残すこと
（一幕一場三一―二行）

の発言は、「よき栄光ある行為」（二四行）を生き生きと演じ、善行への道を示すにもかかわらず不遇だという文脈で、パリスにより発せられる。同僚の役者イーソパスが皇帝の援助を巡って、パリスに謝意を述べた直後のことだ。イーソパスに同意して皇帝への感謝の言葉が発せられて然るべきなのに、突然跳ね上がってしまう。劇場から人足が絶えて「ローマさながらの大きなガランとした部屋（a great Roome unpeopl'd）」（一二行）になってしまったと洒落ていた文脈からも浮いている。と思うと、アレティナスの口からやがて「沈黙を強いられる」かもと聞くと、「わが強力な支え、アウェンティーヌ山」（三九行）は皇帝だけ、彼が凱旋すれば、「執政官がなした破壊など易々と修復」（四二行）してくれるともいう。演劇を愛する気持、役者としての自負は強いが、強力な敵に囲まれ、唯一の庇護者暴君ドミティアンへのパリスの思いは、屈折していて複雑なようだ。

その複雑さは、召喚に応ずる際の自己説得にも現われている。古えの英雄をリアルに演じて喝采を浴びてきた以上、「自らを演ずる時は勇気と自信をもって臨もう。そして死の判決を受けても、それを劇中の出来事、明日になれば甦れると考えて、悲しまずに聞こうではないか」（五一―七行）と。勿論、語りかける相手は不安げに見送る同輩たちだが、半ば以上己れに対してだろう。自らを虚構と化したい。志高いわりに不安定で望まざる存立基盤から逃れたい気持が、死の不安と綯い交ぜになって覗いている。己れの寄生的身分に対するこの自嘲気味の態度は、劇を通じて最低音部を奏で続けるだろう。

元老院に出向いたパリスは、「国家とシーザーへの誹毀者」（一幕三場三四行）の罪状を否定するかたちで滔々と演劇擁護論を打ち始める（五六―一四〇行）。まず行動の指針の提供者としての演劇の効用から入る。演劇は人物や事件を活写しつつ（to the life）、情欲や放蕩の惨めな結果を描きだす。あるいは善行へと見る人を駆りたてる。道徳心の涵養においては、実際それは哲学の「冷たい教え（cold precepts）」の比ではない。シドニーの『詩の弁護』

などと同列の考えだ。

次に彼は、演劇は若者の堕落を導くという命題の反駁に移る。悪徳はつねに劇中で罰せられている、というのがいい分だ。勿論個々人の道徳や受けとり方はさまざまだろうが、そこまで演劇は責任をもてない。この点に関しては、四回も念を押す力の入れようだ。中傷ととられるのを極力警戒してのことだろう。

演説の長さは、短い間の手を二度挟んでの八十五行、その前後に告発者による、そんな大胆なもののいい方をするとは舞台にでも上っているのか（一幕三場四九―五〇行）、のコメントと道化役の同僚ラティナスが漏らす「彼が大学代表弁士（orator）を演ずるのを見たことがなかった」（一四三―四行）が囲む。この枠は、演説をじっくり聞かせたいからと思われるが、擁護論の中身の陳腐さと芝居がかった態度に劇作家自身がいささか辟易しているようにもとれる。

エドマンド・キーンは、約二百年後の一八二二年ドルアリー・レイン劇場の柿落としの開幕小劇《カーテン・レイザー》に、この箇所を独立して使ったのが知られている。それ以前ケンブルやマックリーディも、一幕一場と三場を細工して、演劇擁護の小冊子を作ったらしい。[29]

だが、今日の眼から見ると、この擁護論はそれほど意味のあるものにはみえない。常識の域をでず、当時でも芝居通の知識人ならシドニー、ナッシュはおろかジョンソン、ヘイウッドたちを通して馴染のあったものなのだ。[30]むしろ問題は、その理論の実践ともいうべき二、三、四幕で展開する劇中劇との整合性の方で、理論が次々に修正されていくところにあるのではあるまいか。この劇には、どうやら二つの顔がある。表向きの顔は、国王一座の存在事由を演劇擁護論に絡めて謳い上げるところにある。先に述べた通りだ。と同時に、演劇の効用を存立基盤との関係まで遡って洗い直そうとする裏の、あるいは内向きの顔がある。これらの二つの顔が最初から並存したか、途中から第二の顔が内的要請として現われたのか、判断が難しい。しかし、演劇否定の契機を内在させた『ネロ』（二四年）のような屈折した劇――『役者いじめ』の再来――が二〇年代以降頻繁にみられるようになるとすれば、この劇もそうした時代の流れとさほど遠からぬところで書かれたのは確かなようだ。[31]ようやくパトロンの顔が、演劇人にもはっきり見定められるようになった証拠でもあろう。

ここで、二幕以降の劇中劇の考察に移る前に、そこまでのあらすじをまず述べておけば、シーザーのタンバレインばりの凱旋と現人神の僭称までが第一幕。大天使ガブリエルならぬお側用人パーティニアスによるシーザーの求愛告知を、受胎告知を聞くマリアさながらにドミティアは受け入れ、すでに「アウグスタ」の称号を賜っている。

こうして問答無用の帝政（絶対王政）下の劇の雰囲気が定まったところで第二幕に入り、劇中劇が始まる。最初の劇は「吝嗇の治療」。父の「金の亡者《フィラーガス》」に手を焼く元奴隷お側用人パーティニアスに同情したパリス一座が演ずる小劇、ハムレット流にいえば一種の「鼠とり《マウストラップ》」だ。但しそれは、無理やりドミティアを奪いとられた彼女の前夫レイミアを、「随喜の涙で譲った（You glory in your act）」（二幕一場一九五行）と嬲り者にした揚句に殺害する場に先行されている。彼が口を封じられて（言語統制の象徴！）衛兵に処刑場へと連行されるのと入れ違いに登場したドミティアを交えて、いよいよ小劇の始まりだ。

フィラーガスが観客席に着くなり、シーザーは嘆く。「どんな役者でもこの男を演ずるのは無理だナ。それにしても、本人をみるまではこんなバカげた話はあるまいと思っていたが（I had held The fiction for impossible in the scene）」（二幕一場二七〇―一行）。どうやら、虚構は現実に追いつかぬ、と認めたらしい。案の定、クローディアスとは違って、フィラーガスは劇を「鏡に見たて（as in a mirror）」（九八行）ても改心する気配をみせない。「虚構」は「実体《サブスタンス》」に、「自分らしさ」を「装う」ことは「自分であること」に絶対敵わない（三九〇、一〇五、八六行）。迫真の演技が通用せず、新しい自分に決心して生まれ変わるのも不可能なら（四三三―四、四二八―九行）、残る道は権力でそうするしかない。「この男を連れ去り、即刻絞首刑にせよ」（四三八―九行）。

要するにここで展開したのは、パリスの演劇観とは程遠く、「己れを演ずる」無力さに留まらず、「己れを貫く」ことすら役者のパリスに代わって治療を成功させる（＝生を奪う）皇帝という名の名医の権力に如かず、ということになろうか。虚構による現実変革は権力による強制以外望み薄という結論が虚構への信頼を揺るがせ始めたところで、第一の劇中劇は終りとなる。
断っておくが、「金の亡者」に現実と虚構の混同が皆無だったわけではない。泥棒がきたから劇中の高利貸しを助けてやっとくれ（二幕一場三三八―九行）、と客席のシーザーに頼むところだ。ただ彼は、虚構に現実ないし生を浸食ないし干渉させるのは絶対許さない。ところが、逆に現実を虚構に易々と融解してしまう人物もいる。シーザーの隣に陣取ったドミティアだ。パリスの男前というか声優としてのすばらしさに夢中になった彼女は、彼に「イピスとアナクサレテ」の悲恋物語を演じさせる約束を、夫との間にとりつける（四一六―九行）。それが第三幕で展開する第二の劇中劇となる。
第一の劇中劇がレイミア殺害の場に先行されていたように、第二のそれもストア派哲学者の拷問の場と抱き合わせになっている。ただ第一の場合と違うのは、シーザーの台本通りにはことが進まない点だろう。シーザーは公開処刑を「絞首台の劇場」に用いて、帝国による人民の肉体の支配を印象づけようとするが、思惑は見事に外れてしまう。二人がストア哲学の教えを守り、拷問にも音を上げない。逆にシーザーの方が悲鳴をあげ、二人を視界から去らせる結果となるからだ。

わしの方が拷問にかけられたみたいだ
奴等が責苦にさっぱり反応しないものだから。
（三幕二場八八―九行）

この計算違いは、劇に新たな宗教的台本が加わったせいらしい。新しさは、従兄に当たるシーザーに手籠にされたドミティリアの復讐心を察知した召使のステファノスが、代わってことを企てようといいだすところ、即ち被害者の復讐心に窺える。他方、宗教的色彩は「ローマで最も高潔でブレない生涯（Integrity of life）」（三幕一場一〇三行）を送ってきたスラたちがパトロンに対する残虐非道な宣告に異を唱えただけで告発されたと聞くや、ステファノスが「天がそれを見過し、裁きの雷鳴を轟かせないのか」（一〇六―七行）と不満を露わにするところに覗いている。

暴君シーザーの自壊という政治プロットだけで充分なのに宗教プロットを重ね合わせたのは、この世を「神の正義の劇場（God's great theatre of justice）」とみなし、何事であれそこでの裁きを期待する観客が増えつつあるからだろうが、政治状況に劇が下手に「適用《アプリケーション》」されて関係者が召喚されるのを惧れたせいでもあろう。[32] とに角、宗教プロットの重なりにより暴君劇に幅ができるものの、多少劇としての主張が不鮮明になった感じは否めない。

暴君劇ないし政治プロットの相対的比重の低下は、二人の元老院議員が連行されるや現われたドミティアに対して、シーザーが「おゝわが栄光、わが生命」（三幕二場一二七行）と凭れかかる仕草に、その男女間の力学の逆転に端的に覗いている。

さて、女性陣が揃ったところで、いよいよ第二の小劇「イピスとアナクサレテ」の始まり。キプロスからきた高慢な女に惚れぬいて自殺するクレタの羊飼の物語。オウィディウスの『変身譚』十四巻（七三三―六一行）を劇化したものだ。

アナクサレテ役はドミティリア、ドミティアが自分に対して彼女が万事反抗的な故に邪慳な役はうってつけと白羽の矢を立てた女性だ。報われぬ恋に涙するパリスの演技に貰い泣きしたドミティアは（三幕二場一九六―七行）、つれない劇中の門番の応待やアナクサレテの態度にすっかり腹を立てた揚句（「あの侮辱は本性、演技なんかじゃない」）（二四七―八行）、イピスが自殺しかけてもアナクサレテが動ぜぬのに堪りかねて、脇のシーザーに頼みこむ始末、「お願い、止めさせて」（二八一―二行）。

第一の小劇の場合同様、ドミティアは完全に虚構に「連れ去られている（transported; carried me beyond myself）」（二八三、八九行）。あわてたパリスが役を抜けでて、「本気で（in earnest）自殺を図ったわけではありません」（二八六行）と申し開きをするほどだ。決まりが悪くなったドミティアは明日会いにくるようにといい残して去るが、彼女のパリスへの気持はスパイのアレティナスでなくとも明々白々だ。最後に残ったスティファナスは、女主人のドミティリアにおそらく女優に意欲的だった王妃ヘンリエッタ・マライアを念頭に忠告する。[33]「役者の株はお売りにならんのですカイ。このまま俳優稼業を続けられたら……売女におなりになるのがオチですぜ（Will you not call for your share? Sit down with this, And the next action . . . I shall look to see you tumble）」（三幕二場二九七―九行）。

　第二の小劇に籠められたのは、虚構が自ずともつ客観的限界を超えてそれを現実にまで拡大する観劇態度への批判だろう。一五八〇年にマンディが『第二・第三の退却ラッパ』で警告していた、演劇の及ぼす悪しき影響の例と似ていなくもない。「不感症な女性により受難にあった（passioned）恋人が殉教するのをみてすっかり同情した女性が、己れの恋人にまでその同情のお裾分けに及んだ……」[34]。

とはいえ、ドミティアの反応を、パリスの擁護論のどの部分の反措定とみるかは難しい（そもそも「よき感化」と「悪しき影響」も、つき詰めると線引きが容易ではない）。だが、劇中での機能だけははっきりしていて、シーザーの絶対的権力の翳りを象徴する第二例であるのは確かだろう。

　小劇の余波は、第四幕にも及ぶ。ドミティアの情事をシーザーに報告し、奴隷状態を抜けだそうという相談が他の女性たちの間で纏まる。彼女たちは、登場したシーザーに恭しく嘆願書を提出する。だが、その前後の彼の反応から、観客は意外な事実を知らされる。一つは、カルディア人アスクレタリオが誕生時の天宮図からシーザーの死期を占い、彼が言葉とは裏肚に実際はそれを惧れているらしいこと（四幕一場三六―四一、一〇四―七行）。二つ目は、自らの唯一絶対の支えをドミティアの貞節においていたという告白（「もしあの女が不実になりうるとすれば……わしもただの人間（if she can prove false . . . I am mortal）」（一六九―七〇行）。嘆願書を受けとった時、妻の不貞について「神の衣を脱いで……一人の人間であるかに……語り合う（put off The deity . . . And argue . . . As if I were a man）」（一三二―五行）というが、脱ぎすてる神が実体なのか、仮定法で語られる人間が見かけというのか、この混乱ぶりではよくわからない。だが、その後も動揺は収まらず、支離滅裂な独言は続く。

わし以外の証言から
あいつが不実だという疑いを育んだことで
どんなにあいつを苦しめたか、それがわかったら
また元気が湧いてきたゾ。

（四幕一場一七二―五行）

自己劇化で伝えたいことはわからなくとも、現人神兼暴君の背丈が急に縮んだのだけは感じられる。
マッシンジャーは、シーザーに人間宣言をさせて台本書きの位置から引きずり下し、神の手になる台本への一体化に乗りだしている。神の代理はドミティアがつとめるはずだ。そのせいで、「生殺与奪の権利は独りシーザーのものに非ず」（四幕二場一六―七行）とか「わらわとて雷を落とす」（一七―八行）と彼女の威勢のよい声が響くようになる。そして、実権を彼女が握ったところで、パリス口説きとその発覚を経て、劇は第三の劇中劇へと急テンポで進んでゆく。
ドミティアのパリスに対する願いはただ一つ、生身でも演技通りの存在であってほしいということ。それに対するパリスの答は、いたって明快、演技は観客を感化しても、演じ手の変革を齎すものではない。劇中でいかに栄光にみち、悲惨にみえようと、役をおりれば以前の己れに戻るだけ（四八―五一行）、と。殊勝で控えめな発言だが、恩あるドミティアンに仇なす不貞行為は避けよう、との魂胆が透けてみえる。だから、一時はドミティアンを主キリストと重ねつつ名誉の殉教者を演ずる決意をするのだろう。

しかし無実のまま死に、後世の人々が
僕が偉大なる主への信仰を棄てず、
王妃の愛を拒んだと後世が伝えてくれる
栄光を手に入れること。

（四幕二場九一―四行）

だが、この傍白は、実は語るに落ちている。忘恩云々より後世の反応を、殉教者の役柄が齎す栄光の方を、この科白は重視しているのではないか。役は実体に影響せずと主張していたようで、実際は人生を役からしか考えていないのではあるまいか。だから、さらに迫られると、ドミティアというヘレンに対する「トロイのパリス」（一〇三行）という役に易々と平行移動してしまうのだ。

いいかえれば、パリスには劇冒頭から栄光に憑かれた態度が目立ちすぎた。情事が露見すれば糸の緩んだマリオネットさながら[35]シーザーの前にひれ伏すのがわかっていて、役者の性で人生をコーヒースプーンならぬ与えられた役でつい計ってしまう（後程シーザーに尋ねられた時、「道徳的脆さ《フレイルティー》」をあげるが、それは識域下の動機ではないだろう）（四幕二場一八〇行）。暴君が押しつける役は元より一切の演技を拒み、己れを貫いて生命を落としたストア派の元老院議員との何たる相違！「娯楽と利益」はやはり「冷たい教え」には叶わない。マッシンジャーは、寄生的な存在基盤に眼を向けず、徒らに栄光のみを追いがちな役者という種族を、自嘲混じりに眺め始めた気がしてならない。

となると最も気になるのは、パリスの死がどう扱われているか、果たしてその死は栄光に相応しいものか否かだろう。そしてそれは、第三の劇中劇のあり方と深く関わってくる。

未遂の情事が発覚したところで、シーザーの「情け」として「不実な召使」の上演が決まる。『パイドラ』等類似した話は沢山あるが、直接の出典は知られていない劇だ。寝取られ亭主の役をシーザーが自ら買ってでて（四幕二場二二三行）、迫真の演技のため皇帝の衣装を脱ぎ（二二四行）、役の衣装に身を包む段階で（二二六行）、ほぼ劇の成行きの見当はつく。「シーザーは何を狙っているのだろう」「わかりきってるじゃないか」（二四〇行）の役者同士の会話が結末を予測させるし、直前の彼自身の「ふざけにせよ真面目な話にせよ（In jest or earnest）、この剣は手離さぬ」（二三一―二行）も、それを裏付ける。

にもかかわらず、接吻を交わす二人を捕らえる段になって、シーザーは肝腎の科白を忘れてしまう。

シーザー　やっ、科白を忘れてしまったゾ。でも所作は大丈夫
　これでもか、これでもか、これで死ね！
パリス　　　　　　　お、俺は本当に（in earnest）殺されてしまった。
（四幕二場二八二—三行）

シーザーは科白（part）を忘れても、役割（part）は忘れていない。だから亭主役（jest）としても皇帝（earnest）としても復讐を果たすのであり、いずれにせよ結果としてパリスは「本当に」死んだのであった。

シーザーからいえば、この結末は自らの「名誉が要求する残酷さ」（二八九行）と「ローマ一高貴な俳優」（二九七行）の最期を栄光にみちたものにするための折衷案であった。皇帝の手になる死も、パリスの末代永劫までの賞賛を確保するためにシーザーが真剣に考えた殺し方らしい。[36] 出典のディオの『ローマ史』におけるパリスのように、街路で無惨に殺されるのに比べたら、[37] 数等ましな死に方なのも確かだ。

しかし、パリスからみたら、それは栄光といえるのか。いえるとしても、それは自らの演技で勝ちとったものでは（皮肉な意味を除いては）なく、シーザーからの有難くない贈物ではないのか。彼はやはり元老院議員たちとは違う意味での暴君の犠牲者でしかなく、それは栄光の名に価しない死ではないのか。さらにいえば、それを主張したくて、マッシンジャーはこの劇を書いたのではなかったか。その辺を今一つはっきりさせるために、第五幕を覗いてみることとしよう。

最終幕でまず気付くのは、ドミティアという名の女王オンパレの影響によるシーザーという名のヘラクレスの変貌ぶりだ（五幕一場五五—六行）。彼はすでに「人間以上の存在から動物以下のもの」にされている（四幕二場一二五—八行）。劇中人物で彼女だけがシーザーは実際は「弱く脆い人間」で、虚勢の因がミネルヴァへの帰依にあると気付いたことによる（五幕一場四八—九行）。だから、わざと邪慳に振舞い、「わしはもう駄目だ、シーザーじゃない」（八一—二行）の弱音を引きだす。彼ははじめて長い独白の中で女神に助力を乞い、処刑のための心覚えに

ドミティアの名をメモ帳に記す。そこで安心して寝入ったのがいけなかった。手帖は彼女に盗まれ、揚句のはては元老院議員の亡霊にミネルヴァの像まで盗み去られてしまう。パリスの死を契機に、シーザーは「神々の劇場」(四幕二場一一五―六行)の一役者になり下がった感じだ。

リチャード三世ばりの悪夢から醒めて女神像の消滅に気付いた彼は、運が完全に自分の許を去ったのを悟る(五幕一場二〇九行)。しかもこの消滅は、ディオの『ローマ史』のように像自らの意志によるのではない。[38] 亡霊に持ち出される点がユニークだ。ハタから暴君の力を殺ごうとするかたちがとられるばかりか、夢というか虚までが実に加勢している。専制政治の転換を図ろうとする民衆の願いが正夢になるということだろうか。

そこまではわからないし、劇も一気にそこまで進むわけでもない。シーザーの仮眠と像の持ち出し前後に、神々の加護が彼の許を去ることを知らせる儀式が挿入される。天文学者アスクレタリオの予言とその実現だ。即ち、予言者自身の死骸が犬に喰いちぎられるという予言の前半が的中したと告げられることで、シーザー自身も明日十月十四日五時に死ぬ運命にあるとする予言の後半も免れないものと悟る過程だ。

立腹された神々が
わしの大きな権力をそねまれて
裁きの席で謀を巡らしておられる。
(五幕一場二八二―四行)

やがて彼は「苦しみの終りは死」と格言を口にして自らを納得させようとするものの、必ずしも往生際がよい訳ではない。「そねむ」とか「謀」という言葉が未練と執着を伝えて余りある。

そしていよいよ最終場、ドミティアまでが加わる暗殺に移る。出典ではヴィクトールの『シーザー伝概要(*Epitome de Caesaribus*)』にしか記されていない彼女の参加は、暗殺を各方面の総意にしたい作者の意欲の現われであろうか。[39] 一幕四場以降不明だった陰謀者シジェイウスとエンテラスまで「末代まで名を残す試みの栄光……

に与」(五幕二場一二—三行)ろうと顔を揃えている事実が、その感を強くする。

但し、彼らが後世での名声を求めて「一役買おう」(一四—五行)というのは、冒頭でパリスが口にしていた尋常一様な役者の栄光ではない。凱旋してきた時シーザーが「平和になったらやろう(give it action)」(一幕四場八〇行)といっていた余興だが、ドミティアが演じたい(give it action)(五幕二場四行)と願うのは、芝居は芝居でも「王という役者(the *Royal Actor*)」が絡むことで途中から、「遊び《ふざけ》」ではなく「本気」に変わってしまう代物なのだ。しかも、その演しものこそが、パリスが冒頭で今日の演目といっていた『アガウェーの狂気』、ドミティアはじめバッコスたちの革命への熱狂がシーザー殺害を導く劇に他なるまい。

しかし、気になることがある。その配役の中に当初出演が決まっていたパリスの同僚の役者たちの姿が見当たらない点だ。革命は近い。それはマッシンジャーにも遠目にはっきり見えている。だが、その革命という名の劇の配役表に王権の庇護下にいる役者たちの名を書きこむわけにはいかない。有難くない権力の賜物としてしか享受できない演劇(人)の栄光の空しさ、己れの置かれた微妙な立場を自嘲混じりに噛みしめつつ、国王一座の新座付作家は立ち尽くしている。

六　ジョン・フォード

一六三〇年十一月五日、チャールズ一世はスペインとの間にマドリッド条約を締結した。これにより五年間に亘る両国間の戦争状態に一応の終止符が打たれた。だが、ファルツ選帝侯領の帰属、伯フリードリヒの復位は、いぜん努力目標に据えおかれたまま、これではチャールズの姉、現在の伯妃エリザベスの身を案ずるイングランド国民の不満は、一向に解消されなかった。

早速それに抗議する劇が書かれる。一つは三一年一月十一日までに執筆が完了したマッシンジャーの『お信じになりたいように（*Believe As You List*）[1]』。しかし、祝典局長のヘンリー・ハーバート卿は上演を拒む。「フェリーペによるポルトガル王セバスティアンの退位、それにイングランド、スペイン両国王の間で交わされた平和条約に関して危険な言及を含む故」が、その理由だった[2]。

直ちに改訂版がものされたが、王位詐称者《プリテンダー》として一五七八年にモロッコで殺されたセバスティアンは約千八百年遡った紀元前二世紀の南《ロウアー》アジアの王アンタイオカスに変身する。但し、彼は二十二年前の戦争で死んだとみなされていたものの、詐称者ではなくれっきとした王。ローマ大使の横槍で認知を妨げられて復位ならず、ビチュニア王に保護されるが、大使の執拗な画策で投獄の憂目に会う。最後は認知されるとはいえ、時すでに遅く、命脈尽きて死んでゆく。材は古代史に採られていても、アンタイオカス＝フレデリック、ビチュニア王＝チャールズ一世、ローマ大使＝スペイン大使ゴンドマーと読みかえれば、当時のヨーロッパ史が書きこまれたパリンプセ

ストを上からなぞったような代物だ。(3)

この劇が国王一座の上演作品とすれば、もう一つはライヴァルのヘンリエッタ王妃一座が上演し、三四年二月二十四日に出版登録がなされたジョン・フォードの『パーキン・ウォーベック（*Perkin Warbeck*）』。登録簿に「検閲の際の留意事項を充分勘案して」(4)とあるから、やはり条約への配慮の上の許可と読める。そうした微妙な判断を強いられる時期に、「序」がいう史劇という「近頃顧られることのなかった探求《スタディーズ》」に「勤勉な努力」を向けたというのは、(5)営業面を含めてそれなりの覚悟と成算があっての話と思われる。フォードは何を目論んだのだろうか。

とはいえ、それがなかなか見えにくい。気配りが裏目にでて、肝腎の意図が隠れてしまっているからだ。ただ、現行のテクストからその気配りの跡だけは歴然と読める場合がある。その一つが、ウォーベックの提示の仕方だろう。

フォードがウォーベックの人物像に細心の注意を払った理由は簡単だ。彼が王エドワード四世の実子だったとしたら、ヘンリー七世に発するテューダー王朝はおろか、ヘンリーの息女とスコットランド王ジェイムズ四世の末裔に当たるジェイムズ一世が開いたステュアート王朝の正当性も総崩れになってしまう。だから、この一点だけは何としても譲れない。ウォーベックの登場を俟たせておいて一幕の大半をイングランド王ヘンリーとその臣下によるウォーベックの素性と来歴の洗いだしに割き、詐称者のイメージを客席に定着させようとしたのは、そのせいに違いない。

こうして、後にメルヴィルが『白鯨』のエイハブ船長について用いる、登場前にそのイメージを定着させる手法で予め王位詐称者という枠を嵌めておいて、ウォーベックが実際に登場してからは一切の独白を禁じ、当人の口から絶対に素性は語らせない。(6)これがフォードのやり方だ。出典のベイコンやゲインズフォードでは彼は最後に白状するのだが、この劇では確信犯のまま処刑されることになっている。宙吊り状態が劇の緊張感を高め、観客の関心を繋ぎとめる最善策と判断してのことだろう。

実質的な劇は、従って、二幕に入ってウォーベックが援助を求めてスコットランド宮廷に現われる一四九五年十一月の時点から始まる。出典によれば(7)彼はフランドルはトゥルネイの会計検査官の息子だが、ここではロンドン塔で叔父リチャード三世により殺されたはずのヨーク公リチャード。その姿で九一年忽然とアイルランドに「ヨークの呪文」により呼びだされた悪霊さながらに出現してから、政争の具とされてシャルル八世のフランス、マクシミリアン一世のオーストリア等渡り歩いた後、ジェイムズ四世が君臨するスコットランドに難を逃れてきたところだ。ヨーク家再興に執念を燃やして背後で糸を操るのはマーガレット、エドワード四世の妹にしてブルゴーニュ公国のシャルル勇胆公の未亡人だ。十二回ほど言及されるものの姿をみせない彼女は、さながらこの劇のブラックホールといえるだろう。

そしてその彼女を最大の仇敵とみなし、たえず神経を擦りへらし、自らをリチャード二世さながら自嘲気味に「玉座に坐った贋者（a mockery king in state）」（一幕一場四行）呼ばわりするのがイングランド王ヘンリー（七世）、敵役とも辛抱立役ともつかぬ存在だ。彼は盛んにフランドルにスパイを送りこみ、自らの即位に当たっての最大の恩人スタンレーをウォーベック擁立計画のブレーンと割りだしてしまっている。彼の処刑も間近だろう（とはいえ、本当に彼が謀叛人なのか否か、真偽のほどはわからない。刑場に引かれてゆく際の「公正な王に仕える臣下は、死を厭わない」（二幕二場一〇九行）からは、不当な死への抑えきれぬ憤りが伝わってくる）。

「いとも尊き、いとも強大なる国王陛下、貴下の眼前に控えしは……類稀なる憐憫を受けるに相応しい存在、そのことは……世間に流布する王子没落物語が明らかにしているところであります」。挨拶が終るや、王ジェイムズに向かってこう切りだしたウォーベックは、「王者の雄弁」（二幕一場一〇四行）の故に、騎士道的博愛精神を留める青年王（相手より一、二歳上の二十代前半の若者だ）の心を鷲掴みにし、「ヨークの従弟」（二幕三場一〇九行）の言葉をひきだす。あまつさえ、ジェイムズはウォーベックを親類筋のキャサリンと彼女の父親の反対を押しきって妻わせ、彼のイングランド攻めにも力を藉す（が、ヨーク公の麾下に馳せ参ずる者なく、失敗に終る）。

他方、ウォーベックのスコットランド入りを機にヘンリーは北方防備強化を口実に補助金の徴収に乗りだし、それに不満なコーンウォール地方で叛乱がおこる。南北双方からの挟み撃ちを惧れたヘンリーは、スペイン特使を買収、ヨーロッパの平和確立を名目に、スコットランドとの和睦交渉に当たらせる。

それが首尾よく纏まるのが一四九七年。その結果、ウォーベック一行は国外追放され、ヘンリーと敵対関係にあるコーンウォールに逃れる。彼はそこで「リチャード四世」として歓迎をうけ（四幕五場三二行）、エクセター包囲に出向くが利あらず、敗れて囚われの身となってしまう。そして、その前後に何回も逃亡を繰り返し、出典と異なり、かつての王位詐称者シムネルの自白の勧めも断り、九九年遂に処刑されて果てる。

あらすじから明らかなように、ウォーベックは各国の思惑で盥廻しにあうといっても、出自をはじめパラティン伯フレデリックとの重なりは薄く、他の関係者もマッシンジャー劇とは異なり現実のモデルが透けてみえてこない。例えば、ヘンリーはあくまでヘンリーであってチャールズの面影はない。軍資金を集めるにしても議会に諮っているし、「金は行動に魂を与える」（三幕一場二九行）の確信から徴収に際して一ペニーたりとも負けようとはしない。反面、食客の世話や不必要な歓待のための浪費もしない。寵臣を不当に好遇するわけでもない（四幕四場四六—五一行）。となると、船舶税の徴収などでたえず議会を無視したり、暗殺事件（一六二八年）にまで発展したバッキンガム寵愛等チャールズの所業の対極にヘンリーがいるのは明らかだ。要するに、ウォーベック同様結果としては「適　用《アプリケーション》」される惧れが、杞憂に終っているということだ。

では、具体的に彼らはどう描かれたのか。それをまずヘンリーからみていこう。

ヘンリーは‘Still’の首句反復《アナフォラ》から入る。‘yet’を七行の間に三度も繰り返しつつ「この栄光ある平和という大事業」をなしとげたにもかかわらず、「余の身辺は穏やかではない」と、出だしからもろにいらだちを露にする（相当な粘液質！）（一幕一場一—一四行）。そしてイングランドから「穢れた血」（五幕三場二一九行）を一掃するまでは倦むことを知らぬという調子で「最良の医者」（一幕一場一一行）ないし「天から遣わされた賢明なる王」（三幕一場三六行）を演じ続ける。つまりは徹頭徹尾現実政治の中の有能な王として描かれている。

「栄光に包まれたパーキン」(8)の方は、そうではない。無能を絵に描いたようだが、十二回も劇中で「贋　物《カウンターフィット》」

（者）」の烙印を捺されながらも、臆するところがない。贋者を嫌がるヘンリーと対照的だ。ジェイムズに国外退去を命じられた時にしても（四幕三場）、相手のいわんとするところは了解し、感謝しつつ勇気をもって西国へ落ちのびるが、そこに達するまでが長く不得要領だ。まず「いとも栄誉《グローリアス》ある閣下、わが企てが孕む名声は」と切りだし、劇への献詩の一つがいうように、「その高邁なる精神はつねに大空を飛翔」する。(9) 話が具体化するのは二十数行先、その間彼は安逸と怠惰の風評もものかわ悠々と異次元に遊び、最後に舞いおりていう「悪意が嬉々として追いかけてきても、負けずに喜んで運命（fate）を追う姿を、従兄の王に見せようじゃないか」（四幕三場一一二―四行）と。万事こういった調子だ。検閲の網をくぐり抜けるのに成功したばかりか、「序」でいう「乞御期待というに相応しいもの（the fate of worthy expectation）」（二六行）にこの劇をしているのは、つねに超然と運命との直接対話を楽しむ彼の「情熱のありよう（the strength of passion）」（納め口上、二行）といってよかろう。

こうした箇所からも明らかなように、「王の殉教者（A martyrdom of majesty）」（五幕三場七五行）ないし詐称者を追う劇においては、「運命」が重要な鍵語になる。とはいえ、この場合の廻る「運命」の車輪とは曖昧さがつき纏う「フォーチュン」ではなく、スタンレーのいうように（二幕二場七三―四行）「フェイト」でなければならない。実際ここには、'fate/s' 十八回をはじめ、'destiny' 四回、'providence' 六回、'heaven' 七回等多様な関連語が頻出する。(10) それらの語の用いられ方には厳密な差異はないが、劇中でウォーベックやキャサリンの運命に対する態度には違いと変化がある。

劇中でウォーベック（と妻のキャサリン）との間に緊張関係をつくりだす運命というかそれに対する態度は、三つに大別される。まず目立つのは、キャサリンが口にする「運命がその書に記し定めたもの、それを私どもは探ろうとはせず、ただ拝跪すべきなのです（What our destinies Have ruled out in their books we must not search, But kneel to）」（三幕二場一八〇―二行）という態度。一言でいえば、運命に対する無抵抗主義だ。これは力点をずらせば、相談役のフリオンのいう「問題がはっきりするまで俟とう（time alone debates Quarrels forewritten in the book of fates）」という出たとこ勝負とも重なるが、キャサリンは逆境になってもこの運命観を枉げず貫く。

運命に駆られている以上

抗っても無駄ネ。（五幕一場一一三—四行）

そして、その素直さと勁さの故に『十二夜』のヴァイオラが神に嘉されるように、夫と父の賞賛をえてゆく。

奇蹟ともいえるその志操堅固さ（五幕三場八九行）

志操堅固なその生き方、まことに天晴れだったゾ（I glory in thy constancy）。（五幕三場一六三行）

それを受けるかたちで、彼女も「忠実な未亡人として死ぬ」（五幕三場一五二行）と誓う。史実ではその後三度も結婚しているのだが[11]。

だが、この待ちの運命観は、ウォーベックには通用しない代物だ。ジェイムズの宮廷に現われた時から、彼には運命（heaven）に守られているという楽観主義がつき纏った（二幕一場五八行）。棚ボタ式にキャサリンと結婚式をあげた時もそうだった（*cf*., the hand of providence）（二幕三場八二—三行）。イングランド遠征が決まって、ジェイムズに謝意を述べる際でも変わらなかった。

運命の時満ちて

——勿論僕《しもべ》の「必然」のお膳立て宜しきをえての話ですが——

余が晴れて玉座に坐る時

When we shall in the fullness of our fate—

Whose minister, Necessity, will perfect—
Sit on our the throne

（三幕二場一〇〇—二行）

ここの未来形が気に懸るが、それ以上に注目すべきは、ストア哲学的背景をもつ「必然」という僕《しもべ》の存在。同じく若造であっても、ジェイムズならそんな世間知らずないい方はしない。ヨーロッパの平和樹立というヘンリーの提案を受け入れた時、彼はそれを天の意志とみなし、その実現を図るべく同席の二人に頼みこむ。

貴殿ら二人に、
この目出たい運命（blessed fate）の手下として骨折りを願いたい。

（四幕三二行）

嘴は同じく黄色くとも、ジェイムズはことを運ぶには「必然」などという寓意人物では無理と承知している。ヘンリーなら尚のこと、状況を切り拓くには時を逸せずに自らが「手下」となるべき「王の運命」を知悉している。

今が時ぞ、
駄弁を弄す暇はない、実行の時だ。天はつねにわれらが味方
平和は戦争によって生みだすもの。それが王の運命だ（the fate of kings）。

（二幕二場一六〇—二行）

この辺の現実政治の機微を知っている王を、臣下は「聡明《ワイズ》」と呼ぶのだろう（四幕四場五—七行）。残念ながら、ウォーベックにはそれだけの器量がない。「時」にすがるには自助の精神が必要と悟るのは、「新しい運命（new fortunes）」を西国に賭けざるをえなくなってからのことでしかない。

時のみに頼らず、精励恪勤（time and industry）
そうすればよい目もあろう、無理でも最悪の事態に終止符は打てる。

（四幕三場一七二―三行）

加えて、自助の精神に負けず劣らず要請されるのが先見の明（providence）（三幕三場一三行）。恩寵の奥義（mystery of providence）（四幕三場一六―七行）とはまさにこれなくして叶わないものなのだが、ウォーベックは、それを知らない。これでは、キャサリン型の運命の寵児になるのは無理な相談というものだろう。結婚当初の楽観ムードもどこへやら、結果的に

暴政もものかわ、統治するは二人の世界……
私は貞淑なる妻の戯れを知らぬ真心の君主となったのだ、

（五幕三場一二一―七行）

と君臨するのがイングランド一国から一女性に縮小されて終るのは、その故と思われる。

第二の型は、「喜んで運命を追う」タイプ。手短かにいえば、「大義名分と勇気」（四幕三場一一一行）のみを頼りに、滅びの道とわかってもわが道を敢然と進む「決意《リゾルヴ》」のことだ。しかも、この無手勝流の不利を、ウォーベックはたとえ学習しても（したくない？）一向に改める気配をみせない。この頑固な一貫性は、ジェイムズに引導を渡された時と絞首台の露と消える時とで、ほぼ同じ言葉が使われているところからも明らかだろう。

何、大義名分と勇気だけは決して失わぬゾ
皆の衆、元気をだすのだ（Be men, my friends）……
……………　決心はついたか（resolved）
イングランド西部へ向けて出発だ。

（四幕三場一一一―五行）

元気を出せ（Be men of spirit）
臆病風なんて吹きとばすのだ（Spurn coward passion!）。
（五幕三場二〇五―六行）

運命の斜陽化とともに、「勇気」「決心」の類の語彙が増える所以だろう。
だが、繰り返せば、ウォーベックは心のどこかでこの決意の道が滅びにしか通じないことを知悉している。

どうしていつも私の決意（resolution）は
王の殉教者の道にのみ通じてしまうのか。
（五幕三場七四―五行）

にもかかわらず、その道をゆくのをやめない。しかも、その一途さは、キャサリンに似ているようでどこか違う。彼女の場合は、誠実さが運命への恭順を導いているだけで、その背後に変化への恐怖の影が認められない。ところがウォーベックの場合、「ある」を貫き「なる」を拒むその態度からは、加勢してくれなかった「時」への恨み節が聞こえる。「未来からすべての驚嘆を奪う」（五幕三場一九六行）とは、「時」への挑戦状に他ならないからだ。そしてまた、その虚勢からは変化恐怖症が覗くだけでなく、滅びの予感さえ背後にへばりついている。つまり、キャサリンの運命観からは中世的・「王侯の没落」的諦観が感じられるとすれば、ウォーベックのそれは近代的・「時の戦車の音」に脅えるマーヴェル的不安が引鉄になっているということだ。

三番目は、運命は人事（精励恪勤とか先見の明）の介入を一切許さず、寵児になる道はまさに運次第という、いささかピューリタン臭のするもので、むしろ fortune といいかえた方がよい代物だ。キャサリン型と似ているようで、人事を尽くすという要素の介入を許さないところに違いがある。ウォーベックは、ヘンリーにとってのボズワースの戦いを例に、大博奕を打った理由を説明しようとして、この運命観を口にする。運命が

勝算なき企てに勝利の王冠をかぶせた以上
似た程度の決意しかもたぬ（like resolved）他の勢力にも力藉したかもしれない。（五幕二場七三―四行）

平たくいえば、貴殿でも王になれた以上、某だって似た夢みてどこが悪い、ということだ。窮鼠の逆襲、屁理屈といえば屁理屈だが、ある意味で最も歴史の真実をついた運命観でもある。それをコークの市長は、道化の気安さで以下のように要約する。

運命（fates）の意のままに、ことはなるもの。（五幕二場一〇九―一〇行）

この第三の運命観は、虜囚の身となった悔し紛れに、ウォーベックが偶然「発見」した代物だった。だが、一旦発見されてみると、ヨーク公リチャードだという信念以外に頼るものをもたない天涯孤独なこの男にはこれが最も似つかわしい、と妙に納得されてくる。絞首台では再び無謀で楽観的な運命観をひきずる自己劇化に戻るとはいえ、万事窮してようやく彼は己れに合ったものを「発見」したのだ。

彼がこれを口にしたヘンリーとの会見場所は、はっきりわかっていない。刊本の類が劇中での言及を根拠に触れているソールズベリーというヘンリーが訪れたことのない場所とすれば、(12) この運命観に潜む歴史の偶然性というテーマからいって一層興味深いところだろう。

この運命観は、突然発せられたせいで、唐突に響いた。だが、よくみると、そこにはさまざまな伏線があったように思われる。

ヘンリーの前に連行したドーブニィが、ウォーベックを「王の影法師」「憐れみの実体」「キリスト教世界の驚くべき奇跡」（五幕二場三二―六行）と紹介した。「若僧」の言葉も吐かれるが、それに対してヘンリーがよくできてはいても所詮は自然界の飾りもの、奇跡などではないといい、怜悧な若者としても驚嘆には当たらぬと応ずる

（三七―九行）。さらに十行ほどして再び、「お若いの」、とウォーベックに呼びかけ、野心に燃えた若僧の気狂い沙汰の踊りが国中を騒乱の渦に巻きこんだが、遂に息切れして高慢な足が滑って転び、首の骨を折ってしまったようだナともいう（五〇―三行）。ベイコンの先に掲げた出典で二度ほどウォーベックの挙動を「五月祭騒ぎ」（二二四＆一五四行）と形容したが、その際のモリス・ダンスなどへの連想が生む軽蔑的発言だろう。この時（一四九七年現在で）ヘンリー四十歳、ウォーベック二十七歳、[13]歳の差を四度も指摘されてムッときて、経験不足ならぬ万事は運命の徒らと反論したくて、口をついてでたのが先の発言とみてよいだろう。それが第一の伏線。

それに到るには、しかし、他にも劇中に伏線があった。この劇の本文には、句読点のおき方で大きく意味の変わる箇所が少なくない（例えば、四幕五場一四―九行）。一幕一場三二行もその一つだが、リージェント版やワールド・クラシックス版のように、Qの読みに従って'Heauen'の後を終止符とみなせば、エドワード四世がまず簒奪者（ランカスター側には都合がよい）、だからリチャード三世による彼の二人の息子の殺害は「天の配剤」、そのリチャードをヘンリーが「天意を藉りて」倒したとなれば、（発話者のドーブニィは気付いていなかったにせよ）リチャードもヘンリーもエドワードと同じ簒奪者になりかねない。つまり、ボズワースの戦いは簒奪者同士の争い、ウォーベックとヘンリーも簒奪者の息子対簒奪者になり、正邪はつけがたいことになってくる。[14]

それが一幕二場における王の血統の曖昧さについてのダリュエルの見解（一幕二場三一―三行）に増幅されて劇全体の論理として滲透しているが故に、首の骨折る云々が絞首刑のイメージと結びついた途端ウォーベックが首は折れても心は折れぬ、と同等の権利をもつ者として猛然と反撃を開始したのではあるまいか（劇中人物は時として観客の知識を共有するものなのだ）。

何より彼はこれまで、王者らしい雄弁により、「見かけで真実を騙してきた（*cf.*, appearance Could cozen truth itself）」（二幕三場四―五行）男だ。「見かけ」と「実体」の隔壁の予想外の薄さにも気付いていたことだろう。また、すでに触れたごとく、彼は過去なし係累なし（キャサリンとの間に儲けた二人の子供すら登場しない！[15]）の男だ。いや、自らが実体感を欠くだけではない。彼の意識では、本者と贋者がすり変わっている時すらある。イングランド出兵を前にして妻と戯れる場面、気が大きくなった彼は妻に生きようぜ（三幕二場一七〇―二行）、そして愛し合おうぜ、とカトゥルスの歌のようなことをいいだす。生きてわれらが血統の正しさを証明し、贋者を世界の笑い種にしてやろうじゃないか、と。この時、彼の脳裏ではいつしかヘンリーが贋者扱いされてしまっている。[16]だが、その時はまだ自己欺瞞は完成していない。「希望にのみ生きる（cf., thrifty in our hopes）」（三幕二場一八六行）しか道がなくなり、自らを最終的に虚構と化す（Hath fastened in his thought that he is such）（五幕二場一三三行）、ベイコン流にいえば、「嘘つきが確信犯に変わる（from liar to a believer）[17]」のは、やはりスコットランド追放以後とみるべきではないか。この段階で、彼はおそらく個人の信念や確信を離れた客観的な現実はない、という結論に辿りついたのであった。

　しかし、よくみれば、主観を離れた現実はありえぬという考えは、彼が辿りついた結論ではあっても、実は劇中に当初からあったものでもあった。ウォーベックとの対決に際して、ヘンリーは「まだ舞台で演じている気分だナ」（五幕二場六八―九行）と、役者気分を指摘するが、アイルランドという「新しい民衆劇場の舞台」（一幕一場一〇六行）に登場して以来、己れがヨーク公リチャードだという信念を演じ続けるしか、彼には道がなかったのだ。ベイコンの伝記をヒントに[18]彼は何回となく劇中で「贋者《カウンターフィット》」と呼ばれるが、これは本来役者の謂でもある。彼においては、両者はつねに重なっていたのであった。

　ところで、己れの信念以外に関心を示さない人物を主人公に据えた劇を書くというのは、何を意味するであろうか。作者自身実際のステュアート朝の社会に深く幻滅を抱いていることの一つの顕れということにならないか。

　勿論フォードは、政治を動かすのは天佑を当てにせず、先見の明と実務者能力に長けた人物にしか望めないことを知悉している。ローマの覇権を握るのがオクティヴィアスであってアントニーではないように、近代イングランドを統治するのはヘンリーであって、「優美に王を演ずる物語の君主[19]」ではないとわかってもいる。わかっていればこそ、ウォーベックを上廻る出場や科白をヘンリーに与えたのだろう。同時に、だから尚のこと、歴史の偶然性を主張し、現実を相対化することで超越する王に接したかった。そしてその男の敗残の栄光を描いてみたかったのではあるまいか（徹底した敗北主義！）。検閲を意識して、『乙女の悲劇』のように、いささか韜晦気味に。

だが、役者とは他人（贋者）になるのを業とすれば、コリオレイナスのように、ウォーベックのように、己れを貫く道は自己（役者）否定にしか通じない。しかも、ルネサンスが人間のプロティウス的変幻自在さに尊厳をみるところから始まり、その秘めた無限の可能性の象徴がタンバレインとすれば、変化を拒む反タンバレインの登場はルネサンスの自己否定を意味してしまう。そして一方ヘンリーは、ウォーベックの行動に「野望に燃えた若者の狂気」（五幕二場五一行）をみ、「空しき野心」（一二六行）をみていた。つまり、ネガ版のタンバレインをそこにみていたということだ。フォードはステュアート朝への幻滅に重ねて、ルネサンスの挽歌をも書いていたのであった。

ではフォードはルネサンス・イングランドの劇作家を掴えて離さなかった栄光を、どう捉えていたのだろうか。一律に論ずるに躊躇は覚えるものの、予想以上に彼の劇はジャンルを超えて似た要素から成立っているふしがある。例えば、『哀れ彼女は娼婦』の五幕二場。こと露見せりを伝える妹の手紙を見た後、彼女の夫ソランゾから誕生日のパーティへの招待状が届く。罠故行ってはならぬという修道士の忠告にもかかわらず、独りジョヴァンニは死地へ乗りこむ決意を語る。

男らしくあれ、わが魂よ（Be all a man, my soul）、
古き因習の呪いに
勇気を奪われてなるものか。

（五幕三場七四―六行[20]）

「栄光ある死を記すものこそあのインクなのだからと（the gall Of courage, which enrolls a glorious death）」（七六―七行）、古代生理学でいう勇気の源としての胆汁（gall）とインクとの重なりで描写がやや煩雑になっていると

はいえ、男らしさや勇気の誇示、勇気と栄光の結びつきにおいて、これはウォーベックのすでにみた最後の科白と驚くほど似ている。

小さきものに栄光をみるところも、共通する。ウォーベックはイングランド攻めのため妻との愛の生活が途切れるのを惜しむ際に、

お前との生活という地上での天国から切り離されるなら、
他のどんな大きな栄光も望まない。
（三幕二場一五七―八行）

と語ったが、恋人同士の小さな世界に栄光を、男ならその世界の支配者になることに無上の喜びを見出すという、タンバレインの対極にくる考えは、『哀れ彼女は娼婦』にも瞥見される。

力強き人なぞ羨ましくはない
お前の王としてのみ君臨する方が
全世界の王になるより遙かに強大だからだ。
（二幕一場一八―二〇行）

そして、彼らが小さき世界に執着するのは、大きな世界の頼りなさをすでに知悉しているからに他なるまい。『傷心』のペンシアはいう。

栄光でも
人間の偉大さが齎すものは楽しい夢や幻、
すぐに消え去ってしまう。
（三幕五場一三―五行）(21)

ルネサンスは老いた。だから、『パーキン・ウォーベック』は別として、『哀れ彼女は娼婦』や『傷心』の主人公たちは、祝福された魂たちが死後に憩う楽園を夢想するのだろう。『傷心』のオージアスは妹の死に際して

平穏が妹をエリュシオンの野へと導かんことを。（四幕二場一三二行）

といい、ペンシアが

この世界にお暇して
エリュシオンの野で楽しみましょう。（三幕五場九五―六行）

というのはその故なのだ。『哀れ彼女は娼婦』でジョヴァンニがいう「エリュシオンの野での楽しき生活」（五幕三場一六行）も同様だろう。変化のない、朽ちない世界を彼らは希求している。それには死しかないと信じてもいる。彼らにはウェブスターの人物には微かに残っていた死の恐怖がまったくみられず、憧れしかない。

勿論、逃避的になっている事実は否めない。例えばそれは、魔術のすばらしさに酔い、それと引替えなら地獄堕ちも辞さずというフォースタス博士の意気込みと比べた時に明らかだろう。

この俺さまにとってエリュシオンの野も地獄も同じことなのだ。（三幕六二行）[22]

『タンバレイン大王』においても、二つのトポスは平気で混同されていたし（五幕一場四六六行）、時には地獄の方がすばらしいとさえされていたものの（四幕二場八七行）、そこには倍する野心があった。[23] フォードの人物には、それは望むべくもない。

似たことは、つらい人生航路の後での静かな碇泊地の希求についてもいえる。同じくストア哲学に傾倒していても、チャップマンのビュッシーの場合は、波あり嵐ありの大航海の後安全に港に船を誘導してくれる「美徳という水先案内人」(一幕一場二四―三三行)が問題だった。[24] 肝腎の航海に乗りだす前の優等生的な発言だろう。他方、フォードの『恋人の憂鬱』ではすでに問題にされるのは有終の美を飾る手段ではなく、ゴールだけに変わっている。

家路目指してみな悪戦苦闘しながら、ひたすら
有終の美を飾ってくれる静寂を求めるのです。
(五幕一場八―九行)[25]

一世代に亘って「脆き栄光と政《マツリゴト》の深淵」(『ビュッシー・ダンボア』一幕一場二九行)を時代が体験した分だけペシミズムが強まり内向してしまった感じだ。改めていおう。ルネサンスは老いた。「穏やかな港」「エリュシオンの野」と、志向する対象はすでに荒海としての現世を離れている。唯一現世的といえるミルトンの「内なる楽園」[26](『失楽園』十二巻五八七行)にしても、創造性を獲得するための戦闘的な力はむしろ演劇を滅ぼす革命のエネルギーが与えてくれるものであり、それには今暫く時間を要するであろう。

七　王政復古期

フォード辺りで内なる王国への希求に一旦席を譲ったかにみえた栄光は、王政復古期の英雄悲劇において改めて復活してくる。例えば、その典型ともいうべきナサニエル・リーの『ソフォニズバ』[1]（一六七五年）。栄光関連語がそこには、二千八百行の間に五十五回近く現われる。マーストンが「女性の栄光」を謳った同名の劇（一六〇五年）では千六百行前後で十五回だったとすれば、単純計算で二・五倍増えたことになる。

ただ、彼女と結婚するヌミディアの王マッシニッサの栄光は、「武の優等生（In Glory's school . . . the foremost Name）」（二幕一場二六二行）と断り書きがあるにもかかわらず、恋仇サイファックスを殺したことがローマ軍の将校の口を通して語られる点を除けば（三幕一場二七七行）、一向に機能していない。描かれるのは逆に、「妙なる女性（subtle charmer）」（四幕一場二九七行）の「抗しがたい魔力」（二八八行）の前に敗れさり（Glory ruins me if Love I choose）（四幕一場三〇三行）、愛に殉ずる（To die with thee, and thy dear Honour save; What greater Glory could th' Ambitions have?）（五幕一場三一五行）姿だけだ。リヴィウスに発したソフォニズバ物語はルネサンス期のイタリアでトリシーノ（Trissino）により劇化（一五二四年）され、メラン・ド・サン＝ジュレの翻案を通して（五六年）フランスに流れこんだ後モンクレティアン（一五九六年、一六〇一年）、モンルー（一六〇一年）、マーストン、メレ（一六三四年）、コルネイユ（六三年）と連綿と仏英で続いてきたが、烈女の栄光に代わって、男の栄光が女の愛に翻弄されて終る愛死の劇はこれが初めてだろう（リーにサイファックス殺しのヒントを与えたメレの劇もマッシニッサの自殺で終るらしいが、男が率先して毒を仰ぎ、抱擁した儘で死んでゆくのは、この劇が最初ではあるまいか[2]。「長生きや帝国がこんな歓びを与えてくれましょうか」「そなたの愛こそ帝国にして永遠の至福」「それを知るは神のみぞ」（五幕一場三一五頁）。どうしてリーは、こんな耽美劇を書いたのだろうか。

「厄災なくして、美徳に栄光なし[3]」といい放ち、あえて災難を求める不可解な行動を繰り返し、処女の儘死んでゆくマーストンのヒロインに、すでにリアリティを感じなくなっていたからではあるまいか。クラレンドン伯がいうように、革命の間に、かつての英雄主義を支えていた敬虔さ、勇気、優しさ、寛大さといった美徳が廃れてしまった[4]。退嬰的雰囲気がます中で、ただでさえ英雄劇が書きにくいのに、脆いと思われている女性が主人公の場合は尚更だ。女性の魔性を強調し、その影響で心中へと追いこまれてゆく男の側から描くしか手はない、と劇作家が判断したからに違いない。

だが、古来名高い烈女ものをこれだけ大胆に改変するには、かなりの開き直りを要する。大胆な方向転換を可能にした原因を探るとなると、規範と仰いできた古代信仰の衰退まで辿りついてしまう。リヴィウスやアッピアヌスより今日の人間の方が、真実を見抜く目があるとする思い上がりだ。それをホッブズがダヴェナントの『ゴンディバート』（一六五〇年）につけた一文が、最も鮮やかに示している。「古代の栄光は年ふりた今日の時代にこそ与えられて然るべきもの（The glory of Antiquity is due, not to the Dead, but to the Aged）[5]」。

今日の時代への自信は、ついでながら、ソフォニズバ物語の改変を齎しただけではない。英雄悲劇の「讃嘆《アドミレーション》」そのものの背後に横たわっている。ローマに匹敵できるとみる楽天主義が点火した革命への情熱が、栄光にみちた時代どころか醜悪な現実しか出現させなかった。この高邁な理想と醜悪な現実への幻滅のギャップが、悲劇とはより優れた人間の再現を目指すとするアリストテレスの理論と背中合わせに合体したところに、勇敢さ、美、愛といった美徳に対する英雄悲劇独特の空疎な「讃嘆」が誕生してくる[6]。

しかし、劇作家が本物なら、幻影にすぎないアウグストゥス的ロンドンへの手離しの讃美だけで、この不遜な態度は終らない。貴族的理想主義の虚構はやがて終り、市民としての責任が問われる時がくる予感に、それはおそらく伴われていたはずだ。勿論「支配への情熱を持たず（No Lust of Rule）」、「虐げられた人々のうけた苦しみの是正以外の何らの野望」（No furious zeal . . . But to redres an injur'd people's wrongs）[7]をも知らないホイッグ党員タマレインがニコラス・ロウによって登場する（一七〇一年）、あるいはアディソンによりカトーという貴族の自己犠牲が描かれる（一七一三年）までには、まだ一世代はある。だが、そこはかとなく漂う新時代の匂いを彼らがすでに察知していたと考えないと、悲劇の理想にコルネイユの「栄光（gloire）」[8]を据えていたはずのイギリス劇壇の中で、リーが栄光を実質的に骨抜きにしたばかりか、ドライデンまでが途中からタンバレインの子孫（三幕八五行）をして栄光を棄て「憐憫《ピティ》」に赴かせる劇『オーレン＝ジーブ（*Aureng-Zebe*）』（一六七五年）を書く理由が理解できないのだ。[9]

　もっとも、ドライデンの場合、その理由が他にみつからないわけではない。彼はフランス劇の動向に目配りしつつ、もう一方ではイギリス演劇の伝統、とりわけボーモントとフレッチャーのそれを見据えていたのも確かだからだ。憐憫を「最も高貴にして神に近い道徳的美徳」[10]と呼び、ボーモントたちの劇を「古代に最も躙りよっている」と記しているのが、その証拠だろう。

　ちなみにリーも、『ソフォニズバ』の脇役でハンニバルの愛人ロザリンドの「若きマッシニッサへの愛ならぬ憐憫の情」を描いているし、幕切れでも心中死体に接したローマの高官に「どんな残酷な眼といえども、憐憫の情を禁じえぬ」といわせてはいる。リーも感傷劇への流れを敏感に察知しているのは、確かなようだ。『ソフォニズバ』の初演が一六七五年四月三十日、『オーレン＝ジーブ』のそれが同年十一月十七日とすれば、ドライデンが好評だったリーの劇から影響を受けた可能性も考えられる。

　話を戻せば、イギリスの新旧論争がホッブズからではなく、ベイコン（『学問の進歩（*The Advancement of Learning*）』二巻二十四章）から始まると同様に、フレックノー流にいえば、ドライデン的感受性もボーモントたちから始まっていた。[11]それは、自ら殺害した王の死体に「でも、赦してあげる」と叫ぶエヴァドニを通して、すでにみた通りだ。

こうみると、英雄悲劇は『オーレン＝ジーブ』から一気に様変わりするようにみえるが、実はそうならない。リーにおいては、男の主人公の背丈の減少、死の顛末の愛への収斂で近代ブルジョワ演劇へ向けてすでに一歩踏みだしているとみえるが、ドライデンの場合は、「名誉なんて……ロマンスものがみせるたんなる狂気沙汰」（二幕五三四―五行）といった科白を吐かせるにもかかわらず、近代の壁の前でいぜん足踏みしているところがある。そこが面白いところだ。

虜囚の女王インダモーラ（インドへの愛？）を巡って父や義弟と複雑な三（四）角関係にあったムガール王国の王子オーレン＝ジーブは、蟠りが解けたのを機に栄光と愛に燃えて父のため義弟モラットと一戦交える気持に変わってゆく。他方、『リア王』のエドマンドに似た義弟モラットは、インダモーラの説得に折れて父から王冠を奪う気持を失くし、妻たちへの「赦し」をも口にするようになる。インダモーラがいうように、「憐憫」はまさに「高貴な人柄に相応しい」（三幕四七七行）行為だったのだ。

だが、その憐憫はまだ民衆への愛にまで高まったものではない。オーレン＝ジーブの場合でいえば、父に邪慳にされてやけっぱちになることがあっても、「家名の栄光」（二幕五二九―三〇行）を裏切り、父を亡ぼして王国を建てる気持は、彼にはさらさらない。臣下を牛馬に譬える弟ほどではないにせよ（三幕一場一七〇行）、公的責任感は家族へのそれよりはっきり下に置かれている。どうやら、ロウやアディソンとドライデンの間には、いぜんとして感性の上で断絶がある。『オーレン＝ジーブ』から三年後の七八年、ライマーが『先代の悲劇について』を書き、ルビコン河を渡ってしまったかに心理の綾でみせるボーモント・フレッチャー劇を弾劾し、悲劇から除外しようと試みたが、[12] それが常識として定着するまで、栄光は消えても公的責任感は登場しないだろう。『オーレン＝ジーブ』の「序」で「先代のどんじり、今日の時代の冒頭と、二つの時代の中間に」（二一―二行）役をふられたと自認するドライデンは、古い体質を棄てきれずに終るのである。

纏めていえば、英雄悲劇における栄光は、ルネサンス演劇以上に頻出し、絵空事の世界を支える重要な道具立てとなってはいる。だがよくみると、それはすでに誰も信をおかず、ただ愛に殉じたり赦しにとって代わられるためにそこに置かれているのであった。

では、栄光はやがて絶滅品種になり果てるのだろうか。というと、必ずしもそうではない。『オーレン＝ジーブ』が書かれた翌年（七六年）に上演されたエサリッジの『当世風の男』の主人公ドリマンド（「夢之助」？）の中に、姿を変えて生き延びる（タイトルの伊達男は「気取り屋卿《サー・ポップリング》」を指す(13)）。三人の女性を巧みに操るばかりか、やがて「上品《ベルエアー》」の妹「都会風《レディ・タウンリー》」に、「あの方も『婆キラーさん（Mr. Courtage）』に負けず親切《シヴィル》なお方ですよ」（五幕二場二八三―四行）といわれるドリマンドを評して、恋人の一人ベリンダ（「優美」？）は他の男たちも性悪だが、何らかの恥の意識をもっている。だが、彼だけは鉄面皮、しかも相手の女性に自らの悪行を誇示し、誇ってみせねば機嫌が悪い男だ、とすでに引いた有名な科白を吐く。彼には、讃嘆を他から強要する、英雄悲劇の主人公の喜劇版といったところがある、ということだろう。つまり彼らは、ホッブズが『リヴァイアサン』（五一年）で人間の情念《パッション》の一つ「喜び《ジョイ》」について「勝誇る歓喜の念（that exultation of the mind which is called GLORYING）」と記しているように(14)、たんなる漁色家というより他人の支配による自己肯定を求めてやまない人物なのだ。

ホッブズはその少し先でさらに人間の権力志向に触れ、人間とは富にせよ名誉にせよほどほどのものに満足できない「あくなき権力への欲望」の持主であり、それが争いや戦争の原因となるという。そして人間性に根ざす争いの因として、「競争心」「不信《ディフィデンス》」と並んで「栄光」、即ち「軽蔑する者には実害を、その他の者には実地の戒めを与えることでより高い評価を強要する（to extort a greater value from his contemners, by damage; and from others, by the example(15)）」性向を挙げる。

ところで、彼がリヴァイアサンという「国家ないし人造人間」を提唱するのは、秩序ある《シヴィル》国家がない限り「万人の万人への戦争状態」がなくならないが故に、それを社会契約で解消せんとするにある。その万人の闘争状態をプラウトゥスは「人は人の狼（lupus est homo homini）」（『アスィナリア』二幕四場八八行）といったが、それはドライデンがオーレン＝ジーブをして弟のモラットの「野蛮な魂」について語るところと、そう遠くはないだろう。

野蛮な魂が偶然紛れこんでしまった。
森や野原でお前の王国を維持したらよい
猛き獣どもが力と略奪により支配しているところでナ。

（三幕三〇五―七行）

そしてまた、モラットの荒ぶる魂が力と略奪で支配する荒野とは、僅か一年後にエサリッヂがドリマンドの裡に見出した状態（barbarous carriage）（五幕一場二五二行）とも、さほどかけ離れたものではないはずだ。

勿論彼らは今、森ではなく市民社会に棲んでいる。そのためには「野性」を糊塗して生きざるをえない。そのため近代人が通常用いるのが「丁寧な振舞い（complaisance）」という代物だろう。*OED* の初出が一六五一年というインク壷語だが、後にジョンソン博士が「愛想のよさ、人当りのよさ（civility, desire of pleasing）」と釈義した言葉だ。「都会風」が「婆キラー」に匹敵するとみたドリマンドの「シヴィル」には、こうした意味合いも含まれる。[16]

問題は、ひたすら栄光を目指し、性的慣習などは顧みずに「己れの気持にのみ正直に」（二幕二場一七八行）生きていたはずのドリマンドが後半「丁寧な振舞い」を手段ではなく目的と化し、ドン・ジュアンのように地獄堕ちするのではなく「放蕩者の改悛」のかたちで劇が終る点だろう。この結末は、どこから現われたのか。『当世風の男』の僅か九ヶ月前の七五年七月に書かれた、シャドウェルの手になる一種のドン・ジュアン劇『放蕩者（*The Libertine*）』の余りの残酷さが、反撥を招いたからだろうか。[17]

よくはわからない。一ついえるのは、イアン・ワットの『近代個人主義の神話』があげる四つの神話のうち北のフォースタス伝説と南のドン・ファン伝説の二つが宗教改革、反宗教改革を夫々踏まえた神への挑戦を表わす「神話」であるということ。[18] しかも、北のイギリスではマーロウを通してフォースタス伝説の洗礼をとうに受けているばかりか、「宗教という要素だけが抜け落ちた宗教改革」[19]すらすでに経験してしまっている。神の座に人間の欲望が坐ってしまった以上、挑戦するにしても自ずと別のかたちをとらねばならないということだ。

それ以前に、挑戦とか栄光がすでに昔日の魅力を失くしたことも忘れるべきではない。

放蕩者にとって生きる魅力は、因襲の打破（を装うところ）にある。彼らは少数派の特権を享受したいのであって、社会や（性）道徳の変革に興味があるわけではない。その意味では、彼らは自己本位の保守派にすぎない。一方、チャールズ二世が己れの蕩児ぶりを正当化すべく、ドライデンを使って性的放縦を当世風の美風と宣伝させたことも手伝って、[20]巷では『当世風結婚』（七一年）以後十指に余る蕩児ものが賑わいをみせている。[21]その一方で、「森暮らし《ウッドヴィル》」夫人が何かにつけて先代の暮しを懐かしむように（『当世風の男』三幕一場一二二行以下、四幕一場一三行以下）、都会に中心をおいたフランス仕込みの当世風の暮し（「当世風の男」こと「気取り屋卿」がさしずめその典型だ）への反動がすでにおこり、結婚対独身、田舎対都会、先代の美風対当世風の暮しという対立が、蕩児ものの世界のテーマになりつつある。因襲の実態が徐々に変わり、何が「常軌を逸する《イクストラヴァガント》」かが曖昧になりつつある。

例えば、森暮し夫人は、「婆キラー」とはドリマンドのことと知らされると、「違います、あの方はドリマンドなんていうあんな粗野で放縦《イクストラヴァガント》の、今風の若者ではありません」（四幕一場三〇一行）と否定する。すでに掲げたベリンダの評も、いってみれば、彼が「度外れた自己陶酔者」というに尽きる。にもかかわらず、彼の「常軌を逸する」は*OED*がその悪しき意味（2）の初出例として掲げる気取り屋卿の行動、

煽てて思いっきり《イクストラヴァガンス》馬鹿を演じさせる　（三幕二場一二六—七行）

が意味する「抑制のきかない過剰さ」や、「どうしようもない焼餅焼き」（一幕一場一六二—三行）と評されるラヴイット（「好色夫人」？）らの常軌の逸し方とは、どこか違う感じがする。そこには、夫人が「邪悪」と知りつつ「愛さずにはおられない」（二幕二場一五—七行）と漏らす魅力がある。

それは彼が、己れの欲望が神になった世界で「常軌を逸するほどに」闘争本能をむきだしにする時があっても、

常日頃は優美《イージー》に愛想よく《コンプレイサント》に礼儀正しく《シヴィル》生きねばならない、と知っているからだろう。それだけではない。時として栄光を追うことからも「逸脱する」勇気をも彼はもっている。

ドリマンドが好ましい態度を抱いているのを知ったハリエットは、『恋の骨折損』のロザラインがビルーンに課すような試練を彼に課す。まずは、「笑われるのに耐える」こと（四幕一場一五五―六行）。最後は、田舎の大邸宅への招待。人気《ひと》のない、大きな淋しい家、そこに母（森暮し夫人）と脚の不自由な叔母と彼女が住み、大きな食堂で夫々が離れて椅子に止まり木に止まるように坐っている。その光景はさながら大きな鳥舎に三、四羽の鳥が憂鬱そうにふさぎこんでいる姿を思わせる。といってから、彼女は尋ねる。「決心がぐらつかないこと？」「全然」、とドリマンドは答える（五幕二場三七二―三行）。

初対面で愛の苦悩を味わい、
今日という今日、
魂は自由をすっかり失くしたからネ。

（五幕二場三七三―五行）

ここにあるのは、他を支配して誇るルネサンスの栄光心ではなく、己れを賭ける近代の若者の冒険心であり愛他の精神だろう。ドリマンドは前半の「度外れた自己陶酔者」からも、遂に大きく逸脱《イクストラヴァガント》したのだ。思えば、美が与える愛と武が齎す栄光を巡って長い思索に耽っていたタンバレインは、栄光を選び、愛をそれに従属させた。それがイギリス・ルネサンス演劇の出発点だったとすれば、約九十年を経て栄光より愛を選ぶ段階に遂にそれは到達したのだ。

ところで、魂の自由を失くしたというドリマンドの殊勝すぎる（?）言葉に、ハリエットは

そうなりゃ、田舎より寂しい限りネ

（三七六行）

と応ずる。そしてすぐに、「エミーリア、あの淋しい場所へ行くのよ、哀れんで」と続ける。ドリマンドの言葉をどう聞いたか、よくはわからない。内心では喜んでいるに違いないし、本質的にはシェイクスピアの恋愛喜劇の女主人公に通底するところがあるとはいえ（「私は土地なんていらない、恋にすべてを賭けるの、決めたの」［三幕一場六二―四行］）、相手がプレシオステ派的な気配りをみせて酒も断つし女も断つといいだすと空々しさが許せないところもあるに違いない（「止めて、誠実さは有難いけど、狂信者は御免」［五幕二場一三三―四行］）。彼女のよさは、しかし、そうした割り切れなさを瞬時に割り切って、『ヴェニスの商人』でバッサニオの筥選びに際して、「生きて、そうしたら私も生きる！」（三幕二場六一行）と叫ぶポーシャのように、ドリマンドとともに生きる方向にわが身を賭けるところにある。いや、それで収まらずにラヴィットに対して

ドリマンドさんは、もう充分すぎる位あなたのため全能の神だった。
そろそろ他の人を考えてよい頃合よネ。
（五幕二場三四〇―一行）

といい放つ勇気というか近代の荒野を生きのびてゆく粗野さ《ワイルドネス》を持ち合わせているところにある、といってもよいだろう。(22)

ハリエットは、ドリマンドが自らとの結婚をビジネスとわりきり（五幕二場二五五―八行）、経済的理由によると明言するのを聞いている。彼がラヴィットや（たとえハリエットには秘密にせよ）ベリンダと切れることもないだろう。エミーリアが息子の方の「上品」と結婚したら、手を出すことも考えられる（一幕一場三八八―九行）。その辺の事情をすべて弁えながらも、ドリマンドと結婚しようとするハリエットもまた彼に負けずと劣らぬ「常軌を逸した」（三幕一場二八行）存在であり、そこからしか未来が開けないと確信している女性なのだ。漁色家ぶりを誇る王権復古期の当世風の男を描こうとして、エサリッヂは生気溢れる近代の若き男女を描いてしまったのであった。

註

第一章

（1） Guillaume de Poitiers, *Ab la dolchor del temps novel*, ll. 13–18. なお、小論におけるトゥルバドゥールのテクストは、R. Lavaud et R. Nelli（edd.）, *Les troubadours*（Desclée De Brouwer, 1960）, tome 2 に主としてより、適宜 Moshé Lazar, *Bernart de Ventadorn: Chansons d'amour*（C. Klincksieck, 1966）や R. T. Hill & T. G. Bergin（edd.）, *Anthology of the Provençal Troubadours*（Yale U.P., 1941）及び A. Press（ed.）, *Anthology of Troubadour Lyric Poetry*（Edinburgh U.P., 1971）の本文、語解を参照している。また伝記その他については、Jean Boutière et A. H. Schutz, *Biographies des Troubadours*（A. G. Nizet, 1964）と、Friedrich Diez, *Leben und Werke der Troubadours*（J. A. Barth, 1882）に負っている。

（2） Anonyme, *En un vergier sotz fuelha d'albespi*, ll. 1–4.

（3） Guillaume de Poitiers, *Farai un vers, pos mi sonelh*, l. 80.

（4） ロマンティックな愛を十二世紀の「発明」とみなすシャルル・セニョボス以来の定説に対する反論については、*cf.*, Peter Dronke, *Medieval Latin and the Rise of European Love-Lyric*（Oxford U.P., 1965）, Vol. I, Chapter I; *idem*, *The Medieval Lyric*（Hutchinson U. Library, 1968）, Introduction.

（5） 例えば、今日における最も系統的な研究書を残しているベッツォラ（R. R. Bezzola）は、アキテーヌの太陽、ロワールの南の宮廷生活の甘美さ、ギョーム家代々の教養や寛仁の徳、ギョーム九世の人柄等さまざまな要素を考察しているが、残念ながらそのいずれも決定的な証拠にはなりえないと思われる。*Cf.*, *Les origines et la formation de la littérature courtoise en Occident*（Librarie Honoré Champion, 1966）, tome 2, pp. 243–326.

（6） H・ダヴァンソン『トゥルバドゥール』（新倉俊一訳、筑摩書房、一九七二年）九二頁。なお、C・S・ルイスも随所でまったく同じ意見を吐いている。

（7） 堀米庸三編『西欧精神の探究』（日本放送出版協会、一九七六年）の副題から。

（8） C. H. Haskins, *The Renaissance of the 12th Century*（World Publishing Company, 1957）. なお、十二世紀の歴史的位置については、本書の他、樺山紘一「ゴシック世界の思想像」（『思想』一九七四年十月号）及びそれに対する反論である、堀米庸三「歴史と現在」（『思想』一九七五年三月号）、その他多くに負っている。

（9） J・ホイジンガ『文化史の課題』（里見元一郎訳、東海大学出版会、一九六五年）一五九頁。

（10） 同書二二九頁。

（11） M. J. Hubert（tr.）, *The Romance of Flamenca*（Princeton U.P., 1962）, ll. 472–722 の要約。

（12） C. Chabaneau, *Les Biographies des troubadours*（Toulouse, 1885）, p. 6, qtd. in M. Valency, *In Praise of Love*（The Macmillan Company, 1961）, p. 98.

（13） *Vidas*, ll. 7–8. 'Mas totz temps volià qu'ilh aguessen guerra ensems, lo paire e'l filhs e'l fraire, l'us ab l'autre

. . .’.

(14) *Vidas*, ll. 8–10. ‘E la soa vida era aytals que tot l’ivern estava en escola e aprendia letras e tota l’estat anava per cortz e menava dos chantadors que chantavon las soas chanços’.

(15) *Vidas*, ll. 4–5. ‘E venc bels hom et adreitz, e saup ben trobar e cantar, e era cortes et enseignatz’.

(16) Bernart de Ventadorn, *Lancan vei la folha*, ll. 57–58.

(17) Jaufre Rudel, *Lanquan li jorn son lonc en may*, ll. 5–7.

(18) *Purgatorio*, XXVI, l. 117, *The Purgatorio of Dante* (J. M. Dent & Sons, 1901), p. 328.

(19) ランボー・ドランジュの言葉。H・ダヴァンソン、前掲書一〇四頁。

(20) トゥルバドゥール詩の技巧については、*cf.*, L. M. Paterson, *Troubadours and Eloquence* (Oxford U.P., 1975).

(21) *Cf.*, G. Henderson, *Gothic* (Penguin Books, 1967), Chapter III.

(22) ‘Lancan vei la folha’. テクストは、次の(23)所載のものを使用。

(23) この辺りの説明については、Frederick Goldin, ‘The Array of Perspectives in the Early Courtly Love Lyric’, J. M. Ferrante & G. Economou (edd.), *In Pursuit of Perfection* (Kennikat P., 1975), pp. 65–71に負っている。

(24) Gui d’Ussel, *Ben feira chanzos*, ll. 2–3.

(25) 彼の「伝記」を要約したもの。*Cf.*, R. T. Hill & T. G. Bergin (edd.), *op. cit.*, p. 31.

(26) *De vulgari eloquentia*, Book II, 4.

(27) J. J. Parry (tr.), *The Art of Courtly Love* (Frederick Ungar Publishing, 1959), pp. 122–3.

(28) *Cf., Ibid.*, Book I, Chapter XI; *The Tale of King Arthur*, Book III (3), E. Vinaver (ed.), *The Works of Sir Thomas Malory* (Oxford U.P., 1947), p. 101.

(29) Guilhem de Montanhagol, *Ar ab lo coinde pascor*, l. 18, R. T. Hill & T. G. Bergin (edd.), *op. cit.*, p. 231.

(30) Gui d’Ussel et Elias d’Ussel, *Aram digatz*, ll. 13–5.

(31) H・ダヴァンソン、前掲書二二四頁。

(32) Moshé Lazar, *Amour courtois et Fin’amors* (Librarie C. Klincksieck, 1964), p. 66.

(33) 宮廷愛における「最高行為」の有無については、評家の意見が最も分かれる。例えば、L・スピッツァーはそれを認めず、その理由として、宮廷愛へのアウグスチヌス的禁欲主義の影響をあげている。*Cf.*, L. Spitzer, *L’amour lointain de Jaufré Rudel et le sens de la poésie des troubadours* (North Carolina U.P., 1944), p. 29ff.

(34) J・ホイジンガ『中世の秋』(兼石正夫・里見元一郎訳、創文社、一九五六年)、特に第二章、第八章参照。

(35) 越知保夫『好色と花』(筑摩書房、一九七〇年)二六八頁。

(36) J・ラフィット＝ウサ『恋愛評定』(正木喬訳、白水社、一九六〇年)二二四頁。

(37) H・ダヴァンソン、前掲書二〇九頁。

(38) *Lanquan vei per miei*, ll. 38–9.

(39) 島岡茂『ロマンティックの歴史』(紀伊國屋書店、一九七五年)一〇九頁。

(40) D. W. Robertson, Jr., ‘The Concept of Courtly Love as

an Impediment to the Understanding of Medieval Texts', F. X. Newman (ed.), *The Meaning of Courtly Love* (State U. of New York P., 1968), p. 3.

(41) 若杉泰子『薔薇物語研究ノート』(カルチャー出版、一九七五年)一八一頁。

(42) J. J. Parry (tr. & ed.), *op. cit*., Vol. I, Chapter VI.

(43) M. Valency, *op. cit*., p. 90.

(44) *Cf*., Jonathan Saville, *The Medieval Erotic Alba* (Columbia U.P., 1972), Chapter I.

(45) Edmund Wiessner (ed.), *Die Lieder Neidharts* (Max Niemeyer, 1973), Winterlieder, Nr. 20, l. 31.

(46) C. von Kraus (ed.), *Die Gedichte Walters von der Vogelweide* (de Gruyter, 1932), Nr. 69, ll. 10–1.

(47) Chrétien de Troyes, *Œuvres complètes* (eds., Par Daniel Poirion et al.) (Gallimard, 1994), pp. 646, 659 & 373.

(48) Richard Wagner, *Tristan and Isolde* (tr. Stewart Robb) (E. P. Dutton, 1965), p. 122.

(49) ジョルジュ・デュビー『中世の結婚』(篠田勝英訳、新評論、一九八四年)四〇頁。

(50) E. G. Stanley (ed.), *The Owl and the Nightingale* (Manchester U.P., 1970), ll. 1340–7.

(51) 'The Knight's Tale', l. 1500. なお、チョーサーのテクストは F. N. Robinson, Jr. (ed.), *The Complete Works of Geoffrey Chaucer* (Oxford U.P., 1957) を使用。

(52) 桝井迪夫『チョーサー研究』(研究社、一九六二年)第一部第二章のタイトルより。

(53) *Troilus and Criseyde*, Book V, l. 825.

(54) *Ibid*., Book V, ll. 992–3.

(55) F. N. Robinson, Jr. (ed.), *op. cit*., p. 675. 'The Knight's Tale', l.1761 の註。

(56) *Troilus and Criseyde*, Book V, ll. 1098–9.

(57) C. S. Lewis, 'What Chaucer really did to "*Il Filostrato*"', Walter Hooper (ed.), *Selected Literary Essays* (Cambridge U.P., 1969), p. 27.

(58) J・ホイジンガ『中世の秋』一九八一九頁。

(59) *Cf*., D. S. Brewer, *Chaucer* (Longman, 1960), p. 93.

(60) *Troilus and Criseyde*, Book I, l. 211.

(61) この考察に当たっては、Patricia Thomson, *Sir Thomas Wyatt and His Background* (Routledge & Kegan Paul, 1964), pp. 152–88 に一部負っている。

(62) ペトラルカのテクストは、D. Provenzal (ed.), *Petrarca Il Canzoniere* (Rizzoli, 1954) を使用。

(63) シェイクスピアのテクストは、W. G. Clark & W. A. Wright (edd.), *The Works of William Shakespeare* (Macmillan, 1961) を使用。

(64) ペトラルカの生涯については、E・H・ウィルキンス『ペトラルカの生涯』(渡辺友市訳、東海大学出版会、一九七〇年)を参照。

(65) *Tant ai mo cor ple de joya*, ll. 11–12.

(66) Mario Praz, 'Petrarch in England', *The Flaming Heart* (Anchor Books, 1958), p. 269.

(67) ワイアットのテクストは、K. Muir & P. Thomson (edd.), *Collected Poems of Sir Thomas Wyatt* (Liverpool U.P., 1969) を使用。

(68) もっとも、具体的に辿れるのは、「風のイメージ」と

「実のならない果実」の二つで、それぞれ *Troilus and Criseyde*, Book III, ll. 1339–49, V, ll. 774–5, V, l. 1245を踏まえていると思われる。あとは随所に瞥見される。

(69) Raymond Southal, *The Courtly Maker* (Blackwell, 1964), p. 35.

(70) *Cf.*, *Hall's Chronicle* (AMS, 1965), p. 526.

(71) *Cf.*, John Stevens, *Music and Poetry in the Early Tudor Court* (Methuen, 1961), Chapter IX "The 'Game of Love".

(72) この解釈は、リッツォリ版の註に負っている。

(73) A. T. Hatto, *Eos: An Enquiry into the Theme of Lover's Meetings and Partings at Dawn in Poetry* (Mouton,1965).

(74) Leonard Forster, *The Icy Fire* (Cambridge U.P., 1969), p. 84.

(75) 澁澤龍彦「夢の宇宙誌」『澁澤龍彦集成Ⅳ』(桃源社、一九七〇年)六一頁。

(76) *Cf.*, Richard Argall's address to the Reader before G. Legh's *Accidens of Armory* (1562), qtd, in F. P. Wilson, *The English Drama 1485–1586* (Oxford U.P., 1969), p. 113.

(77) *The Man of Law's Tale*, *Fragment II*, l. 439. なお似たイメージは Henry Scogan, *A Moral Ballade*, W. W. Skeat (ed.), *Supplement to the works of Geoffrey Chaucer* (Oxford U.P., 1897), Vol. VII, p. 242, ll.138–9 にもみられる。

(78) Edmund Spenser, *The Shepheardes Calender*, 'March', ll. 13–5, Ernest de Sélincourt (ed.), *Spenser's Minor Poems* (Oxford U.P., 1910), p. 30.

(79) 宮廷愛が宮廷人の教養として重視されたことについては、*cf.*, G. D. Willcock & Alice Walker (edd.), *The Arte of English Poesie by G. Puttenham* (Cambridge U.P., 1970), p. 158.

(80) *Carmina Burana* 108 a, qtd. in Helen Waddell, *The Wandering Scholars* (Constable & Company, 1927), p. 237.

第二章

一　はじめに

(1) J. A. Symonds, *The Renaissance in Italy* (Murray, 1921), Vol. VI, p. 10.

(2) U. T. Holmes, Jr., F. S. A., *Daily Living in the Twelfth Century* (U. of Wisconsin P., 1952), p. 57.

(3) Bernardus Silvestris, *Cosmographia* (ed. P. Dronke) (E. J. Brill, 1978), p. 110.

(4) E. R. Curtius, *European Literature and the Latin Middle Ages* (tr. W. R. Trask) (Pantheon Books, 1953), p. 195.

(5) qtd. in Paul Piehler, *The Visionary Landscape* (Arnold, 1971), pp. 75–6.

(6) テクストはF. N. Robinson (ed.), *The Complete Works of Geoffrey Chaucer* (Oxford U.P., 1957) を使用。

(7) B. H. Bronson, *In Search of Chaucer* (1960), qtd. in J. A. Burrow (ed.), *Geoffrey Chaucer* (Penguin Books, 1969), p. 216.

(8) テクストはI. Gollancz (ed.), *Sir Gawain and The Green Knight* (Oxford U.P., 1940) を使用。

(9) Walter Pater, *The Renaissance* (ed. with Notes, by D. L. Hill) (U. of California P., 1980), pp. 26, 32, 86 & 138.

(10) C. S. Lewis, *The Discarded Image* (Cambridge U.P., 1964), p. 119. なお、マンテーニャの原動天図については、*cf.*, Jean Seznec, *The Survival of the Pagan Gods* (tr. B. F. Sessions) (Princeton U.P., 1953), p. 139.

(11) J. Huizinga, *The Waning of the Middle Ages* (tr. F. Hopman) (1924; Penguin Books, 1955), p. 268.

二　聖ベルナールに倣いて

(1) ホイジンガ『ルネサンスとリアリズム』(里見元一郎訳、河出書房新社、一九七一年) 二三頁 (*Inf.* XI. 105).

(2) *Cursor Mundi* (ed. Richard Morris) (Oxford U.P., 1874–92), p. 948, qtd. in V. A. Kolve, *The Play Called Corpus Christi* (Stanford U.P., 1966), p. 177.

(3) *The Northern Passion* (Supplement) (ed. F. A. Foster) (Oxford U.P., 1930), p. 77, qtd. in Kolve, *op. cit.*, p. 177.

(4) R・W・サザーン『中世の形成』(盛岡敬一郎・池上忠弘訳、みすず書房、一九七八年) 一八五―六頁。

(5) qtd. in 'Sermones in Cantica Canticorum, Sermo xliij, art. & 1', in James Marrow, *Passion Iconography in Northern European art of the Late Middle Ages and Early Renaissance* (Van Ghemmert, 1979), p. 204. 英訳は Bernard of Clairvaux, *On the Song of Songs II* (tr. K. Walsh ocso) (Cistercian Publications, 1976), p. 220.

(6) 英訳本文は *Anselm of Canterbury, The Major Works* (ed. B. Davies & G. R. Evans) (Oxford, 1998) を参照。

(7) G. M. Gibson, *The Theater of Devotion* (U. of Chicago P., 1989), p. 138.

(8) Nicholas Love, *Mirrour of the Blessyd Lyf of Jesu Christ* (ed. L. Powell) (Henry Frowde, 1908), p. 9, qtd. in Sarah Beckwith, *Christ's Body* (Routledge, 1993), p. 45.

(9) Huizinga, *op. cit.*, p. 251.

(10) A. F. Johnston & M. Rogerson (eds.), *York* (*REED*) (U. of Toronto P., 1979), p. 3.

(11) Mervyn James, *Society, Politics and Culture* (Cambridge U.P., 1986), p. 27.

(12) J. W. Harris, *Medieval Theatre in Context* (Routledge, 1992), p. 76.

(13) Rosemary Woolf, *The English Mystery Plays* (Routledge & Kegan Paul, 1972), pp. 87–8.

(14) Clifford Davidson (ed.), *A Tretise of Miraclis Pleyinge* (Western Michigan U.P., 1993), pp. 134 & 98.

(15) L. T. Smith (ed.), *York Plays* (1885; Russell & Russell, 1963), p. 1.

(16) Suger, *Œuvres completes de Suger* (1867), p. 189.

(17) Hugh of Saint Victor, *On the Sacraments of the Christian Faith* (tr. R. J. Deferrari) (1951; Wipf & Stock Publishers, 2007), pp. 226–7.

(18) Bernard, Abbot of Clairvaux, *De gradibus humilitatis* (tr. G. B. Burch) (Harvard U.P., 1940), pp. 140–1, qtd. in Beckwith, *op. cit.*, p. 143.

(19) Richard Axton, *European Drama of the Early Middle Ages* (Hutchinson U. Library, 1974), p. 170.

(20) F. N. Robinson (ed.), *The Complete Works of Geoffrey Chaucer* (Oxford U.P., 1957), p. 189.
(21) Stephen Spector (ed.), *The N-Town Play* (Oxford U.P., 1991), Vol. II, p. 458, ll. 261–82 の note.
(22) Frankie Rubinstein, *A Dictionary of Shakespeare's Sexual Puns and Their Significance* (Macmillan, 1984), p. 48.
(23) S. J. Kahrl, *Traditions of Medieval English Drama* (Hutchinson U. Library, 1974), p. 54.
(24) David Mills, *Recycling the Cycle* (U. of Toronto P., 1998), p. 174, n. 17.
(25) G. R. Owst, *Literature and Pulpit in Medieval England* (Blackwell, 1966), pp. 510–1.
(26) 'Who cannot Weep come Learn of me', ll. 32–6, Carleton Brown (ed.), *Religious Lyrics of the XVth Century* (Oxford: Clarendon P., 1939), p. 18.
(27) テクストは A. C. Cawley (ed.), *The Wakefield Pageants in the Towneley Cycle* (Manchester U.P., 1958) を使用。
(28) John Gardner, *The Construction of the Wakefield Cycle* (Southern Illinois U.P., 1974), pp. 110–3.
(29) Marrow, *op. cit.*, pp. 39 & 35.
(30) Cawley, *op. cit.*, p. 120, l.166 の注。
(31) *Ibid.*, l.379 'curst' の注。
(32) *Ibid.*, l.351 'buff it', ll. 354–5 の注。
(33) Jeffrey Helterman, *Symbolic Action in the Plays of the Wakefield Master* (U. of Georgia P., 1981), p. 154.
(34) Smith, *op. cit.*, p. 338.
(35) Erwin Panofsky, *Studies in Iconology* (1939; Harper, 1962), p. 109.
(36) Stephen Spector (ed.), *The N-Town Play* (EETS ss11) (Oxford U.P., 1991), p. 323.
(37) F. A. Foster (ed.), *A Stanzaic Life of Christ* (Oxford U.P., 1926), p. 203.
(38) Owst, *op. cit.*, p. 508.
(39) W. W. Skeat (ed.), *The Vision of William Concerning Piers the Plowman* (Oxford U.P., 1886), p. 550 (B Passus XIX, 10).
(40) Arnold Williams, *The Drama of Medieval England* (Michigan State U.P., 1961), p. 129.
(41) Kolve, *op. cit.*, p. 192.
(42) 'The Miller's Prologue', l. 3186, Robinson (ed.), *op. cit.*, p. 48.

三　反キリスト劇の系譜

(一) Frank Kermode, *The Sense of An Ending* (Oxford U.P., 1967), esp. Chapter I 'The End'.
(二) *Cf.*, W. B. Yeats, 'The Second Coming', *The Collected Poems* (Macmillan, 1955), pp. 210–1; *idem*, *Autobiographies* (Macmillan, 1956), p. 349.
(三) T. S. Eliot, *Collected Poems 1909–1935* (Faber & Faber, 1936), p. 75.
(四) W. Bousset & A. H. Keane, *Antichrist Legend: A Chapter in Christian and Jewish Folklore* (Hutchinson, 1896), p. 13.
(五) Bernard McGinn, *Antichrist* (Harper, 1967), pp. 33 &

56.

(6) Norman Cohn, *The Pursuit of the Millennium* (Oxford U.P., 1970), pp. 31–2.

(7) Christopher Hill, *Antichrist in Seventeenth-Century England* (1971; Verso, 1990). 引用はその五頁から。

(8) R. K. Emmerson, *Antichrist in the Middle Ages* (U. of Washington P., 1981), p. 57.

(9) B. L. U. Lucken, F. S. C., *Antichrist and the Prophets of Antichrist in the Chester Cycle* (Catholic U. of America P., 1940), p. 9.

(10) Gregory of Tours, *The History of the Franks* (tr. Lewis Thorpe) (Penguin Books, 1974), p. 481.

(11) *Ibid.*, p. 535. 佐藤彰一『歴史書を読む』(山川出版社、二〇〇四年) 九三頁。

(12) 至福千年については、Cohn の前掲書と、アンリ・フォション『至福千年』(神沢栄三訳、みすず書房、一九七一年) に負っている。

(13) R. K. Emmerson, *op. cit.*, p. 58.

(14) 'Epistola Adsonis ad Gerbergam Reginam de Ortu et Tempore', Karl Young, *The Drama of the Medieval Church* (Oxford U.P., 1933), Vol. II, p. 499. 英訳は John Wright (tr.), *The Play of Antichrist* (Pontifical Institute of Mediaeval Studies, 1967) の 'Appendix' に収録されている。

(15) K. Young, *op. cit.*, p. 499.

(16) '*Ludus de Antichristo*', K. Young, *op. cit.*, p. 373.

(17) J. Wright, *op. cit.*, p. 33ff.

(18) E. K. Chambers, *The Mediaeval Stage* (Oxford U.P., 1903), Vol. II, p. 64.

(19) K. Young, *op. cit.*, pp. 392–3.

(20) Clifford Davidson (ed.), *A Tretise of Miraclis Pleyinge* (Western Michigan U.P., 1993), p. 7.

(21) *Ibid.*, pp. 10–1.

(22) Jonas Barish, *The Anti-theatrical Prejudice* (U. of California P.), p. 79.

(23) W. W. Skeat (ed.), *op. cit.*, p. 550 (B Passus XIX, 10, 13, 20, 52–54).

(24) R. M. Wright, *Art and Antichrist in Medieval Europe* (Manchester U.P., 1995), p. 119, Fig. 26.

(25) R. M. Lumiansky & David Mills (eds.), *The Chester Mystery Cycle: Essays and Documents* (U. of North Carolina P., 1983), Vol. I, p. 485, l. 99. チェスター劇における「力」の強調については、Kathaleen Ashley, 'Divine Power in Chester Cycle and Late Medieval Thought', *Journal of the History of Ideas* 39 3 (1978), pp. 387–404 の分析が優れている。但し、そこにおける唯名論の影響を巡っては、その後、否定的な見解が多い。*Cf.*, J. R. Royse, 'Nominalism and Divine Power in the Chester Cycle', *Journal of the History of Ideas* 40 3 (1979), pp. 475–6.

(26) *Cf.*, R. M. Lumiansky & David Mills, *op. cit.*, Vol. I, p. 620.

(27) チェスター劇とヨハネ福音書の関係については、Martin Stevens, *Four Middle English Mystery Cycles* (Princeton U.P., 1987), pp. 272–86 の優れた分析に一部負っている。

(28) 奉仕劇の分析は、P. W. Travis, *Dramatic Design in the*

Chester Cycle (U. of Chicago P., 1982), Chapter V 'Christ's Neo-Romanesque Ministry: Paginae XII–XV' が優れている。

(29) E.R. Curtius, *European Literature and the Latin Middle Ages* (tr. W.R. Trask) (Pantheon Books, 1953), p. 138.

(30) プラトン『国家』(六〇二B)(『プラトン全集第十一巻』藤沢令夫訳、岩波書店、一九七九年)六〇二頁。

(31) *Cf*., Michael O'Connell, *The Idolatrous Eye* (Oxford U.P., 2000), p. 65.

(32) W.B. Yeats, *A Vision* (Macmillan, 1962), p. 291.

(33) フリードリッヒ・ニーチェ『善悪の彼岸』(『ニーチェ全集Ⅱ』信太正三訳、筑摩書房、一九九三年)三〇一頁。

(34) この辺りの議論は一部J.B. Leishman, *Themes and Variations in Shakespeare's Sonnets* (Hutchinson, 1961), pp. 95–9に負っている。

(35) *Cf*., R.W. Hanning, "'You Have Begun a Parlous Pleye": The Nature and Limits of Dramatic Mimesis as a Theme in Four Middle English "Fall of Lucifer" Cycle Plays', *Comparative Drama* 7 (1973), pp. 20–50.

(36) R.M. Lumiansky & David Mills, *op. cit*., Vol. II, pp. 331 & 351.

(37) E. Baldwin, L.M. Clopper, & D. Mills (eds.), *Cheshire including Chester* (*REED*) (U. of Toronto P., 2007), Vol. I, pp. 48–9.

(38) *Ibid*., p. 53.

(39) R.M. Lumiansky & David Mills, *op. cit*., p. 258.

(40) Hardin Craig (ed.), *Two Coventry Corpus Christi Plays* (EETS, Extra Series 87) (Oxford U.P., 1957), p. 99.

(41) STC 670はこの書の出版を「1525?」と記すが、一五〇五年頃の木版画入りの版がすでにあったらしい。*Cf*., R.K. Emmerson, '*WYNKYN DE WORDE's* Byrthe and Lyfe of Antechryst and Popular Eschatology on the eve of the English Reformation', *Medievalia* 14 (1988), p. 306, n. 41.

(42) R.M. Lumiansky & David Mills, *op. cit*., Vol. II, p. 329.

(43) 前掲書三四〇頁の二五二行+SDの注は、Adsoに従うと断りつつ百二十年経過という。普通は「黙示録」(十一章二節)でいう通り三年半(tribus annis.. et dimidio)。

(44) テクストは、Émile Roy (par.), *Le Jour du Jugement: Mystère français sur le Grand Schisme* (Emile Bouillon, 1902)を使用。*Cf*., K. Young, *op. cit*., p. 498.

(45) アイヒェレは、これをもって新教徒劇の最大の特徴とするが、本劇のような例外もあろう。*Cf*., Klaus Aichele, *Das Antichristdrama des Mittelalters der Reformation und Gegenreformation* (Nijhoff, 1974), p. 113.

(46) Eric Auerbach, *Mimesis* (A. Francke Verlag, 1945), p. 18.

(47) *Orologium Sapientie* (*Anglia*, X, 328), qtd. in B.L.U. Lucken, *op. cit*., p. viii.

(48) Auerbach, *op. cit*., p. 150.

四 「称えられるべき年中行事」

(1) E. Baldwin, L.M. Clopper, & D. Mills (eds.), *Cheshire including Chester* (*REED*) (U. of Toronto P., 2007) (以下 *Cheshire*), Vol. I, p. 327.

(2) Kenneth Cameron, *English Place-Names* (Methuen, 1961), pp. 56 & 35.

(3) 市の歴史全般については、*Cheshire*, Introduction 及び *The Victoria History of the Counties of England, A History of the County of Chester* (ed. B.E. Harris) (Oxford U.P., 1979), Vol. II; *idem* (eds. C.P. Lewis & A.T. Thacker) (Boydell & Brewer, 2003, 2005) Vol. V, 2 pts. (以下 *VCH: Chester*) に負っている。

(4) R.H. Morris, *Chester in the Plantagenet and Tudor Reigns* (m.p., 1893), pp. 490–3 & 511–23. なお、The Great Charter は同書 pp. 524–40 に収録されている。

(5) *Cheshire*, pp. xxv & xxi.

(6) *VCH: Chester*, Vol. V, 2, p. 101. *Cheshire*, p. xxv の説明は間違っている。

(7) L.M. Clopper, 'Lay & Clerical Impact on Civic Religious Drama & Ceremony', M.G. Briscoe & J.C. Coldewey (eds.), *Contexts for Early English Drama* (Indiana U.P., 1989), p. 105.

(8) *Cheshire*, pp. 47–8.

(9) *Ibid*., pp. 68–9.

(10) R.M. Lumiansky & David Mills, *The Chester Mystery Cycle Essays and Documents* (U. of North Carolina P., 1983), p. 176. (以下 *Documents*)

(11) *Cheshire*, p. 81.

(12) *Ibid*., pp. 71–2.

(13) *Ibid*., p. 86; *VCH: Chester*, Vol. V, 1, pp. 85–6.

(14) *Cheshire*, pp. 86–7.

(15) *Ibid*., pp. 71–2.

(16) *Ibid*., pp. 342 & 44.

(17) *Ibid*., pp. 331–2.

(18) *VCH: Chester*, Vol. V, 2, p. 251.

(19) *Cheshire*, pp. 442, 106 & 81; *VCH: Chester*, Vol. II, p. 251.

(20) *Cheshire*, p. xxi.

(21) アイヒェレは反キリスト劇四十三篇を中世劇十七、宗教改革劇十二、対抗宗教改革劇十四と分類し、本劇を中世劇に入れている。*Cf*., Aichele, *op. cit*., 'Inbaltsuerzeichnis'.

(22) *Cheshire*, p. 72.

(23) *Documents*, pp. 167–8.

(24) *Cf*., Eric Hobsbawm & T. Ranger (eds.), *The Invention of Tradition* (Cambridge U.P., 1983).

(25) *Cheshire*, p. xxv.

(26) *Ibid*., p. 333.

(27) *Ibid*., p. 44.

(28) *Ibid*., p. 45.

(29) L.M. Clopper (ed.), *Chester* (*REED*) (U. of Toronto P., 1979), p. 4.

(30) *Cheshire*, p. cxvi.

(31) *Ibid*., p. cx.

(32) *Ibid*., p. 121.

(33) *Ibid*., p. 119.

(34) *Ibid*., p. 120, とくに Mayors List, 5 & 13.

(35) *Ibid*., p. 96. なお *Documents*, p. 186 の 2d. はマチガイ！

(36) *Cheshire*, pp. 106 & 7.

(37) *Ibid*., p. 126.

(38) *Ibid*., pp. 118 & 897.

(39) *Ibid*., p. 897.

(40) *Ibid*., p. 122.

(41) *Ibid*., pp. 80 & 84.

(42) *Ibid*., p. 337.

(43) *Documents*, p. 171.

(44) R. M. Lumiansky & David Mills, *The Chester Mystery Cycle*（EETS, s.s. 9）（Oxford U.P., 1986）, Vol. II, p. 162.

(45) *Cheshire*, pp. 95–9; pp. 107, 113, 115 & 118.

(46) Norman Sanders et al., *The Revels History of Drama in English*, Vol. II, 1500–1576（Methuen, 1980）, pp. 10–1.

(47) *Cheshire*, p. xx.

(48) David Mills, *Recycling the Cycle*（U. of Toronto P., 1998）, pp. 50–1.

(49) *VCH: Chester*, Vol. V, 2, 250.

(50) *Cheshire*, p. 81.

(51) *Ibid*., p. 86.

(52) *Ibid*., pp. 143, 331 & 334.

(53) *Ibid*., pp. 331 & 334–5.

(54) D. Mills, *op. cit*., p. 50.

(55) P. W. Travis, *Dramatic Design in the Chester Cycle*（U. of Chicago P., 1982）, p. 48.

(56) F. A. Foster（ed.）, *A Stanzaic Life of Christ*（EETS, os, 166）（Oxford U.P., 1926）, p. 2, ll. 25–7.

(57) *Cheshire*, pp. 136 & 143.

(58) *Ibid*., p. 146.

(59) *Ibid*., pp. 171–2. この件については、R. K. Emmerson, ‘Contextualizing Performance: The Reception of the Chester Antichrist’, *Journal of Medieval and Early Modern Studies* 29（1999）, pp. 89–119 が詳しく論じている。

(60) *Cheshire*, pp. 143 & 136.

(61) *Ibid*., pp. 159–60; L. M. Clopper, ‘The History and Development of the Chester Cycle’, *Modern Philology* 75（1978）, p. 239.

(62) *Cheshire*, p. 161.

(63) *Ibid*., p. 161.

(64) *Ibid*., p. 172.

(65) *Ibid*., p. 173.

(66) *Ibid*., p. lxxi.

(67) *Ibid*., pp. 345–46 & 272.

(68) D. Mills, p. 48, n. 29.

(69) S. E. Hart & M. M. Knapp, ‘*The Aunchant and Famous Cittie*’, *David Rogers and the Chester Mystery Plays*（Peter Lang, 1988）, pp. 18 & 56.

(70) *Cheshire*, p. 326.

(71) キース・トマス『歴史と文学』（中島俊郎編訳、みすず書房、二〇〇一年）四四頁。

(72) *VCH: Chester*, Vol. V, 1, p. 62. チェスターのこの時期の経済活動全般については、D. M. Woodward, *The Trade of Elizabethan Chester*（U. of Hull P., 1970）を参照。

(73) *Cheshire*, p. 63, p. lxx & p. 66.
(74) *Ibid*., pp. 440–1.
(75) *Ibid*., pp. 328–9 & 346.
(76) *Ibid*., p. 334.
(77) S. E. Hart & M. M. Knapp, *op. cit*., p. 114ff.
(78) *Cheshire*, pp. 326 & 341; S. E. Hart & M. M. Knapp, *op. cit*., p. 97.
(79) *Cheshire*, p. 341.
(80) *Ibid*., p. 143.
(81) *Ibid*., p. 346.
(82) *Ibid*., p. 1017; *VCH: Cheshire*, Vol. II, p. 105.
(83) チェスターの好事家集団については、D. Mills, *op. cit*., pp. 193 & 188. その他に詳しい。
(84) *Cheshire*, p. 326.
(85) R. H. Tawney & Eileen Power (eds.), *Tudor Economic Documents* (Longmans, 1924), Vol. III, p. 274; M. A. E. Green (ed.), *Calendar of State Papers*, *Domestic Series of the Reign of Elizabeth, 1598–1601* (1869; Kraus Reprint, 1967), p. 2.
(86) R. H. Morris の上掲書の他では、D. M. Palliser, *The Age of Elizabeth* (Longman, 1983)、とくに Chapter IX 'Traffics and discoveries'; Charles Phythian-Adams, 'Ceremony and the Citizen: The communal year at Coventry 1450–1550', Peter Clark & Paul Slack (eds.), *Crisis and Order in English Towns 1500–1700* (Routledge & Kegan Paul, 1972) を参照。
(87) *VCH: Chester*, Vol. V, 2, p. 102.
(88) Hart & Knapp, *op. cit*., p. 21. なお、五種類のタイトル・ページに関する説明はこの書に負っている。
(89) *Ibid*., p. 58.
(90) *Cheshire*, p. 880.
(91) *Cheshire*, p. 880; S. E. Hart & M. M. Knapp, *op. cit*., p. 59.
(92) *Cheshire*, p. 578.
(93) *VCH: Chester*, Vol. V, 2, p. 306.
(94) *Cheshire*, p. 332, marginal note.
(95) *Ibid*., p. 441. なお、p. 880 は彼がアーンウェイ説を採ったのは、その後新たな文書を入手したからだろうと推測している。市長一覧を省く云々は、D. Mills, *op. cit*., p. 56; S. E. Hart & M. M. Knapp, *op. cit*., p. 62.
(96) *Cheshire*, p. 485.
(97) *Ibid*., p. 580.
(98) *Ibid*., pp. 485 & 580.
(99) *Cf*., Benedict Anderson, *Imagined Communities* (Verso, 1983).

第三章

一　窃視のルネサンス

(一) Leah S. Marcus, Janel Mueller, & Mary Beth Rose (eds.), *Elizabeth I: Collected Works* (U. of Chicago P., 2000), pp. 55–60.
(二) Sir Robert Naunton, *Fragmenta Regalia, or Observations on Queen Elizabeth: Her Times & Favorites* (ed. John S. Cerovski) (Associated U.P., 1985), p. 42.
(三) Charles Howard McIlwain (ed.), *The Political Works of James I* (Harvard U.P., 1918), p. xl.

(4) *Elizabeth I: Collected Works*, p. 316.
(5) *The Queens Prayers* (1571), sig. D3v, qtd. in Kevin Sharpe, 'The King's Writ: Royal Authors and Royal Authority in Early Modern England', Kevin Sharpe & Peter Lake (eds.), *Culture and Politics in Early Stuart England* (Macmillan, 1994), p. 119.
(6) *CSP Spanish* I: 607, qtd. in Susan Frye, *Elizabeth I: The Competition for Representation* (Oxford: Clarendon P., 1993), p. 99.
(7) De Maisse, *A Journal of All that was Accomplished by Monsieur de Maisse, Ambassador in England from King Henri IV to Queen Elizabeth, Anno Domini 1597* (ed. and tr. G. B. Harrison & R. A. Jones) (Nonesuch P., 1931), p. 80.
(8) Godfrey Goodman, *The Court of King James the First* (Richard Bentley, 1839), Vol. I, p. 97.
(9) F. G. Emmison, *Elizabethan Life: Disorder, Mainly from Essex Sessions and Assize Records* (Essex County Council, 1970), p. 57.
(10) Hilary Gatti, 'The Natural Philosophy of Thomas Harriot' (Thomas Harriot Lecture, Oriel College, Oxford, 1993), qtd. in Susan Brigden, *New Worlds, Lost Worlds: The Rule of the Tudors 1485–1603* (Penguin P., 2000), p. 311.
(11) *Fragmenta Regalia*, p. 48.
(12) John Guy, 'The 1590s: The Second Reign of Elizabeth I?', John Guy (ed.), *The Reign of Elizabeth I: Court and Culture in the Last Decade* (Cambridge U.P., 1995), pp. 14–7.
(13) Leicester Bradner (ed.), *The Poems of Queen Elizabeth I* (Brown U.P., 1964), p. 64. なお、臣下の政治干渉へのいらだちは、例えば、一五八五年の議会演説における「ピューリタン」という名の「新型 (new-fanglenesse)」への反応に明らかだろう。*Cf.*, T. E. Hartley (ed.), *Proceedings in the Parliaments of Elizabeth I*, Vol. II, 1585–1589 (Leicester U.P., 1995), p. 32.
(14) Blair Worden, *The Sound of Virtue: Philip Sidney's Arcadia and Elizabethan Politics* (Yale U.P., 1996), p. 9.
(15) George Puttenham, *The Arte of English Poesie* (eds. Gladys Doidge Willcock & Alice Walker) (Cambridge UP, 1936), p. 186.
(16) タキトゥス・ブームについては、J. H. M. Salmon, 'Seneca and Tacitus in Jacobean England', Linda Levy Peck (ed.), *The Mental World of the Jacobean Court* (Cambridge U.P., 1991), pp. 169–88; Andrew Hadfield, *Shakespeare and Republicanism* (Cambridge U.P., 2005), Chapter I. その他を参照。
(17) De Maisse, *A Journal*, p. 80.
(18) 両王朝の宮廷余興の差異については、Paul E. J. Hammer, 'Upstaging the Queen: the Earl of Essex, Francis Bacon and the Accession Day Celebrations of 1595', David Bevington & Peter Holbrook (eds.), *The Politics of the Stuart Court Masque* (Cambridge U.P., 1998), pp. 57–9.
(19) Kenneth C. Schellhase, *Tacitus in Renaissance Political Thought* (U. of Chicago P., 1976), pp. 123–4.
(20) Peter Burke, 'Reason of State', J. H. Burns (ed.), *The*

Cambridge History of Political Thought, 1450–1700 (Cambridge U.P., 1991), p. 479.

(21) Burke, 'Reason of State', p. 481.

(22) St. Thomas More, *Utopia* (ed. Edward Surtz) (Yale U.P., 1964), p. 199.

(23) Tilley, D. 386. なおタキトゥス・ブーム以前のイングランドにおける 'reason of state' については、*cf.*, Quentin Skinner, *The Foundations of Modern Political Thought* (Cambridge U.P., 1978), Vol. I, pp. 248–54.

(24) 'haud dubium erat eam sententiam altius penetrare et arcana imperii temptari' (Tacitus, *Annales*, II. 36).

(25) Walter Raleigh, 'Maxims of State', William Oldys & Thomas Birch (eds.), *The Works of Sir Walter Ralegh, Kt.* (1829; Burt Franklin, n.d.), Vol. VIII, p. 8.

(26) Carlo Ginzburg, 'High and Low: The Theme of Forbidden Knowledge in the Sixteenth and Seventeenth Centuries', *Past and Present* 73 (1976), pp. 28–41; Ernst H. Kantorowicz, 'Mysteries of the State', *Selected Studies* (J. J. Augustin, 1965), pp. 381–98.

(27) K. C. Schellhase, *Tacitus in Renaissance Political Thought*, p. 158.

(28) John Neville Figgis, *The Divine Right of Kings* (1896; Harper & Row, 1965), p. 137ff.

(29) Burke, 'Reason of State', p. 480.

(30) ルネサンス全般のアクタイオン神話については、Leonard Barkan, 'Diana and Actaeon: The Myth as Synthesis', *English Literary Renaissance* 10 (1980), pp. 317–59. に多くを負っている。

(31) 'Curiositas semper periculorum germana detrimenta suis amatoribus novit parturire quam gaudia', qtd. in W. R. Davis, 'Actaeon in Arcadia', *Studies in English Literature 1500–1900* 2 (1962), pp. 102. *Cf.*, Fabius Planciades Fulgentius, *Fulgentius, the Mythographer* (tr. Leslie George Whitbread) (Ohio State U.P., 1971), p. 85.

(32) 'Admonemur praeterea per hanc fabulam, ne simus nimis curiosi in rebus nihil ad nos pertinentib. quoniam multis perniciosum fuit res arcanas aliorum cognouisse, aut principum ciuitatum summorumq; virorum, aut Deorum praeciquè', Natalis Comes, *Mythologiae*, VI. xxiii (1569; Garland, 1976), p. 201.

(33) Albert Feuillerat (ed.), *Documents Relating to the Office of the Revels in the Time of Queen Elizabeth* (1908; Kraus Reprint, 1968), p. 30.

(34) Abraham Fraunce, *The Third Part of the Countesse of Pembrokes Yuychurch, entitled Amintas Dale* (ed. Gerald Snare) (California State U.P., 1975), p. 109.

(35) Norman Egbert McClure (ed.), *The Letters of John Chamberlain* (1939; Greenwood P., 1979), Vol. II, p. 14.

(36) 'A Letter Written by a Gentleman of Good Worth, to the Author of This Booke', Elizabeth Story Donno (ed.), *Sir John Harington's A New Discourse of Stale Subject, called the Metamorphosis of Ajax* (Routledge & Kegan Paul, 1962), pp. 55–8.

(37) G. B. Harrison, *An Elizabethan Journal: Being a Record of Those Things Most Talked of during the Years, 1591–1594* (1928; Routledge & Kegan Paul, 1974),

pp. 54, 59 & 75.

(38) *Cynthia's Revels*, I. i. 91ff., C. H. Herford, Percy & Evelyn M. Simpson (eds.), *Ben Jonson* (Oxford: Clarendon P., 1932), Vol. IV, p. 47 (以下 *H & S* とする).

(39) *Thomas Platter's Travels in England, 1599* (tr. Clare Williams) (Jonathan Cape, 1937), p. 195.

(40) James Spedding, Robert Leslie Ellis, & Douglas Denon Heath (eds.), *The Works of Francis Bacon*, (1861; Friedrich Frommann Verlag, 1963), Vol. VII, p. 379.

(41) その他気になるのは、*Willobie His Avisa* (1594) のタイトル・ページ。長方形の泉で水浴みするダイアナ、横に変身しつつあるアクタイオンを配した版画が下に来て、真上にはエセックス家の紋である鹿の正面向きの頭 (caboshed) が描かれている。エセックスとアクタイオンの結びつきは九四年という早い時期から存在し、ジョンソンはそれを知っていたのだろうか。*Cf.*, B. N. De Luna (ed.), *The Queen Declined: An Interpretation of Willobie His Avisa* (Oxford: Clarendon P., 1970), p. 117.

(42) *Cynthia's Revels*, I. ii. 82–5.

(43) *Cynthia's Revels*, I. ii. 92–5.

(44) E. K. Chambers, *The Elizabethan Stage* (Oxford: Clarendon P., 1923), Vol. III, p. 291.

(45) W. David Kay, *Ben Jonson: A Literary Life* (Macmillan, 1995), p. 52; C. G. Thayer, *Ben Jonson: Studies in the Plays* (U. of Oklahoma P., 1963), p. 35.

(46) *Cynthia's Revels*, I. iv. 84.

(47) *Cynthia's Revels*, III. iv. 88.

(48) Robert Wiltenburg, *Ben Jonson and Self-Love: The Subtlest Maze of All* (U. of Missouri P., 1990), p. 19.

(49) T. S. Eliot, *Selected Essays, 1917–1932* (Faber & Faber, 1932), p. 155.

(50) *Cynthia's Revels*, II. v. 24.

(51) この劇における遊びの要素については、Charles Read Baskervill, *English Elements in Jonson's Early Comedy* (1911; Gordian P., 1967), Chapter VIII に詳しい説明がある。

(52) W. W. Greg, *A Bibliography of the English Printed Drama to the Restoration* (Bibliographical Society, 1962), Vol. I, p. 290. このタイトルをどう考えるかを巡っては、*cf.*, *H & S*, Vol. I, pp. 395–412 & Vol. IV, pp. 3–23 を参照。

(53) Joseph Loewenstein, *Responsive Readings: Versions of Echo in Pastoral, Epic, and the Jonsonian Masque* (Yale U.P., 1984), p. 78.

(54) *Cynthia's Revels*, I. v. 55–66.

(55) 'B. J.'s Conversations with William Drummond of Hawthornden', ll. 322–4; *H & S*, Vol. I, p. 140.

(56) *Cynthia's Revels*, II. iii. 8–10.

(57) *Cynthia's Revels*, V. xi. 14–23.

(58) Thomas Dekker, *Satiromastix*, IV. i. 188–90, Fredson Bowers (ed.), *The Dramatic Works of Thomas Dekker* (Cambridge U.P., 1953), Vol. I, p. 353.

(59) Thomas Heywood, *An Apology for Actors*, Gerald Eades Bentley (ed.), *The Seventeenth-Century Stage: A Collection of Critical Essays* (U. of Chicago P., 1968), p. 15.

(60) R. A. Foakes & R. T. Rickert (eds.), *Henslowe's Di-*

ary (Cambridge U.P., 1961), p. 286.

(61) *H & S*, Vol. I, p. 148.

(62) 当時の出版権については、Gerald Eades Bentley, *The Profession of Dramatist in Shakespeare's Time, 1590–1642* (Princeton U.P., 1971), pp. 288–91. その他を参照。

(63) *H & S*, Vol. VIII, p. 638.

(64) David Riggs, *Ben Jonson: A Life* (Harvard U.P., 1989), p. 75; Richard Helgerson, *Self-Crowned Laureates: Spenser, Jonson, Milton, and the Literary System* (U. of California P., 1983), pp. 110–1.

(65) *H & S*, Vol. VIII, p. 565.

(66) *The Second Parnassus Play*, V. i. 1917, J. B. Leishman (ed.), *The Three Parnassus Plays, 1598–1601* (Nicholson & Watson, 1949), p. 350.

(67) *H & S*, Vol. VI, p. 492.

(68) Blair Worden, 'Ben Jonson among the Historians', Kevin Sharpe and Peter Lake (eds.), *Culture and Politics in Early Stuart England* (Macmillan, 1994), p. 80.

(69) *H & S*, Vol. IV, p. 368.

(70) *H & S*, Vol. III, p. 421.

(71) *H & S*, Vol. III, p. 599.

(72) Edmund Wilson, 'Morose Ben Jonson', Jonas A. Barish (ed.), *Ben Jonson: A Collection of Critical Essays* (Prentice-Hall, 1963), pp. 60–74.

(73) *H & S*, Vol. III, p. 602.

(74) *Cynthia's Revels*, V. iii. 21–23 & 30–32.

(75) *Satiromastix*, V. ii. 24–26, *op. cit.*, Vol. I, p. 383.

(76) *H & S*, Vol. IV, p. 24.

(77) 'Discoveries', l. 910, *H & S*, Vol. VIII, p. 591; 'B. J.'s Conversations with William Drummond of Hawthornden', l. 175, *H & S*, Vol. I, p. 137.

(78) David Norbrook, *Poetry and Politics in the English Renaissance*, revised edition (Oxford: Clarendon P., 2002), Chapter VII 'Jonson and the Jacobean Peace, 1603–1616', pp. 155–72.

(79) Caroline McManus, 'Queen Elizabeth, Dol Common, and the Performance of the Royal Maundy', Kirby Farrell & Kathleen Swaim (eds.), *The Mysteries of Elizabeth I: Selections from English Literary Renaissance* (U. of Massachusetts P., 2003), pp. 58–9.

(80) *The Alchemist*, V. iv. 134; *H & S*, Vol. V, p. 400.

(81) 'B. J.'s Conversations with William Drummond of Hawthornden', ll. 322–4; *H & S*, Vol. I, pp. 140 & 142.

(82) C. S. Lewis, *The Allegory of Love: A Study in Medieval Tradition* (Oxford: Clarendon P., 1936), p. 332.

(83) Camille Paglia, *Sexual Personae: Art and Decadence from Nefertiti to Emily Dickinson* (Vintage Books, 1991), p. 191.

(84) John B. Bender, *Spenser and Literary Pictorialism* (Princeton U.P., 1972), p. 43, n. 13.

(85) *Cf.*, Geoffrey Chaucer, 'The Knight's Tale', ll. 1955–62, F. N. Robinson (ed.), *The Complete Works of Geoffrey Chaucer* (1933; Oxford U.P., 1957), p. 36.

(86) Douglas Bush, *The Renaissance and English Humanism* (U. of Toronto P., 1939), p. 105.

(87) 'Alexander's Feast', l. 13, Keith Walker (ed.), *John*

Dryden (Oxford: Clarendon P., 1987), p. 545.

(88) T. W. Baldwin, *William Shakespere's Small Latine & Lesse Greeke* (U. of Illinois P., 1944), Vol. I, p. 154.

(89) *Cf.*, Anthony E. Friedmann, 'The Diana-Acteon Episode in Ovid's *Metamorphoses* and *The Faerie Queene*', *Comparative Literature* 18 (1966), pp. 289–9.

(90) 'Lycidas', ll. 152–3, John Carey (ed.), *John Milton, Complete Shorter Poems* (Longman, 1971), p. 251.

(91) Richard N. Ringler, 'The Faunus Episode', A. C. Hamilton (ed.), *Essential Articles for the Study of Edmund Spenser* (Archon Books, 1972), p. 295.

(92) Edmund Spenser, *The Shorter Poems* (ed. Richard A. McCabe) (Penguin Books, 1999), p. 529.

(93) Andrew Hadfield, *Literature, Politics and National Identity: Reformation to Renaissance* (Cambridge U.P., 1994), p. 184.

(94) 'To the Earl of Leicester', dated 2nd of August, 1580, Albert Feuillerat (ed.), *The Prose Works of Sir Philip Sidney* (Cambridge U.P., 1962), Vol. III, p. 129.

(95) 'A View of the Present State of Ireland', ll. 3289–317, Rudolf Gottfried (ed.), *Spenser's Prose Works* (Johns Hopkins U.P., 1949), pp. 159–60.

(96) Nancy J. Vickers, 'Diana Described: Scattered Woman and Scattered Rhyme', *Critical Inquiry* 8 (1981), pp. 273.

(97) この辺の引用は、'Colin Clout', ll. 358–60, 652–6 & 776–7. その他から。

(98) Sir Walter Ralegh, 'The Lie', ll. 7–8, Agnes M. C. Latham (ed.), *The Poems of Sir Walter Ralegh* (Routledge & Kegan Paul, 1951), p. 45.

(99) 「恋」の政治色については、Richard A. McCabe (ed.), *The Shorter Poems*, p. 650 を参照。

(100) George Sandys, *Ovid's Metamorphosis Englished, Mythologized, and Represented in Figures* (eds. Karl K. Hulley & Stanley T. Vandersall) (U. of Nebraska P., 1970), p. 150.

(101) 'John Fox, the Martyrologist, The imprisonment of Princess Elizabeth. 1563', A. F. Pollard (ed.), *Tudor Tracts, 1532–1588* (E. P. Dutton and Co., n.d.), p. 360.

(102) 'The 11th: and last booke of the Ocean to Scinthia', ll. 217–8, Agnes M. C. Latham (ed.), *The Poems of Sir Walter Ralegh,* p. 33.

(103) Hugh Maclean & Anne Lake Prescott (eds.), *Edmund Spenser's Poetry: Authoritative Texts, Criticism* (Norton, 1993), p. 434, n. 7.

(104) Frank Kermode, 'Spenser and the Allegorists', Paul J. Alpers (ed.), *Edmund Spenser: A Critical Anthology* (Penguin Books, 1969), p. 298.

(105) Humphrey Tonkin, *The Faerie Queene* (Unwin Hyman, 1989), pp. 202–3.

(106) Richard Helgerson, 'The New Poet Presents Himself: Spenser and the Idea of a Literary Career', *Publications of the Modern Language Association of America* 93 (1978), pp. 893–911.

(107) E. A. Greenlaw, 'Spenser and the Earl of Leicester', *Publications of the Modern Language Association of*

America 25 (1910), pp. 535–61.

(108) Stephen Greenblatt, *Renaissance Self-Fashioning: From More to Shakespeare* (U. of Chicago P., 1980), p. 186.

(109) 'A View of the Present State of Ireland', *Spenser's Prose Works*, p. 151.

(110) Thomas Carew, 'An Elegy upon the Death of Dr. Iohn Donne, Dean of Paul's', ll. 63–5. その他 ll. 39, 49, 55, 61 も参照。Rhodes Dunlap (ed.), *The Poems of Thomas Carew* (Oxford: Clarendon P., 1949), pp. 72–3.

(111) 'Here *Peter Ioves*, there *Paul* hath *Dian's* Fane', 'To the Countesse of Bedford', l. 14, Herbert J. C. Grierson (ed.), *The Poems of John Donne* (Oxford: Clarendon P., 1912), Vol. I, p. 196.

(112) John Donne, *Pseudo-Martyr* (ed. Anthony Raspa) (McGill-Queen's U.P., 1993), p. 8.

(113) 'Satyre III', ll. 105–6; 'Song', ll. 8–9, *The Poems of John Donne*, Vol. I, p. 158 & 8.

(114) 'The first Anniversary', ll. 214–7, *The Poems of John Donne*, Vol. I, pp. 237–8.

(115) 'An Epithalamion, Or Marriage Song on the Lady Elizabeth and Count Palatine being married on St. Valentines day', ll. 20–2, *The Poems of John Donne*, Vol. I, pp. 127–8.

(116) 'The Calme', l. 39; 'The Storme', l. 9, John Donne, *The Satires, Epigrams and Verse Letters* (ed. W. Milgate) (Oxford: Clarendon P., 1967), p. 55 & 58.

(117) 'Licence my roving hands, and let them go,
Before, behind, between, above, below,
O, my America, my new-found-land,
My kingdome, safliest when with one man man'd,
My mine of precious stones, My Emperie,
. . .
To enter in these bonds, is to be free ;
Then, where my hand is set, my soul shall be.'
(下線筆者)

'To His Mistress Going to Bed', ll. 25–32, *The Poems of John Donne*, Vol. I, pp. 119–21.

(118) Achsah Guibbory, '"Oh, Let Mee Not Serve So": The Politics of Love in Donne's *Elegies*', *John Donne* New Casebooks (ed. Andrew Mousley) (Macmillan, 1999), pp. 32–3.

(119) Izaak Walton, *The Lives of John Donne, Sir Henry Wotton, Richard Hooker, George Herbert, & Robert Sanderson* (Oxford U.P., 1927), p. 29.

(120) John Donne, *The Courtier's Library* (ed. Evelyn M. Simpson) (Nonesuch P., 1930), pp. 50–1.

(121) *The Satires, Epigrams and Verse Letters*, pp. 26 & 29.

(122) W. H. Auden, *The Dyer's Hand, and Other Essays* (Faber & Faber, 1963), p. 19.

(123) Edmund Gosse, *The Life and Letters of John Donne, Dean of St. Paul's* (1899; Peter Smith, 1959), Vol. I, pp. 179 & 189; John Donne, *Selected Prose* (eds. Helen Gardner & Timothy Healy) (Oxford: Clarendon P., 1967), p. 127.

(124) Horst Meller, 'The Phoenix and the Well-Wrought

Urn', *Times Literary Supplement* 22 (April, 1965), p. 320.

(125) Arthur F. Marotti, *John Donne, Coterie Poet* (U. of Wisconsin P., 1986), p. 156.

(126) 'The Sunne Rising', *The Poems of John Donne*, Vol. I, p. 11.

(127) 'to this hour I am nothing', Henry Goodyear 宛て書簡 (Sep. 1608)' *Selected Prose*, p. 129.

(128) フランシス・バーカー『振動する身体——私的ブルジョア主体の誕生』(末廣幹訳、ありな書房、一九九七年) 一四七頁。

(129) John Donne, *The Elegies and the Songs and Sonnets* (ed. Helen Gardner) (Oxford: Clarendon P., 1965), p. 204, 'The Canonization', ll. 26–7 の "prove / Mysterious" の note.

(130) William Shullenberger, 'Love as a Spectator Sport in John Donne's Poetry', Claude J. Summers & Ted-Larry Pebworth (eds.), *Renaissance Discourses of Desire* (U. of Missouri P., 1993), p. 48.

(131) *Cf.*, John Carey, *John Donne: Life, Mind and Art* (Faber & Faber, 1981), p. 63.

(132) 'V. Meditation', 'X. Meditation', & 'XI. Meditation', John Donne, *Devotions upon Emergent Occasions* (U. of Michigan P., 1959), p. 31.

(133) *Ibid.*, pp. 64–5.

(134) *Ibid.*, p. 70.

(135) 'Sermon No. 9', *The Sermons of John Donne* (ed. George R. Potter & Evelyn M. Simpson) (U. of California P., 1959), p. 252.

(136) R. C. Bald, *John Donne, A Life* (Oxford: Clarendon P., 1970), p. 426.

(137) John Donne, *Selected Prose*, p. 152.

(138) *H & S*, Vol. I, p. 136.

(139) David Novarr, *The Disinterred Muse: Donne's Texts and Contexts* (Cornell U.P., 1980), p. 94.

(140) 'Obsequies to the Lord Harrington, brother to the Lady Lucy, Countesse of Bedford', l. 256, *The Poems of John Donne*, Vol. I, p. 279.

(141) A. F. Marotti, *op. cit.*, p. 287.

(142) John Donne, *Selected Prose*, p. 129.

(143) 'To Mr S. B.', ll. 7–8, *The Satires, Epigrams and Verse Letters*, p. 66.

(144) 'Epigram 424', l. 8, *The Letters and Epigrams of Sir John Harington* (ed. Norman E. McClure) (1930; Octagon Books, 1977), p. 320.

二 羊飼の変容

(1) Millar MacLure (ed.), *Christopher Marlowe: The Poems* (Methuen, 1968), p. xxvii. なお、引用は Hugh Macdonald (ed.), *Englands Helicon* (Routledge & Kegan Paul, 1949), p. 192 から。

(2) R. S. Forsythe, '*The Passionate Shepherd* and English Poetry', *Publications of the Modern Language Association of America* 40 (1925), p. 695, n. 8.

(3) Miller MacLure (ed.), *Marlowe The Critical Heritage* (Routledge & Kegan Paul, 1979), p. 183.

(4) T. W. Craik (ed.), *William Shakespeare: The Merry*

Wives of Windsor (Oxford U.P., 1990), p. 4.

(5) Giorgio Melchiori, *Shakespeare's Garter Plays* (U. of Delaware P., 1994), p. 93.

(6) J. D. Wilson (ed.), *The Merry Wives of Windsor* (Cambridge U.P., 1954), p. xxxiv.

(7) Colin Burrow (ed.), *William Shakespeare: The Complete Sonnets and Poems* (Oxford U.P., 2002), p. 365, note. なお、恋歌のテクストの中でここだけ例外的に返歌が一連しかみられない理由について、編者は、全体を四葉に収めるにはそうするしかないと、ここまで組んできて植字工が判断したせいではないか、と興味深い発言を行っている。

(8) P. J. Seng, *The Vocal Songs in the Plays of Shakespeare* (Harvard U.P., 1967), p. 164; F. W. Sternfeld & M. J. Chan, 'Come live with me And be my love', *Comparative Literature* 22 (1970), pp. 177–8.

(9) テクストは Fredson Bowers (ed.), *The Complete Works of Christopher Marlowe* (Cambrige U.P., 1973), Vol. I を使用。なお、この辺の考察は、Coburn Freer, 'Lies and Lying in *The Jew of Malta*', Kenneth Friedenreich, Roma Gill, & Constance B. Kuriyama (eds.), *A Poet and a filthy Play-maker* (AMS, 1988), p. 156. その他に一部負っている。

(10) R. S. Forsythe, *op. cit.*, pp. 697–701.

(11) Patrick Collinson, *The Birthpangs of Protestant England* (Macmillan P., 1988), pp. 110–2.

(12) この前後の考察は、Forsythe の優れた論考（*op. cit.*, pp. 692–742）に負っている。

(13) *Cf.*, Douglas Bruster, '"Come to Tent Again": "*The Passionate Shepherd*", Dramatic Rape, and Lyric Time', *Criticism* 33 (1991), pp. 62–4.

(14) 章末表参照のこと。

(15) Fredson Bowers (ed.), *The Complete Works of Christopher Marlowe* (Cambridge U.P., 1973), Vol. II, p. 529.

(16) *Cf.*, W. J. Ong, *Interfaces of the Word* (Cornell U.P., 1977), pp. 274–9.

(17) A. B. Grosart (ed.), *The Works in Verse and Prose of Nicholas Breton* (Edinburgh U.P., 1879), Vol. I ('The Passionate Shepherd, 1604'), p. 12.

(18) James Knowles, 'Sexuality: A Renaissance Category?', Michael Hattaway (ed.), *A Companion to English Renaissance Literature and Culture* (Blackwell, 2000), p. 677.

(19) この辺の考察は、S. K. Heninger, '*The Passionate Shepherd* and *the Philosophical Nymph*', *Renaissance Papers* 1962), pp. 63–70' と D. E. Henderson, *Passion Made Public* (U. of Illinois P., 1995), p. 123 に一部負っている。

(20)

The Nimphs reply to the Sheepheard

If all the world and love were young,
And truth in every Sheepheards tongue,
These pretty pleasures might me move,
To live with thee, and be thy love.

Time drives the flocks from field to fold,
When Rivers rage, and Rocks grow cold,
And Philomell becommeth dombe,
The rest complaines of cares to come.

The flowers doe fade, & wanton fieldes,
To wayward winter reckoning yeeldes,
A honny tongue, a hart of gall,
Is fancies spring, but sorrowes fall.

Thy gownes, thy shooes, thy beds of Roses,
Thy cap, thy kirtle, and thy poesies,
Soone breake, soone wither, soone forgotten:
In follie ripe, in reason rotten.

Thy belt of straw and Ivie buddes,
Thy Corall claspes and Amber studdes,
All these in mee no meanes can move,
To come to thee, and be thy love.

But could youth last, and love still breede,
Had joyes no date, nor age no neede,
Then these delights my minde might move,
To live with thee, and be thy love.

(21) テクストはそれぞれ以下の通り。*Faerie Queene* (Book II, Canto XII, lxxv) は、J. C. Smith (ed.), Spenser's *Faerie Queene* (Oxford U.P., 1909), p. 338; Andrew Marvell, 'To his Coy Mistress', H. M. Margoliouth (ed.), *The Poems and Letters of Andrew Marvell* (Oxford U.P., 1952), Vol. I, p. 26; J. Paulin, 'Love's Contentment', Stephen Orgel (ed.), *Christopher Marlowe: The Complete Poems and Translations* (Penguin Books, 1971), pp. 215–6. なお、ポーリンの伝記的事実は一切不明。

(22) 床屋と憂鬱症の関係については、R. W. Bond (ed.), *The Complete Works of John Lyly* (Oxford U.P., 1902), Vol. III, p. 155 (*Midas*, V. ii. 101–4) を参照のこと。

(23) *Cf.*, L. S. Marcus, 'Politics and Pastoral: Writing the Court on the Countryside', Kevin Sharpe & Peter Lake (eds.), *Culture and Politics in Early Stuart England* (Macmillan, 1994), pp. 139–60. なお、引用は、Robert Herrick, 'Corinna's *going a Maying*', ll. 41–2, L. C. Martin (ed.), *The Poetical Works of Robert Herrick* (Oxford U.P., 1956), p. 68.

(24) それぞれテクストは、Robert Herrick, '*To* Phillis *to love, and live with him*', L. C. Martin (ed.), *op. cit.*, pp. 192–3; Thomas Lodge, 'In commendation of solitarie life', *The Works of Thomas Lodge* (1883; Russell & Russell, 1963), Vol. I, pp. 37–9; Michael Drayton, 'The Second Nymphall', William Hebel (ed.), *The Works of Michael Drayton* (Blackwell, 1961), Vol. III, pp. 257–66; 'The Wooing Rogue', V. de Sola Pinto & A. E. Rodway (eds.), *The Common Muse* (1957; Penguin Books, 1965), pp. 326–7.

(25) *Cf.*, Andrew Hadfield, *Literature, Politics and National Identity* (Cambridge U.P., 1994), p. 189; Michelle O'Callaghan, *The Shephaerds Nation* (Oxford U.P.,

2000), p. 12.

(26) Edmund Spenser, *The Shepheardes Calender*, 'Aprill', ll. 35–6, Ernest de Sélincourt (ed.), *Spenser's Minor Poems* (Oxford U.P., 1910), p. 37; *The Second Part of The Return from Parnassus*, l. 218, J. B. Leishman (ed.), *The Three Parnassus Plays, 1598–1601* (Nicholson & Watson, 1949), p. 236.

(27) Patrick Cheney, *Marlowe's Counterfeit Profession: Ovid, Spenser, Counter-Nationhood* (U. of Toronto P., 1997), p. 76 は、この変更にマーロウのスペンサー批判を読みとろうとしている。

(28) *Cf.*, M. Drayton, *Endimion and Phoebe*, l. 57, W. Hebel (ed.), *op. cit.*, Vol. I, p. 130; *The Third Eclogue*, l. 63, *Ibid.*, Vol. II, p. 329.

(29) Rhodes Dunlap (ed.), *The Poems of Thomas Carew* (Oxford U.P., 1949), p. 72.

(30) 'Another of the same nature', 3 & 4 stanzas; M. Drayton, 'The Second Nymphall', ll. 275–300. サンナザーロについては、Jacopo Sannazaro, *Arcadia and Piscatorial Eclogues* (ed. and tr. Ralph Nash) (Detroit U.P., 1966) を参照。

(31) 'The Nimphs reply to the Sheepheard', l. 15, H. Macdonald (ed.), *op. cit.*, p. 193. なお、ダンのテクストは Helen Gardner (ed.), *The Elegies and the Songs and Sonnets of John Donne* (Oxford U.P., 1965), pp. 32–3.

(32) R. C. Bald (ed.), *An Humble Supplication to Her Maiestie (1595)* (Cambridge U.P., 1953), p. 18.

(33) Thomas Birch, *Memoirs of the Reign of Queen Elizabeth* (1754; AMS, 1970), Vol.I, p. 41.

(34) 以上の考察は M. Thomas Hester, ' "Like a spyed Spie", Donne's Baiting of Marlowe', C. J. Summers & Ted-Larry Pebworth (eds.), *Literary Circles and Cultural Communities in Renaissance England* (U. of Missouri P., 2000), pp. 24–43 に半ば負っている。

(35) E. M. Simpson (ed.), *The Courtier's Library by John Donne* (Nonesuch P., 1930), p. 49.

(36) ヘンリー・ダンをはじめダン一族、一族とマンウッドとの関係については、R. C. Bald, *John Donne: A Life* (Oxford U.P., 1970), p. 22ff; Dennis Flynn, *John Donne & the Ancient Catholic Nobility* (Indian U.P., 1995), pp. 72–3. その他。なお、マンウッドの墓碑銘で「最も高貴なる紳士 (honoratissimi viri)」にして「名声は大理石の墓碑を凌駕す (famaque marmorei superet monumenta sepulchri)」と書いてあるが、実際のマンウッドは「宗教的過激主義者や裏切者への過酷な仕打ちで評判」をとる一方、「賄賂、腐敗、圧制の嫌疑」をかけられていた男だという。P. W. Hasler, *The House of Commons 1558–1603* (Her Majesty's Stationary Office, 1981), Vol. III, p. 16.

(37) *Astrophel*, l. 1, & *Colin Clout*, l. 288, E. de Sélincourt (ed.), *op. cit.*, pp. 337 & 316.

(38) M. Drayton, *The Sixth Eclogue*, W. Hebel (ed.), *op. cit.*, Vol. II, p. 549.

(39) H. Macdonald (ed.), *op. cit.*, p. 249.

(40) M. O'Callaghan, 'Pastoral', M. Hattaway (ed.), *op. cit.*, p. 313.

(41) J. Paulin, 'Love's Contentment', S. Orgel (ed.), *op.*

cit., pp. 215–6.
(42) John Buxton (ed.), *Izaak Walton & Charles Cotton: The Compleat Angler* (Oxford U.P., 1952), p. 117.
(43) *Ibid.*, pp. 186 & 229.
(44) *Ibid.*, pp. 167 & 114.
(45) *Ibid.*, pp. 79 & 113.
(46) *Thomas Platter's Travels in England 1599* (tr. C. Williams) (Jonathan Cape, 1937), p. 221.
(47) *Ibid.*, p. 82.
(48) テクストは Alexander Chalmers (ed.), *English Poets* (1810; Greenwood, 1969), Vol. VI, pp. 757–8.
(49) J. V. Mirollo, *Mannerism and Renaissance Poetry* (Yale U.P., 1984) は、'natural force' といっている (p. 176)。
(50) Andrew Marvell, 'The Nymph complaining for the death of her Faun', l. 106, H. M. Margoliouth (ed.), *op. cit.*, Vol. I, p. 24.

第四章

一 国際武闘派の半世紀

(1) John Gouws (ed.), *The Prose Works of Fulke Greville, Lord Brooke* (Oxford U.P., 1986), pp. 77 & 215. なお、『シドニー伝』は、著者の死後約半世紀を経て出版（一六五二年）された際にP・Bなる人物によりつけられた通称。
(2) O. L. Dick (ed.), *Aubrey's Brief Lives* (1949; Penguin Books, 1972), p. 442. 但し、この書物は編纂が後世人の手に委ねられたせいで、シドニーの死因など具体的に触れられていない版がある。
(3) M. W. Wallace, *The Life of Sir Philip Sidney* (1915; Octagon Books, 1967), p. 392. なお、バイユー・タピスリーは、フランス・ノルマンディーの Bayeux に残る、一〇六六年のノルマン人によるイングランド征服を描いた七十メートル×五十センチのタピスリー（実際は刺繍）。
(4) 人数等に関しては、S. Bos, M. Lange-Meyers & J. Six, 'Sidney's Funeral Portrayed', J. A. Van Dorsten, D. Baker-Smith, & A. F. Kinney (eds.), *Sir Philip Sidney 1586 and The Creation of a Legend* (E. J. Brill, 1986), pp. 58 & 49.
(5) 自費で葬儀を執り行いたいというオランダ側の意向は、J. Gouws (ed.), *op. cit.*, p. 85 にみられるが、女王がそれを断った云々は S. Bos et al., *op. cit.*, p. 49 に触れられているものの、それが出典としてあげる A. Wood, *Athenae Oxonienses* (1691; Brill, 1969), Vol. I, p. 184 には見当たらない。
(6) Conyers Read, *Mr. Secretary Walsingham and the Policy of Queen Elizabeth* (Oxford U.P., 1925), Vol. III, pp. 167–70.
(7) S. Bos et al., *op. cit.*, p. 58.
(8) Penry Williams, *The Later Tudors England 1547–1603* (Oxford U.P., 1995), p. 306.
(9) *Ibid.*, p. 301. その他。
(10) Geoffrey Parker, *The Dutch Revolt* (1977; Pelican Books, 1979), p. 218.
(11) 「法官貴族」云々とバーリーの息子への手紙については、Natalie Mears, '*Regnum Cecilianum?* A Cecilian per-

spective of the Court', John Guy (ed.), *The Reign of Elizabeth I* (Cambridge U.P., 1995), p. 50.

(12) C. Read, *op. cit.*, Vol. I, p. 133.

(13) J. Gouws (ed.), *op. cit.*, p. 22; Albert Feuillerat (ed.), *The Prose Works of Sir Philip Sidney* (Cambridge U.P., 1912), Vol. III, p. 166.

(14) R. B. Wernham, *The Making of Elizabethan Foreign Policy 1558–1603* (U. of California P., 1980), p. 48.

(15) カトリックの女王メアリ治下の亡命者の一人。最初大陸で(一五五四、五九年)ラテン語で、帰国後の六三年以降は英語で出版された『行為と事績』、通称『殉教者列伝』の著者兼編纂者(執筆は全体の十分の一以下)。これはフォックスの死後も書き継がれた、いわゆる「開かれた書物」の一冊だが、英国民をして人類を教皇支持から解放する使命を担った「選ばれた民」とみなす、と同時に、解放をキリスト教が公認されたコンスタンティヌス治下のローマ帝国への回帰と捉えるところに特徴がある。

(16) シドニーとランゲの交流については、主として名著 J. A. Van Dorsten, *Poets, Patrons, and Professors* (U. of Leiden P., 1962) と S. A. Pears, *The Correspondence of Sir Philip Sidney and Hubert Languet* (1845; Gregg, 1971) を参照。

(17) 出張命令云々については、*cf.*, J. Gouws (ed.), *op. cit.*, p. 198; J. M. Osborn, *Young Philip Sidney, 1572–77* (Yale U.P., 1972), pp. 525–8.

(18) J. M. Osborn, *Ibid.*, p. 496.

(19) G. Parker, *op. cit.*, p. 221.

(20) アルマダの艦数、人員等ははっきりしない。Garrett Mattingly, *The Defeat of the Spanish Armada* (1959; Pelican Books, 1963). その他のデータは夫々異なる。ここでは、J. Guy, *Tudor England* (Oxford U.P., 1988), p. 342 に従う。

(21) この辺の記述については、R. C. Bald (ed.), *An Humble Supplication to Her Maiestie* (Cambridge U.P., 1953) の序文に一部負っている。引用は、四五頁から。

(22) Susan Brigden, *New Worlds, Lost Worlds* (Viking, 2000), p. 311.

(23) Edmund Spenser, 'The Ruins of Time', ll. 216–7 & '*Prosopopoia. Or Mother Hubberds Tale*', ll. 1172–4 & l.1188, R. A. McCabe (ed.), *Edmund Spenser, The Shorter Poems* (Penguin Books, 1999), pp. 173, 265 & 266.

(24) J. Strype, *Annuals of the Reformation* (Edlin, 1824), III. ii. p. 347 & App. p. 128.

(25) W. T. MacCaffrey, *Queen Elizabeth and the Making of Policy, 1572–1588* (Princeton U.P., 1981), p. 445.

(26) この辺は、John Guy, 'The 1590s: The Second Reign of Elizabeth I?', J. Guy (ed.), *The Reign of Elizabeth I* (Cambridge U.P., 1995), pp. 13–6 に一部負っている。

(27) J. Spedding, *The Letters and Life of Francis Bacon* (1862) (new ed. Friedrich Frommann, 1961), Vol. II, pp. 8 & 41.

(28) Robert Lacey, *Robert, Earl of Essex: An Elizabethan Icarus* (Weidenfeld & Nicolson, 1971), p. 68.

(29) A. B. Ferguson, *The Chivalric Tradition in Renaissance England* (Folger, 1986), p. 74.

(30) George Peele, 'An Eclogue Gratulatory', l. 62, D. H.

Horne, *The Life and Minor Works of George Peele*（Yale U.P., 1952）, p. 226. なお、リスボン攻めに赴くに際して 'Sir Iohn Norris & Syr Frauncis Drake Knights' に贈った、この詩と対になる 'A Farewell' には 'You fight for Christ and Englands peereles Queene'（l.66）とある。Knollys-Essex のみならず、Peele の立場も自ずと明らかになってこよう。また、フィリシデスは詩中で言及される時のラテン語風合成語（ポエティック・ネーム）でフィリップ（・シドニー）を指す。

（31） J. Gouws（ed.）, *op. cit.*, p. 76.

（32） V. B. Heltzel & H. H. Hudson（eds.）, *Thomas Moffett: Nobilis*（Huntington Library, 1940）, p. 75.

（33） J. R. Hale（ed.）, *Sir John Smythe: Certain Discourses Military*（Folger Shakespeare Library, 1964）, p. 42.

（34） O. L. Dick（ed.）, *op. cit.*, p. 442.

（35） John Nichols, *The Progresses and Public Processions of Queen Elizabeth*（1823; Kraus, n.d.）, pp. 455–7; Victor von Klarwill（ed.）, *The Fugger News-Letters*（John Lane The Bodley Head, 1926）, pp. 99–101.

（36） Henry Harington（ed.）, *John Harington: Nugae Antiquae*（1779; Olms, 1968）, Vol. II, p. 225.

（37） この辺りは、P. Williams, *op. cit.*, p. 365. その他を参照。

（38） アイルランド情勢一般については、G. A. Hayes-McCoy, 'The Completion of the Tudor Conquest and the Advance of the Counter-Reformation, 1571–1603', T. W. Moody et al.（eds.）, *A New History of Ireland*（Oxford U.P., 1976）, Vol.III, pp. 119–29. その他多くに負っている。

（39） G. Goodman, *The Court of King James I*（ed. J. S. Brewer）（Bentley, 1839）, Vol. I, p. 97.

（40） S. Brigden, *op. cit.*, p. 350.

（41） 'Letter 93', G. P. V. Akrigg（ed.）, *Letters of King James VI & I*（U. of California P., 1984）, p. 209.

（42） Asa Briggs, *A Social History of England*（Weidenfeld & Nicolson, 1983）, p. 130. なお、キャドウォラダーは古代ブリトン王国最後の（半ば伝説的な）王。サクソン人の侵入を防いだとされる英雄。脆弱な王位継承権しか持たないウェールズ人（ブリトン人の末裔）ヘンリー七世は、ウェールズの龍の旗を立ててイングランド入りしたばかりか、ブリトン王の再来によりイングランドに黄金時代が甦るとするアーサー王伝説のマーリンの予言を最大限に利用せんと図り、キャメロット城があったとされるウィンチェスターで王妃を出産させ、誕生した「皇太子《プリンス・オヴ・ウェールズ》」をアーサーと命名するなど、王権の基盤づくりに腐心した。

（43） John Morton（c. 1420–1500）. 枢機卿兼カンタベリー大司教（『リチャード三世』［三幕四場］ではイーリー司教）。王の財政再建のため、贅沢な暮し向きからは資力ありの理由で、質素な暮し向きからは蓄財しているという理由をつけ、貧富を問わず、税の「両取り」をはかった。（考案者はウィンチェスター司教リチャード・フォックス（Fox）という説もある。）なお、最初の世俗劇メドウォールの『フルゲンスとルクリース』は大司教邸の大広間で上演され、召使B役を当時大司教の小姓だったトマス・モアが演じたといわれている。

（44） J. P. Kenyon, *Stuart England*（1978; Penguin Books, 1979）, p. 55; G. P. V. Akrigg, *Jacobean Pageant*（1962;

Atheneum, 1967), p. 233.

(45) お側衆、狩好きその他については、G. P. V. Akrigg, *Ibid.*, (1967), Chapter III. その他を参照。

(46) J. R. Tanner, *Constitutional Documents*, p. 25, qtd. in Barry Coward, *The Stuart Age* (Longman, 1980), p. 107.

(47) ジェイムズの風貌その他については、G. P. V. Akrigg, *op. cit.* (1967), p. 5.

(48) Francis Bamford (ed.), *A Royalist's Notebook: The Commonplace Book of Sir John Oglander* (Constable, 1936), p. 196.

(49) ロバート・カー並びにオーヴァベリー事件については、Beatrice White, *Cast of Ravens* (John Murray, 1965). その他を参照。

(50) H. Harington, *op. cit.*, Vol. II, pp. 126–31.

(51) 'Sir Henry Neville to Mr. Winwood (4th June 1606)', Sir Ralph Winwood, *Memorials of Affairs of State in the Reigns of Queen Elizabeth and King James I* (1725; AMS, 1972), Vol. II, p. 217.

(52) John Watkins, *Representing Elizabeth in Stuart England* (Cambridge U.P., 2002), Chapter IV.

(53) こうしたエリザベスへの郷愁を表わす劇の上演母胎が法王とスペインへの敵慨心を燃やすヘンリーをパトロンとする劇団、あるいはロバート・シドニーが侍従長をつとめるアン王妃をパトロンに戴く劇団だったことは、注目に値するだろう。

(54) 国際武闘派とこの劇との関わりについては、David Norbrook, *Poetry and Politics in the English Renaissance* (1984; Oxford U.P., 2002), p. 181.

(55) ヘンリーの宮廷がエセックスの宮廷を継いだ云々については、Roy Strong, *Henry Prince of Wales and England's Lost Renaissance* (Thames & Hudson, 1986), pp. 223–4.

(56) Michelle O'Callaghan, *The Shepheards Nation* (Oxford U.P., 2000), p. 13.

(57) ヘンリーの死を巡っては、*cf.*, J. W. Williamson, *The Myth of the Conqueror* (AMS, 1978), Chapter VI.

(58) Dennis Kay, *Melodious Tears* (Oxford U.P., 1990), Chapter V.

(59) Jason White, *Militant Protestantism and British Identity, 1603–1642* (Pickering & Chatto, 2012), 'Introduction'.

(60) Frances Yates, *Astraea* (Routledge & Kegan Paul, 1975), p. 39.

(61) B. K. Lewalski, *Writing Women in Jacobean England* (Harvard U.P., 1998), p. 53 & p. 344, n. 44.

(62) 一六一八年頃から新しい時代が始まるとみる見方については、*cf.*, L. L. Peck, *The Mental World of the Jacobean Court* (Cambridge U.P., 1991), p. 1.

(63) J. S. A. Adamson, 'Chivalry and Political Culture in Caroline England', Kevin Sharpe & Peter Lake (eds.), *Culture and Politics in Early Stuart England* (Macmillan, 1994), pp. 165–77.

(64) 近代と名誉の文化の消滅については、*cf.*, Mervyn James, *Society, Politics and Culture* (Cambridge U.P., 1986), pp. 416–65.

（1） H. W. Garrod, *The Profession of Poetry and Other Lectures*（Oxford U.P., 1929）, p. 145, n. 2.
（2） John Keats, ‘Ode William Shakespeare’; ‘Romeo and Juliet’, III. v. 4.
（3） night + gale（= singer）
（4） 高津春繁『ギリシア・ローマ神話辞典』（岩波書店、一九六〇年）、一〇頁。
（5） 例えば、*Fasti*, Book II, l. 629ではテレウスの妻はプロクネ、変身先はわからず、*Remedia*, ll. 61–2ではフィロメラをテレウス犯す、変身先はわからず、*Tristia*, Book II, ll. 389–90ではイテュスの死嘆く母はフィロメラか、*Amores*, II. xii. l. 82でイテュスの死嘆くのはフィロメラ、という風に、犯される女性とイテュスの母はさまざまで、変身先は不明が多い。
（6） Natalis Comes, *Mythologiae*（Venice, 1507; rptd. Garland, 1976）, p. 220.
（7） 例えば、サッポー「断片」三八―九。
（8） qtd. in Beryl Rowland, *Birds with Human Souls*（U. of Tennessee P., 1978）, p. 107.
（9） E. G. Stanley（ed.）, *The Owl and the Nightingale*（Thomas Nelson & Sons, 1960）, p. 75, ll. 894–6.
（10） *Confessio Amantis*, V. ll. 5993–7, G. C. Macaulay（ed.）, *The English Works of John Gower*（Oxford U.P., 1901）, Vol. II, p. 110.
（11） ‘Laüstic’, ll. 89–90, *Les Lais de Marie de France*（pub. par Jean Rychner）（Honoré Champion, 1983）, p. 123.
（12） Michael Korth（ed.）, *Carmina Burana*（1979; Deutscher Taschenbuch Verlag, 1991）, Nos. 58–1（p. 168）, 71–2b（p. 228）, 92–63（p. 324）& 145–2（p. 468）.
（13） *Aucassin and Nicolette and Other Tales*（tr. P. Matarasso）（Penguin Books, 1971）, p. 35.
（14） *Troilus and Cressida*, Book ll, ll. 920–3, F. N. Robinson（ed.）, *The Complete Works of Geoffrey Chaucer*（Oxford U.P., 1957）, p. 411.
（15） ‘The Complaynt of Phylomene’, J. W. Cunliffe（ed.）, *The Complete Works of George Gascoigne*（Cambridge U.P., 1910）, Vol. II, pp. 177–207. なお、この‘Jug, jug, jug’云々はLyly, *Campaspe*, V. i. 37その他を経て、T. S. Eliotの‘a song for dirty ears’（*The Waste Land*, 103）まで引き継がれてゆく。
（16） これら三つの歌のテクストは、Hugh Macdonald（ed.）, *Englands Helicon*（Routledge & Kegan Paul, 1949）による。
（17） ‘The 11th: and last booke of the Ocean to Scinthia’, ll. 27–8, Agnes Latham（ed.）, *The Poems of Sir Walter Raleigh*（Routledge & Kegan Paul, 1951）, p. 25.
（18）『妖精女王』以外の詩のテクストは、R. A. McCabe（ed.）, *Edmund Spenser: The Shorter Poems*（Penguin Books, 1999）による。
（19） ‘To the right noble and valorous knight, Sir Walter Raleigh’, ll. 1–2, A. C. Hamilton（ed.）, *Spenser: The Faerie Queene*（Longman, 1977）, p. 743.
（20） ‘Another of the same’, ll. 1–2, *ibid.*, p. 739.
（21） H. W. Garrod, *op. cit.*, pp. 144–5.

(22) *The Shepheardes Calender*, 'Nouember', l. 25, R. A. McCabe (ed.), *op. cit*., p. 139.
(23) 'August', ll. 183–6, *ibid*., p. 113.
(24) 'Aprill', *Glosse* [26], *ibid*., p. 66.
(25) *King Johan*, ll. 107–10, Peter Happé (ed.), *The Complete Plays of John Bale* (D. S. Brewer, 1985), Vol. I, p. 32.
(26) 'Nouember', ll. 1–3, R. A. McCabe (ed.), *op. cit*., p. 138.
(27) *The Steele Glas*, ll. 51–3, S. W. Cunliffe (ed.), *op. cit*., p. 144.
(28) Jean Robertson (ed.), *Sir Philip Sidney: The Countess of Pembroke's Arcadia* (The Old Arcadia) (Oxford U.P., 1973), p. 255.
(29) K. Duncan-Jones & J. A. Van Dorsten (eds.), *Miscellaneous Prose of Sir Philip Sidney* (Oxford U.P., 1973), p. 56.
(30) J. Robertson (ed.), *op. cit*., p. 299.
(31) *Ibid*., p. 458.
(32) Victor Skretkowicz (ed.), *Sir Philip Sidney: The Countess of Pembroke's Arcadia* (The New Arcadia) (Oxford U.P., 1987), p. 10.
(33) 'Certain Sonnets', ll. 4, ll. 9–10, William Ringler (ed.), *The Poems of Sir Philip Sidney* (Oxford U.P., 1962), p. 137.
(34) 'The Tears of the Muses', ll. 236–40, R. A. McCabe (ed.), *op. cit*., p. 198.
(35) 'Virgils Gnat', l. 64, R. A. McCabe (ed.), *ibid*., p. 212.
(36) Ben Jonson, *Discoveries*, ll. 65–9, C. H. Herford & P. Simpson (eds.), *Ben Jonson* (Oxford: Clarendon P., 1941), Vol. VIII, p. 565.
(37) 'Prosopopoia. Or Mother Hubberds Tale', ll. 1327–8, R. A. McCabe (ed.), *op. cit*., p. 270.
(38) K. Duncan-Jones & J. A. Van Dorsten (eds.), *op. cit*., p. 47.
(39) J. Robertson (ed.), *op. cit*., p. 259.
(40) *Ibid*., p. 258.
(41) John Gouws (ed.), *The Prose Works of Fulke Greville, Lord Brooke* (Oxford U.P., 1986), p. 113.
(42) J. Robertson (ed.), *op. cit*., p. 259.
(43) R. W. Maslen (ed.), *An Apology for Poetry* (1965; Manchester U.P., 2002).
(44) G. A. Wilkes (ed.), *F. Greville, The Remains* (Oxford U.P., 1965), p. 123.
(45) J. Gouws (ed.), *op. cit*., p. 24.
(46) R. C. McCoy, *Sir Philip Sidney* (Rutgers U.P., 1979), p. 24.
(47) R. W. Maslen (ed.), *op. cit*., p. 54.
(48) *The Rape of Lucrece*, ll. 1128–38, Colin Burrow (ed.), *William Shakespeare: The Complete Sonnets and Poems* (Oxford U.P., 2002), pp. 303–4.
(49) Ad de Vries, *Dictionary of Symbols and Imagery* (North-Holland, 1974), p. 341.
(50) Thomas Lodge, *Scillaes Metamorphosis*, l. 89, Nigel Alexander (ed.), *Elizabethan Narrative Verse* (Arnold,

1967), p. 35.

(51) 'Sonnet CXLV', ll. 1–2, Francesco Petrarca, *Il Canzoniere* (Bietti, 1966), p. 251.

(52) 'Sonnet XXXV', l. 2, *Ibid.*, p. 86.

(53) Douglas Bush, *Mythology and the Renaissance Tradition in English Poetry* (1932; Norton, 1963), p. 151.

(54) Caroline Spurgeon, *Shakespeare's Imagery* (Cambridge U.P., 1958), pp. 97–8.

(55) *Cf.*, *Fasti*, Book II, l. 834; *Chaucer*, *The Legend of Good Women*, ll. 1856–9.

(56) *Anthony and Cleopatra*, V. ii. 318.

(57) Abraham Fraunce, *The Arcadian Rhetorike*, G2[2r], qtd. in John Kerrigan (ed.), *Motives of Woe* (Oxford U.P., 1991), p. 26.

(58) Samuel Daniel, *The Complaint of Rosamond*, l. 25, Kerrigan (ed.), *op. cit.*, p. 165; Chute, 'Beawtie Dishonoured', ll. 31 & 493, qtd. in Heather Dubrow, 'A Mirror for Complaints: Shakespeare's *Lucrece* and Generic Tradition', B. K. Lewalski (ed.), *Renaissance Genres* (Harvard U.P., 1986), p. 404.

(59) L. E. Berry (ed.), *The English Works of Giles Fletcher the Elder* (U. of Wisconsin P., 1964), p. 124.

(60) Richard Sylvester (ed.), *St. Thomas More: The History of King Richard III* (Yale U.P., 1976), p. 57.

(61) Ian Donaldson, *The Rapes of Lucretia* (Oxford U.P., 1982), p. 28.

(62) *Bonduca*, IV. iv. 115–20, Fredson Bowers (ed.), *The Dramatic Works in the Beaumont and Fletcher Canon* (Cambridge U.P., 1979), Vol. IV, p. 225.

(63) R. A. Lanham, *The Motives of Eloquence* (Yale U.P., 1976), p. 107.

(64) William Empson, *Essays on Shakespeare* (Cambridge U.P., 1986), p. 9.

(65) R. W. Maslen (ed.), *op. cit.*, p. 89.

(66) J. Gouws (ed.), *op. cit.*, p. 11.

(67) *Cf.*, 'They will repeale the goodly exil'd traine / Of gods and goddesses, which in thy just raigne / Were banish'd nobler Poems, now, with these / The silenc'd tales o'th' Metamorphoses', 'An Elegie upon the death of the Deane of Pauls, D[r]. Iohn Donne', ll. 63–6, Rhodes Dunlap (ed.), *The Poems of Thomas Carew* (Oxford U.P., 1949), p. 73.

(68) *Cf.*, Martial d'Auvergne, *L'Amant rendu Cordelier*, qtd. in J. Huizinga, *The Waning of the Middle Ages* (tr. F. Hopman) (1924; Peregrine Books, 1955), p. 298.

第五章

一　シェイクスピアとカトリシズム

(1) ジョン・シェイクスピアの信仰遺言書とその真偽を巡っては、主としてS. Schoenbaum, *William Shakespeare: A Compact Documentary Life* (Oxford U.P., 1977), pp. 45–54; R. Bearman, 'John Shakespeare's "Spiritual Testament": A Reappraisal', *Shakespeare Survey* 56 (2003), pp. 184–202を参照。シェイクスピアの正確な誕生日と孫娘の結婚式との関連については、P. Honan, *Shakespeare: A Life* (Oxford U.P., 1999), p. 16.

(2) R. Bearman, 'Papist or Penniless', *Shakespeare Quarterly* 56 (2005), pp. 420–9.

(3) Alexandra Walsham, *Church Papists: Catholicism, Conformity and Confessional Polemic in Early Modern England* (Boydell P., 1993), p. 86.

(4) 'A Memorandum of Richard Davies', E. K. Chambers, *William Shakespeare* (Oxford U.P., 1930), Vol. II, p. 256.

(5) 'I have beene ever kept awake in a meditation of Martyrdome, by being derived from such a stocke and race, as, I beleeve, no family, (which is not of farre larger extent, and greater branches,) hath endured and suffered more in their persons and fortunes, for obeying the Teachers of Romane Doctrine, then it hath done'. (John Donne, *Pseudo-Martyr* (ed. Anthony Raspa) (McGill-Queen's U.P., 1993), p. 8.)

(6) 'Thou shalt be . . . drawn through the open city of London upon a hurdle to the place of execution, and there to be hanged and let down alive, and thy privy parts cut off, and thy entrails taken out and burnt in thy sight, then thy head to be cut off, and thy body to be divided in four parts, and to be disposed at her Majesty's pleasure'. (L. B. Smith, *Treason in Tudor England* (Jonathan Cape, 1986), p. 15.)

(7) R. C. Bald (ed.), *An Humble Supplication to Her Maiestie by Robert Southwell* (Cambridge U.P., 1953), p. 3.

(8) Lois Potter, *The Life of William Shakespeare*: A Critical Biography (Wiley-Blackwell, 2012), p. 215.

(9) William Ingram, *A London Life in the Brazen Age Francis Langley, 1548–1602* (Harvard U.P., 1978), p. 143.

(10) この証言については、Charles Nicholl, *The Lodger Shakespeare on Silver Street* (Penguin Books, 2007) を参照。

(11) J. Aubrey, *Brief Lives*, E. K. Chambers, *op. cit.*, p. 252.

(12) J. Keats, 'A Letter to George & Tom Keats, 21 Dec.1817', A. M.Eastman & G. B. Harrison (eds.), *Shakespeare's Critics* (U. of Michigan P., 1964), p. 339.

(13) シェイクスピアからの引用は、以下すべてG. B. Evans (ed.), *The Riverside Shakespeare* (Houghton Mifflin, 1974) による。なお、行数の後のPは、散文 (prose) の略。

(14) 「二枚舌」については、例えば、Antonia Fraser, *The Gunpowder Plot* (1996; Phoenix, 2002), pp. 290–5 を参照。

(15) *Ham.* What man dost thou dig it for?
1 Clo. For no man, sir.
Ham. What woman then?
1 Clo. For none neither.
Ham. Who is to be buried in't?
1 Clo. One that was a woman sir, but, rest her soul, she's dead.
Ham. How absolute the knave is ! we must speak by the card, or equivocation will undo us'.
(*Hamlet*, V. i. 117–38p)

(16) 例えば、「高貴な身分が負う義務」を説く次のような箇所に異常に反応したといわれている。'to remember what greate inclination ye haue vnto vertue more than others of obscure parentage, and bas estate, in regarde of your no-blenes, and magnanimitie'. 'The Translatours Dedicatorie Epistle', Luis de Granada, *Of Prayer and Meditation* (1592) (tr. Richarde Hopkins) (Scolar P., 1971), bij.

(17) H. Jenkins (ed.), *Hamlet* (Methuen, 1982), p. 416 (V. ii. 365 note).

(18) この辺の引用は、Stephan Greenblatt, *Will in the World* (2004; Pimlico, 2005), pp. 335, 337 & 355 から。

(19) S. Schoenbaum, *op. cit*., p. 287.

(20) *Cf*., Stephen Greenblatt, *Hamlet in Purgatory* (Princeton U.P., 2001), pp. 16, 160 & 234.

(21) Falstaff Counterfeit? I lie, I am no counterfeit. To die is to be a counterfeit, . . . but to counterfeit dying . . . is to be no counterfeit, but the true and perfect image of life indeed. (*Henry IV, Part 1*, V. iv. 114–19p)

(22) 『終りよければすべてよし』辺りから始まるシェイクスピアの演劇観の変遷については、例えば A. Righter, *Shakespeare and the Idea of the Play* (Chatto & Windus, 1962), pp. 174–5 を参照。また、『耳底記』からの引用は、佐佐木信綱編『日本歌学大系 第六巻』(風間書房、一九五六年)一八一頁による。

(23) O my mother, mother! O!
You have won a happy victory to Rome;
But, for your son, believe it — O, believe it —
Most dangerously you have with him prevail'd,
If not most mortal to him.
(*Coriolanus*,V. iii. 185–9)

(24) J. R. Green, *A Short History of the English People* (J. M. Dent, 1874), p. 431.

(25) W. Harrison, *The Description of England* (ed. G. Edelen) (Cornell U.P., 1968), p. 36.

(26) E. I. Fripp, *Shakespeare, Man and Artist* (Oxford U.P., 1938), Vol.II, p. 852.

(27) H. C. Gardiner, S. J., *Mysteries' End* (1946; Archon, 1967), p. 70; S. Greenblatt, *Will in the World*, pp. 92–3.

(28) W. Allen, *An Apologie and True Declaration of the Institution of and Endevours of the Two English Colleges . . . 1581* (ed. D. M. Rogers) (Scolar P., 1971), p. 27.

(29) ' That if there be any god or any good Religion, then it is in th Papistes because the service of god is performed with more Cerimonies, as Elevation of the mass, organs singing men, Shaven Crownes,& cta. / That all protestantes are Hypocriticall asses . . . .' (J. Bakeless, *The Tragicall History of Christopher Marlowe* (1942; Archon, 1964), Vol. I, p. 111). イーヴリンについては、E. S. de Beer (ed.), *The Diary of John Evelyn* (Oxford U.P., 1955), Vol.III, p. 76 を参照。

二 'non, sanz droict' から 'NON SANZ DROICT' へ

(1) 許可証の本文は、E. K. Chambers, *William Shakespeare* (以下 *WS*) (Oxford U.P., 1930), Vol. II, pp. 18–20 にある。

(2) 紋章佩用の資格については、John Ferne, *The Blazon of Gentrie* (1586), p. 91, qtd. in Katherine Duncan-Jones,

Ungentle Shakespeare（Arden Shakespeare, 2001）, p. 83.

（3） S. Schoenbaum, *William Shakespeare*（Oxford U.P., 1977）, p. 231.

（4） 紋章全般については、Thomas Woodcock and J. M. Robinson, *The Oxford Guide to Heraldry*（Oxford U.P., 1988）をはじめ、Charles MacKinnon, *The Observer's Book of Heraldry*（Frederick Warne, 1966）、ミシェル・パストゥロー『紋章の歴史』（松村剛監修、創元社、一九九七年）、森護『ヨーロッパの紋章』（河出書房新社、一九九六年）、その他に負っている。

（5） Chrétien de Troyes, *Arthurian Romances*（tr. W. W. Kibler）（Penguin Books, 1991）, p. 514, n. 23.

（6） S. Schoenbaum, *op. cit*., p. 229.

（7） *WS*, Vol. II, p. 20.

（8） F. N. Robinson（ed.）, *The Complete Works of Geoffrey Chaucer*（Oxford U.P., 1957）, p. 314, ll. 337–38.

（9） Ben Jonson, *Every Man Out of His Humour*（ed. Helen Ostovich）（Manchester U.P., 2001）, pp. 229–32（III. i. 207–45）.

（10） C. W. Scott-Giles, *Shakespeare's Heraldry*（Dent, 1950）, p. 200; Woodcock and Robinson, *op. cit*., bet. pp. 48 & 49.

（11） S. Schoenbaum, *op. cit*., p. 231.

（12） *Ibid*., p. 179.

（13） *WS*, Vol. II, p. 153; Edwin Nungezer, *A Dictionary of Actors*（1929; Greenwood, 1968）, p. 77.

（14） C. W. Scott-Giles, *op. cit*., p. 31.

（15） *WS*, Vol. II, p. 41.

（16） Stephan Greenblatt, *Will in the World*（2004; Pimlico, 2005）はこれについてしばしば言及している。

（17） テクストは、*The Merry Wives of Windsor*（ed. G. Melchiori）（Arden Shakespeare, 2000）を使用。

（18） K. Duncan-Jones, *op. cit*., p. 83.

（19） テクストは、Tom Cain（ed.）, *Poetaster*（Manchester U.P., 1995）を使用。

（20） E. K. Chambers, *The Elizabethan Stage*（Oxford U.P., 1923）, Vol. II, p. 333. その他 Pope, Cowley, Heminge, Burbage らも何らかの形で紋章を取得したらしい。*Cf*., J. B. Leishman（ed.）, *The Three Parnassus Plays 1598–1601*（Nicholson & Watson, 1949）, p. 350. その他。

（21） *WS*, Vol. II, pp. 20–2.

（22） Robert Greene, *Groats-Worth of Witte*（Bodley Head, 1923）, pp. 45–6.

（23） R. B. McKerrow（ed.）, *The Works of Thomas Nashe*（Blackwell, 1958）, Vol. III, p. 312.

（24） *Ibid*., Vol. II, p. 9.

（25） Harold Jenkins（ed.）, *Hamlet*（Methuen, 1982）, p. 242.

（26） Thomas Nashe, *Pierce Penilesse His Supplication to the Divel*, McKerrow（ed.）, *op. cit*., Vol. II, p. 212.

（27） Roma Gill（ed.）, *The Complete Works of Christopher Marlowe*（Oxford U.P., 1987）, Vol. I, p. 35.

（28） テクストは、Colin Burrow（ed.）, *William Shakespeare: The Complete Sonnets and Poems*（Oxford U.P., 2002）を使用。オウィディウスの詩、'unpolished lines' はともに一七三頁。

(29) *Ibid*., p. 239.
(30) G. C. M. Smith (ed.), *Gabriel Harvey's Marginalia* (Shakespeare Head P., 1913), p. 232.
(31) *WS*, Vol. II, p. 266.
(32) 後見院については、Joel Hurstfield, *The Queen's Wards* (Longmans, 1958). その他参照。
(33) 「怒れる若者」については、Lawrence Stone, *The Crisis of the Aristocracy 1558–1641* (Oxford U.P., 1965), pp. 581–86. その他を参照。
(34) この結婚交渉全般については、G. P. V. Akrigg, *Shakespeare and the Earl of Southampton* (Hamilton, 1968), Chapter III 'Her Majesty's Ward' が優れている。
(35) *Narcissus* の本文並びに解説は Charles Martindale and Colin Burrow, 'Clapham's Narcissus: A Pre-Text for Shakespeare's *Venus and Adonis?*', *The English Literary Renaissance* 22. 2 (1992), pp. 147–69 に負っている。
(36) テクストは C. Burrow (ed.), *op. cit*. を使用。
(37) M. C. Bradbrook, 'Beasts and Gods: Greene's *Groatsworth of Witte* and the Social Purpose of *Venus and Adonis*', *Shakespeare Survey* 15 (1962), p. 62.
(38) Lawrence Stone, *Fortune and Family* (Oxford U.P., 1993), pp. 217–8.
(39) R. A. Lanham, *The Motives of Eloquence* (Yale U.P., 1976), p. 97.
(40) テクストは、C. R. Forker (ed.), *King Richard II* (Arden Shakespeare, 2002) を使用。
(41) R. A. Foakes (ed.), *Henslowe's Diary* (1961; Cambridge U.P., 2002), pp. 21–2.
(42) E. M. Waith (ed.), *Titus Andronicus* (Oxford U.P., 1984), p. 34. テクストもそこから。なお、出典関係全体については、G. K. Hunter, 'Sources and Meanings in *Titus Andronicus*', J. C. Gray (ed.), *Mirror up to Shakespeare* (U. of Toronto P., 1984), pp. 171–88 に負っている。
(43) Jonathan Bate (ed.), *Titus Andronicus* (Routledge, 1995), p. 18.
(44) A. W. Green, *The Inns of Court and Early English Drama* (1931; Blom, 1965), p. 3.
(45) C. H. Herford, Percy & Evelyn Simpson (eds.), *Ben Jonson* (Oxford U.P., 1925–52), Vol. XI, p. 509.
(46) *Ibid*., Vol. III, p. 421.
(47) O. L. Dick (ed.), *Aubrey's Brief Lives* (Secker & Warburg, 1958), p. 178.
(48) Stephen Gosson, *The School of Abuse* (Shakespeare Society, 1841), p. 20.
(49) Frederick Boas, *University Drama in the Tudor Age* (1914; Blom, 1971), p. 235.
(50) R. B. McKerrow (ed.), *op. cit*., Vol. III, p. 315.
(51) Desmend Bland (ed.), *Gesta Grayorum* (Liverpool U.P., 1968), p. 32.
(52) R. W. Maslen (ed.), *An Apology for Poetry* (Manchester U.P., 2002), p. 112.
(53) R. P. Sorlien (ed.), *The Diary of John Manningham* (U. P. of New England, 1976), p. 48.
(54) テクストは、Charles Whitworth (ed.), *The Comedy of Errors* (Oxford U.P., 2002) を使用。
(55) *Ibid*., p. 26.

(56) C. H. Herford, P. & E. Simpson (eds.), *op. cit.*, Vol. I & II, p. 144.
(57) C. F. Tucker Brooke (ed.), *The Shakespeare Apocrypha* (Oxford: Clarendon P., 1908), p. 37.
(58) G. R. Hibbard (ed.), *Love's Labour's Lost* (Oxford U.P., 1994), p. 58.
(59) *WS*, Vol. IV, p. 246.
(60) テクストは、C. R. Forker (ed.), *The Troublesome Reign of John, King of England* (Manchester U.P., 2011)を使用。
(61) テクストは、A. R. Braunmuller (ed.), *The Life and Death of King John* (Oxford U.P., 1989)を使用。
(62) *WS*, Vol. II, p. 20.
(63) O. L. Dick (ed.), *op. cit.*, p. 85.
(64) H. H. Wood (ed.), *The Plays of John Marston* (Oliver & Boyd, 1939), Vol. III, p. 265.
(65) David Bevington (ed.), *Troilus and Cressida* (Arden Shakespeare, 1998), pp. 120–1.
(66) *WS*, Vol. II, p. 267.
(67) H. Ostovich (ed.), *op. cit.*, p. 315 (IV. v. 146–7).
(68) Harold Jenkins (ed.), *Hamlet* (Methuen, 1982), pp. 287–89 (III. ii. 1–35).
(69) H. Ostovich (ed.), *op. cit.*, p. 248 (III. i. 526).

第六章

一　はじめに

(1) A. D. Nuttall, *New Mimesis* (Methuen, 1989), p. 104.
(2) ペトラルカ「わが心の秘めたる戦いについて」『ルネサンス文学集』（渡辺友市訳、筑摩書房、一九六四年）一七一—二頁。
(3) Canto XI, 86–87, *The Purgatorio of Dante Alighieri* (J. M. Dent & Suns, 1956), p. 132.
(4) 林達夫「文芸復興」『林達夫著作集Ⅰ』（久野収・花田清輝編、平凡社、一九七一年）一七五頁。
(5) E. R. Dodds, *The Greeks and the Irrational* (U. of California P., 1951), pp. 17–8.
(6) ヤーコプ・C・ブルクハルト『イタリア・ルネサンスの文化』（柴田治三郎訳、中央公論社、一九九六年）二〇五頁（注7）。
(7) F. N. Robinson (ed.), *The Complete Works of Geoffrey Chaucer* (Oxford U.P., 1957), pp. 785–6, n. 1311ff.
(8) De Maisse, *A Journal of All That was Accomplished by Monsieur de Maisse, Anbassador in England from King Henri IV to Queen Elizabeth, Anno Domini 1597* (ed. and tr. G. B. Harrisson & R. A. Jones) (Nonesuch P., 1931), p. 7.
(9) A. D. Nuttall, *op. cit.*, p. 103.
(10) *The First-Anniversary*, l. 213, Frank Manley (ed.), *John Donne: Anniversaries* (Johns Hopkins P., 1963), p. 73. *Cf.*, 'live to that point I will for which I am a man, And dwell as in my Center, as I can?', Ben Jonson, *The Underwood*, XLVII, ll. 59–60, C. H. Herford & P. Simpson (eds.), *Ben Jonson* (Oxford U.P., 1954), Vol. VIII, p. 219.
(11) Allardyce Nicoll (ed.), *Chapman's Homer* (Russell & Russell, 1957), Vol. I, 'The Homer's Iliads', p. 503 & Vol.

II, 'Homer's Odysses', p. 4.

(12) 'To the right-Worthy and Iudicious *Fauorer of Vertue, Master* Fulke Greuill', ll. 16–7, Alexander B. Grosart (ed.), *The Complete Works in Verse and Prose of Samuel Daniel* (1885; Russell & Russell, 1963), Vol. I, p. 223.

(13) '*Paradise Lost*', XVII, 587, Alastair Fowler, *Milton: Paradise Lost* (Longman, 1968), p. 638.

(14) A. C. Hamilton (ed.), *The Faerie Queene*, II, 1, 33, 2–5 (Longman, 1977), p. 176.

(15) Ovid, *Metamorphoses*, XV, ll. 878–9 (Loeb Classical Library) (Harvard U.P., 1984), Vol. II, p. 426.

(16) 'Lycidas', ll. 70–1, John Carey (ed.), *Milton: Complete Shorter Poems* (Longman, 1971), p. 245.

(17) 「第1書簡厄災の記」『アベラールとエロイーズ愛の往復書簡』(沓掛良彦・横山安由美訳、岩波書店、二〇〇九年; Desidarius Erasmus, 'Of Glory', *Colloquies* (tr. C. R. Thompson) (U. of Chicago P., 1965).

(18) *Cf.*, 'Prince Henri's Barriers', *Ben Jonson*, Vol. VII, pp. 334–5.

(19) A. C. Kirsch, 'Dryden, Corneille and the Heroic Play', *Modern Philology* 59 (1962), p. 257.

(20) P. Edwards & C. Gibson (eds.), *The Plays and Poems of Philip Massinger* (Oxford U.P., 1976), Vol. I, p. 299 & 300.

(21) V. vi. 175–76; V. vi. 272–76; I. i. 11–12, J. R. Brown (ed.), *The White Devil* (Methuen, 1960), pp. 179, 185 & 8.

(22) Charles Barber, *The Theme of Honour's Tongue* (Acta Universitatis Gothoburgensis, 1985), pp. 40–5.

(23) Michael Oakeshott (ed.), *Leviathan* (Basil Blackwell, n.d.), p. 81.

(24) V. i. 247–49, John Barnard (ed.), *The Man of Mode* (Ernest Benn, 1979), p. 125.

(25) 名誉と栄光の相違については、*cf.*, V. B. Heltzel (ed.), *Of Honour by Robert Ashley* (Huntington Library, 1947), pp. 36–7.

二　フランシス・ボーモントとジョン・フレッチャー

(1) テクストはT. W. Craik (ed.), *The Maid's Tragedy* (Manchester U.P., 1988) を使用。

(2) Thomas Rymer, *The Tragedies of the Last Age* (1678), J. E. Spingarn (ed.), *Critical Essays of the Seventeenth Century* (Oxford U.P., 1908), Vol. II, p. 190.

(3) Fredson Bowers, *Elizabethan Revenge Tragedy* (1940; Peter Smith, 1957), pp. 169–76.

(4) C. H. McIlwain (ed.), *The Political Works of James I* (Harvard U.P., 1918), p. 61.

(5) Christopher Goodman, *Of Obedience*, qtd. in P. J. Finkelpearl, *Court and Country Politics in the Plays of Beaumont and Fletcher* (Princeton U.P., 1990), p. 198.

(6) *Cf.*, Michael Oakeshott (ed.), *Leviathan* (Oxford, 1962), p. 35.

(7) John Danby, *Elizabethan and Jacobean Poets* (Faber & Faber, 1965), p. 165.

(8) *Rollo* のテクストはFredson Bowers (ed.), *The Dramatic Works in the Beaumont and Fletcher Canon*, Vol. X

(Cambridge U.P., 1996) を使用。

(9) William Shullenberger, ' "This For the Most Wrong'd of Women": a Reappraisal of *The Maid's Tragedy*', *Renaissance Drama*, n.s. 13 (1982), p. 134.

(10) D. H. Wilson, *King James VI and I* (Jonathan Cape, 1956), p. 367.

(11) John Freeman (ed.), *The Worthies of England* (George Allen & Unwin, 1952), p. 439.

(12) *Cf*., Gordon McMullan, *The Politics of Unease in the Plays of John Fletcher* (U. of Massachusetts P., 1994), Chapter I.

(13) T. S. Eliot, *Selected Essays* (Faber & Faber, 1950), p. 135.

三　トマス・ミドルトン

(1) テクストは R. A. Foakes (ed.), *The Revenger's Tragedy* (Methuen, 1966) を使用。

(2) Gary Taylor & John Lavagnino (eds.), *Thomas Middleton and Early Modern Textual Culture* (Oxford U.P., 2007), p. 556.

(3) Martin White, *Middleton & Tourneur* (Macmillan, 1992), p. 155.

(4) George Parfitt (ed.), *The Plays of Cyril Tourneur* (Cambridge U.P., 1978), p. 198 (Additional Note to V. iii. 104); Brian Gibbons (ed.), *The Revenger's Tragedy* (A&C Black, 1991), p. 108 (note to V. iii. 107).

(5) Jonathan Dollimore, *Radical Tragedy* (Harvester P., 1984), p. 140.

(6) 例えば、三幕五場一、三幕五場一一〇、五幕一場一七〇行。

(7) L. S. Champion, 'Tourneur's *The Revenger's Tragedy* and the Jacobean Tragic Perspective', *Studies in Philology* 72 (1975), p. 312.

(8) John Stachniewski, 'Calvinist Psychology in Middleton's Tragedies', R. V. Holdsworth (ed.), *Three Jacobean Revenge Tragedies* (Palgrave Macmillan, 1990), p. 244.

(9) テクストは J. R. Mulryne (ed.), *Women Beware Women* (Methuen, 1975) を使用。

(10) テクストは N. W. Bawcutt (ed.), *The Changeling* (Methuen, 1958) を使用。

(11) テクストは Marie Axton, *Three Tudor Classical Interludes* (D. S. Brewer, 1982) を使用。

四　ジョン・ウェブスター

(1) Leeds Barroll, *Politics, Plague, and Shakespeare's Theater* (Cornell U.P., 1991), p. 115; W. W. Greg, *Henslowe Papers* (1907; Folcroft P., 1969), pp. 61–2.

(2) E. K. Chambers, *The Elizabethan Stage* (Oxford U.P., 1923), Vol. IV, pp. 346–51.

(3) T. S. Eliot, *Collected Poems 1909–1935* (Faber & Faber, 1936), p. 53.

(4) E. D. Pendry (ed.), *Thomas Dekker: Selected Prose Writings* (Edward Arnold, 1967), p. 42.

(5) Mary Edmond, 'Pembroke's Men', *Review of English Studies* 25 (1974), pp. 129–36.

(6) E. D. Pendry (ed.), *op. cit*., p. 5.

（7） *Ibid*., p. 43.
（8） テクストは J. R. Brown (ed.), *The White Devil* (Methuen, 1960) を使用。（以下 *WD*）
（9） *Ibid*., p. xxx.
（10） *Ibid*., p. 4.
（11） G. E. Bentley, *The Jacobean and Caroline Stage* (Oxford U.P., 1941), Vol. I, p. 95, note C.
（12） Martin White (ed.), *The Roman Actor: A Tragedy* (Manchester U.P., 2007), p. 76.
（13） E. D. Penrdy, *op. cit*., p. 55.
（14） この辺の考察は一部 A. J. Smith, 'The Power of *The White Devil*', Brian Morris (ed.), *John Webster* (Benn, 1970), pp. 71–91 に負っている。
（15） F. L. Lucas (ed.), *The Complete Works of John Webster* (1927; Gardian P., 1966), Vol. I, p. 87.
（16） 'To the Reader', l. 8, J. R. Brown (ed.), *op. cit*., p. 2.
（17） A. L. Rowse, *Simon Forman* (Weidenfeld and Nicolson, 1974), p. 183.
（18） F. L. Lucas (ed.), *op. cit*., p. 35.
（19） W. Clemen, *Shakespeare's Soliloquies* (Methuen, 1987), p. 8.
（20） T. S. Eliot, *Selected Essays* (Faber & Faber, 1950), p. 96.
（21） 'To the Reader', l. 37, J. R. Brown, *op. cit*., p. 4.
（22） テクストは J. R. Brown (ed.), *The Duchess of Malfi* (Methuen, 1964) を使用。（以下 *DM*）
（23） 'perspective' への言及は、*WD*, I. iii. 45–6; *DM*, II. iv. 11–17; III. i. 62; IV. ii. 74–80; 96–97; 350–51. なお、この二人の専攻については *WD*, V. vi. 102–4, & *DM*, III. iii. 41–46.
（24） Keith Sturgess, *Jacobean Private Theatre* (Routledge & Kegan Paul, 1987), p. 97.
（25） *DM*, III. v. 75 & 141, & *WD*, I. i. 48–51; *DM*, V. iv. 81–82, & *WD*, V. vi. 256–58.
（26） *Cf*., III. v. 107, & IV. ii. 11. レヴェルズ版 IV. i. の注 (p. 107) は否定的だが、史実からいっても監禁場所はアマルフィ城内とみるのが順当だろう。
（27） *Cf*., Inga-Stina Ekeblad, 'The "Impure of Art" of John Webster', *Review of English Studeis*, n.s. 9 (1958), pp. 253–67; G. K. & S. K. Hunter (eds.), *John Webster, A Critical Anthology* (Penguin Books, 1969), pp. 202–1.
（28） René Weis (ed.), *The Duchess of Malfi and Other Plays* (Oxford U.P., 1996), p. xiii.
（29） M. C. Bradbrook, *John Webster* (Weidenfeld & Nicolson, 1980), p. 153.
（30） 食事と死については、*cf*., IV. ii. 190 note (J. R. Brown, *DM*, p. 127).
（31） A. J. Smith, *op. cit*., p. 90.
（32） *Cf*., J. R. Mulryne (ed.), *The White Devil* (Arnold, 1970), p. xviii.
（33） 両者の相異については、Martin Wiggins, *Journeymen in Murder* (Oxford U.P., 1991), Chapter IX 'Webster's Killers' に一部負っている。

五　フィリップ・マッシンジャー

（1） L. G. Salingar et al., 'Les Comédiens et leur Public en

Angleterre de 1520 à 1640'. とくに VII, 'Le Théâtre en Province entre 1600 et 1640', Jean Jaquot (ed.), *Dramaturgie et Société* (Éditions du Centre National de la Recherche Scientifique, 1968), Tome II; Philip Edwards, 'Provincial Playing', Philip Edwards et al. (eds.), *The Revels History of Drama in English* (1613–1660) (Methuen, 1981), Vol. IV, pp. 52–5.

(2) Glynne Wickham, *Early English Stages 1300 to 1660* (1576–1660), Vol. II, Part I (Routledge & Kegan Paul, 1963), p. 106.

(3) David Galloway (ed.), *Norwich 1540–1642* (*REED*) (U. of Toronto P., 1984), p. 180.

(4) Anthony Caputi, *John Marston, Satirist* (Cornell U.P., 1961), p. 83.

(5) H. H. Wood (ed.), *The Plays of John Marston* (Oliver & Boyd, 1939), Vol. III, p. 301.

(6) *Ibid.*, p. 275.

(7) *Every Man out of his Humour*, III. iv. 29, C. H. Herford & P. Simpson (eds.), *Ben Jonson* (Oxford U.P., 1927), Vol. III, p. 503.

(8) E. K. Chambers, *The Elizabethan Stage* (Oxford U.P., 1923), Vol. IV, p. 338.

(9) J. T. Murray, *English Dramatic Companies 1558–1642* (1910; Russell & Russell, 1963), Vol. II, p. 309.

(10) E. N. S. Thompson, *The Controversy between the Puritans and the Stage* (1903; Russell & Russell, 1966), p. 130.

(11) Thomas Heywood, *An Apology for Actors* (Shakespeare Society, 1841), p. 23 (C1ʳ) & p. 26 (C2ʳ).

(12) I. G., *A Refutation of the Apology for Actors* (1615), B4ʳ, qtd. in Philip Edwards, *Threshold of a Nation* (Cambridge U.P., 1979), p. 35.

(13) W. Rankins, *A Mirrour of Monsters* (1587), B2ʳ, qtd. in P. Edwards, *Ibid.*, p. 32.

(14) Nathan Field, *Field the Players Letter to Mr Sutton, Preacher att St. Mary Overs* (1616), E. K. Chambers, *op. cit.*, Vol. IV, p. 259.

(15) W. L. Sandidge, *A Critical Edition of Massinger's the Roman Actor* (Princeton U.P., 1924), p. 19.

(16) テクストは Martin White (ed.), *The Roman Actor: A Tragedy* (Manchester U.P., 2007) を使用。

(17) G. E. Bentley, *The Jacobean and Caroline Stage* (Oxford U.P., 1941), Vol. II, p. 654. (以下 *JCS*)

(18) Charles Carlton, *Charles I* (Routledge & Kegan Paul, 1983), p. 71.

(19) O. L. Dick (ed.), *Aubrey's Brief Lives* (Secker & Warburg, 1949), p. 22.

(20) *JCS*, Vol. I, p. 14.

(21) *Ibid.*, p. 20.

(22) Doris Adler, *Philip Massinger* (Twayne Publishers, 1987), pp. 1–2.

(23) Arthur F. Kinney, *Markets of Bawdrie: The Dramatic Criticism of Stephen Gosson* (Institut für Englische Sprache und Literatur, Universität Salzburg, 1974), p. 89.

(24) M. White, *op. cit.*, p. 226.

(25) *T. I.*, 'To his dear friend the author', ll. 8–9, *ibid.*,

p. 75.

(26) 'Dedication', ll. 21–22, *ibid*., p. 71.

(27) 'Upon Mr. Massinger, his Roman Actor', ll. 8–9, *ibid*., p. 75.

(28) Juvenal, 'Satire III', ll. 100–1, Pelia Green (tr.), *The Sixteen Satires* (Penguin Books, 1967), p. 90.

(29) P. Edwards & C. Gibson (eds.), *The Plays and Poems of Philip Massinger* (Oxford U.P., 1976), Vol. III, pp. 10–2.

(30) Ben Jonson, *Sejanus*, III, ll. 407–60, P. J. Ayers (ed.), *Sejanus His Fall* (Manchester U.P., 1990), pp. 161–4; Thomas Nashe, *Pierce Penilesse His Supplication to the Divell*, R. B. McKerrow (ed.), *The Works of Thomas Nashe* (Blackwell, 1958), pp. 213–5.

(31) *Cf*., Martin Butler, 'Romans in Britain: *The Roman Actor* and the Early Stuart Classical Play', Douglas Howard (ed.), *Philip Massinger: A Critical Reassessment* (Cambridge U.P., 1985).

(32) *Ibid*., pp. 155–8.

(33) ll. 297–9, note, M. White, *op. cit*., p. 156.

(34) Anthony Munday, 'A Second and third blast of retrait from plaies and Theaters', W. C. Hazlitt (ed.), *The English Drama and Stage under the Tudor and Stuart Princes 1543–1664* (1869; Burt Frankin, n.d.), pp. 142–3.

(35) l. 113, S. D., White, *op. cit*., p. 171.

(36) IV. ii. 298–300 note, M. White *op. cit*., p. 180.

(37) Dio Cassius, *Roman History*, Books 67, Vol. VIII (Loeb, 1914–1927), p. 321, qtd. in Patricia Thomson, 'World Stage and Stage in Massinger's Roman Actor', *Neophilologus* 54 (1970), p. 413.

(38) Cassius, *ibid*., Books 67, Vol. VIII, pp. 317 & 355; A. P. Hogan, 'Imagery of Acting in "The Roman Actor"', *Modern Language Review* 56 (1971), pp. 280–1.

(39) C. Gibson, 'Massinger's Use of His Sources for "*the Roman Actor*"', *Australasian Universities Modern Language Association* 15 (1961), p. 62.

六 ジョン・フォード

(1) Philip Edwards & Colin Gibson (eds.), *The Plays and Poems of Philip Massinger* (Oxford U.P., 1976), Vol. III, p. 293.

(2) N. W. Bawcutt (ed.), *The Control and Censorship of Caroline Drama: The Records of Sir Henry Herbert, Master of the Revels 1623–73* (Oxford U.P., 1996), pp. 171–2.

(3) P. Edwards & C. Gibson (eds.), *op. cit*., pp. 296–7.

(4) N. W. Bawcutt (ed.), *op. cit*., p. 53.

(5) 'Prologue', ll. 1–5, Peter Ure (ed.), *The Chronicle History of Perkin Warbeck: A Strange Truth* (Methuen, 1968), p. 11.

(6) *Cf*., D. K. Anderson (ed.), *Perkin Warbeck* (Arnold, 1965), p. xv.

(7) ウォーベックの伝記については、Francis Bacon, *The History of the Reign of King Henry VII* (ed. Brian Vickers) (Cambridge U.P., 1998); Thomas Gainsford's *True and Wonderfull History of Perkin Warbeck* (extracts), P. Ure, *op. cit*., pp. 143–83. その他を参照。

(8) Ra. Eure, 'To his worthy friend, master John Ford, upon his *Perkin Warbeck*', l. 11, P. Ure, *op. cit.*, p. 8.

(9) George Crymes, 'To my faithful . . . friend, . . . this indebted oblation', l. 7, P. Ure, *op. cit.*, p. 9.

(10) 劇中の fates 関連語の頻度については、G. D. Monsarrat, *Light from the Porch, Stoicism and English Renaissance Literature* (Didier-Erudition, 1984), p. 248 を参照。

(11) P. Ure, *op. cit.*, p. lxxxvi.

(12) V. ii. Location note, P. Ure, *op. cit.*, pp. 120–1.

(13) 但し、Colin Gibson, *The Selected Plays of John Ford* (Cambridge U.P., 1986) では九七年現在三十四歳となっている (V. ii. 34 note).

(14) *Dau.* Edward the Fourth, after a doubtful fortune,
Yielded to nature, leaving to his sons,
Edward and Richard, the inheritance
Of a most bloody purchase; these young princes
Richard the tyrant, their unnatural uncle,
Forced to a violent grave; so just is heaven,
Him hath your majesty by your own arm,
Divinely strengthened, pulled from his boar's sty
And struck the black usurper to a carcass.

Cf., P. Edwards, *Threshold of a Nation*, p. 178.

(15) Coburn Freer, '"The Fate of Worthy Expectation": Eloquence in *Perkin Warbeck*', D. K. Anderson (ed.), "*Concord in Discord*" *The Plays of John Ford 1586–1986* (AMS, 1986), p. 137.

(16) Joseph Candido, 'The "Strange Truth" of *Perkin Warbeck*', *Philological Quarterly* 59 (1980), p. 307.

(17) F. Bacon, *op. cit.*, p. 102.

(18) ベイコンは五回ウォーベックと役者を同一視させているという。*Cf.*, J. Le Gay Brereton, 'The Sources of Ford's *Perkin Warbeck*', *Anglia* 34 (1911), pp. 145, 161, 166, 169 & 178.

(19) J. A. Barish, 'Perkin Warbeck as Anti-History', *Essays in Criticism* 20 (1970), p. 168.

(20) テクストは、Derek Roper (ed.), *'Tis Pity She's a Whore* (Methuen, 1975) を使用。

(21) テクストは、T. J. B. Spencer (ed.), *The Broken Heart* (Manchester U.P., 1980) を使用。

(22) テクストは、John D. Jump (ed.), *The Tragical History of the Life and Death of Doctor Faustus* (Methuen, 1962) を使用。

(23) テクストは、J. S. Cunningham (ed.), *Tamburlaine the Great* (Manchester U.P., 1981) を使用。

(24) テクストは、Nicholas Brooke (ed.), *Bussy D'Ambois* (Methuen, 1964) を使用。

(25) テクストは、R. F. Hill (ed.), *The Lover's Melancholy* (Manchester U.P., 1985) を使用。

(26) テクストは、Alastair Fowler (ed.), *Paradise Lost* (Longman, 1964) を使用。

七　王政復古期

(1) テクストは、Bonamy Dobrée (ed.), *Five Heroic Plays* (Oxford U.P., 1960) を使用。

(2) ソフォニズバ物語の変遷については、A. J. Axelrad, *Le Théme de Sophonisbe* (Didier, 1956) と Geoffrey Brere-

ton, *French Tragic Drama in the Sixteenth and Seventeenth Centuries* (Methuen, 1973) を参照。

(3) John Marston, *Sophonisba*, II. i., H. H. Wood (ed.), *The Plays of John Marston* (Oliver & Boyd, 1938), Vol. I., p. 23.

(4) *The Continuation of Life of the Earl of Edward Clarendon* (1759), Vol. II, pp. 21–2, qtd. in John Barnard, 'Drama from the Restoration till 1710', Christopher Ricks (ed.), *English Drama to 1710* (Sphere Books, 1987), p. 385.

(5) Thomas Hobbes, 'Answer to Davenant's Preface to *Gondibert* (1650)', J. E. Spingarn (ed.), *Critical Essays of the Seventeenth Century* (Oxford U.P., 1908), Vol. II, pp. 65–6.

(6) Bonamy Dobrée, *Restoration Tragedy 1660–1720* (Oxford U.P., 1929), pp. 13–9.

(7) Nicholas Rowe, *Tamerlane, A Tragedy* (George Barnwell, n.d.), I. i. (A5).

(8) コルネイユの 'gloire' については、Jean Chapelain, 'Dialogue de la Gloire', *L'Esprit classique et la Préciosité* (ed. J.-E. Fidao-Justiniani) (Picard, 1914). ならびに Octave Nadal, *Le sentiment de l'amour dans l'œuvre de Pierre Corneille* (Gallimard, 1948) を参照。

(9) テクストは、F. M. Link (ed.), *Aureng-Zebe* (Aronld, 1971) を使用。

(10) W. P. Ker (ed.), *Essays of John Dryden* (Russell & Russell, 1961), Vol. I, pp. 210 & 212.

(11) J. E. Spingarn, *op. cit.*, II, p. 92.

(12) *Ibid.*, p. 204.

(13) テクストは、John Barnard (ed.), *The Man of Mode* (Ernest Benn, 1979) を使用。

(14) *Leviathan*, p. 35. テクストは、Michael Oakeshott (ed.), *Leviathan* (Blackwell, 1946) を使用。また、ドリマンドとホッブズのいう栄光との関係については、Dale Underwood, *Etherege and the Seventeenth-Century Comedy of Manners* (Yale U.P., 1957), p. 73. その他を参照。

(15) *Ibid.*, p. 81.

(16) 'civil(ity)' については、P. Burke, B. Harrison, & P. Slack (eds.), *Civil Histories* (Oxford U.P., 2007) を参照。

(17) 放蕩者の系譜については、Maximillian Novak, 'Margery Pinch wife's "London Disease" :Restoration Comedy and the Libertine Offensive of the 1670's', *Studies in the Literary Imagination* 10 (1977), pp. 1–25 を参照。

(18) 林達夫『三つのドン・ファン：モリエール歿後三〇〇年に寄せて』(岩波書店、一九八八年)。

(19) Christopher Hill, *Puritanism and Revolution* (1958; Mercury Books, 1962), p. 199.

(20) W. P. Ker, *op. cit.*, I, p. 176.

(21) *Cf.*, R. D. Hume, 'The Myth of the Rake in "Restoration" Comedy', *Studies in the Literary Imagination* 10 (1977), pp. 25–56.

(22) John Barnard, *op. cit.*, p. xxxviii.

あとがき

本書はほぼすべて、ここ十年ほどの間に書かれたものからなっている。多くは執筆時の具体的関心を反映し、相互に何ら脈絡がないようにみえる。が、意外にそうではない。政治の季節の産物というに留らず、北方ルネサンス特有の官能性と倫理性の鬩ぎ合いが共通に見え隠れする。タイトルを『北のヴィーナス』とした所以である。

近作が多いといったが、冒頭の「さんざしの枝に寄せて」だけは例外で、四十年以上も昔の執筆である。平井正穂先生の還暦記念論文集のためのもので、とりわけ思いが深い。前著に収録を考え、手を入れたが意に充たず、見合わせたいきさつがある。今回もあれこれ手直しを試みたが、結局はほぼ若書きのまま収めることとした。

「栄光に憑かれた悪漢たち」はステュアート朝悲劇のためにと銘打たれているが、扱った劇作家に偏りがある。シェイクスピアやジョンソンは意識的に省いたが、マーロウ、キッド、ピールといったエリザベス朝の先駆者たち、過渡期のチャップマン、マーストン、チェトル、グレヴィルといったところは、紙数の都合で最後へきて割愛せざるをえなかった。残念だが、いずれかたちをかえて生かせたらと思っている。

本書がなるについては、多くの人々のお世話になった。文献調査では慶應義塾大学教授井出新氏の手を煩わせることが多かった。アナログ人間でワープロも打たないわたしのために、書き下しの長篇二論文と「夜啼鳥」については、北星大学准教授和治元義博、長野高専准教授山崎健一の両氏が献身的に協力してくれた。厄介な索引づくりは、今回も東京工業大学名誉教授野崎睦美氏の助力を仰いだ。これらの方々をはじめ、家族を含めて力を藉しくれたすべての人々に、心からお礼を述べたい。皆さん本当にありがとう。

入稿した後は、高橋麻古さんに頼り放しだった。わたしのそそっかしさを補う見事なフォローぶりで、編集者の鑑をみる思いがした。企画の段階では、津田正さんにもお世話になった。お二人に深甚なる謝意を述べたい。

玉泉八州男

平成二十五年七月

わ　行

ら 行

や 行

な　行

は　行

た　行

さ　行

か　行

索　引

あ 行

初出一覧（但し、いずれも既出のものは若干ないし大幅に手直しされてある）

第一章　『ルネサンスの文学と思想――平井正穂教授還暦記念論文集』（筑摩書房、一九七七年）

第二章　書き下し

第三章第一節　『シェイクスピア・ニューズ』四十六巻三号（日本シェイクスピア協会、二〇〇七年）（日本英文学会関東支部結成記念講演、二〇〇六年）

第三章第二節　『英語青年』二〇〇五年八月号、九月号（研究社）（早稲田大学英文学会特別講演、二〇〇四年）

第四章第一節　『新編シェイクスピア案内』（研究社、二〇〇七年）

第四章第二節　未発表、日本ロマン派学会講習会（二〇〇三年）

第五章第一節　『日本学士院紀要』六十四巻三号（日本学士院、二〇一〇年）

第五章第二節　日本学士院論文報告会（二〇一一年）

第六章　書き下し

〈図版出所〉

表紙カバー挿画: © The Warburg Institute Library / 裏表紙カバー挿画: The British Library / p. 2（上）*Early English Stages 1300 to 1660*（Routledge & Kegan Paul, 1959), PLATE XXII, No. 31 より / p. 2（下）Les Archives photographiques d'art et d'histoire / p. 32 © The Morgan Library & Museum / p. 39 *The Survival of the Pagan Gods*（Princeton University Press, 1972), p. 139 より / p. 69 © Städel Museum — ARTOTHEK / p. 104（上）© Collections and Archives at Hatfield House / p. 104（下）*Elizabethan Poetry*（Oxford University Press, 1967), 表紙より / p. 164 © Victoria and Albert Museum, London / p. 202 © Victoria and Albert Museum, London / p. 217（右）*Shakespeare's Heraldry*（J. M. Dent & Sons Ltd., 1950), 本扉対向ページより / p. 217（左）College of Arms, London / p. 219（上）*Shakespeare's Heraldry*, p. 200 より / p. 219（下）*The Observer's Book of Heraldry*（Frederick Warne & Co, Ltd., 1966), p. 83 より / p. 222 *Shakespeare's Heraldry*, p. 40 より / p. 242 Tom Holte Theatre Photographic Collection © Shakespeare Birthplace Trust

《著者略歴》

玉泉八州男（たまいずみ・やすお）

昭和十一（一九三六）年、新潟県高田に生まれる。東京大学大学院博士課程満期退学。東京工業大学、千葉大学、帝京大学を経て、現在東京工業大学名誉教授、日本学士院会員。日本シェイクスピア協会元会長。著書に『女王陛下の興行師たち』（芸立出版）（昭和六十年度サントリー学芸賞）、『シェイクスピアとイギリス民衆演劇の成立』（研究社）、『ベン・ジョンソン』（編著）（英宝社）、『エリザベス朝演劇の誕生』（編著）（水声社）その他。訳書に、C・S・ルーイス『愛とアレゴリー』（筑摩書房）、C・L・バーバー『シェイクスピアの祝祭喜劇』（共訳）（白水社）、F・イエイツ『記憶術』（監訳）（水声社）などがある。

KENKYUSHA

〈検印省略〉

北《きた》のヴィーナス
――イギリス中世・ルネサンス文学管見《ぶんがくかんけん》

二〇一三年八月三十一日　初版発行

著　者　玉《たま》泉《いずみ》八《や》州《す》男《お》

発行者　関　戸　雅　男

発行所　株式会社　研　究　社
〒一〇二―八一五二
東京都千代田区富士見二―十一―三
電話　（編集）〇三―三二八八―七七一一
（営業）〇三―三二八八―七七七七
振替　〇〇一五〇―九―二六七一〇
http://www.kenkyusha.co.jp

装　丁　柳　川　貴　代

印刷所　研究社印刷株式会社

定価はカバーに表示してあります。
万一落丁乱丁の場合はおとりかえ致します。

ISBN 978-4-327-47230-6　C3098
Printed in Japan